剑来

⑬ 陇上花又开

○ 烽火戏诸侯 著

浙江文艺出版社
Zhejiang Literature & Art Publishing House

001　第一章　人心关隘环环扣

025　第二章　世间人事皆芥子

055　第三章　风雪宜哉石毫国

077　第四章　巧了，我也是剑客

109　第五章　先生的剑在何方

136　第六章　吾心安处打个盹

171　第七章　报道先生归也

201　第八章　水落石出书简湖

220　第九章　小巷祖宅一盏灯

244　第十章　水火之争让个道

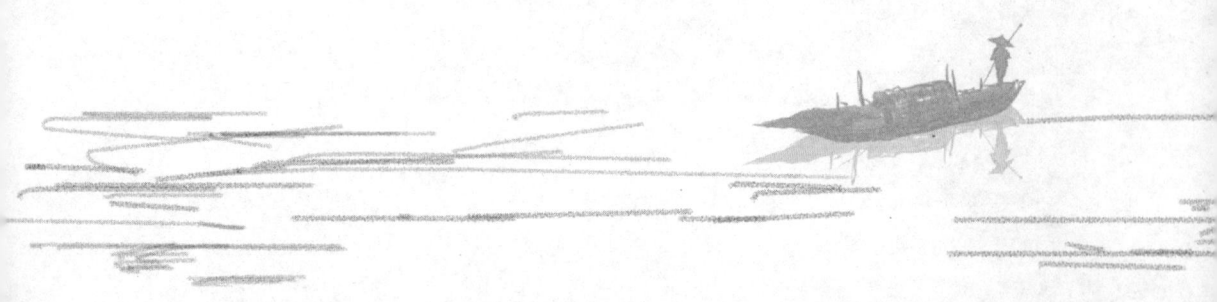

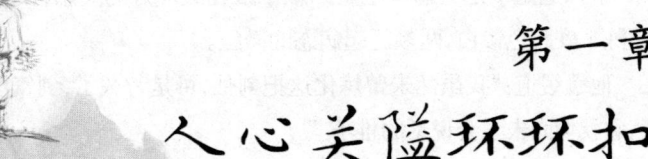

第一章 人心关隘环环扣

屋内剑气凛冽，屋外大雪酷寒。

那把穿透了炭雪心窍和屋门的剑仙，就像是勾连了两座大小天地。

炭雪已经知道祈求无用，不再言语，双方陷入长久的沉默。

眼前这个同样出身于泥瓶巷的男人，从长篇大论的絮叨道理，到突如其来的致命一击，尤其是得手之后类似棋局复盘的言语，让她觉得毛骨悚然。

几乎所有青峡岛修士都觉得山门口的这个账房先生，脾气好，好说话。

全是瞎子！

她轻轻呼吸一口气，立刻感到一阵痛彻心扉，那是魂魄深处的激荡絮乱，不只是这副肉身遭受重创而已。

万灵皆畏死，性命，是最实在的东西，这就是眼前这个家伙所谓小的那个一，这点，炭雪其实听懂了，先前只是装作不懂。

当她清晰感受到自己生命的流逝，甚至可以感知到玄之又玄的大道在点滴溃散，就像世上最守财的富家翁，眼睁睁看着一个个金元宝掉在地上，却死活捡不起来。

她自然而然地挣扎起来，似乎想要一步跨出，将那副相当于九境纯粹武夫的坚韧身躯，硬生生从屋门这堵"墙壁"里边拔出，独独将剑仙留下。

然后就要一手拧下那个年轻人的脖子，以泄心头之恨。

可是她很快停下动作，一是因为稍稍动作就撕心裂肺，但更重要的原因，却是那个胜券在握的家伙，那个喜欢步步为营的账房先生，非但没有流露出丝毫如临大敌的神色，笑意反而愈带讥讽。

不知道是不是一口气吃下四颗水殿秘藏灵丹的关系，又驾驭一把半仙兵，太过犯忌，陈平安脸色惨白，两颊泛起病态的微红。

他缓缓道："我虽然未曾炼化这把剑仙，可是背久了，剑气浸染魂魄，便有些心意相通，它就像尚未学会说话的稚子。"

陈平安指了指半截剑身："可是它明明白白告诉我，你方才求饶的时候，动了杀心，想要拼死与我玉石俱焚。现在，反而是做做样子的，怎么，觉得被我算计得如此凄惨，太丢人，想要找回点场子？"

她唯有默然，满心悲苦。

难道真是自己错了？那么错在哪里？

似乎看穿了她的心思，陈平安说道："如果我说错在你不该身为一条真龙后裔的扈从，不该以自身极其强大的心神和意志，不断对顾璨的心性潜移默化，事实上，刘志茂根本不算是顾璨的师父，顾璨的娘亲，还有你这条畜生，才是。因为顾璨对你们两个，最放心。对于刘志茂，反而一直心怀戒备，所以刘志茂对他的影响，尽管不算小，顾璨对于书简湖的认知，以及在这座茅坑里的处世之道，很大程度上还是在偷偷学习刘志茂。可是跟你们相比，还是差远了。我这么讲，你肯定不认。那就当你错在太蠢好了，以为我也是书简湖的其中之一，只要修为不够高，就都会被你一力降十会。"

她问道："你到底想要做什么？"

陈平安说："我在想你怎么死，死了后，如何物尽其用。"

她说道："我现在不怀疑自己会死了，但是别忘了，我终究是一位元婴修士，你也会死的。"

陈平安看着她，眼神中充满了失望。

她开始真正尝试着站在眼前这个男人的立场和角度，去思考问题。

就像第一次将其视为平起平坐、旗鼓相当的对弈之人，去稍稍想一想他的棋理棋形。

她问："我相信你有自保之术，希望你可以告诉我，让我彻底死心。不要拿那两把飞剑糊弄我，我知道它们不是。"

陈平安缓缓道："老龙城一艘名为桂花岛的渡船，历史上有位很有来头的老舟子，早年传下了打龙篙，篆刻有'作甚务甚'四字，作为渡船安然驶过蛟龙沟的手段之一，我当时乘坐跨洲渡船去往那座倒悬山，见识过。只是后世桂花岛修士都不清楚，那其实是一本古书上记载的斩锁符，专门压胜蛟龙之属，补上'雨师敕令'四个古篆，才是一道完整的符箓。不凑巧，这道符箓，我会，能写，威力还不错，如果没有这把剑仙将你钉死在门板上，别说杀你，估计想要困住你都比较难，但是现在对付你，绰绰有余，毕竟为了写好一张符胆精气饱满的斩锁符,在先前的某天深夜,耗费了很长时间。"

陈平安笑道:"先前让你去桌边坐一坐,现在是不是后悔没有答应?其实不用懊恼,因为你的心路脉络,太简单了,我一清二楚,但是你却不知道我的。你当年和顾璨离开骊珠洞天和泥瓶巷比较早,所以不知道我在还未练拳的时候,是怎么杀的云霞山蔡金简,又是怎么差点杀掉了老龙城苻南华。"

陈平安伸手指了指自己脑袋:"所以你化成人形,只是徒有其表,因为你没有这个。"

炭雪紧贴门板处的背部传来一阵滚烫,她骤然间醒悟,尖叫道:"那道符箓给你刻写在了门上!"

陈平安伸出食指竖于双唇前,示意她说话的时候不要嗓门太大。

陈平安笑问:"是不是很奇怪,为何你丝毫察觉不到这么一道强大符箓的存在?"

她心中凄凉至极。

陈平安自问自答道:"因为符箓写得不完整,缺了一点符胆灵气。一来斩锁符品秩比较高,我如今不是写不出,而是代价比较大;二来,即便写成了,你毕竟是元婴境界,对于天地元气流转,极其敏锐,说不定你敲了门,就直接不进屋子了。你们不是称呼我为账房先生吗?我就觉得不能辜负你们青峡岛的厚爱,你的心窍鲜血,刚好补上了这道符箓的最后一个关键环节。"

陈平安又问道:"你以为炭雪这个名字,是白给你取的吗?现在就是炭雪同炉了,只可惜我不是顾璨,与你不亲近。"言语之间,陈平安从咫尺物当中拈出两张金色材质的符箓,说道:"其实还有真正写完的两张,现在你怎么办?还有把握跟我同归于尽吗?你说我的压箱底手段,不是两把飞剑,其实你只说对了一半,我与它们,一路相伴走到今天,面对强敌,打生打死的次数,是你无法想象的。"

飞剑初一和十五从养剑葫中飞掠而出,剑尖分别刺中两张符箓符胆,灵光乍放光明,宛如两只光辉温煦的炭笼。

两把飞剑,一把悬停在炭雪眉心处,阙中穴,一把悬停在炭雪腹部气海外。

陈平安笑道:"别介意,最后那次推剑,不是针对你,而是招呼客人登门。顺便让你了解一下什么叫物尽其用,省得你觉得我又在诈你。"

陈平安向前跨出几步,竟是完全无视被钉死在门板上的她,轻轻打开门,微笑道:"让真君久等了。"

原来截江真君刘志茂,早已立雪于门外。

当一位元婴大修士,在自家小天地当中,刻意隐蔽气机,连炭雪都毫无察觉,照理来说陈平安更不会知晓才对。

当那把半仙兵再度出鞘之时,刘志茂就已经在横波府敏锐察觉,只是当时犹豫不决,不太愿意贸贸然去一窥究竟。

只是当那把剑的剑尖刺透房门,刘志茂终于按捺不住,悄然离开府邸密室,来到青峡岛山门这边。

刘志茂已经站在门外一盏茶工夫了。

陈平安侧过身:"真君屋里坐。"

刘志茂心中叹息一声,面带笑意大步走入其中,绕过那块青石板,坐在桌旁。

陈平安重新关上门,虽然开门和关门的动作都不大,可怜炭雪被一把剑仙穿透,如坠冰窟,再被那道写在门板上的符箓压制,又如同置身于煮沸的油锅中。既是雪上加霜,又是火上加油,让她痛不欲生。

陈平安再次与刘志茂相对而坐。

刘志茂也再次拿出那只白碗,放在桌上,轻轻一推,显然是又要讨酒喝了。

"有陈先生这样的客人,才会有我这样的主人,人生幸事也。"

陈平安一招手,养剑葫被驭入手中。这次不比第一次,陈平安十分豪爽,给白碗倒满了仙家乌啼酒,却没有立即回推过去,问道:"想好了?或者说是与粒粟岛岛主谭元仪商量好了?"

刘志茂笑着反问道:"难道陈先生都猜不出谭元仪那次去往宫柳岛,是谈妥了,还是谈崩了?"

陈平安摇头道:"我又不是未卜先知的神仙,猜不到。"

刘志茂感慨道:"若是陈先生去过粒粟岛,在乌龙潭畔见过几次岛主谭元仪,说不定就可以顺着脉络,得到答案了。先生擅长推衍,委实是精通此道。"

陈平安还是摇头:"这算什么精通推衍,那是你没有见识过真正的大家风范。我说得直接,真君别见怪。"

刘志茂深呼吸一口气,说道:"实不相瞒,谭元仪虽是大骊绿波亭在整个东宝瓶洲中部的主事人,可是登岛与刘老成密谈后,仍是不太愉快。当时谭元仪给出的条件,是一虚一实。"

刘志茂停顿片刻,见陈平安仍是安安静静等着下文的神态,又有些唏嘘,其实陈平安只凭"一虚一实"四字就知道大致真相了,可仍是不会多说一个字,就是可以等,就是愿意熬和慢。这种细微处的心性之妙,只有刘志茂这种修为、心性足够高的老修士,大概才会理解。

刘志茂继续说道:"大骊是希望我能够维持虚的江湖君主身份,但是全部的实在好处,都交给宫柳岛。书简湖千余岛屿,我这个台面上的书简湖盟主,只拣选十余座藩属岛屿之外的其余三十座岛屿,接连成片,形成一个类似世俗王朝的'京畿之地',其余所有的岛屿,都归入宫柳岛辖境。当然了,大骊宋氏在未来岁月里,肯定要向刘老成抽成分红的。然后在这个前提下，刘老成不可以有任何针对我和青峡岛的举措，明里暗里，都不可以。不过谭元仪多半会将这点小要求，尽量在刘老成那边说得委婉。"

刘志茂叹了口气："即便是如此退让了，刘老成仍是不愿意点头，竟是连我那个名义上的江湖君主头衔，都不愿意施舍给青峡岛，撂下了一句话给谭元仪，说以后书简湖，不会有什么江湖君主了，简直就是贻笑大方。"

陈平安皱了皱眉头，暂时想不通其中关节。

因为他根本就不知道玉圭宗荀渊的谋划，下宗选址书简湖，以及荀渊与刘老成之间的结盟关系，更猜不到姜尚真这位手握云窟福地的"老熟人"，即将成为下宗的首任宗主。

作为玉圭宗的下宗，必然是囊括整座书简湖都还嫌小，说不定连朱荧王朝在书简湖附近的周边藩属，例如石毫国在内，都要划入下宗辖境。

卧榻之侧岂容他人鼾睡，一个元婴野修刘志茂，算什么东西？

只是刘志茂不知，粒粟岛谭元仪一样不知。

国师崔瀺为了这个棋局，有意无意对谭元仪进行了隐瞒，为的就是让崔东山输得心服口服，两人分出主次，让崔东山心甘情愿离开山崖书院，为他崔瀺所用，帮助他和大骊铁骑安稳东宝瓶洲半壁江山，至于是在观湖书院以北守江山，还是在以南打江山，崔瀺当时给了崔东山选择，两者都可以。

对于崔瀺这种人而言，世间人事皆不可信，可是难道连"自己"都不信？那岂不是怀疑自己的大道？就像陈平安内心最深处，排斥自己成为山上人，所以连那座搭建起来的跨河长生桥，都走不上去。

虽说如今一分为二，崔东山只算是半个崔瀺，可崔瀺也好，崔东山也罢，到底不是只会抖机灵、耍小聪明的那种人。

只要真正决定了落座对弈，就会愿赌服输，更何况是输给半个自己。

崔东山一旦出山，倾力辅佐大骊，无疑就等于大骊王朝凭空多出一头绣虎！

当时崔瀺还未离开池水城高楼，用崔东山那句半真半假的玩笑话来讲，就是："我自己想想都可怕，大骊在东宝瓶洲，还怎么输？"

陈平安沉默不语，这个消息，好坏参半。

好的是，刘志茂与自己开价的底气，跌落谷底。坐镇宫柳岛的刘老成如此硬气，青峡岛春庭府那边，以及朱弦府，刘志茂跟陈平安坐地起价的东西，分量会越来越轻。

坏的是，这意味着想要做成心中事情，陈平安需要在大骊那边付出更多。甚至陈平安开始怀疑，一个粒粟岛谭元仪，够不够资格影响到大骊中枢的策略，能不能以大骊宋氏在书简湖的代言人的身份，与自己谈买卖，一旦谭元仪嗓门不够大，陈平安在此人身上耗费的精力，就会打水漂。更怕谭元仪因功升迁去了大骊别处，书简湖换了新的大骊话事人，陈平安与谭元仪结下的那点"香火情"，反而会坏事。最怕的是谭元仪被刘老成横插一脚，导致书简湖形势变化，要知道书简湖的最终归属，真正最大的功臣从来不是什么粒粟岛，而是朱荧王朝边境上的那支大骊铁骑，是这支铁骑的势如破竹，决定了书简湖的姓氏。一旦谭元仪被大骊那些上柱国姓氏在庙堂上盖棺论定，认为他办事不力，那么陈平安就根本不用去粒粟岛了，因为谭元仪已经自身难保，说不定还会将他陈平安当作救命稻草，死死攥紧，死都不放手，希冀着以此作为死地求生的最后本钱。那个时候的谭元仪，一个能够一夜之间决定青冢、天姥两座大岛命运的地仙修士，会变得更加可怕，更加不择手段。

道理再简单不过。

此刻炭雪会被陈平安钉死在屋门上，陈平安同样有可能会沦落为下一个炭雪。

这才是真正的行走江湖，生死自负。

刘志茂一直耐心等待陈平安开口说话，没有打断这个账房先生的沉思。

这时陈平安说了第一句话："劳烦真君请动谭元仪，近期来青峡岛与我秘密一叙，越快越好。"

刘志茂松了口气。

只是接下来陈平安的一番话又让刘志茂提心吊胆了，为难至极。

"你我都清楚，谭元仪在宫柳岛碰壁，刘老成绝不是漫天要价，给你们什么坐地还钱的机会。现在粒粟岛谭元仪本人，就是一个烂泥坑，蹚这浑水，一不小心就要满身泥，所以我有两个条件，一个是你在顾璨娘亲身上的秘密禁制，必须撤销，不用问我会不会怀疑你答应下来却不做，你我都知道双方的底线，没必要做这些无聊试探。你更清楚，我如今对待春庭府的态度。

"第二个条件，你放弃对朱弦府红酥的掌控，交给我，谭元仪不济事，就让我亲自去找刘老成谈。"

陈平安最后沉声道："第二个条件，其实都不算条件，刘志茂，你自己掂量清楚了！留得青山在不愁没柴烧，这不只是你们书简湖的规矩，更是所有天下野修散仙的至理。"

刘志茂毫不犹豫道："可以！"

陈平安似乎有些讶异。

刘志茂摊开一只手掌。

陈平安微微一笑，将那只装满酒的白碗推向刘志茂，刘志茂端起酒碗喝了一口。

"陈先生是我在书简湖的唯一知己，我自然要拿出些诚意。"

刘志茂转头看了眼那条小泥鳅，收回视线后，伸出一根手指，点了点自己脑袋："这玩意，我有。"

陈平安笑道："真君的知己？怎么骂人呢？"

刘志茂丝毫不恼,爽朗大笑:"看看,还说不是知己?"

看似濒死的炭雪,微微拧转脖子,看着"相谈甚欢"的两个男人,听着他们极有可能只言片语就可以决定书简湖走势的话语。

在这一刻,她稍稍理解了那个陈平安的话里话。

可是她看到刘志茂走进来,坐下来,身为青峡岛主人,但是连喝不喝得成一碗酒,都得陈平安这个客人先点头答应,并且总算拿回了酒碗,喝成了酒,还挺开心,一位连她都很忌惮的元婴老修士,竟然以"知己"形容那个还不到二十岁的年轻人,她才真正承认自己面对陈平安,是真的不够聪明。

陈平安指了指炭雪,对刘志茂说道:"大骊国师会喜欢这副元婴境蛟龙的遗蜕,这是我刚刚拿到手的筹码。做成了这单生意,保你刘志茂一条命,实在不行,至少能让你捞到一块大骊太平无事牌,避难迁徙出书简湖,以后成为大骊供奉。所以即便粟粒岛和刘老成两边都谈不拢,我一样可以帮你防止那个最坏的'万一'出现。"

刘志茂笑眯眯道:"陈先生真舍得这条畜生?"

陈平安拿起养剑葫喝了一口酒,指了指炭雪:"我给了她很多次机会,哪怕只要抓住一次,她都不会是这个下场,怨谁?怨我不够菩萨心肠?可我也不是菩萨啊。"

刘志茂轻轻点头,深以为然。

如果眼前的年轻人没有这份手腕和心智,也不配自己坐下来,厚着脸皮讨要一碗酒。

当初第一次来此,为何刘志茂没有立即点头?

一方面是不死心,希望粟粒岛谭元仪可以跟刘老成那边谈拢,那么刘志茂就根本无须继续搭理陈平安,井水不犯河水罢了。

另一方面陈平安可以想明白许多事情,红酥,春庭府妇人的隐蔽禁制,诸如此类,并不会真正让刘志茂感到"安心",为何读书人既说万般皆下品唯有读书高,结果又自己打自己的耳光?又为何会说百无一用是书生?还不是因为如何想是一回事,如何做又是一回事。

所以陈平安如何处置这条心比天高、命比纸薄的畜生,就是一道无形的门槛,跨得过去,做得干脆利落,漂漂亮亮,刘志茂才敢真正跟陈平安打交道,做买卖。

打打杀杀,必须得有。

如何打杀,更是学问。

这条泥鳅和顾璨的所作所为,甚至是吕采桑、元袁这些所谓的年轻天之骄子,在刘志茂眼中,那就是小家伙玩过家家,说话的嗓门大一点,摔碎的瓷器瓦罐多一点,就真以为老天爷第一我第二了。但是刘志茂非但不会觉得这样不好,反而认为这样才是最好的,太痴迷于所谓拳头硬不硬的小傻子,连只凭喜怒、动辄杀人的那双稚嫩拳头之上,到底靠了多少岛屿、师门老祖宗的威势都拎不清楚,值得刘志茂去担心吗?他刘志茂自己屁股底下的那张椅子,只会坐得更稳。

只可惜,来了个更加老江湖的刘老成。

既生刘志茂,何生刘老成?

时不在我,刘志茂只能如此感叹。

自己之所以在眼前这个年轻晚辈面前,如此低三下四,何尝不是大势所迫?不是那块玉牌,不是大骊铁骑,不是东宝瓶洲中部的风云变幻?

不过陈平安与其他人最大的不同,就在于他无比清楚这些,并且一言一行,都像是在恪守某种让刘志茂都感到极其古怪的……规矩。

并且当这种一句句话、一件件小事不断聚拢而成的规矩,逐渐水落石出后,刘志茂就愿意去信服。

刘志茂突然气笑道:"前有刘老祖,后有陈先生,看来我是真不合适待在书简湖了,搬家搬家,树挪死人挪活,陈先生若是真能给我讨要一块太平无事牌,我必有重礼相谢!"

陈平安不以为意,这些话,未必是假话,但是言者如何想,并不重要,关键是听者不能太当真,世事无常,今天人的真心,经不起明天事的敲打。

就连本性纯善的曾掖都会走岔路,误以为他陈平安是个好人,可以安心依附,然后开始无比憧憬以后的美好,护道人,师徒,中五境修士,大道可期,到时候一定要再次登上茅月岛,再见一见师父和那个心肠歹毒的祖师……

可能曾掖这一辈子都不会知道,他这一点点心性变化,竟让隔壁那位账房先生——在面对刘老成时都心如止水的"大修士"——有过一刹那的心中悚然。而他原本确实可以走上坡路的人生,差一点就要重新走下坡路。

陈平安甚至可以清楚预测到,如果真是如此,将来幡然醒悟的某一天,曾掖会怨天尤人,而且极其理直气壮。

但陈平安唯独不知道,曾掖在连自己的人生都已经无法选择的处境中,连自己必须要面对的陈平安这一关隘都过不去,那么哪怕有了其他机会,换成其他关隘要过,他能过去吗?

靠运气,靠命吗?靠大人物无缘无故的青眼相加吗?

陈平安从不认为自己的为人处世,就一定是最适合曾掖的人生的。

可是几乎人人都会有这样的困境,叫作"没得选"。

陈平安更不例外。

家乡小镇,杨家铺子的草药,就是陈平安唯一的选择。最后,娘亲还是走了。

炊烟袅袅的泥瓶巷中,就只有一位妇人愿意为他打开院门。那曾是陈平安苦难人生中最好的选择，如今却变成了一个最坏的选择。

一部《撼山谱》，就是草鞋少年当时唯一的选择。好在直到今天，陈平安都觉得那就是一个最好的选择。

人生往往如此，很多时候根本没有什么岔路去选对错、分好坏，老天爷就是要按着你的脑袋让你往前走。

一个人在当下能做的，不过就是去走完脚下那唯一的道路。只有走过去了，才有走岔路的机会，才有从羊肠小道和独木桥变成阳关大道的下一个机会。

在看到曾掖这条线的时候，看到少年的心性起伏，陈平安又一次感到无奈，甚至疲惫。

知错能改，善莫大焉。原来真正难的不是改，而是知。

顾璨如此，性情在尺子另一个极端上的曾掖，同样会犯错。

唯一的例外，是曾掖如今还很稚弱，修为和心性都是如此，所以才有逐渐完善的机会。

陈平安不会与曾掖讲自己的道理，而是教他看待这个世界的根本认知，只要知道得多，就像手中撑着一把油纸伞，可以躲避更多的风雨。若是只与少年讲道理，而不让他知晓世道的复杂，无非是给曾掖编织了一个背篓，让他背着，然后陈平安只是在不断强行往里边塞东西，非但不会让曾掖走得更加顺畅，反而是让他负重前行，只会越来越吃力。

道理，讲不讲，都要付出代价。学问，装进了背篓，一样未必是好事。

世间文字是有力量的，文字汇聚而成的学问，则是有重量的。

可这就像当年杨老头在陈平安腿上画就的八两真气符，虽然会让陈平安行走沉重，但是也可以砥砺武道。

这些，都是陈平安在曾掖这第五条线出现后，才琢磨出来的自家学问。

以前不是完全不懂，而是陈平安还不通透。

行走太快，少年来不及。

原来所懂的道理最怕半桶水，一走路，还要晃来晃去，提水桶的人，自然无比吃力。

刘志茂突然笑着说了一句石破天惊的话："陈先生，莫不是在'观道'与'合道'？"

陈平安喝了口酒，像是在开玩笑："原来真君真是知己。"

刘志茂郑重其事地放下酒碗，抱拳以对："你我大道不同，曾经互为仇寇，可是就凭陈先生能够以下五境修为，行地仙之事，就值得我敬重。"

陈平安打趣道："如果真君的人生轨迹，能够与我说上一说，帮我观道更多，我也会感激不已。"

刘志茂连忙摆手："知己不分敌人朋友，如今我们双方不是敌人，至少暂时不会是，以后再有冲突过招，无非是各凭本事。但也不是朋友，我为何要帮助陈先生？如果我没有记错，陈先生如今在咱们青峡岛密库那边，可是欠了不少神仙钱了。如果陈先生愿意以玉牌相赠，或是哪怕只是借我百年，我倒是可以大大方方，坦诚相待，陈先生问什么，我说什么，就算陈先生不问，我也会竹筒倒豆子，该说不该说，都说。"

那块玉牌的原主人，是亚圣一脉的中土文庙七十二贤之一，更是坐镇东宝瓶洲版图上空的大圣人。

刘志茂当然知道轻重。既忌惮，又垂涎。至于他可不可以接手，其实很简单，就看陈平安敢不敢送出手。

刘志茂并不了解儒家的真正规矩，陈平安倒是知道很多。

陈平安笑道："这个你就别想了。"

刘志茂本就不抱希望，自然不会失望。

陈平安突然问道："我如果手持玉牌，毫无节制地汲取书简湖灵气水运，直接涸泽而渔，尽收入我一人囊中，真君你，他刘老成，幕后的大骊宋氏，会阻拦吗？敢吗？"

刘志茂脸色僵硬。

陈平安微笑道："放心，这合情合理，但是不合礼。所以即便你们不敢拦，我也不敢做。当然，如果万不得已，我会试试看，看看能否一步就跨入地仙境界。"

刘志茂再次抱拳："恳请陈先生莫要两败俱伤，对书简湖釜底抽薪，也让自己彻底失去这块护身符。"

陈平安摇头道："我在后，书简湖在前，先后顺序不能乱。"

陈平安又站起身道："走，有请真君陪我去趟春庭府，一起吃顿我们家乡的冬至饺子。"

刘志茂跟着起身，瞥了眼那条无比凄惨的小泥鳅。

一把半仙兵，两把本命飞剑，三张斩锁符。

都是咱们书简湖的极好道理啊。

实在得很。

陈平安看也不看她，对刘志茂说："去的路上，劳烦真君与我说说蛟龙遗蜕的剥取之法，回来之后，我再听听她的遗言，万一，她的道理能够说服我呢？"

刘志茂哈哈大笑。

两人离开屋子。

到了春庭府那边，顾璨脸色惨白，妇人更是难掩惶恐。

陈平安只说了一句话："炭雪在我那边，想要与我讲一讲她的道理，就不来吃饺子了。"

一顿饺子吃完，陈平安放下筷子，说饱了，与妇人道了一声谢。

刘志茂便也放下筷子，二人联袂离开。

之后，两人分道扬镳。

刘志茂先返回横波府，再悄然返回春庭府。

陈平安则独自返回屋子。风雪夜归人。剑仙的剑尖还在门上。

陈平安打开门，进了屋子，炭雪开口说了第一句话："我不想死。"

陈平安关上门："这就是你的道理？"

陈平安没有再理睬她，在书案和桌上点燃两盏灯火，从竹箱里搬出那座"下狱"阎王殿，放在桌上，继续做着这大半个月来的事情。

她就一直被钉死在门上。

等到后半夜，精疲力尽的陈平安喝酒提神后，收起了那座阎王殿放回竹箱。

他手持炭笼，走到窗口，望向窗外的书简湖，大雪停歇。

陈平安望着一座岛屿上大雪满山的冷寂景色，轻声道："四页账本，三十二位，竟然没有一位阴物鬼魅敢开口，要我杀你报仇。所以我觉得你该死了，打算改变主意，准备不与大骊国师做买卖。春庭府那边，等我吃完了一大碗饺子，也没人帮你求情。就像你说的，先前我金色文胆自行崩碎，顾璨是不敢问，今夜是一样的，还是不敢。这会儿，刘志茂应该在春庭府，帮顾璨娘亲祛除了禁制，多半会被她视为头等好心肠的大恩人了。至于我呢，大概从今夜起，就是春庭府忘恩负义的仇人了。"

陈平安单手持炭笼，走到她身边，伸手握住剑仙的剑柄。

她满脸泪水，道心几近崩溃，反复呢喃道："陈平安，我知道错了，我真的知道错了。"

陈平安摇摇头："你只是知道自己要死了。"

风雪夜中，又有客至。

一位身穿墨青色蟒袍的少年，飞奔而来，跪在门外雪地里。

陈平安持剑横扫，将她一分为二。

门外剑仙的金色剑尖，横移出一段距离后，依旧没有被持剑之人拔出。

然后屋门被打开，陈平安站在门口："顾璨，我还以为你会说，只要炭雪死了，你也要自尽在我眼前呢。我开门之前，还在想，这到底是你自己的想法，还是你娘亲教给你的措辞。"

顾璨抬起头，无声而哭。

这是他离开家乡在书简湖这些年，第一次哭得像当年泥瓶巷那个小鼻涕虫。

陈平安抬头看着夜幕，久久没有收回视线。

他站在屋檐下，手里拎着炭笼。

顾璨此时哭得撕心裂肺，就像一只受伤的幼崽。

陈平安哪怕已经重新望向顾璨，依旧没有开口说话，就由着顾璨在那边满脸的鼻涕眼泪。

顾璨就这么一直哭到了身体抽搐起来,哭到没了力气,开始呜咽,待攒出些气力,又开始干号,就这样像是把所有心气都给哭没了。

陈平安缓缓问道:"为什么不跟我求情?是因为知道没有用吗?不愿意失去最后一次机会,因为帮炭雪开了口,我不但跟春庭府,跟你娘亲两清了,跟你顾璨也一样,最后一点点藕断丝连也没了,是这样吗?是总算知道了哪怕如今有炭雪在,也未必在书简湖活得下去了,将炭雪换成我陈平安,当你们春庭府的门神,说不定你们娘俩还能继续像以前那么活着,就是稍微没那么痛快了,不太能够理直气壮告诉我,'我就是喜欢杀人'了?可是比起哪天莫名其妙给一个无冤无仇都没见过面的修士随手一巴掌打死,一家人跑去在地底下团团圆圆,还是赚的?"

顾璨就是不说话,也不去擦拭满脸的鼻涕眼泪,就是那么直愣愣看着陈平安。

陈平安叹了口气,走到顾璨身前,脚踩在积雪中,每一步都踩出吱吱呀呀的声响。他弯腰递过去手中的炭笼,顾璨不接。

陈平安蹲下,面对面看着顾璨:"小鼻涕虫,没关系,照实说,我都听着。"

顾璨抓起一大把雪,转过头去,往脸上糊了糊,这才转回头,哽咽道:"陈平安,你是最坏的人!"

陈平安哑然失笑,犹豫片刻道:"在你们书简湖,我确实是好人。不是说好人聪明了,就是坏人了嘛。"

顾璨眼泪一下子就决堤了:"你们书简湖,你们春庭府,你们娘俩!陈平安,你就喜欢说这样的话,我们不要这样,好不好……"

顾璨用双手手背遮掩脸庞,呜呜咽咽。

陈平安说道:"你回去吧。"

顾璨一拳打在陈平安胸膛,打得陈平安跌坐在雪地里。

顾璨站起身,踉跄跑走。

跑出去十数步外,顾璨停下脚步,没有转身,抽泣道:"陈平安,你比小泥鳅更重要,从来都是这样的。但是从现在起,不是这样了,就算小泥鳅死了,都比你好。"

陈平安坐在雪中,眺望着书简湖,心如止水。

站起身,抖落棉衣上沾染的雪屑,陈平安走向渡口,等待粒粟岛谭元仪的到来。以刘志茂雷厉风行的行事风格,肯定一回到横波府就会飞剑传信粒粟岛,陈平安只是突然想到这位大骊绿波亭在东宝瓶洲中部的谍子头目,多半不会乘船而至,而是事先与刘志茂通气,秘密潜入青峡岛,于是他便转身直接去往横波府。

春庭府。

妇人披着一件雪白狐裘,焦急等待。看见顾璨的身影后,赶紧小跑过去,问道:"怎么样,炭雪呢?没跟你一起回来?"

先前在灶房娘俩一起包饺子的时候,顾璨突然神色剧变,摔倒在地,捂住心口,像是大病了一场。当时妇人就心知不妙,多半是炭雪在春庭府外边出了岔子。

顾璨抬起头,怔怔道:"死了。"

妇人愕然,以为自己听错了:"璨璨,你说什么?"

顾璨重复道:"死了。"

妇人厉色道:"死了?就这么死了?炭雪是元婴境的蛟龙,怎么可能死?除了宫柳岛那个姓刘的老王八蛋,书简湖还有谁能够杀死炭雪!"

顾璨看着娘亲那张脸庞,说道:"还有陈平安。"

妇人愤怒道:"说什么昏话!陈平安怎么可能杀死炭雪,他又有什么资格杀死已经不属于他的小泥鳅,他疯了吗?这个没良心的小贱种,当年就该活活饿死在泥瓶巷里头,我就知道他这趟来咱们青峡岛,没安好心,挨千刀的玩意……"

顾璨突然说道:"陈平安可能听得到。"

妇人立即闭上嘴巴,慌慌张张环视四周,她脸色惨白,与地上的积雪和身上的狐裘差不多。

顾璨默然无声。

妇人一把抱住他,哭道:"我可怜的儿啊。"

顾璨面无表情,他如今的体魄和神魂都孱弱至极,在春庭府和山门的雪地里往返一趟,此刻早已手脚冰凉。

再次返回横波府,刘志茂犹豫了一下,让心腹管家去请来了章蓾。又去那座类似剑房的秘密小剑冢,那里珍藏着上品传讯飞剑。他细细斟酌酝酿一番措辞之后,才传信给粒粟岛岛主谭元仪。

最后刘志茂来到铺有一幅彩衣国特产地衣的大堂,一拂手,捞起一团水雾,洒在地上,出现一幅青峡岛山门口的画卷。

大雪已停歇,画面便显得有些死寂。

刘志茂低头凝视着水雾生成的画面,其间几次抬头望向门外。

刘志茂无奈而笑,如今的青峡岛近千修士,也就只有一个章蓾敢得了横波府敕令依旧是晃晃悠悠赶来,绝对不会匆忙御风,至于他这个岛主会不会心生芥蒂,章蓾这个老家伙可从来不管。

刘志茂叹了口气。

最早一起并肩厮杀的老兄弟,几乎全死了,要么是死在开疆拓土的战场上,要么是死于层出不穷的偷袭暗杀,要么是桀骜不驯生有反心,被他刘志茂亲自打杀,当然更多还是老死的，结果最后身边就只剩下个章醪，青峡岛最后一个老伙计了。

刘志茂径直穿过那幅水画卷，来到大门口，犹豫了一下，跨出门槛，在那边等着章醪。

章醪作为地仙之下的龙门境修士，在岛屿千余的书简湖，即便不谈与刘志茂的交情，其实自己占山为王，当个岛主，也绰绰有余。事实上刘志茂这两年以远交近攻的路数，吞并素鳞岛在内那十余座大岛屿后，就有意向让章醪这位扶龙之臣，拣选一座大岛作为开府之地，只是章醪婉拒了两次，刘志茂就不再坚持。

在两人皆是观海境的相逢初期，谱牒仙师出身的章醪，不但是刘志茂的朋友，更是为刘志茂出谋划策的幕后军师。可以说，青峡岛早期能够一次次安然渡过难关，除了刘志茂领着一帮聚拢在身边的从龙之臣，次次出手狠辣，对敌斩草除根，震慑群雄之外，章醪的谋断，至关重要。

刘志茂之所以对章醪一直礼遇有加，除了艰难岁月里这段殊为不易的香火情，再就是当刘志茂在修行路上，步步登高，远远将他甩在身后之后，许多自认为该说的话，章醪从不犹豫，硬生生从一个本该躺在功劳簿上享福的开国功勋，变成了不知死活、惹人厌烦的庙堂谏臣。刘志茂数次确实大为恼火章醪的半点脸面不讲，可章醪依旧我行我素。刘志茂在跻身元婴之后，便对章醪越来越疏远，不过是让其掌管钓鱼、密库两房，有着京官的身份，却做着地方官的事。章醪的不讨喜，显而易见，所以这些年不好说处境艰难，但是比起供奉俞桧这些风光无限的青峡岛后来人，章醪在青峡岛露面的机会，越来越少，许多庆功宴，倒也参加，但是从不开口说话，既不对截江真君阿谀奉承，也不会泼什么冷水。

脑海中走马观花，刘志茂一想到这些陈年旧事，竟是有些久违的唏嘘感触。

总算是来了。

章醪见着了刘志茂，依旧走得不急不缓。

不但如此，他手里竟然还捏了个结实雪球，由此可见，赶来的路上，章醪走得何等悠哉，去喊他的人又是如何心急如焚。

身边那个同样是龙门境修士的横波府大管家，这趟出门去找章醪，这一路催促章醪的次数，实在太多了，确实糟心，可当他瞧见已经亲自站在门外等候的真君老爷后，心弦一震，立即有些后悔，所幸没有发牢骚，不然多半要栽跟头。

刘志茂对大管家挥挥手，示意不要靠近大堂，后者立即躬身离开。

章醪抱拳致礼，道："见过岛主。"

刘志茂笑着抬手虚按两下，示意章醪不用如此见外。

两人一前一后跨过门槛，章醪看着悬浮在那幅锦绣地衣上边的画卷，默不作声。

刘志茂开门见山道："当年你和钓鱼房耗时八年，才帮我辛苦找到那位金丹女修的转世，当时劝我可以将其拘押在青峡岛上，但是绝不可以在她身上动手脚，将来一旦刘老成重返宫柳岛，最后撕破脸皮的时候，才道破此事，凭借此举，说不定我刘志茂可以自救一命，我当时不信，你便与我争执，我还说你是妇人之仁，对刘老成的心性揣摩，十分可笑。现在看来，你未必就对，但我肯定是错了。"

章魇面无表情道："难得岛主肯认个错，不晓得明儿早上，太阳会不会从西边起来。"

刘志茂伸手点了点这个老犟头，气笑道："就你这种臭脾气和这张臭嘴，换成别人，我早就宰了十次八次了。"

章魇"哦"了一声："那我谢过岛主的不杀之恩。"

刘志茂正要说话，突然指了指画卷，说道："看好了。"

画面上，顾璨跪在门外雪地里。

那个账房先生推开门，在说完那句话后，抬起头，双手拎着炭笼，就这么仰头看着。

刘志茂脸色阴晴不定。

章魇说道："我劝岛主还是撤了吧，不过我估摸着还是没个屁用。"

刘志茂先伸出一根手指，在画卷某处轻轻一点，然后一挥袖子，真的撤去了这幅画卷。

刘志茂说道："这个陈平安，你觉得如何？"

章魇想了想："很可怕，如果他是书简湖野修，应该就没岛主什么事了。"

刘志茂点头道："一些个我与他之间的秘事，就不说与你听了，并非我信不过你，而是你不知道，可能更好。不过有些无伤大雅的小事，倒是可以当个乐子，说给你听听。"

章魇不再故意拿言语去刺刘志茂。毕竟，刘志茂所谓的小事，肯定不小。

刘志茂便详细说了与陈平安离开山门后的对话，以及是如何一起吃了春庭府那顿冬至饺子，然后分开各走各的路，各做各的事。

刘志茂说道："你说陈平安为何故意带上我，吓唬那妇人，又白白送我一个天大的人情，瞒着妇人真相，由我刘志茂当一回好人？"

章魇思索片刻，一语中的："不复杂，陈平安从搬出春庭府那一刻起，就在与顾璨娘亲划清界限，只是手法比较温和，双方都有台阶下，不至于闹得太僵。不过那会儿妇人多半只会如释重负，猜不到陈平安的用心。此后陈平安时不时去春庭府吃顿饭，安抚人心罢了，妇人便渐渐安心了，处于一种她认为最'舒适'的心境——陈平安不会拐骗了顾璨，害得顾璨'误入歧途'，去当什么找死的好人，而且陈平安还留在了青峡岛，怎么都算是一枚春庭府的护身符，就跟多了一尊看门的门神似的，她当然喜欢。在那之后，陈平安去春庭府的次数越来越少，而且不露痕迹，因为这位账房先生，确实很忙碌，于是妇人便更加开心了。直到今晚，陈平安拉上了岛主，一起坐在春庭府餐桌上吃着饺子，她才终于后知后觉,双方已是陌路人。"

章辀说完这些几乎就是真相的话后,问道:"我这种外人,不过是多留心了几眼陈平安,尚且看得穿,何况是岛主,为何要问?怎么,怕我坐了这么多年冷板凳,常年不用脑子,与春庭府这位喜好以诰命夫人自居的妇人一般无二,脑子生锈了?再说了,脑子再不够用,帮着岛主打理钓鱼、密库两房,还是勉强够的吧?难道是觉得我手里边握着密库房,不放心,怕我眼见着青峡岛要树倒猢狲散,卷起铺盖就一个脚底抹油,带着一大堆宝贝跑路?说吧,打算将密库房交给哪位心腹。岛主放心,我不会恋栈不去,不过若是人选不合适,我就最后一次泼泼岛主的冷水。"

刘志茂笑骂道:"少在这里瞎扯!"

章辀缓缓道:"那到底是图什么?不是我章辀看不起自己,如今的形势,我真帮不上大忙。如果是要我去当个死士,我不会答应,哪怕我知道自己命不久矣,可好歹还有甲子光阴,都算是凡夫俗子的一辈子了。这么多年来,福,我享了,苦头,更没少吃,我不欠你和青峡岛半点。"

刘志茂没有回答章辀的问题,没来由感慨了一句:"你说如果书简湖都是陈平安这样的人,我们这帮老不死的家伙,一边给人骂罄竹难书,一边又给人顶礼膜拜的大恶人,还怎么混?怎么能混得风生水起?"

章辀笑道:"岛主,这样的人,不多的。"

刘志茂转头望着这个魂魄腐朽飘零的龙门境老修士,看了很久。

章辀只是不说话。

刘志茂说道:"章辀,你找个良辰吉日,然后在今年年底,不要等到开春,就悄悄离开书简湖吧,走得远一点,随便找个山清水秀的地方,安安稳稳过完最后的甲子光阴。"

章辀皱紧眉头,疑惑道:"形势已经恶劣到这分上了?"

刘志茂犹豫了一下,坦诚道:"目前来看,其实不算最坏,可是世事难料,大骊宋氏入主书简湖,是大势所趋,一旦哪天大骊脑子抽筋了,或是觉得给刘老成瓜分太多,想要在我身上找补回来,青峡岛就会被秋后算账,到时候大骊随便找个由头,宰了我,既能够让书简湖大快人心,还能得了十几座大岛屿的家当,换成我是大骊管事的,铁定做啊,指不定这会儿就开始磨刀了。"

刘志茂拍了拍章辀的肩膀:"不是在故意收买人心,你如果不是章辀,一个不上不下的龙门境修士,算个屁,哪里需要我刘志茂如此婆婆妈妈,絮叨个半天,有这闲工夫,我闭关修行不行啊?不小心修出个玉璞境,他娘的看大骊还敢不敢磨刀,还舍不舍得卸磨杀驴!同样是玉璞境,一个阮邛,都快给大骊宋氏捧上天了。我这个只差半步的元婴,比起阮邛,真是半境之差,就要气死人。

"话说回来,怎么收买人心,当年还是你手把手教我的。"

刘志茂从章魇肩头收起手，又给他整理了一下衣襟，笑道："我希望身边的老伙计，总归得有一个人，有个善终的结局。反正是举手之劳，别谢我啊，不然就见外了。"

章魇突然开始破口大骂："你这个老王八蛋，要是真有给大骊或是刘老成活活打死的一天，我却躲起来了，六十年过去，我还怎么在黄泉路上追上你，陪你说说话？"

章魇摇摇头，轻声道："我不走。"

刘志茂看着这个又犯倔的家伙，说了句题外话："你倒是能跟咱们那位账房先生当个朋友：聪明的时候，根本不像个好人；犟劲上头的时候，就像个脑子进水的傻子。"

章魇道："你现在心性不太对劲，无益于修行，行百里者半九十，这时候一口气坠下，你这辈子都很难再提起来，还怎么跻身上五境？那么多大风大浪都熬过来了，难道还不清楚，多少死在我们手上的对手，都是只差了一口气的事情？"

刘志茂"哎哟"了一声："章魇，可以啊，又开始教训起我来了，还敢跟我谈修行了，真以为咱俩还是当年两个观海境的愣头青啊？"

章魇笑道："我跻身洞府境的时候，能算是愣头青，你刘志茂那会儿，年纪已经不小了，没办法，你们这些野狗刨食的山泽野修嘛，混就是比我们谱牒仙师要差劲很多。"

刘志茂嘲笑道："在书简湖当了这么多年的野修，到头来还是愿意以谱牒仙师自居啊？"

章魇喃喃道："有件事情，一直放在心底没跟人讲过，我从跟着那个叫刘志茂的家伙，来到书简湖的第一天起，就无比希望有朝一日，可以亲眼看到那个刘志茂以野修身份，在书简湖开宗立派。所以这些年，我经常去一个地方逛荡，那是我和刘志茂在书简湖最早的立足之地，一个跟横波府同名的小岛屿——横波岛，巴掌大小的地儿，后来被一位在当时来看无可匹敌的金丹仇家，直接用本命法宝给打没了，真是气死我了，当时背着那个半点没有气馁的刘志茂，一个人划船过去，在那边默默流泪，哭也，苦也。"

陈平安和谭元仪几乎同时到达横波府。

只是一明一暗。

刘志茂亲自出门将手持炭笼的账房先生，领到一间密室，四壁与地面竟然都是雪花钱，然后只摆放了四张蒲团。

粒粟岛岛主谭元仪已经坐在其中一张蒲团上，正在闭目养神，当刘志茂和陈平安并肩走入时，他睁开眼，站起身，笑道："陈先生的大名，如雷贯耳。"

陈平安问了个没头没脑的问题："书简湖的近况，谭岛主你的那位绿波亭同僚，如今身在青鸾国的李宝箴，能不能够知晓？"

谭元仪说道："每隔一段时间，会有一些关键谍报的交换。如果陈先生不愿意在谍报上被提及太多，我可以亲自润饰一二。"

陈平安拱手致谢。

谭元仪说了一番客气话，什么陈先生可是龙泉郡的山大王，还是北岳正神魏檗的挚友，在绿波亭内部，人人久仰陈平安的大名。

陈平安听后心中非但没有惊喜和感激，反而开始担忧今夜的秘密会晤。

大骊官场，尤其是安插在大骊王朝以外的谍子，最重规矩律法。谭元仪所谓的"润饰"，就是破例，若是换成书简湖的山泽野修，当然可以理解为双方做买卖的铺垫和诚意，可是陈平安刚好是极其熟稔大骊某些运作规矩的人，没办法，曾经的死敌，刚好是绿波亭的原先主人，那位宫中娘娘，是大骊王朝最有权势的女子。谭元仪既然敢坏了规矩，哪怕只有一点点，都意味着他需要在陈平安身上悄悄找补回来，这也是做买卖的分内事，在商言商罢了。很多朋友，坏在一个钱上，反目成仇，未必全是那些所谓的朋友不厚道，自身亦是错在了"拎不清"上。至于这里边还应该讲一讲的顺序先后、对错大小，又往往因为一味感情用事，误人误己，两败俱伤。

三人一起落座。

一位大骊谍子头目，过江龙。

一位书简湖元婴修士，地头蛇。

一位既是籍贯在大骊龙泉郡，又是青峡岛供奉的账房先生，过路客。

陈平安盘腿而坐，双手摊放在炭笼上，直截了当问道："因为老龙城变故，大骊宋氏欠我金精铜钱，谭岛主知不知道？"

谭元仪点点头："这是绿波亭头等机密，绿波亭所有隐匿在东宝瓶洲中部的谍子死士，只有我可以接触到一些大概，属于大骊公文里边故意语焉不详的那部分，但具体内幕，我依然没资格知道。"

陈平安又问道："大骊军方，比如在先后到达朱荧王朝边境的两支铁骑，是不是都对谭岛主很不满？"

谭元仪脸色微变。

大骊尚武，从庙堂到江湖再到市井，皆是如此，民风彪悍绝非虚言，所以一直被东宝瓶洲其他王朝讥笑为"北方蛮夷"。

大骊的上柱国姓氏，大部分的根基都在军方，均摊掌握着一支支打惯了"老仗"的边军铁骑，没有谁能够完全掌握一支边军，往往是两三大豪阀姓氏相互制衡、结盟，当然也有类似袁、曹两大上柱国姓氏这般互相仇视的存在。

如果不是大骊国师崔瀺，大骊文官根本就没有出头之日，哪怕是绣虎经营朝堂百年之久，去年还是闹出了一个大笑话，大骊其中一支南征骑军在京城的传话人，气势汹汹去户部讨要银子，品秩比此人高出一截的户部侍郎宋岩，亲自出面接待，户部当然是要按照流程，先吐苦水，再喊穷，最后双手一摊没银子，若是有点牵来扯去官场香火情的，最多就是私底下说些尽力周转的掏心窝言语，若是没交情的，那就是爱咋咋的，有本事你们来户部砸场子啊。

那个造访户部要银子的家伙，就是与户部关系平平的，听了半天，拗着性子，忍到最后，终于开始炸窝，拍桌子瞪眼睛，指着宋岩的鼻子，骂了个狗血淋头，将自家铁骑一路南下的灭国功勋，一桩桩摆事实说清楚，再把将士在哪一国哪一处战场的惨烈伤亡，一一报上数字，按照国师崔瀺的话说，这就是"武人也要说一说文官听得懂的斯文话"，最后质问宋岩是不是良心被狗叼了，竟敢在军饷一事上支支吾吾装大爷，再将户部到底还有多少存银说了个底朝天，说得宋岩直感慨你这家伙来咱们户部当差算了。

最终结果，自然是那人满载而归，还有意外之喜，宋岩单独划拨一笔不算燃眉之急的款项，给了那支势力在京城盘根错节的铁骑。

只是那人还没能带着喜讯离开京城，就给揪了回去，不但如此，连同宋岩以及顶头上司，那个被誉为大骊财神爷的尚书韩大人，三个人同聚一堂。

主位上，坐着一头绣虎，国师崔瀺。

当时崔瀺喝着茶水，微笑道："给咱们大骊那教书匠穷儒生的那点银子，你们户部也好意思拖延？你们不也是读书人出身吗？宋岩，如果我没有记错，最早也是村塾受的蒙学，真舍得动这几下子笔刀子？咱们大骊已经这么揭不开锅了？"

不理会那个战战兢兢的户部侍郎，崔瀺转头望向那位白发苍苍却精神矍铄的户部尚书："韩大财神爷，大骊这么穷，怪谁？怪我，还是怪你？"

不承想老尚书毫不畏惧，指了指宋岩："哪敢怪国师大人，我年纪大，但是官瘾更大。再说了咱们户部也不穷，银子大大的有，就是不舍得胡乱花费而已，那笔款项，从头到尾，咱们户部都按照国师的要求，办得清清爽爽，一枚铜钱不多，一枚铜钱没少。所以怪不着我，要怪就怪宋岩，只是宋岩坏了事。好汉一人做事一人当，宋岩，快，拿出一点咱们户部官员的骨气来。"

那个边军出身的要钱人，瞪大眼睛，他娘的六部衙门的高官，就这操行？不比咱们边军里边出来的糙汉子好到哪里去啊。

看来天底下臭不要脸的人和话，其实都一个德行。

崔瀺喝了口茶，对老尚书笑道："行了，少在这里拐弯抹角给下属求活路。宋岩错是不小，但还不至于丢了官，几次京评，都还算不错。就把三年俸禄拿出来，给到那笔款项里头去。"

膝盖发软的宋岩如获大赦："属下愿意拿出十年俸禄……"

老尚书一拍脑袋："尿瓜蠢蛋，自寻死路啊。"

崔瀺还是没生气，一手端茶，一手持杯盖对宋岩摆摆手道："这不是当官该有的规矩，回去后，还魂了，静下心来，再好好跟老尚书讨教一些为官之道。别总以为自己这位顶头上司，只是靠着挣钱本事，才得以立身庙堂中枢。"

老尚书带着劫后余生的宋岩离开大堂。

两个人一起抹汗水，老尚书气得一脚踹在宋岩腿上，低声骂道："我再年轻个三四十年，能一脚把你踹出屎来。"

后者苦笑不已，这还是那个喜欢成天"之乎者也"的老尚书吗？

那个大闹户部衙门的家伙，咽了咽唾沫，到底是个能从户部要到银子的聪明人，学那老尚书耍无赖："国师大人，你可不能杀我啊，我这是职责所在。"

崔瀺点点头："你做的非但没错，反而很好，我会记住你的名字，以后再接再厉，说不定出息不小，至少不用为了跑趟衙门，咬咬牙专程去买一身不丢边军脸面的新衣服。买衣服这笔钱，离开这里后，你去户部衙门讨要，这不是你该花的银子，是大骊朝廷的文官欠你的。你在宋岩那边讨要到的军费，除了本该拨给教书匠的那点银子，其余都可以带出京城。"

那个家伙满脸的匪夷所思："国师大人，当真就只是这样？"

至于为何堂堂大骊国师，会知晓自己买衣服这种芝麻小事，他当下已经顾不得多想了。

崔瀺笑了笑："当然不只是这样，这件事情害我分心，尤其是让我心里头有些不痛快了，既然怪不到你这个跑腿的人头上去，韩尚书又滑不溜秋，不给我让户部衙门吃点挂落的机会，就只好拿你们的那位主将苏高山来说事。南下途中，他那些个可睁眼可闭眼的账，我打算跟他算一算。你告诉他，朝廷这边，扣掉他灭掉夜游国的一国之功，所以本该是囊中之物的巡狩使，就有些悬乎了，接下来与曹枰双方齐头并进，攻打朱荧王朝，记得多出点力，如果能够率先攻入朱荧王朝京城，会是大功一件。樵夫出身的他，不是喜欢拿龙椅劈砍当柴火烧吗？那一张椅子，我可以今天就答应他，只要他抢先一步，见着了京城高墙，那张东宝瓶洲中部最值钱的椅子，就是他的柴火了，吞掉那张椅子的火焰，他豢养的那条火蟒，就有希望跻身金丹。"

那个边军汉子脸色难看至极。这明摆着是要逼着苏大将军拼死突入腹地啊。

崔瀺放下茶杯，道："我还有事情要忙，你也一样，就不请你喝茶了。一两杯茶水，也没法子让你变得不火急火燎。"

那汉子欲言又止，终于还是放弃了与国师大人再商量商量的打算，他敢在户部闹，那是形势所迫，不得不狗急跳墙，在这儿，毫无意义。

汉子离开之前，壮起胆子说道："国师大人，能不能再耽搁耽搁，容我说句话，就一句话。"

崔瀺笑道："是两句了。"

汉子直爽笑道："以前总听说朝堂上的大人物，都喜欢说些云里雾里的屁话，全靠自己去猜。国师大人说话也绕，可绕得不多，虽然今儿的事情让国师大人有些糟心，可说实话，我心里还是挺痛快的。"

崔瀺挥挥手："以后可以跟人吹牛皮，但是别太过火，一些个与我崔瀺把臂言欢、称兄道弟的话，还是别讲了。"

汉子由衷佩服，抱拳道："国师大人真乃神仙也。"

很难想象，一个边军汉子在去年末跟户部讨要银子，就这么一件当初跟书简湖八竿子打不着的小事，会最终直接影响到书简湖数万野修的大势和命运。

一支大骊铁骑的主将苏高山，从去年到今年年末，整整一年，就一个感觉，老子没钱，老子缺钱。

尤其是长驱直入，打到了朱荧王朝的藩属石毫国中部地带后，拿下石毫国，毫无困难，但是掂量了一下曹枰那家伙的兵马，苏高山就愁，怎么看都是那个小白脸更有胜算，能拿下攻破朱荧王朝京城的首功。

人总不能活活给尿憋死，尤其是苏高山这种居高位的实权大将，所以在一切规矩之内，银子也要，神仙钱更要。

所以他就盯上了石毫国以南的那座书简湖，亲自派人去了趟池水城，与粒粟岛谭元仪有过一番会晤。

他苏高山不管是什么刘志茂马志茂，谁当了书简湖的盟主都无所谓，只要给的银子够多，他就可以加快南下的马蹄速度，为此人撑腰。那帮好似过街老鼠的山泽野修，谁不服气，那正好，他苏高山此次南下，别说是野修地仙，就是那些谱牒仙师的大山头，都铲平了四十余座，如今麾下不提大骊配给的武秘书郎，光是一路拉拢而来的修士，就有两百人之多，这还是他看得入眼的，不然早就破千了。而且只要打算进行一场大的山上厮杀，自家大军的屁股后头，那些个被他灭了国或是被大骊承认藩属身份的地方，在他身前点头哈腰的谱牒仙师，还可以再喊来三四百号，一个个都得乖乖腾云驾雾，屁颠屁颠过来驰援书简湖。

更何况大军之中，专门配置有针对山上修士的几艘巨型剑舟，是墨家机关师打造出来的大家伙，一次升空齐射，飞剑数千如雨落。

就是吃钱，而且是大把大把的神仙钱，每用一次，苏高山就要心如刀割，感觉像是从自己心头剐肉。

每次一听到文官幕僚在那边打算盘，说此次动用剑舟，得不偿失，噼里啪啦，最后告诉苏高山亏损了多少小暑钱，苏高山就恨不得再派人去把那些连祖师堂的老梁木都能拆下来卖钱的覆灭山门掘地三尺，重新搜刮一遍。万一找出个秘密藏宝地之类，说不定就能保本，甚至是有赚了。这类事情，南下途中还真发生过，而且不止一次。那帮老不死的山上修士，都他娘的是老鼠打洞，一个比一个藏得深。

一想到书简湖那么多野修积攒了百年甚至数百年的家当和积蓄,苏高山差点都想要厚着脸皮去找曹枰那个小白脸,跟他再借几艘剑舟。

而苏高山身负大骊气势,本身又是手握重兵的大将,做事情,往往是越简单越好。但是对于粒粟岛谭元仪而言,一个习惯了刀刃上计较得失的大谍子,碰到了苏高山这种实权武将,能够在大骊边军中排名前十的真正大人物,一位板上钉钉的未来巡狩使,实在是既高兴又头疼。

粒粟岛这些年的盈余,以及先前从青冢、天姥岛挣来的一点神仙钱,对于那支急剧扩张的铁骑所需的军费而言,四个字,杯水车薪。

苏高山以战养战,已经无法维持,毕竟南下途中,除了大骊铁骑的如雷马蹄,还有大骊监军和专门负责收拾残局的一拨文官,后者会尽力避免军方对战败之地的盘剥过重。虽然国师崔瀺早就制定出一套近乎烦琐的规矩,但那些边军将帅无所谓,反正自有幕僚帮着解惑,而且一旦违例要付出代价,还可以凭借军功抵过,只要战功足够。比如,遇上了冥顽不化的城池,久攻不下伤亡惨重,最后一旦成功破城,主将可以下令屠城,别说是两条腿的人,还可以杀得鸡犬不留,但是这种违反那本南征律例册子的泄愤之举,大骊随军监军和那些留守文官最多是建言,不会死劝,更不会弹劾,因为这种情况,一样在国师大人的规矩之内,只需要拿出那本册子,翻翻一路杀敌积攒下来的功劳簿,以及破城军功,拿去跟屠城所需代价算一算,足够抵过;如果还舍得战功被抹,舍得事后捞不到一个大骊新设的封疆大吏"巡狩使"官职,那就只管去做,大骊朝廷绝对不会对你秋后算账。

可若是军功不够,还敢肆意屠城或是坑杀败军降卒,那简单,就杀头。所有军伍当中的武秘书郎,哪怕是主将身边的心腹武秘书郎,一样需要听令于大骊国师交予监军的令牌,监军可以直接当场下令屠城的主将斩立决,然后还要被传首各支大骊边军。一颗人头还不够,在大骊本土的家族一起帮着补过,补到足够为止,若是杀光了还不够,没关系,大骊国师说了,就当是大骊对你这些年的戎马生涯,破例法外开恩了。

如果刘老成没有出现,这笔买卖,对谭元仪,对刘志茂,对大将苏高山,还有对大骊,是四者皆赢的大好局面。

结果蹦出个已经两百年没在宫柳岛露面的刘老成。

刘老成这根搅屎棍的出现,使得刘志茂一夜之间就失去了对书简湖的掌控,而谭元仪的下场,也不比青峡岛顾璨和那条畜生好到哪里去,都属于无妄之灾。

这会儿,刘志茂眼观鼻鼻观心,老僧入定一般。

陈平安微微抬手,搓了搓掌心:"谭岛主跟攻打石毫国的那位大骊主将苏高山,关系如何?"

谭元仪说得很坦诚:"关系很一般,苏高山看上的,是书简湖千余岛屿的孝敬钱和卖命钱,拿不出来,随时可能翻脸,连我这半个自家人,都无法例外。虽说武将绝对无法干涉绿波亭事务,可是我这种谍子,光是绿波亭内部,就多达十余位,更不要说还有差不多性质的牛马栏和铜人捧露台,都不比绿波亭逊色。"

陈平安笑道:"更不妙的是绿波亭,原本是那位娘娘亲手打造而出,虽说如今变成了大骊国师的养子,可毕竟不是亲生的。最最不妙的,则是同样在绿波亭内做到谭岛主这个高位的谍子李宝箴的升迁之路,注定更加顺遂,反而像谭岛主这样绿波亭资历深厚的前朝老臣子,就有些难熬了。"

谭元仪笑道:"对待牛马栏和绿波亭,国师大人是不会有所偏心的。"

陈平安一针见血道:"对待牛马栏和绿波亭,当然不会偏心。可是具体对待绿波亭每一个被那位娘娘提拔起来的心腹老人,会不会呢?可能国师度量极大,就不会,可能肚量没那么大,就会。可能今天乱世用才,就不会,可能明儿天下太平,就会。可能今天递了投名状,与娘娘划清了界限,明天就突然天降横祸,被不太聪明的别人给株连。似乎都有可能。"

谭元仪叹息一声,没有反驳。

刘志茂依旧一副置身事外的散淡模样。

陈平安心中也叹息一声。

在谭元仪这边,打开死结,有意义,但是意义不大。

但是哪怕没有开始做买卖,就已经知道结果会不尽如人意,今夜的会谈,依旧是必须要走的一个步骤。

陈平安需要通过了解谭元仪所有细微处透露出来的一个个小的真相,去解开一桩桩心中疑惑,然后再去汇总、甄别那个看似模糊但是有迹可循的大势脉络。

陈平安笑道:"形势确实不是太好,可是患难生交情,谭岛主,刘岛主,那咱们就当一回精诚合作的盟友,开始聊聊细节步骤,三方相互查漏补缺?"

谭元仪微微坐直几分,沉声道:"陈先生愿意投桃,谭元仪必然报李!"

刘志茂更是开口说话,笑道:"如此甚好!"

深夜时分。

陈平安独自离开横波府,返回青峡岛山门,将炭火早已熄灭的炭笼放回屋子,悬挂好养剑葫,换上了那件法袍金醴,再在外边穿上厚实的青色棉袍,拔出房门上的那把剑仙,归鞘背在身后,径直走向渡口,解开那艘小渡船的绳索,去往宫柳岛。

水路遥远。只是陈平安并不心急,撑篙划船,渡船如一支箭矢,破水而去。

书简湖太过广袤,即便渡船如同疾鸟飞掠,可天亮时分,犹然没有看到宫柳岛的影子。

大雪飞鸟绝。

陈平安休憩片刻,便停船在湖心某处,手持一根筷子,摆放一只白碗,轻轻敲击,叮叮咚咚。

侧耳倾听。

既像个街边乞讨要饭的乞儿,但又像那种退隐山林、孤云野鹤的年轻仙人。

陈平安就这么自得其乐了一炷香工夫,将碗筷都收入咫尺物。

然后搓了搓脸颊,然后深呼吸一口气。

凉风大饱!

第二章
世间人事皆芥子

穗山之外。

一位悄然而至的学宫大祭酒,依旧耐心等着答复。

就连那尊金甲神人都有些于心不忍。

一个有希望成为文庙副教主的读书人,就这么给一个连神像都给砸了的老秀才晾着,已经大半个月了,这要是传出去,光是浩然天下读书人的口水,估摸着就能淹没穗山。

穗山之巅。

对于文庙那边的兴师动众,老秀才依旧浑然不当回事,每天就是在山顶这边,推衍形势,发发牢骚,欣赏碑文,指点江山,逛荡来逛荡去。用穗山大神的话说,老秀才就像一只找不着屎吃的老苍蝇。老秀才非但不恼,反而一巴掌拍在山岳神祇的金甲上边,开心道:"这话带劲,以后我见着了老头子,就说这是你对那些文庙陪祀贤人的盖棺论定。"

穗山大神脸色冷漠:"你敢这么说,以后你就别想再来穗山。"

老秀才赶紧吐了口唾沫在手心,帮着穗山大神擦拭了一下金甲,笑道:"玩笑都听不出来,一点都不风趣。"

这位中土神洲公认脾气最差的金甲神人,纹丝不动,双手拄剑,眺望穗山辖境之外的边境,竟是对老秀才这种举动习以为常了,由此可见,这么多年来,他在老秀才这里吃了多少苦头,可谓饱受蹂躏,不然不至于如此麻木。

老秀才一手挠着后脑勺,站在金甲神人身边,道:"当先生的,你永远不知道自己说过的哪句话,讲过的哪个道理,做过的哪件事情,会真正被学生弟子一辈子铭记在心。如果是一个真正以'为天下苍生授业解惑'自居的读书人,其实心底会很惶恐的,我这么多年来,就一直处于这种巨大的恐惧当中,不能自拔,最后落得个心灰意冷。因为我发现自己的弟子当中,总有这样那样的瑕疵,极有可能都是我造成的。"

金甲神人冷笑道:"原来不只是庸人自扰。"

老秀才跳脚骂道:"我警告你啊,别仗着我们关系好,你就可以学那些假的读书人,阴阳怪气地说话,你难道不知道我最恨这点?我忍你好几百年了,你再不改改这个臭脾气,我以后就真不挪窝了,就待在这里每天恶心你。"

金甲神人呵呵笑道:"我怕死了。"

老秀才嘀咕道:"秀才遇到兵,有理说不清。"

金甲神人问道:"按照你的推衍结果,崔瀺在东宝瓶洲东一榔头西一棒子,最后又处心积虑算计那个孩子,除了想要将崔东山拔河到自己身边之外,是不是还有更大的阴谋?"

老秀才笑眯眯道:"我这等知天知地知道的头等聪明人,当然晓得崔瀺的真正追求,可我偏不说。"

金甲神人点头道:"那我求你别说了。"

老秀才叹息一声,轻轻一揪,从头上揪下一根头发,递了过去。

金甲神人皱眉问道:"作甚?"

老秀才板着脸道:"你这么不好学的榆木疙瘩,拿着这根头发去上吊算了。"

金甲神人笑了笑,道:"你想要给自己找个台阶下,想惹恼我,然后让我一剑把你劈出穗山地界,好去见那个大祭酒?不好意思,没这样的好事情。"

老秀才啧啧道:"你还真不傻。"

金甲神人被遮掩在面甲之后的神色,突然凝重起来,道:"你推衍的几件大事,还是混沌不明?"

老秀才收敛笑意,道:"很麻烦。那座古老关隘,如果是我亲自出马,有些用,但是极其之慢,远水救不了近火。所以穗山边境上那位学宫大祭酒,我不太好意思见他。最大的麻烦,是这次蛮荒天下来真的了,那边出了好几个仿佛是应运而生的大天才,当初剑气长城那场比试,不过是那几个年轻家伙的牛刀小试而已,就已经是相当了不得的大手笔了。所以我才要去南婆娑洲找一找那个迂腐家伙,提醒他别一个不小心死翘翘了,还要给人骂上千百年。"

金甲神人正要开口,老秀才摇头道:"天机不可泄露。中土陆氏这一脉的阴阳家,我已经完全信不过,就只差没有把他们的所有推算结果,反过来听了。"

金甲神人说道:"白泽那边,礼记学宫的大祭酒,碰了一鼻子灰。海外岛屿那边,亚圣一脉的大祭酒，更惨，听说连人都没见着。最后这位，不一样吃了闭门羹？三大学宫三位大祭酒，都这么运气不好，怎么，你们儒家已经混到这个分上了？曾经的盟友和自家人，一个个都选择了袖手旁观，坐看山河崩塌？"

老秀才哀叹一声，揪着胡须道："天晓得老头子和礼圣到底是怎么想的。"

金甲神人讥笑道："你不是自诩为聪明人吗？"

老秀才摇摇头，一本正经道："真正的大事，从不靠聪明。靠……傻。"

金甲神人没好气道："就这么句废话，天底下的对错和道理，都让你占了。"

老秀才还是摇头，道："错啦，这可不是一句模棱两可的废话。你不懂，不是你不聪明，而是因为你不在人间，只站在山巅，世上的悲欢离合，跟你有关系吗？有点，但是完全可以忽略不计。这就导致你很难真正去设身处地，想一想小事情。可是你要知道，天底下那么多人，一件件小事情累积起来，即使一百座穗山加起来，都没它高。试问，如果到头来，风雨骤至，我们才发现那座儒家一代代先贤为天下苍生倾力打造、用来遮风避雨的房子，瞧着很大，很稳固，其实却是一座空中楼阁，说倒就倒了，到时候住在里边的老百姓怎么办？退一步说，我们儒家文脉坚韧，真可以破而后立，建造一座新的、更大的、更牢固的茅屋，可被倒塌屋舍压死的那么多老百姓，那么多的流离失所，那么多的人生苦难，怎么算？难道要靠佛家学问来安慰自己？反正我做不到。"

金甲神人摇头道："别问我。"

老秀才跺了跺脚，举目远望，道："每个读书人，走到了高位上，就该好好想一想良心是何物了。"

老秀才喃喃道："仓廪实而知礼节，这么好的话，你们怎么就不听呢？难道就这么年复一年，被道祖那个老家伙再笑话我们儒家一万年吗？"

金甲神人旁听过那两次三教辩论，关于老秀才的这番话，其实是一场惊世骇俗的争辩，他即使算是老秀才的朋友，也觉得无论如何都吵不赢，可最后老秀才硬是说服了其余两教的佛子道子。那场包罗万象的辩论中，又有过一场关于"大道废，有仁义"的争论，白玉京某位道子以此与老秀才论道，实在是惊险万分，结果老秀才不但吵赢了那位惊才绝艳的道子，顺带着连一旁暂时观战的佛子，都给说服了。

老秀才吵赢之后，浩然天下所有道门，固有的藏书，都要以朱笔亲自抹掉道祖所撰文章的其中一句话！并且此后只要是浩然天下的版刻道书，都要删掉这句话以及相关篇章。那句话就是"失道而后德，失德而后仁，失仁而后义，失义而后礼。夫礼者，忠信之薄而乱之首"。

三教之争，可不是三个天才坐在神坛高位上动动嘴皮子而已，它对于三座天下，影响巨大，无比深远，并且休戚相关。

金甲神人察觉到身边这个老秀才极其罕见的失落，便动了恻隐之心，找了个相对轻松的话题："齐静春真没有后手？陈平安可是他帮你挑选的闭关弟子。"

老秀才摇摇头道："插手帮助小平安破开此局，就落了下乘，齐静春不会这么做的，那等于一开始就输给了崔瀺。"

金甲神人摇摇头，无奈道："人心如此拖泥带水，才有了你们的修道。为何齐静春还要自寻烦恼？"

老秀才突然笑了，晃动双袖，负手而立，道："所以你们这些神祇，永远不知道为何人间明明如此泥泞不堪，又偏偏如此风景壮阔，只要人一抬头，就能够看到，也许绝大多数人也就是看一眼而已，低头继续做事，可终究会让一小撮人心神往之，坐而论道，起而行之！"

老秀才猛然间抬起手臂，高高指向天幕，道："我俯瞰人间，我善待人间！"

沉默片刻。

金甲神人说道："你嘴里的那位……老头子，应该听不到你这番豪言壮语。"

老秀才懊恼跺脚，气呼呼道："白瞎了我这份慷慨激昂的饱满情绪！"

池水城那范氏高楼，已是人去楼空。

这座池水城最为巍峨的阁楼，本是范氏引以为傲的观景楼，客人登门，此处必然是首选。只是如今范氏不但将这座楼圈禁起来，任何人都不得踏足，而且竟然有些闭门谢客的意思，现在此处门可罗雀，门外街上，再无车水马龙的盛况。

范彦今天就站在楼下，作为范氏高楼真正的主人，如果是以前，既然是他亲自颁布的禁令，当然可以不守规矩，登自家楼欣赏湖景，天经地义。

但是范彦不敢。

这个骗过了几乎所有书简湖人的池水城"傻子少城主"，到现在还没有缓过来，就像心镜上边，被人用刀子刻画得乱七八糟，一想到那把刀子，尤其是手持刻刀的那个人，他就头疼欲裂。

在崔东山离开池水城的那一天。

当时书简湖还尚未下那场初雪，结果范彦就迎来了差点被活活冻死的一场人生大雪，即便是现在，范彦都觉得寒意刺骨。

那天，崔东山把他喊了过去，两人一起凭栏赏景。

崔东山一个蹦跳，飞身坐在栏杆上，开始说起了让范彦当时就心惊胆战的"肺腑之言"。范彦哪敢让那人闭嘴，只能听着。

崔东山说道："无知是一种很舒服、很幸福的状态。当一个人走得再高一些，自以为是，就更美妙了。因为对于幸运和不幸的缘由，都不懂，受着便是。熬得过去，还是一条好汉，熬不过去，骂骂老天爷。我没有说这样不对，甚至我偶尔还会很羡慕这样的两种状态。

"我曾经与自己的第一位先生,远游四方,有次去逛街边书肆,遇上了三位年纪不大的读书人,一个士族出身,一个贫苦出身,一个虽然穿着朴素,瞧着还算儒雅风流,三人都是参加州城乡试的士子,当时有位妙龄女子待在那边找书看。

"有钱的书生,想要吸引漂亮女子的注意力,便随手抽出一本书,开始夸夸其谈;没钱的书生,唯唯诺诺,是真有些佩服的,毕竟穷书生,发迹之前,可看不到几本书。

"书肆掌柜是一位落魄文人,忍了半天,最后实在是听不下去了,便有理有据地说了几句。

"结果有钱书生指着掌柜的鼻子说,我出身郡望大族,家学渊源,自幼就有名师授业,诸子百家学问我早早都看遍了,还需要你来教我做人的道理?你算个什么东西?

"我那穷酸先生就当起了和事佬,没办法,他这辈子最喜欢在小事上捣糨糊,总觉得人人都没什么错,就算有错,也是可以改的。他就一边劝说掌柜莫置气,道理那么多,谁都有,然后一边伸手轻轻按下那士子的手指,说这般与人说话,不妥当,便是有道理,也都让人觉得没道理了。

"那士子也是个暴脾气的,反手就拍掉了我家先生的手掌,大骂:'老家伙一边凉快去!'

"我家先生当然不会生气,然后那个瞧着最有儒生风采的年轻人,看似温文尔雅,笑眯眯地说了三句公道话。第一句:'这里是卖书的书肆,我们是买书的书生,小心买不着心仪书籍,还要直接让人撵了出去。'范彦,知道妙在哪里吗?你肯定知道,妙在先后混淆,不先讲一讲入乡随俗,反而一开始就假设前提,书肆是店主的,若是把客人给撵出去,是'有理'的。真有理吗?换成任何旁人,都不会觉得吧,所以按照不提对错的这条脉络,一旦倒推回去,店主就瞬间成了无理之人,是不是有点小意思?若是旁人不知缘由,只是听到了这句话,或只是撞见了掌柜撵人的场景,还愿意分对错吗?不会吧。人生忙碌,谁乐意探究这些,看个热闹而已。所以听到这句话,我觉得好笑,觉得这个家伙挺聪明。

"第二句:'老先生大概是相中了想买的书吧,可别因为这个而偏袒掌柜,若是如此,就有辱斯文了。我看老先生也是读书人,为何如此没有风骨?要对一个卖书之人,如此阿谀奉承?'是不是更有嚼头了?只要是外人身在店中,为掌柜说话,那就是阿谀之辈。一些个不愿意沾惹是非的看客,即便不认同此理,会不会也多或少心一紧?

"第三句:'这位掌柜的,真要有多高多好的学问,何至于在这里卖书挣钱?难道不该已经是高居庙堂或是著述传世了吗?'如何?有点诛心了吧?其实又是在预设两个前提:第一个,那就是世间的道理,是需要身份和声望来做支撑的,你这位卖书的掌柜,根本就没资格说圣贤道理;第二个,唯有功成名就,才算道理,道理只在圣贤书籍上,只在庙堂要津那边,而鸡飞狗跳的市井坊间,墨香怡人的书肆书店,是一个道理都没有的。

"结果你猜怎么着,我家先生一巴掌就扇了过去,对那个最聪明的读书人,破口大骂。那是我当了那么久学生,第一次见到自家老好人先生,不但生气,还骂人打人。他对那个可怜家伙骂道:'从爹娘,到学塾先生,再到本本圣贤书,总该有哪怕一两个好的道理教给你,结果你他娘的全往眼睛里抹鸡粪、往肚子里塞狗屎了?'

"这一下,打骂得那个家伙傻眼。你猜接下来又如何?被打的读书人,胆气全无,唯有眼中刻骨的仇恨,打着心中阴损算盘。倒是那个有钱书生和那个木讷书生,一个个卷起袖管,要揍我家先生。我家先生还能如何,跑嘛。我能如何,跟着跑嘛。

"跑出去很远,我们才停步。我家先生转头看着对方没追来,先是哈哈大笑,然后笑着笑着就不笑了,那是我第一次见到自己先生,对一件事情,露出如此失望的神色。

"我们一起离开的路上,先生沉默了很久,最后找了家街边酒肆,要了一斤酒,一边高高兴兴喝着酒,一边说着愁闷言语。他说,读书人之间的学问之争,市井坊间的寻常吵架,人与人之间的道理辩论,讲道理的态度如何,态度好,那是最好,不好,半点听不见别人言语,也没什么大不了的,世事总归是越辩越明,哪怕吵架只吵出个面红耳赤,不是坏事。所以在书肆里边,那个年轻人脾气差些,算得了什么错,便是他与那书肆掌柜,双方鸡同鸭讲,到底是各自说着各自的真心话。我这个教书的人,听着他们说着各自的道理,无论初衷是什么,心性怎样,还是开心的。唯独最后开口说话的那个家伙,嘴最损,心最坏!

"我那个极少对谁的品行去盖棺论定的先生,一拍桌子说,那个家伙,那就是人品有问题!这种人,披着件儒家青衫的外皮,只会谋取一己之私,读书越多,越是祸害。只要一遇到事情,最喜欢躲在暗处,暗戳戳,阴阳怪气,说些恶心人的言语。百般算计,权衡利弊,要么没贼胆,要么一旦胆肥了,多半是看准了,所以真正做起坏事来,比谁都能够获利。这样一个人,如果让他不断爬高,一年年地潜移默化,根本不用他说什么,就会影响到亲人儿女,整个家族,同窗同僚,所在官场衙门风气,辖境的一地民风,一国文运,都可能要遭殃。

"还愿意讲道理和听道理的,无论大小好坏,其实都可以教,有得救。实在不行,当了贤人君子的,尤其是我们这些走了狗屎运,吃了冷猪头肉的,那就能者多劳,辛苦点,帮着这个世道缝缝补补。

"天底下如果都是第三个阴阳怪气开口说话的读书人,我看老头子当初被道祖骂了个惨兮兮,那是道祖骂得对,老头子被骂得不冤枉。老头子你本就不该把那些道理说出口,写在书上,教给世人!

"怪我们儒家自己,道理太多了,自说自话,这本书上的这个道理,被那本书上否定了,那本书上的道理,又被其他书说得一文不值了,就会让老百姓感到无所适从。所以我一直推崇一点,与人吵架,绝对不要觉得自己占尽了道理,对方说得好,哪怕是三教之争,我也用心去听佛子道子的道理,听到会心处,便笑啊,因为我听到这么好的道理,我难道不该高兴吗?丢人吗?不丢人!

"道理太高了,会让老百姓误以为只有读书人才可以讲道理。其实道理又不只是在书上的,便是几岁的孩子,也能说出很好的道理,便是从未读过书的乡野村人,一样在做着最好的道理,便是没能考取功名的书肆掌柜,也一样可能当下这个道理说得不对,却说不定会在另外的某个时候,说出让老头子和礼圣无意中听到了都会心一笑的好道理。"

崔东山说到这里,云淡风轻。

范彦听到这里,就一个念头,自己死定了。在确定崔东山已经不会再讲那个"故人故事"后,范彦扑通一声跪在地上,一言不发。

崔东山转过头,眉心有痣的白衣少年郎,真是风流且潇洒。

他笑道:"你们书简湖,不是都喜欢只要我觉得爽,我有个能够说服自己的理由,我自个儿问心无愧了,我又有那个够硬的拳头,我就能想杀谁就杀谁吗?这有什么难做到的?天底下好人难做,当坏人还会难?穿开裆裤的小孩子都会做。稍微难一点的,是做一个足够有脑子的坏人而已。那么我问你,你马上要被想学你们书简湖爽一爽的我,像捏爆蚂蚁一样打死了,你现在,爽不爽?"

范彦伏倒在地,颤声道:"恳请国师大人以仙家秘术,抹去小人的这段记忆。而且只要国师愿意耗费气力,我愿意拿出范氏一半的家产。"

崔东山跳下栏杆,道:"你真是挺聪明的,我都不忍心宰掉你了。怎么看,书简湖有你范彦帮忙盯着,都是件好事。范彦,你啊,以后就别当人了,当条大骊的狗,就能活下去。"

范彦立即开始磕头,砰然作响后,抬起头,感激涕零地望向那位高高在上的"少年郎",这份感激,发自肺腑,简直都快要精诚动天了。

崔东山蹲下身,啧啧摇头:"这么个聪明人,混到当条狗,好惨啊。"

崔东山拍着他的脸颊,一下又一下,力道可不轻,道:"是不是觉得自己的运气实在太差了,遇上我这么个拳头刚好比你大一些的同道中人?"

范彦使劲摇头。

崔东山缩着身子,收回手,看着那张写满"惶恐不安"四个大字的脸庞,道:"我突然觉得,一条狗哪怕以后会很听话,可就是觉得现在有些碍眼了。怎么办?"

范彦还有些茫然,崔东山就已经双指并拢,戳向范彦眉心处。

这要是真戳下去了,范彦就肯定神魂俱灭了。

只是电光石火之间,有人出现在崔东山身后,弯腰一把扯住他的后领口,然后向后倒滑出去,崔东山就跟着被拽着后退,刚好救下了眉心处已经出现一个不深窟窿的范彦。

被提在那人手中的崔东山,依旧死死盯住范彦,骂道:"你们知不知道,这座天下,有那么多个老秀才和陈平安,都让你们亏欠了?以后谁来还?攻破剑气长城的妖族吗?来来来!赶紧杀进来,教教浩然天下的所有蠢货们!让你们都知道,没任何天经地义的便宜给你们占。王八蛋,你们是要还的!要还的,知道吗?"

那个阻拦崔东山杀人的不速之客,正是重返书简湖的崔瀺。

这位年迈青衫儒士淡然道:"今天杀了范彦,你再想要跻身上五境,就很难了。还有,别说孩子气的话,你年纪不小了,平时装嫩恶心我,我无所谓,可你如果犯傻,我不会答应,因为你接下来,还有很多事情要做。"

崔东山挣扎了一下,崔瀺松开手,崔东山一屁股坐在地上。

崔瀺对范彦挥挥手:"滚出去。以后该说什么该做什么,自己掂量,不然他不能杀你,我来杀就是了。"

崔东山趴在栏杆上,发着呆。

崔瀺伸出一只手掌,轻轻按住崔东山的脑袋,道:"不对这个世界抱有希望,你就一次都不会失望,你就不会恨坏人恶人,也不会喜欢好人善人。然后你碰巧是个读书人,自己又不否认,你同时足够了解这个世界的复杂,那么当你想好了最好与最坏的结果,以及必须承担的后果,你就去做好了。所以,别让陈平安成为你的那个例外。一旦混淆起来,看似真心诚意,实则只会害人害己。"

崔东山没好气道:"拿开你的狗爪子。"

崔瀺笑了笑,双手负后,眺望书简湖,道:"定人善恶,很不容易的,老秀才都不敢随便讲这个。这方面,佛家确实讲得更好一些。老秀才自己都承认了的,可不是私底下,而是在那场三教辩论之上。还记得吗?当时好几位儒家陪祀圣贤的脸都黑了,对方佛子和道子没吓死,差点先吓死了自家人。这些,我们亲耳听到过,亲眼看到过。所以老秀才才会是那个老秀才。你的好道理,我认,可我的好道理,你们不认,也得认!

"赢了最后一次三教辩论的老秀才,如何?做了什么?穷酸老夫子,正襟危坐,伸出双手,说出'有请道祖佛祖落座'的话。

"然后呢?已经无数岁月不曾碰头的那两位,真来了。礼圣也来了,老秀才只是视而不见。

"怎么办?

"于是老秀才嘴里的那个老头子,也来了嘛,一到场,就立即隔绝天地。最后是怎样的?没过多久,在我们面前偷偷摸摸出现的老秀才,好像是龇牙咧嘴,歪着脑袋,揉着耳朵?"

崔瀺说到这里,便不再多说什么,拍拍崔东山的肩道:"走吧,书简湖的结局,已经不用去看了。有件事情，我会晚一些再告诉你。到时候与你说说一块比书简湖更大的棋盘。"

崔东山再次跃上栏杆，伸出双手，就像当年的老秀才摆出过的那个姿势，只是没有说出"有请道祖佛祖落座"这样的言语。

他朗声道："天高地阔道理大。人是芥子事如毛！"

崔瀺微笑道："事不过三，孩子气的话，我不想听到第三次了。"

崔东山脚尖一拧，两只雪白大袖翻转，他双手放在身后，然后攥紧拳头，弯腰递给崔瀺，道："猜猜看，哪个是道理，哪个是……"

砰然一声。

崔东山被打得坠入书简湖当中，溅起滔天巨浪。

崔东山以狗刨姿势上岸后，行走在湖边小径上，两只大袖甩得飞起，渐行渐远，就此离开书简湖。

崔瀺却没有很快离开栏杆处，遥想当年的人人事事。

暮色里，依稀可见宫柳岛的轮廓，只是与其他大雪满山的岛屿不同，宫柳岛绿意葱茏，几乎不见半点积雪。

其实也不为怪，刘老成的本命法宝之一，是那鎏金火灵神印，水火不容，想必刘老成不太喜欢雪景，便施展仙家法术，才使得宫柳岛独树一帜。

只是外人无法想象，偌大一座岛屿，就只有刘老成孤零零的一个人。

一艘渡船小如芥子，不断靠近宫柳岛辖境。

在千丈之外，远游至此的"舟子"，从湖水中拔出竹篙，沙哑道："陈平安拜见刘岛主。"

片刻之后，虽然刘老成没有任何话语回应，但是陈平安发现脚下那艘渡船，自行向前，最终缓缓停靠在宫柳岛渡口。

陈平安系好渡船，开始登岛。岛上杨柳依依，即便是隆冬时节，依旧是盛夏时分生机盎然的茂密光景。

宫柳岛绝大多数建筑都已经荒废，破败不堪，之前还是因为选址此地，作为推举江湖君主的场所，青峡岛出钱修缮了宫柳岛几座主要殿阁。

结果刘老成不管出于何种原因，杀上青峡岛，导致青峡岛这份"好心好意"沦为不少山泽野修的笑柄。刘志茂真是好心有好报了。这不，刘老祖一返回书简湖，第一件事情就是去青峡岛登门做客，不愧是当上了书简湖共主的"截江真君"，真是有天大的面子。

就在陈平安猜测刘老成到底身在何处的时候，那位玉璞境野修已经出现在他的视野中，看似缓慢而行，实则转瞬即至。之后，刘老成走在湖边一条坑洼不平的宫柳岛"腰带"大路上，陈平安便跟在其身后。

刘老成说道："看在你有本事拦阻我在青峡岛杀人的分上，给你说三句话的机会，如果我不满意，就要送客了。"

陈平安缓缓道："两句话就够了。"

刘老成双手负后，没有转头，笑道："那更好。"

陈平安说道："朱弦府红酥，我已经说服刘志茂撤去他的独门禁制，红酥此后是被岛主借来宫柳岛也好，还是就这样与世无争在青峡岛度过余生也罢，全凭刘岛主的心意。"

陈平安停顿片刻，快步向前，与刘老成并肩而行，递出手掌，拿着那块篆刻有"吾善养浩然气"的玉牌，道："这件东西，送，我不敢，也不适合成为刘岛主的私人物品，所以我想要借给刘岛主，哪天刘岛主跻身了仙人境，再还给我。"

刘老成瞥了眼陈平安手心那块玉牌，脚步不停："就这些？"

陈平安点点头，没有说话。

刘老成这才转头，看了眼陈平安，道："小聪明，不少啊。"

刘老成笑道："想说就说吧。先前两句话，还是没能说服我，但是足够让你走完这段路。"

陈平安这才说道："想要活命，拼字当头，之后想要活得好，聪明铺垫。"

刘老成"嗯"了一声，道："与我当年的看法差不多。"

刘老成又问道："如果你只能无功而返，我又可以回答你一个问题，想问什么？为何要杀顾璨？应该不会，你这位账房先生，还不至于如此蠢。为何半点颜面不给粒粟岛谭元仪和北边的大骊铁骑？这个值钱点的问题，你倒是可以问一问。问吧，问完以后就不要再来这里碰运气了，下次我可没这么好的脾气。"

陈平安问道："红酥会不会被刘岛主亲手打死？"

刘老成停下脚步。

陈平安几乎同时停步。

刘老成伸手指了指陈平安腰间的养剑葫，问道："问这种该死的问题，你难道不需要喝口酒壮壮胆？"

陈平安果真摘下养剑葫："这就补上。"

刘老成摇摇头，一边继续散步，一边道："行吧，是我自己答应你的事情，与你直说无妨。本就是过去的关隘，山泽野修伤筋动骨是家常便饭，给人打了个半死的次数，一双手都数不过来，哪里会在意揭开这点伤疤。红酥原名黄撼，是我的嫡传弟子，也是后来我的道侣，红酥是她的小名，刘志茂一向比较喜欢抖搂小聪明，就给她留了这么个不是名字的名字。黄撼资质并不算好，在几位弟子当中是最差的一个，不过是后来靠着我耗费大量神仙钱，硬生生上去的金丹地仙；性情呢，跟她的真名差不多，不像女子，直来直往，心地又迥异于书简湖其余修士，只是在我这种杀人不眨眼的野修眼中，她那种傻乎乎的娇憨，真是要了老命……"

说到这里，刘老成折下一根柳条，开始娴熟地编织柳条，继续道："我资质好，运道更好，修行一途，平时磕磕碰碰，没少吃亏，可是每次关键时刻，都走得步步顺畅，所以早就是元婴了，结果千不该万不该，喜欢了她，更要命的是还被她瞧出来了。起先我为了躲她，便离开了书简湖，结果过了几十年，发现宫柳岛的柳条都给她折没了，便有些心软，想着不如顺乎本心，以前是太绝情，才导致死活无法跻身上五境，说不定静极思动，反而是破开瓶颈的契机，就与她结成了道侣，之后确实瓶颈有所松动。可后来她为了多陪陪我，想要延长寿命，又不愿求我，怕我瞧不起她，不知道从哪里找来残篇秘籍修炼起来，可路数太过邪门，差点走火入魔，我这才砸了一大堆谷雨钱，害得当年的宫柳岛给掏空了小半积蓄，让她成了金丹修士。可是我很快发现她的存在对我而言，简直就是噩梦，我又不愿意杀了她，以此来弥补心境瑕疵，跻身上五境，于是就将她推上了江湖君主的座椅，然后离开了书简湖。但是我又错了，大错特错。随着时间推移，被我晾在宫柳岛的她开始变了，因为她怕死，她的那颗金丹，本就是半真半假、八面漏风，她之前修行邪门歪道的结丹捷径，心境差上加差，加上我这一走，火上加油，害得她越来越魔怔，终于有一天，她离开了书简湖，开始疯了一样四处找我，所有我露过面、可能待过的地方，她都走了一遍。就她那种性子，离开了宫柳岛，没了江湖君主的名头，那一路吃尽了苦头，如果不是靠着我留给她的两件法宝，说不定早就死了——这对我们双方来说，反而是幸运的事情。"

刘老成一手负后，一手轻轻旋转柳环，道："当我找到她的时候，她的魂魄已经支离破碎，碎得就像千百片瓷片，哪怕是直到今天，我都想不明白，她是靠着什么支撑到我出现的那一天，换成是一位元婴修士，恐怕都撑不住。她那会儿，已经完全神志不清，依稀感觉到了我跟别人不太一样，她就站在原地，她当时看着我的眼神……你知道是什么感觉吗？你不会懂的，她是在使劲记起我，就像是在跟老天爷较劲。"

刘老成轻轻一挥，柳环坠入书简湖。

涟漪阵阵，山水大阵已经悄然开启。

刘老成语气趋于冷漠："我在那一刻，身为只差一步就可以跻身上五境的元婴修士，道心几乎当场崩碎，就跟她的魂魄气象差不多，我直到那一刻心中才明悟，原来她的的确确是我证道的大契机，我当年顺应本心的选择，并没有错。所以我就斩却心魔，亲手将她杀了。"

刘老成冷笑道："只是我当时足够铁石心肠，却仍是不够圆满契合自身大道，所以才有了如今的红酥,她的魂魄本该彻底消散,连投胎转世的机会都没有,更不会有什么红酥出现在青峡岛朱弦府,然后被那个愚不可及的刘志茂当作什么把柄。已经杀了一次,再杀一次,又能如何?"

刘老成脸色凝重起来:"那一丝手下留情,害得我在破开元婴瓶颈的时候,差点就要沦为化外天魔的饵料。那一战,才是我刘老成此生最惨烈的厮杀。化外天魔以黄撼的容貌……不,它就是她,她就是它,就是那个我心目中的黄撼。心湖之上,我的金身法相有多高,她就有多高,我的修为有多强,她的实力就有多强,可是我会心神受损,她却丝毫不会。她一次次被我打散,又完整出现,她一次次跟我搏命,几乎没有止境,最后她终于开口说话,大骂我刘老成是负心郎,骂我为了证道,连她都可以杀了一次又一次。"

刘老成自嘲一笑:"那算是她第一次骂我吧。所以先前说杀了她一次,并不准确,其实是上百次了。"

"凶险吗?"

刘老成自问自答:"比起后边的情景,简直就是稚子互殴,挠破点皮就嗷嗷大哭。又给我打杀无数次后,她竟然怔怔站在了原地,一如当年,就那么痴痴地看着我,像是在使劲想起我。然后像是灵犀所致,她竟然恢复了一丝清明,从眼眶里边开始淌血,她满脸的血污,以心声断断续续告诉我,快点动手,千万不要犹豫,再杀她一次就行了,她不后悔这辈子喜欢我,她只是恨自己无法陪我走到最后……

"我当时又心境大乱,几乎就要心生死志。为了所谓的上五境,在山巅拥有一席之地,真的值得吗?没了她在身边,真的就逍遥神仙了吗?

"她一步步向我走来,踉踉跄跄,四肢僵硬,仍是竭力以心声不断重复三个字:'求你了。'最后她说了一句话,'就当是为了我而活下去'。

"我便疯了一般,打碎了她。

"天地寂静,我倒地不起。

"结果当我睁开眼睛,却看到天上,黄撼她如仙人飞天,身姿曼妙,彩带飘摇。她一言不发,但是她的眼神告诉了我一切,之前种种挣扎,种种深情,只是她的把戏而已。"

刘老成停下言语,没有去说自己与黄撼或者说是那尊化外天魔的最终结局,而是转过头,结果看到一个使劲皱着脸,望向远方的年轻人,嘴角微微颤抖。

刘老成笑了笑,摇头道:"看来是个有了喜欢姑娘的人。不过是稍稍代入其中,就感同身受,扛不住了。"

两人继续前行,刘老成感慨道:"之所以与你说这些,自然是我放得下,再就是你能够找出红酥的身世,并且来这趟宫柳岛的真正原因,书简湖所有人肯定都猜不到,竟然是为了个无足轻重的弃子。至于你那个问题的答案,我可以告诉你,红酥也好,黄撼也罢,她必须要死,不然我跻身仙人境的瓶颈,又是一场大劫,哪怕只是'万一',我都会亲手杀了她,大道之上,所谓的万一,往往就是全部。到时候你可以再试试看,还能不能拦下我。至于宰了你之后,会不会像杜懋一样惨,呵呵,身为山泽野修,谁没像条野狗在谱牒仙师的脚底刨食过,吃着别人的残羹冷炙,一边吃一边被打得半死?难道当年做得到,好不容易跻身了上五境,反而不敢了?这也配做那谱牒仙师眼中的真正疯狗?"

陈平安默然。

从头到尾,都不像平日"书简湖刘岛主"的老修士,却开始咄咄逼人:"你如果敢说你偏要试试看,我现在就打杀了你。

"你如果是想要靠着一个红酥,作为与我谋划大业的切入点,如此投机取巧,来达成你某种不可告人的目的,结果只是被我赶到绝境,就立即选择放弃的话,你真当我刘老成是刘志茂一般的傻子?我不会直接打死你,但我会打得你四五年起不了床,下不了地,让你所有的盘算和辛苦经营都付诸流水。

"你如果换一个方式,审时度势,明知道自己救不了红酥,就选择放手,但是准备要我吃不了兜着走,愿意为一个认识没多久的女子,付出巨大的代价,也行。只是在这座书简湖,在我刘老成的眼皮子底下,当好人,做英雄,一样要做好被我报复的准备。放心,比打得你几年下不了床更难受,钝刀子割肉,不会受伤太重,行走无碍,就是跟废人差不多,我有的是时间陪你玩耍。

"陈平安,现在,轮到我问你回答了。你怎么办?"

陈平安轻轻吐出一口浊气道:"那我选第三种。你要杀红酥,我拦不住,但是我会靠着那块玉牌,将半座书简湖的灵气掏空,到时候连同玉牌和灵气一并'借'给大骊某人。"

陈平安直视刘老成:"虽然我不知道你为何连大骊铁骑都不放在眼里,但这恰恰说明你对书简湖的重视,异乎寻常。绝不是什么买卖,这是你的大道根本所在,哪怕成为仙人境,你都不会放弃的基业,并且你多半能够说服大骊宋氏,允许你在这里分疆裂土。越是这样,我做了第三种选择,你越惨。"

陈平安摊开手道:"玉牌就在这里,抢走试试看?不然,你现在就打杀我,或是打碎我仅剩的那座本命气府。但是,不好意思,玉牌已经开始吞吐整座书简湖的灵气水运了。"

那块晶莹剔透的玉牌上,"吾善养浩然气"开始熠熠生辉。

四面八方,以宫柳岛作为圆心,灵气与水运竟然凝为一条条水脉,分别涌入六个字当中。

刘老成脸色阴沉。

陈平安说道:"现在又轮到你选择了。要么打死我,书简湖灵气荡然一空,全部在这块你根本不敢拿住,拿住了也打不开、关不上的玉牌里。要么打得我半死,我就汲取半座书简湖的水运。要么我们规规矩矩做买卖,各自退让一步,争取最大的互利互惠。前提条件是放我离开宫柳岛,等到我安然返回青峡岛,对玉牌施展禁制后,它便可以'我死则自行开辟洞府'。到时候我们再坐下来谈。到时候是在青峡岛,还是在宫柳岛,都行。"

刘老成讥笑道:"你当真以为我会相信,你能够有本事驾驭这块玉牌?"

陈平安心意微动,手心中的玉牌汲取天地灵气的速度,渐渐放缓,不再如先前那般风卷云涌,气势如虹,这让宫柳岛周边百里之内所有不明就里的野修,吓得肝胆炸裂,误以为是刘老成要跻身仙人境了,开始杀鸡取卵,打算疯狂吞入书简湖水运,不给所有野修留活路。

刘老成笑道:"陈平安,算你狠,终年打鹰,还差点给鹰啄瞎眼了。"

刘老成挥挥手道:"等你返回青峡岛,办妥了事情,我们再谈一次。"

陈平安却说道:"我觉得不如刘岛主陪我一起返回青峡岛,不然我担心回去的路上,刘岛主已经偷偷摸摸去了趟青峡岛,到时候刘志茂哪里还敢动用青峡岛山水阵法,为我遮蔽天机,防止你这位玉璞境神仙以掌观山河的神通,来察看我是否真的有本事,能以自己的生死作为玉牌洞府开关的关键所在。"

刘老成啧啧道:"够谨慎,难怪能活到今天。只是如此一来,你不等于此地无银三百两吗?否则何须担心我的掌观山河确定你到底能否做成此事?"

陈平安笑道:"越是大道,越赌万一。这是刘岛主自己说的。万一我就算死了,也真的给了刘岛主一个天大的意外之喜呢。"

刘老成拊掌大笑道:"虽然我几乎可以确定你小子没那本事,是在跟我虚张声势,但是没关系,我愿意亲自护送你返回青峡岛。到了青峡岛,你去做两件事,就让你那两把不知从哪里偷来抢来的小东西,早于我们靠近青峡岛,去给刘志茂传信,让他打开山水大阵,理由你随便编,想不出来的话,我帮忙给你出主意都行,免得他连打开阵法的胆子都没有。再就是,你去趟朱弦府,将红酥带到山门口附近,我想看看她。"

陈平安一本正经问道:"如果你一直在诈我,其实并不想杀死红酥,结果看到她与我稍稍亲近,就打翻醋坛子,就要我吃点小苦头,我怎么办?我又不能因为这个就赌气继续打开玉牌禁制,更无法跟你讲什么道理,讨要公道。"

刘老成愣了一下,似乎他都没有想到这一茬,笑着摇头道:"你跟谁学的下棋?骊珠洞天那位差点捅破天的齐先生?"

陈平安摇摇头。

刘老成一巴掌拍在陈平安脑袋上,打得陈平安一个趔趄,笑道:"走吧,放心,我没醋坛子可打。"

一老一小,陈平安撑篙划船,速度不慢,可落在刘老成眼中,自然是在慢悠悠返回青峡岛。

不过刘老成却没有催促，由着陈平安按照自己的方式行进，不过讥笑道："你倒是无所不用其极，如此狐假虎威，以后在书简湖，数万瞪大眼睛瞧着这艘渡船的野修，谁还敢对陈平安说个'不'字。"

陈平安说道："物尽其用，能挣一点是一点。"

刘老成一笑置之，不以为意，他坐在渡船那一头，好奇问道："既然你都有了这块玉牌，为何不干脆直接汲取掉半数书简湖水运？到时候朝你跪地磕头祈求归还灵气的野修，没有一万，也有八千。"

陈平安缓缓道："有所不为，才可以有所为。那种手段，立竿见影，但不是长久之计。"

刘老成想了想道："好大的野心！不入我们这一行，当个无法无天的山泽野修，真是可惜了。"

陈平安怔怔出神，似乎从未想过，自己是不是山泽野修。他确实没有一般意义上的师门。

刘老成突然笑道："你胆子也没那么大嘛，棉衣里边还穿着一件法袍，还会汗流浃背？"

陈平安说道："我又不是傻子，命悬一线，难免紧张。"

刘老成摇头道："不太一样。我很好奇你的拴马桩，到底是什么，怕死归怕死，却能够不耽误你跟我斗智斗勇。"

陈平安答道："换成是刘岛主刚刚打破化外天魔那会儿，估计就算前辈你马上就要面对一位飞升境修士，也一样将生死置之度外。"

刘老成微笑道："看来你在青峡岛没少吃苦头。"

陈平安以一口纯粹真气撑船，刻意尽量绕过所有途中岛屿的辖境，以免玉牌汲取的灵气，波及任何一座岛屿自身聚拢的水运。

刘老成有些看不下去，摇头道："我收回先前的话，看来你这辈子都当不了野修。"

陈平安抬起一手，指了指身后背负的剑仙，道："我是一名剑客。"

刘老成瞥了眼那把半仙兵，随手一抓，将十数里外一座邻近岛屿的山门给轰碎。岛屿上一位金丹地仙门派的祖师爷，立即吓得赶紧撤去隐秘神通。他并不是以掌观山河窥探渡船和两人，而是以腹内藏匿有一枚听声符箓的游鱼，悄然游弋在渡船附近，想以此偷听两人对话。

刘老成盘腿而坐，道："这么多年了，什么样的人没见过，我仍是想不明白，为何有那么多人喜欢找死。像你我这般，怎就这么少。"

陈平安说道："可能在杜懋眼中，我在老龙城那次，就是找死。在某些大人物眼中，在我不知道的岁月里，刘岛主一样会被人如此看待。"

刘老成说道:"看似一样,实则大不一样。"

陈平安点点头,眼神晦暗。

刘老成突然说道:"你敢登岛找我,除了身怀玉牌以及你我皆知的一些事情外,我猜还有其他原因吧?不过我暂时没想到。"

陈平安没有隐瞒,点头道:"一个很重要的原因,也是一件很小的事情。"

刘老成反正闲来无事,便开始琢磨这件小事,就像猜谜。

陈平安笑道:"刘岛主猜不到的,别费劲了。"

刘老成轻拍船栏道:"我已经猜到谜底了。"

陈平安将信将疑。

那件小事,确实很小。

蜂尾渡巷那边,住着个相貌堂堂的魁梧青年,凑巧是陈平安认识的人,正是在骊珠洞天得到铁锁井那桩机缘的幸运儿,他告诉了陈平安最地道的水井仙人酿在哪里能够买到。

裴钱后来说过,这是个好人。

陈平安也这么觉得。

而蜂尾渡巷,恰好是东宝瓶洲唯一一位上五境野修刘老成的龙兴之地。

能够教出这么一个"好人"徒弟的师父,未必也是好人,但是肯定有自己极其鲜明的立身准则,那同样是一种牢不可破的规矩。

得知道,世事复杂。按照陈平安自己划分的那个六大版图构成的圈子,人心流转不定。只是细究之后,陈平安越来越发现,可能会有一两条根本脉络在支撑着一切,这就是崔东山曾经提及的脉络障,与老道人提倡的"来龙去脉",有异曲同工之妙,那么只要将贬义的"脉络障",反过来看待,就可以用来分辨人心。

然后再以文圣老先生的顺序学说,具体对待一件事情。

两者既有些许冲突,却又有些互补。

陈平安这趟涉险登岛,就是想要亲眼看看,亲耳听听,来确定书简湖的第六条线。

线头在红酥身上,线尾在那个蜂尾渡巷青年手中。

尽量多知道一点,终究是好事。

知道更多,考虑更多,就可以少犯错。

崔东山曾经在山崖书院询问自己,若是以一个错误的方式去达成一个最正确的结果,到底是对是错?

现在陈平安依旧无法给出答案。但是他在书简湖形成的一条脉络,已经逐渐清晰,就是以什么方式去做到如何少错,以什么心态去做到如何改错。

冥冥之中,那种玄之又玄的感觉,就像……山高月小,水落石出。

刘老成问道:"那你就不好奇,为何我愿意如此详细,跟你说我自己的'合道'过程?真就只是积攒多年,不吐不快?"

陈平安摇头道:"我当然很好奇,但是思来想去,都想不出答案,就不好奇了。"

刘老成感慨道:"一个人,永远不知道哪段缘分,会结出善果,还是恶果。"

陈平安换了一口纯粹真气,没有丝毫拘谨。

刘老成真要铁了心杀他,弹指之间,易如反掌,不费吹灰之力。

玉牌,剑仙,养剑葫,法袍,拳法剑术。

青峡岛刘志茂,粒粟岛谭元仪,大骊宋氏铁骑。

以及那件让陈平安更有胆子登岛的小事。

点点滴滴,如积土成山,风雨兴焉。

这一切,都是先要确保红酥的安稳,此后才是为了自己心中的谋划。

不能跳过第一个步骤,不然陈平安心不平。

对于陈平安而言,朋友这个概念,在桃李春风一杯酒里边,更在舍生忘死之中。

刘老成问道:"为了一个萍水相逢的红酥,值得吗?"

陈平安摇头道:"别说是你们,我自己都觉得不太值得。"

刘老成愣了一下。

陈平安随即补充道:"但是我高兴。"

刘老成看了看年轻人的那双眼眸,收回视线,拍栏而笑,不予置评,只是环顾四周道:"得闲时,便是人间风月主人。只有自己真正当了神仙,才会知道,更不得闲。"

陈平安欲言又止,问道:"如果我说句不中听的真话,刘岛主能不能大人有大量?"

刘老成摇头道:"那就老老实实憋着吧,我不乐意听。"

陈平安果真没有开口。

他本想骂刘老成一句,他娘的少在这里站着说话不腰疼。

小渡船上,两两无言。

一直在闭目养神的刘老成突然睁眼,打趣道:"哟呵,心乱了?这可是稀罕事。陈平安,在想什么呢?"

天地茫茫。

一叶扁舟,两粒芥子。

陈平安停下划船,坐下身,竹篙横放渡船上,喝了口酒,沉默不言。

虽然他如今的心境无法练拳和练剑,但是这并不意味着他在破罐子破摔。

恰恰相反,陈平安第一次真正去深究拳意和剑术的根本,而不是莫问收获的"勤勉"二字而已。

当时在云楼城外湖水上,身体魂魄已经几乎不堪重负的陈平安,虽然受限于体魄,出拳吃力,事后还有不少后遗症,但是能够一拳打死近身的兵家修士,从想要出拳,再到拳至敌人之身,拳意流泻,从未如此行云流水,从未如此自然而然。

那才是练拳之人与下棋之人双方都推崇的那种境界:身前无人。

陈平安不敢说自己已经完全跻身这种境界,但是自认为已经一只脚、半只脚踏入其中,这绝对不是陈平安妄自尊大,不知天高地厚。

这让陈平安稍稍心安。

劳心劳力做事,总不能辛辛苦苦补一个错,不知不觉再犯一个错,否则在书简湖一切的切割与圈定,去看五六条线的来龙去脉,最后就成了个笑话。

陈平安休憩片刻,重新起身划船,缓缓道:"刘老成,虽然你的为人和处事,我半点不喜欢,可是你跟她的那个故事,我很……"

陈平安想了半天,还是没能想出合适的措辞,就干脆伸出大拇指,说道:"可如果换成是我,与你一样的处境,我一定做得比你更好。"

说到这里,这个形神憔悴、两颊凹陷还在撑篙划船的年轻账房先生,脸上的眼泪一下子就流了下来,他说:"既然遇上了那么好的姑娘,怎么舍得辜负呢?"

到了一处湖面,陈平安停下划船,放下竹篙,从咫尺物当中取出一份干粮,以此果腹充饥。

刘老成突然笑问陈平安喜不喜欢钓鱼,说书简湖有三绝,都是朱荧王朝权贵宴会上的珍馐美食,其中就有冬天打鱼的一种渔获,越是大雪酷寒,这种名为冬鲫的鱼类,越是美味。刘老成指了指湖底,说这一带就有。不等刘老成多说什么,陈平安就已经取出紫竹岛那根一直没机会派上用场的鱼竿,拿出一小罐酒糟玉米。

刘老成亦是如此,动作娴熟,不过饵料稍有不同,鱼竿是青翠欲滴、灵气流溢的特殊绿竹。

最后刘老成钓起三尾巴掌大小的冬鲫,陈平安收获两尾,差不多同时收竿。双方此后又是各显神通,砧板、火炉、陶罐、木柴、油盐酱醋糖,等等,皆有。

一人在船头一人在船尾,各自煮鱼。

热气腾腾,两人盘腿而坐,一手持筷,一手持酒壶。

两人相视一笑,开始一边吃一边闲聊。

钩心斗角,杀机四伏,暂且都付谈笑中。

谈笑之后,才刚刚收拾好火炉、陶罐,陈平安就一拍养剑葫,飞剑十五飞掠而出。陈平安当着刘老成的面,说道:"先去青峡岛告知刘志茂,就说宫柳岛刘老成跟我在一起,要他开启护山阵法,我会独自登岸。"

刘老成问道:"只是发号施令,不再编个借口?不然刘志茂岂不是要疑神疑鬼?"

陈平安回答道:"说多了,他反而不敢开启阵法。"

刘老成点点头道:"单刀直入,要么吓唬住对手,要么就撕破脸皮,就不能给他们任何回旋余地,适合刘志茂这种人。"

陈平安眼睛一亮。

刘老成笑道:"怎么,我随口一说,你就有所得?"

陈平安点头道:"我先前只是模模糊糊知道应该这么做,但是不如刘岛主说得这般透彻,嗯,就像刘岛主在我面前摆了一把尺子。我以往对于人事,是追求不走极端,可刘岛主却教我对付刘志茂这类人则恰恰相反,要将他们不断往两端挤去。"

刘老成点点头,表示认可,只是同时说道:"与人言语七八分,不可全抛一片心。你我之间,还是敌人,什么时候可以掏心掏肺了?你是不是误会了什么?"

陈平安撑着竹篙,说道:"两回事,若是一味想要你死我活,我就根本不用跑这趟宫柳岛。归根结底,还是希望双方皆大欢喜,刘岛主依旧得到那份大利益,我就是讨个安心,不会跟刘岛主抢着捞钱。"

刘老成不置可否,慢慢喝酒。

陈平安微笑道:"我与人学下棋的时候,确实没有悟性,学什么都慢,一个已经被前人看死了的定式,我都能琢磨好久,也不得精髓,所以喜欢瞎想,就想着有没有一块棋盘,大家都可以赢,不是只有胜负,还可以让双方有少赢多赢之分。"

刘老成摇摇头:"别与我说下棋之事,头疼,从来不喜欢。棋术高低,跟做事好坏,有个屁的关系。"

陈平安正要说话,大概是还想要跟这位老修士掰扯掰扯,反正刘老成自己说过,人生得闲便是什么人间风月主人。这趟返回青峡岛之行,陈平安之所以坚持撑船缓缓归,本就是想要多了解刘老成的心性,虽然谋划成败在更大、更高处,可是……

刘老成抬起手制止道:"住嘴。别得寸进尺,当什么学塾先生,你撑死了就是个打算盘还不错的账房先生。渡船就这么大,你这些个唠叨,我听也得听,不听也得听,想要清净,就只能一巴掌将你打落湖水。就你现在这副体魄,已经经不起更多折腾了。如今是靠一座本命窍穴在死撑,这座府邸要是一碎,你的长生桥估计得再断一次。对了,之前是怎么断的长生桥?我有些好奇。"

陈平安笑道:"是当年在家乡小巷,被一位山上女修打断的。不过她大半还是被刘志茂算计了。那场劫难,挺惊险的,刘志茂当时还在我心头动了手脚,如果不是运气好,我和女修估计到死都不明不白,真是一场稀里糊涂的厮杀。你们这些山上神仙,除了神通广大,还喜欢杀人不见血。"

这是陈平安第一次与刘老成诉说自家事,也算是一点诚意,不然陈平安还真担心没到青峡岛,就已经惹恼了性情难测的老修士。

刘老成似乎有所触动，道："山上修士，很怕沾染红尘，在书简湖，我应该最有资格说这句话。所以兵家修士才会被其余练气士羡慕不已，无论怎么杀人，都可以不怕因果缠身。所以比法家、纵横家还有商家、农家等，更喜欢待在山下修行。剑修在内四大山上的难缠鬼，也舒服，束缚少。"

陈平安笑道："法家修士，师刀房道士，我都见过了，就剩下墨家赊刀人还没领教过。"

刘老成嗤笑道："劝你别招惹赊刀人，那是难缠鬼里的难缠鬼，简直就是给阎王看门的小鬼。"

陈平安点头道："我会留心的。"

路途遥远，终有尽头。

渡船经过素鳞岛在内的几座藩属岛屿，来到了青峡岛地界，果然山水阵法已经被刘志茂开启。

在刘志茂看来，这当然会惹来刘老成的不悦，只是他与陈平安是一根线上的蚂蚱，一旦拒绝陈平安的要求，就得承受相对应的后果，只能是两害相权取其轻。而且刘志茂虽然死活想不出，为何刘老祖愿意陪着陈平安一起坐船返回青峡岛，但是他不断告诉自己，陈平安做事情，喜欢讲规矩，无论刘老成想要做什么，人是陈平安带来的，就算陈平安未必摆得平所有事情，可至少会跟青峡岛一起解决这个烂摊子，而不是置身事外，拍拍屁股走人。

这就是一个所谓的"好人"带来的无形影响，如那春风潜入夜，润物细无声。

哪怕是刘志茂这样可谓恶贯满盈的坏人，都要认。

刘老成信守承诺，御风悬停在渡口以外的湖面上。

陈平安系好渡船绳子，去了趟山门屋子那边，片刻之后，那块玉牌就不再汲取书简湖天地灵气。

陈平安去了趟朱弦府，但是返回的时候并没有带上红酥，而是独自返回渡口。

刘老成皱了皱眉头。

陈平安说道："我不想亲眼看到红酥就死在我身边而我却毫无作为，这是我最怕的那个万一。"

刘老成爽朗大笑，朝陈平安伸出大拇指，腾空而起，化作一抹虹光返回宫柳岛，发出一连串轰隆隆如冬雷震动的炸响。

陈平安站在渡口良久，等到刘老成彻底远去，才如释重负地抬起手，伸手擦拭额头汗水。

刘志茂来到渡口，苦笑道："陈先生，能否据实相告，这是闹的哪一出？"

陈平安说道："来的路上，跟刘老成一直在闲聊，相互试探。我从中得出一个结论，刘老成似乎还从未跟大骊武将苏高山碰过头。"

刘志茂立即脸色微变。

两个都是聪明人，言者有心，听者会意。

已经杀到石毫国京畿之地的大骊铁骑主将苏高山，是粒粟岛谭元仪都越不过的一座高山。当初三人在横波府结盟议事，都觉得刘老成已经搭上了苏高山这条线，所以根本不屑于与谭元仪一个绿波亭谍子头目商量大事，是宫柳岛直接通过苏高山，得到了大骊庙堂中枢的某种答复，所以才如此跋扈行事，完全不理会刘志茂和谭元仪开出的条件，若是如此，刘老成如今的位置，大致与苏高山平起平坐。

现在看来，三人都猜错了，还是小看了这位上五境修士。刘老成连大将军苏高山都未放在眼中，宫柳岛必然拥有一条更高、更隐蔽的线，说不定可以直接与大骊宋氏甚至是大骊国师对话。

刘志茂脸色苦涩意味更浓，道："陈先生该不会审时度势，抛弃青峡岛投向宫柳岛吧？"

陈平安摇头道："如果真这么做，我就不跟你说这个了。何况刘岛主慧眼独具，肯定看得出来，我跟刘老成，看似关系融洽，实则根本没书简湖修士想象中那么好，哪里是什么一见如故，相见恨晚。说出来不怕你笑话，如果不是那块玉牌，让刘老成心存忌惮，宫柳岛差点就是我的葬身之所了。"

刘志茂笑道："那我就放心了。陈先生如果选择跟刘老成联手，我恐怕再多出两条腿，都走不出书简湖。"

陈平安玩笑道："过了年关，明年开春之后，我可能会经常离开青峡岛，甚至是走出书简湖地界，刘岛主不用担心我是在鬼鬼祟祟地背着你与谭元仪自谋生路。不过真说不定会半路遇上苏高山，刘岛主一样不用猜疑，我只会比你们两个更加看重横波府结盟。但是事先说好，如果你们两人当中，有人临时变卦，想要退出，与我明说便是，仍是可以商量的事情。一旦谁率先背信弃义，我不管是任何原因，都会让你们吃不了兜着走。"

刘志茂苦笑道："只敢保证，我刘志茂一旦反悔，肯定会事先与陈先生明说。至于谭元仪，我会将这番话原原本本捎给他们粒粟岛。"

陈平安点点头。

刘志茂不否认，当刘老成陪着陈平安来到青峡岛，陈平安越是说得直白明确，越是撇清与宫柳岛的关系，他刘志茂心里边就越七上八下，心湖晃荡。

因为那就是一个"万一"。

万一陈平安靠着自己的胆识和能耐，多出了一种选择的可能性，万一陈平安自己背信弃义，会比他刘志茂和谭元仪更加心狠手辣。

他可是清清楚楚地知道那条不可一世的小泥鳅是怎么跳的火坑,如何遭的殃,陈平安又是如何收的尾。

刘志茂突然有些后悔,自己是不是就根本不该走入陈平安的"规矩"中去?会不会事到临头,才在某天幡然醒悟,自己竟然已经与那条小泥鳅的凄惨下场一般无二?

陈平安双手笼袖,远望湖山,微笑道:"刘岛主,你已经没得选了,那就不要分心,不然就只能徒增烦恼,这可不是一位元婴修士该有的心境。"

刘志茂感慨道:"一语惊醒梦中人,又一次受教了。"

陈平安打趣道:"不敢不敢,我可不是什么夫子先生,只是青峡岛一个落魄账房先生,寄人篱下,还需要刘岛主多加照拂。"

刘志茂也玩笑道:"我偶尔也会恶念大起,想着陈先生哪天被谁莫名其妙一拳打死了,会不会更好。"

陈平安微笑道:"彼此彼此。"

刘志茂离开渡口后,陈平安返回屋子,摘了剑仙挂在墙壁上,脱掉了法袍金醴,只穿厚实棉袍勉强御寒,往那只小炭笼里边,丢了木炭,点燃炭火,提着取暖,在屋子里边踱步。

曾掖跑过来敲门问候,陈平安开门后,询问了曾掖修行的详细进展。聊完之后,陈平安还算满意,估计年底左右,曾掖应该就可以用自身体魄承载阴物神魂,自由行走阳间,到时候曾掖就能够凭借这桩上乘秘术和自身特殊根骨,砥砺、精进修为,说不定破境速度会极快,比起茅月岛那种揠苗助长的阴毒偏门,还要快上一筹,可以更早成为一位跨过中五境第一道大门槛的洞府境修士。

看到曾掖磨磨蹭蹭好像不愿意离开,陈平安问道:"是想问为什么前不久才跟刘老成打生打死,如今又能像是忘年交,一起游览书简湖?"

曾掖有些难为情,点点头。哪怕他牢牢记住,在青峡岛要多看多想少说,可是这位高大少年是真的好奇万分,便没能忍住。

陈平安笑道:"比较复杂,也不是什么可以当作谈资、趣事来讲的事情。"

曾掖赶紧起身说道:"陈先生,我回去修行了。"

陈平安对他说道:"等到哪天可以讲了,到时候你请我喝酒,我就说给你听。"

曾掖轻轻关上门,满脸笑意,透过最后那点门缝,开心道:"陈先生,一言为定!"

此后书简湖诸多岛屿,化雪未尽,就又迎来了一场鹅毛大雪。

真是奇了怪哉。今年到底是怎么了?这才隔了没多久,就已经有了接连两场数十年难遇的大雪。

不过没谁不乐意,这意味着整座书简湖本就充沛的灵气,又有了些进补,这就叫老天爷赏饭吃。

最近几天，沸沸扬扬，几乎所有修士，都在议论那个青峡岛的账房先生，就连池水、云楼四座湖边大城，一样没能例外。

俞桧第一次主动来到青峡岛山门，在陈平安屋子那边坐了一会儿，顺便做了笔小买卖，低价卖与陈平安一件品秩距离法宝只有一线之隔的上乘灵器，功效类似于那座"下狱"阎王殿，是一座样式规制仿造中土白帝城"琉璃阁"的阁楼，虽然能够栖息鬼魅阴物的"屋舍"不多，才十二间，远远不如那座出自青峡岛密库的阎王殿，但是屋舍品相更好，便是朱弦府鬼修精心培育的招魂幡鬼将之流，温养其中，都绰绰有余。

陈平安有些无奈，东西肯定是极好的东西，就是没钱，只能跟月牙岛赊欠。俞桧一听，乐了，说陈先生不仗义，这么低的价格，还要打欠条，真好意思？陈平安笑着说好意思好意思，跟俞岛主哪里还需要客气。俞桧更乐了，不过交情归交情，买卖归买卖，拉着陈平安，要密库房主事人章魇，以青峡岛的名义打欠条，不然他不放心，还求着章老先生帮忙盯着点陈平安，到时候他俞桧和密库房就是一对患难兄弟了。

章魇不肯借钱给陈平安支付那座小琉璃阁，毕竟陈平安本就欠了青峡岛一屁股债，但是章魇答应写张欠条，俞桧这才心满意足，还顺便开口邀请章老先生有空去月牙岛做客，章魇一样点头答应下来，毫不勉强，直接就与俞桧约好了时间。

陈平安最后反而像是个局外人。

紫竹岛岛主，喜气洋洋，乘坐一艘灵器渡船，给陈先生带来了岛上祖宗辈分的紫竹三大竿，送钱比收钱还开心。到了陈平安屋子里边，只是喝过了连茶叶都没有的一杯热水，就离开了。陈平安一路陪他到渡口，抱拳相送。

还有许多当初让陈平安吃过闭门羹或是登岛游历却不露面的岛主，都约好了似的，一一拜访青峡岛。

大雪停歇。

刘志茂这天正午时分，来到屋子这边，敲门却没有进门。

陈平安拎着炭笼走出，神色疲惫。

两人一起散步。

刘志茂有些幸灾乐祸，问道："要不要我出面，帮你将那些家伙拒之门外？随便找个借口就行了，就说青峡岛要封山。"

陈平安摇头道："不用，我苦中作乐，乐在其中。跟这些岛主打交道，其实能学到不少东西。不过累是真累，与人寒暄，说些客套话，这一直是我最不擅长的事情，就当查漏补缺，修炼为人处世的内功了。"

刘志茂笑道："其实谁都要经历这么一天的。以后等你有了自家山头，要照顾到方方面面，更加劳心劳力，早点习惯，确实是好事情。"

两人已经走出山门屋子一大段距离，刘志茂回望一眼，忍住笑道："陈平安，你那位婶婶走出春庭府,来找你了。如果没记错,这是你搬出春庭府后,她第一次出门见你吧,咱们要不要往回走?"

陈平安摇摇头:"再走走。"

刘志茂点头道:"你要是真如我们修道之人这么心硬,其实哪里需要这么弯弯肠子。"

陈平安提着炭笼,笑道:"争取有个好聚好散吧。哪怕香火情散尽之后,还是会希望对方的日子,能够过得好些。"

刘志茂说道:"有些半吊子的家务事,无论是一栋陋巷宅子,一座豪门府邸,还是咱们青峡岛这种大山头,想要做点好事,就很难做好人。陈平安,我再说一句你不中听的话,兴许再过几年十年,那位妇人都不会理解你现在的良苦用心,只会记住你的不好,无论那个时候,她过得是好是坏,都一样。说不定过得差了,反而会多少记起点你的好,过得越好,对你的积怨只会越深。"

陈平安神色淡然:"那跟我有关系吗?"

刘志茂大笑道:"也是。"

刘志茂突然玩味笑道:"你猜顾璨娘亲这趟出门,身边有没有带一两位婢女?"

刘志茂很快说道:"绝非煽风点火。"

陈平安想了想,道:"有没有可能,是带着婢女走到一半,觉得不妥,将她们遣返春庭府?我这个婶婶,很聪明的,不然当年在泥瓶巷,也很难把顾璨拉扯大,可是……没有可是,在泥瓶巷,她确实已经做到最好了。"

刘志茂啧啧道:"厉害!"

陈平安笑道:"真给我猜准了?"

刘志茂点点头:"走出春庭府大门的时候,还带着两位最乖巧顺眼的婢女,没走太远,就想明白了,这不是装可怜求人该有的姿态,很快就让婢女们返回,顺便让她们带走了身上那件贵重狐裘,所以咱们如果再走下去,回去的时候,她肯定会在门外冻得嘴唇铁青,瑟瑟发抖,多半话都说不利索了。怎么样,咱俩是不是立即掉头,不给她这个装可怜的机会?"

陈平安无奈道:"回吧。"

刘志茂笑道:"其实比我想象中心硬嘛。"

陈平安摇头道:"反正我什么都知道了,何必让她多吃苦头?怄气,是最没意思的事情。"

刘志茂问道:"还是像那次去往春庭府,一起回去?"

陈平安说道:"这次就不用了。我可没这么大面子,能够次次劳驾刘岛主,没么当青峡岛供奉的。"

刘志茂没有坚持,一闪而逝,留下句话:"放心,不会偷听你们的对话,反正她会说什么,我大致都猜得到。"

陈平安回到屋子那边,妇人冻得像只僵硬鹌鹑似的,双手拢肩,当她远远见着了陈平安,犹豫了一下,松开手。

其实陈平安更早看到了她。

跟之前预想的一样。

陈平安临近山门这边后,快步走来,见着了妇人,将炭笼先递给她,一边开门,一边说道:"婶婶怎么来了?让人打声招呼,我可以去春庭府的。"

妇人进了屋子,坐在桌旁,双手摊放在炭笼上边,强颜欢笑道:"平安,小泥鳅死了,婶婶不敢多说什么,只是小泥鳅毕竟跟了我们娘俩这些年,没有她,别说是春庭府,就是只在青峡岛占了间茅屋,可能都没活人了。所以能不能把小泥鳅的尸体还给我们,找个地方葬了?如果这个请求,有些过分,婶婶也不会说什么,更不会埋怨你。就像顾璨这么多年一直唠叨的,天底下除了我这个当娘亲的,其实就只有你是真心在乎他的,在泥瓶巷那么多年,就是一碗饭而已,你帮了咱们娘俩那么多事情,大的小的,我们娘俩看见了的,没有看见的,你都做了……"

说到这里,妇人掩面而泣,呜咽道:"落得这么个田地,都是命,婶婶真不怨你,真的……"

陈平安耐心听着,看着妇人泣不成声,不再言语。

他去书案那边,默默搬出摆放在底下的大火炉,再去墙角打开装有木炭的大袋子,给火炉添了木炭,以特制火折子点燃炭火之后,蹲在地上,推入两人对坐的桌子底下,方便妇人将双脚搁放在火炉边沿取暖。

做完这些,陈平安坐在长凳上,没有说话。

妇人赶紧擦去眼泪,桌子底下,轻轻抬脚,踩在火炉边上,脸色惨然道:"不行也没关系,小泥鳅本就是水里来的,不用像我们,不讲究什么人死了,就一定要入土为安。"

陈平安眼神恍惚。

依稀记起,当年在小巷,有一次自己护着她,与那些长舌妇吵完架也打完架后,两人坐在院门口台阶上,她只是默默流泪,双手攥紧那件缝缝补补的衣裳,一个字都没有说,见到了顽劣儿子从泥瓶巷一段大摇大摆走入后,赶紧背转过身,擦拭眼泪,整理衣襟,用手指梳拢鬓角。

哪怕是现在,陈平安还是觉得当年的那个婶婶,是顾璨最好的娘亲。

她轻声问道:"平安,听说你这次去了趟宫柳岛,见了那个刘老祖,危险吗?"

陈平安双拳紧握,轻轻搁放在膝盖上。

已经没什么悲苦至极的情绪,唯有无奈。

察见渊鱼者不祥。

陈平安深呼吸一口气,松开拳头,伸出一根手指,指了指自己眼睛,道:"婶婶,真的一家人,其实不用说话,都在这里了。婶婶当年打开院门,给我拿一碗饭的时候,我看到了。当年吵完架,婶婶坐在院门口,对我使眼色,要我对顾璨保密,不要让他知道自己娘亲受了委屈,害他担惊受怕,我也看到了。"

妇人欲言又止,桌底下,死死攥紧那只小炭笼的竹柄把手。

陈平安很想告诉她:

"婶婶,你大概还不知道,我当年在泥瓶巷,就知道为了那条小泥鳅,婶婶你想要我死,希望刘志茂能够害死我。

"婶婶,你可能也不知道,那天晚上你邀请刘志茂去往春庭府,询问我的底细,刘志茂其实没有喝掉那碗茶水,他以回音水的山上秘法,收走了茶水,然后放入碗中,就放在了这张桌子上,只是被我震碎了你们两人对话的余音涟漪而已。

"婶婶一样不知道,摘掉狐裘,让婢女回府,甚至就连先前在门口,那个见着了我就立即松手的小动作,其中的心机,以及进了屋子说的这些话,所有的言下之意,我都知道,都一清二楚。"

但是这些话语,陈平安都一个字一个字全部咽回了肚子,最后说的,只是一句话:"婶婶,以后的书简湖,可能会跟如今不太一样,婶婶和顾璨到时候就再也不用这么害怕,哪天会守不住家业,又哪天会出现寻仇的刺客,需要顾璨去一杀再杀,但是在那天真正到来之前,我还是希望婶婶能够尽量待在春庭府。"

妇人轻轻点头。

陈平安看着她,缓缓道:"书简湖会变得很不一样,然后当那一天真的来到了,希望婶婶就像从泥瓶巷搬迁到了青峡岛一样,能够小心再小心,多看看,怎么帮着顾璨将春庭府的家业变得更大。既然是为了顾璨好,那么我想,泥瓶巷那么多年的苦头都吃了,刚到青峡岛三年的苦头也吃了,以后,为了顾璨,婶婶也能再熬一熬,总有熬出头的一天。就像当年把顾璨拉扯大,小鼻涕虫吃的穿的,从来不比其他街坊邻居的孩子差半点;就像从泥瓶巷祖宅变成一座春庭府,以后说不定会是一整座自己的岛屿,而不是比春庭府更大的横波府而已,对吧?更何况顾璨他爹,说不定什么时候就可以来书简湖见你们。"

妇人使劲点头,眼眶湿润,微微红肿。

陈平安不再言语。

妇人再坐了一会儿,就告辞离去。陈平安送到门口,妇人始终不愿意拿走那只炭笼,说不用,这点风寒算什么,以前在泥瓶巷什么苦头没吃过,早就习惯了。

陈平安目送她远去后,返回屋子。

妇人一路走得艰辛而无怨言。等她临近春庭府后,立即板起脸,嘴唇微动,只是当婢女快步跑出,妇人很快就笑了起来。

陈平安坐在桌旁,怔怔无言,喃喃道:"没有用的,对吧,陈平安?"

他揉了揉脸颊,对自己说:"那就做点有用的事情。"

陈平安低头弯腰,挪了挪火炉,踩在上边,手里则依旧拿着那只炭笼,趴在桌上,迷迷糊糊打个盹儿。

半睡半醒的,像是重返当年的家乡。

三更半夜的柴门犬吠,扰人清梦的孩子啼哭声,佝偻身形的老妪的捣衣声。

很多人都会感到厌烦。

陈平安当年在泥瓶巷也一样,就只能忍受着。

终究都是小事。并且越来越觉得就是这些小事,如今想起,反而有些怀念。

啪的一声,炭笼坠落在地,陈平安清醒过来,捡起炭笼,放在长凳一边,去睡了一觉。

一觉醒来,已是深夜时分,是被敲门声吵醒的。

陈平安去打开门,差点没忍住就要破口大骂。

竟然是珠钗岛岛主,刘重润。

陈平安开了门,却没有让道。

刘重润一挑眉头,问道:"怎么,门都不给进?"

陈平安反问道:"让你进了门,我以后还怎么去朱弦府见马远致?"

刘重润扬了扬手中瓷瓶,道:"这么重要的事情,咱们就在这门口商量?"

陈平安皱眉道:"你故意的?"

刘重润笑眯眯点头。

陈平安无奈道:"刘岛主,你到底在想什么啊?这不是做生意的规矩,好吗?"

刘重润笑道:"别与女子讲道理。"

陈平安愣了一下,苦笑道:"有道理。"

让开路,刘重润走入屋子,陈平安没敢关门,刘重润抬起一脚往后一踹,屋门紧闭。

刘重润低头看了眼大块青石板,瞥了眼墙角的书箱,以及斜靠墙壁的对半劈成的六竿紫竹,最后视线回到青石板,问:"陈大先生整天躲在这里,就为了捣鼓这些阴森森的玩意?"

陈平安点点头。

刘重润走到桌旁,低头瞥见那火炉,道:"这东西,可稀罕。"

陈平安笑道:"老百姓见识了你们富贵门户里边的地龙,觉得更稀罕。"

刘重润作为一位故意对书简湖藏拙的金丹地仙,落座后,双脚搁放在火炉旁,羡慕道:"哟,还挺暖和,回头我在宝光阁也弄一个。"

陈平安问道:"刘岛主想好了?"

刘重润依旧在好奇四顾,随口道:"想好了,一个能够让刘老祖亲自护送的账房先生,我哪敢怠慢,找死不成?"

陈平安却说道:"我们的生意,可能需要暂时搁放一下。"

刘重润怒道:"陈平安,你玩我呢?先前是谁跑去宝光阁主动跟我做买卖,这会儿我来给你亲口答复了,你就开始跟我摆架子?怎么,傍上了刘老祖,你要抬价?行,你开价!我倒要看看,你到底有没有那个脸说出人财兼收的话。"

陈平安盯着这个亡了国的长公主殿下,厉声道:"如果不是之前已经来了这么多拜访青峡岛的岛主,你今夜这趟,我就不是让你坐在这里骂人,而是真的跟你划清界限了,你是真不知道,还是装糊涂?你完全可以在珠钗岛耐心等待,你这样画蛇添足,只会害得珠钗岛身陷漩涡,一旦我失败了,珠钗岛别说是迁出书简湖,连现在的家业都守不住!刘重润,我再问你一遍同样的问题,你到底在想什么?"

刘重润笑道:"国破家亡,我都熬过来了,如今没有国破的机会了,最多就是个家亡,还怕什么?"

陈平安突然心思微动,望向屋门那边。

刘重润微微讶异,难不成陈平安真是一位外界传闻的金丹剑修?不然他为何能够有此敏锐感知。

因为外边,来了个不速之客,偷偷摸摸,就像是经常偷听别人家墙根的腌臜汉子。

陈平安对刘重润眨眨眼,然后冷声道:"刘岛主,我再重申一遍,我是不会收取珠钗岛女修为贴身丫鬟的!这不是多少神仙钱的事情……"

结果刘重润根本没接茬,反而哀怨道:"没有想到你陈平安也是这样的负心汉,是我看错了你!"

刘重润猛然起身,打开房门,一掠而去。

陈平安一脸呆滞,硬着头皮站起身,来到门口,片刻后,朱弦府鬼修马远致笑呵呵走来。

陈平安刚想要解释一番,马远致竟是满脸惊喜和开怀,使劲拍了拍陈平安肩膀,道:"不用解释,我知道的,长公主殿下是故意气我呢,想要我吃醋。陈平安,这份人情,算我欠你的,以后我与长公主殿下结为道侣,你就是第一大功臣!"

马远致摩拳擦掌,大笑着离去。

陈平安站在原地,自言自语道:"这也行?"

陈平安啧啧称奇。

他走到渡口岸边,蹲下身,捏了个雪球,想了想,干脆堆了个雪人,嵌入几粒木炭当鼻子眼睛,然后拍拍手上的雪。

陈平安想了想,在旁边又堆了一个,瞧着稍微"苗条纤细"一些。

这才心满意足。

关于男女情爱,以前陈平安是真不懂其中的"道理",只能想什么做什么,哪怕两次远游,其中还有一次藕花福地的三百年光阴流水,之后反而更加疑惑。尤其是藕花福地那个周肥,如今的玉圭宗姜尚真,更是让他百思不得其解,为何春潮宫那么多在藕花福地中的出彩女子,愿意对这么一个多情近乎滥情的男人死心塌地,真心喜欢。

如今便有些稍稍理解了。

类似一法通万法通。

身边的人不讲道理,身边人又有实力欺负外人,反而会特别安心。

市井坊间,庙堂江湖,山上山下,古往今来,哪怕加上一个以后,都会有很多这样的人。

藕花福地,春潮宫周肥,在江湖上臭名昭著,为何最终能够让那么多女子死心塌地,这就是缘由之一。

世人对于强者,既厌恶,又崇拜。

这就是人性的根本之一。

倒不是说世间所有女子,而只是那些置身于春潮宫的女子,她们内心深处,就像有个冥冥之中的回声,在心扉外不断回荡,那种声音的蛊惑,如最虔诚的僧人诵经,像世间最用功的儒生读书。那个声音,不断告诉她们,只需要将自己那个一,全身心奉送给了周肥,周肥会帮她们从别处夺来更多的一。而事实上,只说在武学瓶颈不高的藕花福地,真相恰恰是如此,她们确实是对的。哪怕是将藕花福地的春潮宫,搬到了桐叶洲,周肥变成了姜尚真,也一样适用。

除非是姜尚真惹到了杜懋之流,或是左右。

就像顾璨的所作所为,能够完完全全说服自己,甚至是说服身边人。

顾璨的道理,在他自己那边,是天衣无缝的,所以就连陈平安——顾璨如此在乎的人,都说服不了他,直到顾璨和小泥鳅遇到了宫柳岛刘老成。

你喜欢不讲理,可能在某个规矩之内,可以活得格外痛快,可是大道漫长,终究会有一天,任你拳头再大,还有比你拳头更大的人,随随便便就能打死你。

陈平安遇上杜懋,有偶然,也有必然。

顾璨遇上刘老成,只有必然。只是那一次,刘老成出现得早,早到让陈平安都感到措手不及。

可是,就像刘老成在渡船上所说,无论是什么人心,都不知道自己与人的缘分,是善果还是恶果。

如果说顾璨遇上刘老成,是必然,那么陈平安自己来到书简湖,深陷死局,自讨苦吃,难道就不是必然吗?

一样是。

甚至以后,还会有各色各样的一个个必然,在安安静静地等待着陈平安去面对,有好的,有坏的。

这就是道家所谓的"祸福无门,唯人自召"。

只是关于讲不讲理这件复杂事,陈平安是最近才明白。是那天在湖心停船,他敲过了碗筷,凉风大饱,才想通的一点。

那就是浩然天下最有意思的事情,莫过于拳头最大的人,是至圣先师和礼圣,他们两位,刚好是天底下最能够讲道理的人。

在那一刻,哪怕陈平安到了书简湖后,对于人心,有了很大的失望,之后又有一些星星点点的希望,可那个当下,陈平安在刹那之间,突然有些喜欢这座天下了。

他想,将来有一天,去过了北俱芦洲,再去过了倒悬山和剑气长城之后,一定要去中土神洲,再见一见文圣老先生,与他聊聊分别之后的见闻与苦乐,下一次,自己一定要陪着老先生好好喝顿酒,不再让老先生一人寂寞贪杯了。

甚至还要壮起胆子、鼓起勇气,问老先生一句,能不能让自己见见那两位更老的老先生,当然了,他可以等两位圣人有空的时候。

一想到这个似乎很放肆、很无礼的念头,年轻的账房先生,脸上便泛起了笑意。

世道好坏如何,重要吗?重要。

很重要吗?则未必。

夜色中,陈平安蹲下身,看着肩并肩的两个雪人,笑容灿烂,然后朝它们做了个鬼脸:"对吧,姓陈的,还有宁姑娘。唉?你们倒是说话啊,别光顾着卿卿我我啊,知道你们很喜欢对方……"

第三章
风雪宜哉石毫国

年底时分,都已经临近大年三十了,青峡岛的账房先生,却带着一个名为曾掖的高大少年,开始了自己的第三次游历。

而且直接离开了书简湖地界,过了石毫国南境关隘,一直往北而去。

这天,夜宿灵官庙。

化雪时分,尤为酷寒。一路上,要么是官道上的道路泥泞,要么是僻静小路上的积雪深厚,踩在其中,沙沙作响。

而且根据书简湖几位地仙修士的推算,今年年末,书简湖的广袤地界还会有一场百年难遇的大雪,到时候除了书简湖,还会波及石毫国在内的几个朱荧王朝藩属,几个藩属国恐怕就要遭罪了,书简湖修士自然乐见其成。就是不知道入冬后的三场大雪,会不会无形中阻滞大骊铁骑的马蹄南下速度,给立国以来第一次采取坚壁清野策略的朱荧王朝,赢得更多的喘气机会。

只是这些天下大势,与山头稳固的修士的日常生活,似乎关系不大,毕竟"天下"又有山上山下之分。

在灵官庙主殿内,曾掖去周边拾取柴火,点燃了一堆篝火。

陈平安还是身穿一件厚实棉袍,跟在青峡岛没两样,只是不再背剑,而是以裴钱"开创"的刀剑错样式,将一把自制竹刀,一把购自池水城猿哭街的那把大仿渠黄剑,悬佩在腰间一侧。

两人吃着干粮,几无言语。此次游历,是曾掖生平第一次出远门,所以比起沉默寡言的陈平安,少年心性的曾掖,难免有些雀跃,过个关隘,向石毫国边境士卒递交青峡岛祖师堂颁发的谱牒,都能让曾掖倍感新鲜,只是不敢流露出来,陈先生的心事重重,曾掖又不是瞎子,这点人情世故,曾掖还是有的。

陈平安吃过干粮后,摊开一幅石毫国州郡堪舆图。如今石毫国南方版图还好,只有稀稀疏疏的大骊铁骑斥候骑军游弋其中,陈平安和曾掖就见到过两次,但其实尚未被战火波及的南部,也已经出现了乱世迹象,比如两人身处的这座灵官庙,就是个例子。

这是一座久未修缮的老旧灵官庙,稍显破败。根据附近乡民的解释,掌管香火的老庙祝在今年入秋时分去世了,县衙那边本该选出个新庙祝,一般来说,只要人选身世清白,又有个谱牒在身的道士老爷帮忙签字,州郡那边都会点头,这点芝麻小事,根本不用麻烦京城礼部。可是大骊蛮子一来,世道乱得很,就顾不上了,毕竟老百姓逃难,事后返籍回乡,朝廷不会怪罪,可庙祝这种鸡肋职务,却跟县令老爷差不多,担着"守土有责"四个字,所以县衙原本属意的两个人选,哪怕县衙私底下明言,不用两人自己花钱去跟县中某位高高在上的谱牒道爷打点关系,他们依旧不愿意上任。就这么一拖再拖,估计等到已经围住石毫国京城的大骊蛮子,腾出手来,再往南走,这座本就香火寥寥的灵官庙,明年的香火就算是彻底没着落了。

乱世之中,老百姓自顾不暇,哪里管得上入庙敬香一事。自己吃饱了,才好计较泥塑的神仙老爷吃不吃得饱,这是人之常情。

陈平安将那只竹箱交予曾掖背负,里边搁放着跟青峡岛密库房赊账得来的那件鬼道法宝,"下狱"阎王殿。

至于俞桧后来拜访青峡岛,主动卖与陈平安那座仿制琉璃阁的上乘灵器,则被陈平安暂时收在了咫尺物当中。十二间能够温养鬼将之流的屋舍,当下都住满了魂魄相对饱满完整的阴灵鬼魅,除了其中一间,其余十一头阴鬼,皆是生前中五境修为仍是死在炭雪手下的练气士,戾气相对较重,执念更深。

曾掖虽然修行资质平平,又性情鲁钝,却是个手脚勤勉、眼里有活的高大少年,离开书简湖,这一路北上,曾掖没少做事情。

不过陈平安也不是那种习惯锦衣玉食的谱牒仙师,并不需要曾掖服侍,所以像是师徒却无师徒名分的两人,一路上走得融洽自然。此次过关进入石毫国,需要拜访四十个地方之多,涉及石毫国八州、二十余郡。让曾掖比较头疼的是,其中半数地方位于石毫国北部,兵荒马乱,说不定就要跟北方大骊蛮子打交道。曾掖自幼被带往书简湖,在茅月岛长成少年,以前从未跟随师门长辈出来游历,没有尝过"山上仙师"的滋味,对于朝廷和兵马,还是带有一丝先天畏惧。但转念一想到陈先生是位神仙,曾掖就稍稍释然。

曾掖的畏惧心理看似幼稚,但在陈平安看来,这才是对的,不然遇上了那支来自遥远北方的陌生铁骑,误以为是东宝瓶洲中部版图的那些寻常兵马,一旦起了冲突,别说是曾掖这么个下五境修士,就是一位在石毫国一人之下万人之上的金丹地仙,说不定也会落个身死道消的下场。

关于此事,陈平安没有刻意提醒曾掖,因为许多看似粗浅的道理,到底还是要亲身经历过,才能体会深刻,至少也该亲耳闻亲眼见。

曾掖开始以陈平安传授的那门仙家秘术修行,认真地呼吸吐纳。勤能补拙,越是一穷二白的野修出身,越能够珍惜这份来之不易的机缘。

陈平安如今修心不易,修力一事,自然停滞不前,拳法、剑术与汲取灵气的修道,三者皆是如此。

陈平安站起身,跨过门槛,来到灵官庙主殿外,微微皱眉。

有句流传颇广的村野老话,叫一人不住庙,两人不看井。

老百姓未必真正懂得其中玄妙,可是修道之人,感触会更深。

当一个人的心扉屋舍中,善念如树倒猢狲散,杂念、恶念便鱼贯而入,反之亦然。

推及寺庙、道观这些原本香火兴旺的场所,也差不多。原本是鬼怪敬畏的神祇坐镇、规矩之地,一旦没了香火,灵气流散,更容易惹来鬼魅阴物的觊觎和窥探。

许多文人的读书笔札,都记录着一桩桩发生在残破寺庙的精怪诡事,即是此理。

曾经在彩衣国和梳水国之间,陈平安就在破败寺庙内遇到过一只狐魅。

那一次,有相逢,也有离别。

陈平安低头捧手,轻轻呼出一口白茫茫的雾气,手心互搓取暖,想了想,去关上门,免得打搅到曾掖的修行。

曾掖心性纯朴,但是在修道一途上,不够坚韧,很容易分心岔神,如果淬炼灵气、温养气府一事,刚刚开了个头就被打断,就只得从头再来,一两次没关系,次数多了,一旦形成一条曾掖自己都毫无察觉的心路轨迹,就是大麻烦。人之惰性、贪念等等,多是如此,看似悄然生发,天经地义,实则在旁人眼中,早已有迹可循。

所以在曾掖修行的前期,陈平安就必须要多费心,照顾着点少年。

虽非师父,倒也挺像是一位护道人了。

想到这里,陈平安哑然失笑。

陈平安非但没有心情沉重,反而轻松几分,大概是想起了些以往的开心事,以至于不知不觉之间,已是眉头舒展,微笑道:"出来吧,我知道你们的存在。这座灵官殿虽然由于香火凋零,使得那金身法相分身之一,早已隐匿沉睡多年,灵官老爷那点仅剩神性,也不足以让它现身庇护一地气数,可是你们双方无冤无仇,井水不犯河水,总好过莫名其妙就结仇吧?一旦遇上某位脾气不太好的灵官老爷,拼着神性消耗,金身破碎,也会将你们打杀的。你们大可以在主殿外进食香火残余,相信身后这尊灵官老爷也未必就会动怒,阴阳之别,凡夫俗子往往喜阳厌阴,道家灵官却未必如此。你们死而得存,本就是天意和机缘使然,所以你们可以在主殿之外四周徘徊,帮着自己维持一点灵光,但是主殿就不要进去了。"

陈平安说得耐心且仔细,因为许多死后戾气、恨意或是执念凝聚不散的阴物鬼魅,浑浑噩噩,对于这个世界的认知,并不比生前为人之时更多,恐怕连曾掖这类下五境的山泽野修都不如。

在陈平安眼中,前殿后门附近,有数头阴物藏在那边,阴风阵阵,并不浓郁。如今正值严冬酷寒,阳气稍足的老百姓,比如青壮男子,站在陈平安这个位置上,未必能够清晰感受得到那些阴物散发出来的阴煞之气,可若是本身阳气孱弱、易招灾厄的世人,说不定就会中招,阴气侵体,很容易感染风寒,一病不起。乡野土郎中的补气药物,未必管用,因为治标不治本,病人伤及了神魂,倒是一些神婆的那些招魂定神的土法子,说不定反而有效。

不知道是忌惮陈平安,还是道理讲通了,那些阴物渐渐退去,放弃了进入灵官庙主殿的打算。

既然它们止步,陈平安就没有多说多做什么。

他们此行要去的第一个地方,就是石毫国一个小山头仙家。此处女子阴物现世,行走阳间,陈平安往往让她们托身于曾掖,可她们若是觉得别扭,也可以暂时寄身于陈平安手中一张出自清风城许氏的狐皮美人符纸,以姿容动人的符箓女子,白日藏在咫尺物或是陈平安袖中,在夜间则可以现身,就这样跟随陈平安和曾掖一起远游。

十二张狐皮美人符纸,如同客栈,如今都有人下榻其中,并且曾经都是石毫国人氏。一到夜幕时分,四下无人之处,陈平安就会拿出符纸,将她们栖身的符箓取出,不过需要消耗些雪花钱,不然符纸就会关门,她们就无法重返阳间,无法多看几眼此方天地动人又冻不着鬼物阴物的雪后风景。

在这样的夜色中,陈平安和曾掖四周,真是叽叽喳喳,莺莺燕燕,热闹得很,十二张符纸当中,即便原本有些不喜交流的女子阴物,可是这一路相处久了,自然也会有亲近相熟的女子鬼魅,各自抱团,聊着些闺房言语,至于大道和修行,是不会再多说一字了,多说无益,徒惹伤心。

至于今晚为何她们不现身,是陈平安请她们返回了符纸当中,因为要夜宿灵官庙,入乡随俗,不可冒犯这些祠庙。有几位胆子稍大的女子阴物,还取笑和埋怨陈平安来着,说这些规矩,乡野百姓也就罢了,陈先生身为青峡岛神仙供奉,哪里需要理会,小小灵官庙神灵真敢走出泥塑神像,陈先生打回去便是。只是陈平安坚持,她们也就只能乖乖返回许氏精心打造的狐皮美人符纸中。

此刻陈平安站在廊道中,身后主殿供奉着一位赤面大髯、黄袍金甲的灵官老爷,手持铁鞭,金鸡独立,威风凛凛。相传是道家两百多位记录在册的正统灵官之一。

更有极为隐蔽的一个传闻,近百年在浩然天下流传开来,多是上五境大修士和刘志茂之流的地仙,才有资格耳闻。

那就是上一届坐镇白玉京的道家三位掌教之一,有真无敌美誉的道老二,提出了五百道教灵官之属,三座天下的所有人,哪怕是龙虎山天师,甚至即便原本不是道门弟子,无论是其余两教还是诸子百家的门生,都有机会,一旦积攒足够的功德福运,便得以归位,最终在白玉京五城之一的灵官殿陪祀,享受无穷香火。

那么抛开既有两百多尊"位列仙班"的灵官神祇,意味着还有半数神位空悬。天命所归,虚位以待。

陈平安走下台阶,捏了个雪球,双手轻轻将其夯实,没有去往前殿,只是在两殿之间的院子徘徊散步。这大概也是井水不犯河水。

陈平安想着一些心事。

南婆娑洲、桐叶洲和扶摇洲,三个距离倒悬山最近的洲,重宝出世,群雄相争。杜懋飞升失败,琉璃金身碎块四散,这桩天大机缘,传闻引发了许多东宝瓶洲上五境修士的争夺。然后又有五百灵官神位之说。

这就是真正的天下大势。

其中陈平安还亲身经历过桐叶洲之乱,被稍稍殃及池鱼,所幸倒是不算性命之忧,但是被那个递出一块祖师堂玉牌的太平山"年轻道士",算计得很惨。

钟魁更是因此沦为鬼物,失去了书院君子身份。

大道之上,险之又险,但是玄之更玄,就在于风险和机遇并存,是浑水摸鱼,得利,甚至是一夜暴富,远胜百年积淀,还是大道折损,一蹶不振,归根结底,就看修道之人自家本事高不高了。大势席卷之下,太平山钟魁是如此,桐叶宗杜懋也是如此,并不会分善恶。这些事情,知道了,未必有用,但是知道其中脉络,比起从头到尾蒙在鼓中,肯定更好。

由于这趟要走过石毫国南北各个州郡,所以陈平安对于石毫国的朝野江湖和风土人情,在青峡岛就了解颇多。

石毫国崇尚道门,敬奉一位道教散仙真人为国师。所谓散仙,自然就是不在道家四大主脉之中的旁门道人。道家四大主脉,其中道祖座下三脉,道袍样式也有差别,不过头顶道冠最容易区分,分别是芙蓉冠、鱼尾冠和莲花冠,道士在道门的品秩高低,道冠也有诸多细微讲究;此外便是中土神洲的龙虎山一脉,属于浩然天下的本土道家势力。

据传此次阻滞北方蛮夷大骊铁骑的南下,护国真人在阵前呼风唤雨,撒豆成兵,护住京城不失,功莫大焉。

除了这些来自柳絮岛仙家邸报的纸面消息,陈平安还专程在池水城摆下酒席,找了个时机,一起宴请了顾璨的两位兄弟,那位逃难至此将近一年的石毫国皇子韩靖灵,以及石毫国边军大将之子黄鹤。

陈平安问得多,聊得浅,客客气气。

韩靖灵虽是石毫国皇子殿下,当今陛下的嫡子之一,正儿八经的天潢贵胄,已经出京就藩多年,可是仗还没打,就找了个借口离开自己的藩王辖境,迅速南下避难,大致是什么样的脾性,并不难猜。可世事难料,大骊铁骑南下,所到之处,在冥顽不化的石毫国北部,往往是寸草不生,战火惨烈,反而是韩靖灵的辖境,因为群龙无首,竟然逃过一劫,没有任何兵祸发生,因此在辖境内,韩靖灵莫名其妙就有了个"贤王"的美誉。不过陈平安知道,这多半是韩靖灵身边那拨扶龙之臣,在帮着出谋划策。

韩靖灵面对大名鼎鼎的青峡岛账房先生时,自然知无不言言无不尽,恨不得掏出心肝肺来,给这位在书简湖数次扬名的陈先生瞧上一瞧。石毫国大将军嫡子黄鹤,先前离开书简湖,去和他那个投靠大骊铁骑的老子,一起谋划扶持韩靖灵为石毫国新帝,据说都已经见过了苏高山的面,所以这趟返回书简湖池水城,是给韩靖灵报喜来了。

陈平安没给他们与自己称兄道弟的机会,当然韩靖灵和黄鹤也没这胆子。不过两者心性,又有细微差别,前者是落难,心气不高,至于一旦成为石毫国新帝之后,是何种光景,会不会后悔当初在池水城酒宴上的卑躬屈膝,韩靖灵应该暂时还没能想到那一步,陈平安则是不在乎。至于后者,面对陈平安,黄鹤则是看似比韩靖灵更加谦恭的神色之下,隐藏着一丝仿佛弓弦逐渐绷紧的心思,因为大骊武将苏高山,这座巍峨山岳,就像给了他们边军黄氏一颗莫大的定心丸,哪天真正傍上了这座靠山,别说是已经桀骜不再的小魔头顾璨,就算是陈平安,恐怕将来都要对他黄鹤以礼相待了。

这些人心细微处的蠢蠢欲动,陈平安只是默默看在眼中。

至于柳絮岛邸报上,石毫国皇帝颁发诏书,昭告朝野,其中以"骄纵不臣,纵兵殃民"八个字,对曾经被先帝敕封"忠毅侯"的黄鹤父亲,进行了盖棺论定。

一直给陈平安和韩靖灵陪酒而少言语的黄鹤,唯独提及此事,神色张扬几分,满脸笑意,说他父亲听闻诏书后,毫不动怒,只说了"气急败坏"四个字。

陈平安当时看着这张意气风发的年轻脸庞,独自喝了杯酒。见他提起酒杯,韩靖灵赶紧招呼黄鹤,一起举杯共饮,有那么几分共襄盛举的意味,让陈平安哭笑不得。

这种酒桌上,都他娘的尽是这么些学问,最好喝的酒,都没个滋味。

那场看似主宾皆喜、相谈尽欢的酒宴散去后,陈平安独自返回青峡岛。对于大骊武将苏高山,陈平安再次高看了一眼,上一次,还是因为粒粟岛谭元仪的进退失据。

这时,陈平安回过神。

原来前殿那边出现一位身披甲胄的高大阴物,生前可能是位有官身的沙场校尉。

这位阴物走出前殿,左脚跨过门槛,抱拳道:"这位仙师,先前我和属下们有所冒犯，差点就惊扰了主殿的灵官老爷，仙师提醒，省去我等不少麻烦。"

说到这里，那位面容惨白的武将阴物，凄然一笑，收起双手，习惯性伸手按住腰间长刀刀柄。甲胄也好，佩刀也罢，与阴物本体如出一辙，皆是生前种种执念的幻化。

看着这位满身伤痕的石毫国武人，尤其是胸膛、脖颈两处被马刀劈砍而出的伤口，陈平安虽未真正经历过两军对垒的沙场厮杀，却也知道此人战死沙场，当得起"轰轰烈烈"这四个字。

阴物回头望了一眼前殿，然后转头继续道："仙师是山上人，可能明白我们这些天地厌弃的鬼魅，越是死了，对于生的念头，反而越是比活人还要强烈，只要能够苟延残喘，就会不择手段，所以战死后，我与麾下同乡武卒，阴魂不散，昼歇夜游，一路往南，来到这里。有些兄弟支撑不住，在半路就已经魂飞魄散，有些到了家乡，见过了妻儿父母，多是在祠堂、祖坟那些地方，算是安心上路了，但是也有不少兄弟越来越入魔，只要夜间遇上活人，就想要吞食他们的阳气，或是途经本地灵官庙这类已经没有神祇坐镇的地儿，不管不顾，就想着饱餐一顿，极难约束，越来越难……"

陈平安点点头，问道："敢问这位将军，如果袍泽当中有人想要如此作为，例如祸害半路百姓，拦又拦不住，将军又该如何自处？"

这是一个很煞风景的问题。

武将阴物轻轻推了推刀鞘，满脸痛苦，却无半点犹豫神色，断然道："这就得问过我的刀，答不答应！生前我们即是保家卫国的武人，既然战死，那么已算报国无门了，可要说死了就要去残害百姓，先过我这一关。"

武将阴物深呼吸一口气，咧嘴一笑，道："说出来不怕仙师笑话，一路南下，一位位兄弟陆续返乡分别，我们也从最早的六百余阴兵，减少到如今的不足十位。但是我们非但没有残害任何一位阳间的老百姓，反而在乱葬岗各地，清剿了近百头满身戾气的孤魂野鬼。只可惜我们大军当中的随军修士，当时一个比一个跑得快，害得我根本来不及询问，不晓得我们这种为民除害的行径，能否给兄弟们积攒阴德，下辈子投个好胎。"

陈平安先拱手抱拳致礼，然后收手，以毋庸置疑的坚定语气，沉声道："天地无私，但是人伦有道，相信将军与袍泽，都会有阴德荫庇的，既可庇护自身，也能够惠泽家族子孙！"

武将阴物一听仙师此话，一个铁骨铮铮的沙场武人，竟是当场落泪，转过头去，冲身后嚷道："听到了没有，我没有骗你们！"

前殿后门那边，一位位武卒现身，各自抱拳，不知是感谢这位生死同归的武将，还是感激那位青色棉袍年轻人的一番"盖棺论定"。

天地酷寒冻骨之时，一国山河破灭之际，他们的身上，铁甲铮铮作响。

这天夜幕沉沉中，陈平安掏出纸笔，将武将在内那六百余阴物的姓名、籍贯，都一一记录下来，说是以后会有朋友要举办两场周天大醮和水陆道场，他可以试试看，帮他们将名字列在其中。其间修行告一段落的曾掖，打开主殿大门后，给陈平安和那些阴兵帮了不小的忙，陈平安的东宝瓶洲雅言，当然极其熟稔，对于书简湖一带修士与百姓惯用的朱荧王朝官话也不算陌生，但是武将、武卒他们说话带上了石毫国各地口音后，就很让他头疼了，刚好曾掖可以"牵线搭桥"。

一直忙碌到鸡鸣之前，陈平安才好不容易将所有名字记录在册。

对于阴物而言，鸡鸣未必就要退避，一些阴气强势的鬼物，只要不是阳光暴晒的正午时分，于白昼行走阳间，都一样畅通无阻，只是阴物的鸡鸣而歇，有些类似活人的日出而作，近乎本能。

那位姓魏的石毫国阵亡武将，在陈平安收起纸笔后，说是离别在即，想要与陈仙师去灵官庙外散个步，陈平安当然不会拒绝。

两人走过前殿，跨出大门后，武将轻声笑道："陈仙师是外乡的谱牒仙师吧？不然咱们这儿的官话，不至于如此生涩。"

陈平安点头道："来自北方。"

武将下意识揉了揉脖子，笑道："哪怕是来自大骊，都无所谓了。不得不承认，那支大骊铁骑，真是……厉害。战阵之上，双方根本无须随军修士投入战场，一个是觉得没必要，一个是不敢送死，厮杀起来，几乎是同等兵力，战场形势却完全一边倒。沙场技击，还有气势，咱们石毫国武卒都跟人家没法比，输得窝囊憋屈是一回事，不然我与兄弟们也不会死不瞑目了，可话说回来，倒也有几分服气。"

陈平安"嗯"了一声。

武将停下脚步，道："我也不多嘴问什么，不过我也不傻，晓得陈仙师其实就是那个要举办周天大醮和水陆道场的人。所以……"

武将轻轻一晃甲胄，手掌松开刀柄，就要单膝跪地。这个大恩大德，他总得为兄弟们，对这位山上神仙，有些表示。

不承想他却被陈平安扶住双手，死活无法跪下去。

陈平安笑道："不用如此，我当不起如此大礼。"

武将只得无奈放弃，玩笑道："陈仙师，这般客气，难道是想要我再愧死一次？"

陈平安摇头道："不敢不敢。"

天将微亮，夜幕渐渐稀薄，陈平安双手笼袖，举目远眺，轻声道："魏将军其实比我强多了，一开始就知道怎么做正确的事情，如此一来，才是对袍泽真正的好。我就不如魏将军这般雷厉风行，自己受累不说，还要害得所有人都受累。"

武将沉默片刻，问道："为何自己受累便不说了？自己都不痛快了，还不许说上一说？又哪来的'还要害得别人受累'？陈仙师，我虽是个外人，可这一路走下来，其中甘苦自知，真是不容易，尤其是对袍泽抽刀相向，那份遭罪，真是比自己挨了大骊铁骑的刀子还难受。难熬到觉得过不去的时候，我便私底下喊上几位麾下亲军的兄弟，打上一架，不然我早给逼疯了，估计兄弟们还没失去灵智化作厉鬼，我就先成了祸害四方的厉鬼。所以陈仙师你不该这么想的。"

陈平安细细思量，然后展颜笑道："谢了，听魏将军这么一说，我心里好受多了。"

武将哈哈笑道："我可不是什么将军，就是个从六品官身的武夫，其实还是个勋官，只不过真正的实权将军，跑的跑，避战的避战，我才得以领着那么多兄弟……"

说到这里，他轻轻跺脚，踩在路边积雪里，嘴里道："赴死而已，不是什么壮举，窝心事罢了。"

陈平安想起一事，掏出一把雪花钱，递给武将道："这是山上的神仙钱，你们可以拿去汲取灵气，保持灵智，是最不值钱的一种。"

武将犹豫了一下，还是伸手接过，打趣道："陈仙师可以多给一些，我不嫌神仙钱沉的。生前死后，我都爱钱，天底下最不压手的，可不就是银子？"

陈平安赶紧摆手笑道："我如今就是个账房先生，做买卖，精明得很，不多不少，该给你们几枚赶路的神仙钱，门儿清。"

武将爽朗大笑。

好嘛，天底下还有生怕别人不知道自己"精明"的生意人？

陈平安问道："魏将军既然籍贯在石毫国北方边境的一处卫所，是打算为兄弟们送完行，再独自返回北边？"

其实才三十岁出头的武将，摇摇头道："不用回去，爹娘走得早，又没妻儿，在家乡那边认识的人，死光了。皇帝陛下前年就开始大规模调动边军，除了北部几支本来就骨头硬，敢打又能打硬仗的边军，其他的也大多给抽调去了北边。至于像南边黄氏这样的藩镇势力，喊了，只是喊不动而已，这不就造反了，在腰眼上狠狠捅咱们一刀。其实我心知肚明，咱们石毫国的骨气，都给大骊铁骑彻底打没了。"

陈平安缓缓道："魏将军如果愿意的话，等你做完所有事情后，就独自去往书简湖云楼城，寻找一个名为杜射虎的八境剑修。如果杜射虎不在城内，就去找梅子巷的柳氏，让他们家主引见，带你乘船去往青峡岛。杜射虎也好，柳氏家主也罢，你就说自己是陈平安的朋友。到了青峡岛，自会有人接待，你可以先住在青峡岛山门口那边，暂住在曾掖的屋子里边，等我们返回。如果魏将军愿意，我可以写一封信，再给魏将军一件信物。"

武将笑问道："难道陈仙师或是身边有朋友精通鬼道之法，打算将我培养成鬼将？陈仙师有大恩于我，我才会有此问，不然就干脆不开这个口了，大不了嘴上答应下来，到时候四处逛荡，偏偏不去书简湖便是，还望陈仙师海涵。说实话，对于打打杀杀，实在是没了半点兴致,如果可以,哪怕就这么一天一天等着魂飞魄散,也认命。陈仙师的大恩,只能寄希望下辈子再来偿还。"

陈平安摇头道:"我虽然知道一些鬼道秘法,也有两件适宜鬼魅阴物居住的灵器法宝,但不是希望魏将军为我所用,哪怕魏将军想要成为鬼将,我也不会点头答应,这既是辱人,更是自辱,我只是不愿意魏将军就这么消散于天地。只要到了青峡岛,以后的去留,我都会由魏将军自己决定。"

武将抱拳道:"陈仙师这么一说,我就放心了。多活几天就是赚几天,至于期间消耗了陈仙师多少神仙钱,我还是那句不要脸的话,有机会下辈子再还!若是没机会,就当陈仙师这个账房先生,当得还不够精明!"

陈平安摘下养剑葫,喝了口酒。

难得不是为了提神,而只是想要喝酒。

回到了灵官庙那边,陈平安写了一封信,又把一张阳气挑灯符和一枚紫竹打造而成的小书简全部交给武将,最后还偷偷塞给他一枚小暑钱。

做完这些,天已亮。

所有阴物都暂时栖息在灵官庙前殿。

陈平安返回主殿,曾掖已经收拾好行李,背好竹箱。

陈平安对着那尊彩绘神像抱拳,轻声歉意道:"今夜我们二人在此落脚,还有前殿那拨阴兵借宿,多有叨扰。"

曾掖只好跟着一起抱拳告罪一声。

他们走出主殿,路过前殿的时候,武将只是对两人抱拳相送,再无感激言语。

离开灵官庙后,继续北上赶路,两人行走在雪地里,曾掖轻声问道:"陈先生,能问个问题吗?"

陈平安正弯腰抓起一捧雪,随便洗了把脸,笑道:"问吧。"

曾掖问道:"无缘无故的,陈先生你至于这么一而再再而三破费吗?在茅月岛上,师父和所有人都讲过,咱们修行之人最耗银子了,小事情上不晓得节俭,这辈子就注定没有大前途可讲了。"

陈平安笑着反问道:"那你觉得我现在有大前途吗?"

曾掖挠头道:"当然有!陈先生已经是顶天大的大修士了嘛!"

陈平安说道:"这不就成了,反正我都已经算是你眼中的大修士了,偶尔不节俭一次,关系不大。"

曾掖总觉得一向待人以诚的陈先生,在这个问题上故意没有给自己说透彻,只是看陈先生不太愿意细说,就没好意思去刨根问底。

陈平安感慨道:"昨夜我们借宿灵官庙,那你知不知道灵官的由来,还有这些神灵的职责所在？"

曾掖摇头道："只听师父说是道家的神祇，比山水神祇的渊源，还要更久远一些。"

陈平安笑道："那么'举头三尺有神明'这句老话，总听说过吧？灵官，曾经就是纠察人间众人的功德、过失的神灵之一。虽说如今这个说法不太对了，但是我觉得，信这个比不信终归是要好很多的。老百姓也好，我们这些所谓的修行之人也罢，如果心里边，天不怕地不怕，到头来只怕恶人怕恶鬼，我觉得不太好。不过这是我自己的看法，曾掖，你不用太在意这些，听过便是。"

曾掖点头道："那我先记下了，说不定哪天就用得着呢。"

陈平安转头看了眼曾掖，笑了笑。

曾掖有些难为情，问道："陈先生，我又说错话啦？"

陈平安摇摇头，缓缓前行，说道："没呢，你说得很好。有些道理，是用来活命的，以及帮助自己过得更好，而有些呢，是用来安心的。至于哪些道理更好，更适合当下，得看每个人自己的家底和心境，反正我认为都是有用的道理。你以后也会知道这样那样的大小道理，遇到了事情，就拿出来，多想想，再作选择。"

曾掖由衷道："陈先生，你知道的道理真多。"

陈平安笑道："以后这样的屁话少说，你'陈先生'的身边，从来不缺你这种马屁精。"

曾掖背着大大的竹箱，侧过身，开朗笑道："如今可就只有我陪着陈先生呢，所以我要多说说这些诚心的马屁话，免得陈先生太久没有听人说，会不适应哦。"

陈平安笑眯起眼，突然蹲下身，手法娴熟，捏了一个巴掌大小的小雪人，放在曾掖背后的竹箱上边，看得高大少年一头雾水。

陈平安拍拍手，说道："我接下来会走一个入门的拳桩，很简单，就每六步出一拳，你可以跟我学，但是你学拳可以，必须保证竹箱上边的小雪人不掉下来。我就教你三遍，然后接下来这一路，你有事没事就按照这个拳桩赶路，我不强求，你也不用强求，就当是个解闷的小法子。"

之后陈平安给曾掖演练了三遍走桩，曾掖聚精会神死死盯着陈平安的脚步，以及最后递出的一拳。

陈平安都看在眼里，让曾掖自己走走看。

曾掖走得四平八稳，比起当年泥瓶巷那个草鞋少年，看似走得好多了。

可陈平安心中叹息，看拳不知意，三年不入门。

曾掖的练拳悟性，远远不如当年彩衣国胭脂郡城内，那个手持柴刀站在自己跟前的瘦弱男孩。

不过这不是什么要紧事情，就像陈平安所说，只是让曾掖找点事情做做而已，省得一路上大眼瞪小眼，毕竟那些狐皮美人符纸，不能经常取出，而且陈平安也委实是怕了那些越来越性情活泼、言语无忌的女子阴物。逗弄曾掖也就罢了，一个个还偷偷打赌，来陈平安这边蹩脚地暗送秋波，陈平安都见过多少的江湖险恶和大风大浪了，她们不是自取其辱是什么？

曾掖终究是在茅月岛被砸钱栽培的练气士，体魄强健，所以只得其形的撼山拳走桩，只要陈平安不说破，曾掖自己就觉得挺满意，反正搁放在背后竹箱上边的小雪人，始终没有歪斜坠落。

陈平安走完三次拳桩后，就不再继续走桩，时不时拿出堪舆图翻看。

当晚两人准备在一处荒郊野岭露宿，只要没有下雪，其实都无碍。

陈平安取出一张狐皮美人符纸，其中栖息着一位名叫苏心斋的女子阴物。

她生前是位洞府境修士，石毫国人氏，父亲重男轻女，她年少时就被石毫国一座仙家洞府的练气士相中根骨，带去了黄篱山，正式修道。在山上修行十数年间，从未下山返乡，苏心斋对于家族早就没有半点情感牵挂，父亲曾经亲自去往黄篱山的山脚，祈求见女儿一面，苏心斋闭门不见。那个希冀女儿帮助儿子在科举一事上出力的男人，只得无功而返，一路上骂骂咧咧，难听至极，很难想象是一位亲生父亲的言语，这些被暗中尾随的苏心斋听得真真切切，于是彻底伤透了心，原本打算帮助家族一次之后才真正断绝红尘的苏心斋，就此返回山门。

苏心斋最后一次下山游历，连同两位师姐师妹一起，被书简湖素鳞岛一位龙门境祖师掳走，最后惨死在那条蛟龙嘴中。其余两位同门女子，则早就死在原素鳞岛那位祖师手上了。

苏心斋以狐皮美人符纸所绘女子容貌现身，巧笑倩兮，眉目传神。

她是十二位女子阴物当中，性子最豁达、跳脱的一个，许多逗弄曾掖的鬼点子，都是她的主意。

如果不是很快就要进入黄篱山地界，陈平安真不敢将她请出来。

关于黄篱山的近况，陈平安一开始就已经把知道的都说给苏心斋听了。

她心心念念的那位恩师，早在数年前就已经去世，但是黄篱山如今还算安稳，毕竟只是石毫国的二流仙家，不上不下，在乱局当中反而相对容易躲灾避祸。三流末流的，早就被周边仙家洞府吞并了；一流的顶尖势力，树大招风，焦头烂额，纠结于该怎么跟石毫国朝廷或是大骊铁骑打交道，一着不慎，就是灭顶之灾。

黄篱山有修士三十余人，属于正儿八经记录在册的谱牒仙师，加上杂役婢女等附庸，如今大概有两百人。

苏心斋的遗愿，便是希望能够返回黄篱山，在师父坟头与祖师堂，各上三炷香，再无别求，甚至连活在下狱"阎王殿"或是仿制琉璃阁当中的念头，也没有。

苏心斋被召唤出来后，破天荒没有打趣曾掖或是那位账房先生。

曾掖觉得奇怪,陈平安却不会。

近乡情怯使然。

曾掖见着了苏心斋,就有些开心。

少年心思,清澈见底。

陈平安知道,苏心斋其实也知道,不过她假装懵懂不知而已。少女往往比年纪更长的女子,更讲究一见钟情。男子见佳人美丽而动容,女子见男子俊俏而动心,皆是颠扑不破的道理,不值得大惊小怪。

可怜曾掖这位高大少年,比起朱弦府鬼修马远致的处境,要好,但是也真好不到哪里去。

陈平安见苏心斋愁眉不展,便改变了主意,告诉曾掖修行之后,再睡个把时辰,就连夜赶路。

曾掖难得能够为苏心斋做点什么,自然是把胸膛拍得震天响,看得陈平安直扶额,到底还是不曾飞过花丛的雏鸟。

不过陈平安还是给了曾掖一个机会,独自走开,留下苏心斋在篝火旁给修行中的曾掖"护道"。

陈平安偷偷留下两柄飞剑在那边,然后独自走在积雪压松,偶尔落雪簌簌而响的山脊小路上。

转头望去,发现苏心斋拎着裙摆快步跑来,还故意在雪地中踩出声响,在身后留下一长串脚印,不是因为她生前就是洞府境修士,而是因为附于清风城许氏作为摇钱树的狐皮美人符纸之身。

天高地阔,无奇不有。

苏心斋来到陈平安身边,与他并肩散步,笑道:"陈先生真是不会当媒婆,难道看不出来,我对曾掖那个傻小子半点不动心吗?"

陈平安苦笑道:"不动心就不动心,我又不会硬要你做什么,可你也别故意伤人家的心啊,以后苏姑娘倒是清净了,我可是还要跟那个傻小子朝夕相处好几年的。"

苏心斋故作惊讶,笑眯眯道:"陈先生这样的神仙老爷,还会在意一个傻小子的心情啊?不听话,就揍他嘛,打得他只知道乖乖听话,咱们书简湖野修都这样,谁都不记好,只记打。"

陈平安气笑道:"我都不稀罕搭理你。"

苏心斋突然要伸手去挽住陈平安的胳膊,结果被陈平安跳开躲过,瞪眼道:"记打不是?"

苏心斋掩嘴而笑,弯腰捏了个雪球,随口问道:"陈先生随身携带的那只小炭笼呢?我可以帮忙生火。"

陈平安摇头道："就不浪费木炭了。在青峡岛，反正不愁，用完了自会有人帮忙添上；在这儿，没了，就得自己掏钱去集市买，手暖和了，但是心疼。"

苏心斋虽然这一路多次露面，早就领教过这位账房先生的抠门，可还是会觉得新鲜有趣。她本就是为了听到这个答案，才问那个问题的。

苏心斋走在陈平安身前，然后倒退而行，嬉笑道："到了黄篱山，陈先生一定一定要在山脚小镇，吃一次酥脆酥脆的桂花街麻花，才算不虚此行，最好是买一大麻袋捎上。"

陈平安没好气道："你掏钱啊？"

苏心斋白眼道："哎哟，我的陈大先生，陈老神仙，你都专程跑这么远一趟路了，还在意几两银子啊？"

陈平安笑道："一看就是个不会过日子的姑娘，还敢瞧不上老实本分的曾掖？"

苏心斋气恼不已，一下子丢出手中的雪球，却被本就身架微垮的陈平安轻松躲过。苏心斋还要再去捏个雪球，陈平安忙不迭说道："打住打住，我可不希望曾掖对咱俩心生误会。"

苏心斋果真收手了，打趣道："陈先生是曾经沧海难为水啊，还是有贼心没贼胆呀？"

陈平安微笑道："不足为外人道也。"

苏心斋看着这个年轻男人的那双眼眸，做了个鬼脸："哟哟哟，原来咱们的木头人陈先生，真有喜欢的姑娘了啊。唉，打赌又输了。"

陈平安一笑置之。

最后陈平安让苏心斋先返回曾掖那边，说自己还要再随便走走。

苏心斋取笑了一句"年纪轻轻就是老狐狸了，真不知道祸害了多少姑娘，才能有这份滴水不漏的心思"。

陈平安就当是一句好话收下了，不跟她计较。

苏心斋回到曾掖那边，蹲在篝火旁。

陈平安久久未归。

曾掖修行完毕，见着了就在身边的苏心斋，只是傻笑而已。

陈平安返回后，继续赶路。

由于临近仙家洞府地界，陈平安便没有取出其余数张狐皮美人符纸。以往途经山水神祇的祠庙，或是城隍阁文武两庙，也多是如此。

其实书简湖青峡岛的一个供奉玉牌，根本不用担心那些可能会出现的小麻烦。再者石毫国由于临近野修遍地的书简湖，对于许多在其余小国版图上匪夷所思的奇人异事，大多见怪不怪。只是陈平安坚持如此，苏心斋与其余阴物，也就只是嘴上碎碎埋怨几句而已，甚至不像是埋怨，就像是在跟一位长辈撒娇差不多。

在一个黄昏时分，一鬼两人，来到了那座黄篱山的山脚小镇。上山之前，陈平安虽然说不乐意花钱，但还是买了一袋子桂花街麻花，什锦夹馅，最贵的一种，分给苏心斋和曾掖。确实酥脆香甜，吃了几口后，陈平安竟是转身又去买了两大袋子，趁人不注意，偷偷收入咫尺物当中。对苏心斋的笑脸，陈平安视而不见。

看守黄篱山山门的两位修士，是两位资质不太好的下五境弟子，一老一少。

当陈平安拿出那块灵气盎然的青峡岛供奉玉牌，又大致说明来意后，两人大惊失色，竟是根本没有半点想要通报的想法，直接就领着三位往山上走去。

关于苏心斋的身份以及那两件事，陈平安没有向黄篱山隐瞒。

老修士其实是记得苏心斋这个名字的，毕竟她当年是黄篱山寄予厚望的天之骄子。但是那场山下惨事，黄篱山非但没有半点问罪的念想，反而还曾主动派人去往书简湖素鳞岛，与那位身为龙门境老神仙的祖师赔罪，当然也有"逢凶化吉、变坏为好"的心思，想着与素鳞岛攀扯上点关系，也好在黄篱山山头竖起一面旗帜，震慑那些远远近近的仇家门派。只是素鳞岛当时就没让黄篱山修士走入山门，半点颜面都没有，好在那位修士返回黄篱山后，私底下，故意放出一些模棱两可的风声，还算是给自家师门带来一些实实在在的好处。

所以听闻是一位青峡岛的供奉现身造访，老修士哪里敢怠慢。

黄篱山师门老祖很快从府邸走出，带上几位山上掌权的修士，亲自接待这位高不可攀的陈大供奉。

对于石毫国而言，书简湖千余岛屿，数万位桀骜不驯的野修，其中百余岛屿都需要牢牢记住名字，在这之中，又有青冢、粒粟、天姥在内十余座大岛屿，必须死死记住，至于出了一位元婴老祖截江真君的青峡岛，那更是仿佛人间最高处的陆地神仙了。黄篱山虽无法知晓书简湖最近两个月的风起云涌，但是关于刘志茂顺利登上江湖君主的宝座一事，石毫国内几乎所有山上修士，人尽皆知，除了那些消息闭塞、隔绝人世的末流门派。

苏心斋见着了那位面容熟悉的黄篱山老祖，热泪盈眶，立即跪下，泣不成声。

这个举动，吓了那位老祖和黄篱山众人一大跳。

陈平安便措辞委婉，又将与山门修士说过一遍的那些言语，再说了一遍。

这些说法，都是苏心斋自己琢磨出来的。陈平安只是照搬而已。

黄篱山得知"真相"后，人人心底如释重负，对于更换了容貌的当年那个小丫头苏心斋，那位始终无法跻身龙门境的观海境老祖师，更是在双方落座后，对她嘘寒问暖，多少有些真情实意，做不得假。对于苏心斋的念旧，更是让黄篱山一干修士唏嘘不已。

然后苏心斋顺利去了山门祖师堂敬香，是黄篱山祖师亲自递的香。

最后苏心斋去了师父坟前。这次只有陈平安和曾掖两人做伴，苏心斋婉拒了黄篱山祖师和其余几位前辈修士。

一位中年修士望向一行人远去的背影，忍不住轻声感慨道："这位青峡岛远道而来的陈供奉，真是……人不可貌相啊。"

黄篱山老祖师笑道："你这算什么话，到底是夸人还是贬人？亏得陈供奉不在，不然就凭你这句话，咱们小小黄篱山，恐怕就要吃挂落。"

老祖师却又很快抚须笑道："不过还真是人不可貌相。相貌普通，身上也没带什么一件半件光彩夺目的法宝，如果不是那块供奉玉牌，还真无法让人相信，这么年轻一个修士，就已经是青峡岛的头等供奉！了不起啊，咱们这帮没出息的老骨头，比起人家，没法比，没法比。"

中年修士想要说什么，老祖师瞥了眼他，轻轻摇头道："都这样了，还需要咱们黄篱山多做什么吗？嫌弃好事不好，所以吃饱了撑着，做点画蛇添足的勾当？"

中年修士立即会意点头。

虽然已经走远，苏心斋却敏锐发现陈平安一脸无奈，笑问道："怎么了？是山上老祖师在背后说我什么了？"

陈平安笑着摇头道："没呢，在说我的好话。"

苏心斋好奇问道："怎么，若说是陈先生年轻有为，还算凑合，陈先生倒是可以大大方方应下，可要是称赞陈先生相貌英俊，器宇轩昂，陈先生你可千万别当真啊。"

陈平安无奈道："果然不是一家人不进一家门，你们黄篱山修士的眼光，果然都差不多。"

苏心斋笑了，此后她走得有些慢，陈平安便跟着放慢脚步。

一行人来到灵气远远比不得青峡岛一带的黄篱山后山，一处还算山清水秀的地方，一座坟前。

上完香，磕过头，苏心斋久久不愿起身。

陈平安蹲在远处，随手抓起一小捧土，轻轻捻动。

曾掖遥遥看着苏心斋的身影，少年亦是伤心又伤心。

苏心斋起身后，擦拭泪水，走到陈平安这边，神色释然，眉眼再无愁绪。

陈平安丢了泥土，站起身。

苏心斋微笑道："陈先生可以收回符纸了。"

陈平安欲言又止，最终仍是没有多说什么，将狐皮美人符纸取回，收入袖中。

身前唯有恢复本来面貌的女子阴物。

陈平安问道："真不愿意活在狐皮美人符纸当中？即便有那周天大醮和水陆道场，投胎转世一事，还是……"

苏心斋已经摇头道："我不后悔，半点都没有。"

她后退数步，对着那个面容惨白不比阴物好到哪里去的账房先生，嫣然而笑，施了一个婀娜多姿的万福。

她转过头，对眼眶湿润的曾掖笑道："傻小子，以后跟着陈先生，好好修行，记得一定要跻身中五境，再成为一位地仙啊！"

曾掖使劲点头。

然后她望向陈平安，轻声道："愿陈先生，心想事成，无忧无虑。"

陈平安沙哑问道："再考虑考虑？"

苏心斋又道："愿陈先生，与那位心仪的姑娘，神仙眷侣。"

陈平安深呼吸一口气，抬手抱拳道："愿与苏姑娘，能够有缘再见。"

苏心斋满脸泪水，却是开心笑道："千万千万，到时候，陈先生可别认不得我呀。"

陈平安轻轻点头。

苏心斋微微歪着脑袋，凝望着年轻人的那双眼眸，似乎在确定他是不是在撒谎，最后蓦然而笑道："哈，才发现原来我们的陈先生，英俊极了。"

陈平安挤出一个笑脸，颤颤巍巍，伸出大拇指赞道："这位姑娘，眼光不坏。"

苏心斋再无执念，点点滴滴，开始魂飞魄散，如一幅仕女画卷，燃烧殆尽，灰烬飞散，重新归于天地间。

陈平安与她挥手告别。

曾掖掩面而泣。

最后陈平安拍了拍少年的肩膀说道："走了。"

曾掖耷拉着脑袋，微微点头。

陈平安轻声道："如果真的有那么喜欢苏姑娘，既然这辈子到最后也没能说出口喜欢她，没关系，以后数十年百余年，哪怕找遍人间，你都要去再见她一次，大声告诉她，自己喜欢她。如果百年不够，那就努力成为一位与天地争长寿的地仙，只要到时候还喜欢着她，一边勤勉修道，一边远游万里，寻她千年又何妨。"

曾掖猛然抬起头，哽咽道："可是我资质差。"

陈平安沉声道："曾掖，在你没有付出远远超乎常人的努力之前，你根本没资格说自己天赋不好，资质差！这种话，你跟别人说一千遍一万遍，我都不管你，但是在我这里，你只要还想跟着我修道，那就只能说一次！"

曾掖怔怔出神。

陈平安率先挪步，对曾掖说了最后一番话："我在山门口那边等你。在那之前，我会去跟黄篱山修士道别，你就不用跟着了，你可以一个人留在这边。有些心里话，要不要说出口，无所谓，能不能真正长久记在心头，那才是你有多喜欢苏姑娘的证明。但是说句你当下可能不太愿意听的言语，就算你几个月，或是几年后，喜欢上了别的姑娘，我也不会因此而看轻你曾掖，但是如果……如果你能够始终记住苏姑娘，我一定会高看你曾掖！"

陈平安将曾掖一个人晾在那边，独自返回，去跟黄篱山修士致谢告别。

然后缓缓下山，坐在山门处的底部台阶上。

转头望去，一位高大少年正在奔跑下山。

在石毫国州城权贵扎堆的松鹤街上，有一座门槛极高的马氏府邸，本就是一等一的郡望大族，后来又因为生了个比皇亲国戚还要金枝玉叶的好女儿，使得家族百尺竿头更进一步，在偌大一座州城内，极有声望，便是那位一向清高倨傲的刺史大人，逢年过节，都会主动派人去马氏府邸拜访。

年关时分，这天清晨，马蹄阵阵，回响在青石板大街上，有三骑早早入城来到这条松鹤街。

由于战火已经蔓延到只隔着一个州的石毫国中部地带，今年的年关，松鹤街不再如往年那么喜气洋洋，年味十足。

三骑纷纷下马。

一位神色萎靡的年轻男子，身穿一件青色棉袍，却学那游侠悬佩刀剑。

身边两位牵马的男女，女子身姿曼妙，可惜头戴帷帽，遮掩了容颜，还有一位背负竹箱的健硕少年。

门房是位穿着不输郡县豪绅的中年男子，打着哈欠，斜眼看着那位为首的外乡人，有些不耐烦，只是当听说此人来自书简湖青峡岛后，打了个激灵，睡意全无，立即低头哈腰，说仙师稍等片刻，他这就去与家主禀报。那位门房快步跑去，不忘回头笑着恳请那位年轻仙师莫要着急，他一定快去快回。

府邸广阔，约莫半炷香后，大汗淋漓的门房与一位双鬓霜白的清瘦儒雅男人一起急匆匆赶来。

两人身后，步伐不急不缓却半点不慢的老人，家塾先生模样。

帷帽之下的女子，早已热泪盈眶，只是死死咬住嘴唇，没有开口说话。

陈平安掏出那块玉牌，那位老先生接过手，正反两面，皆仔细端详一番，毕恭毕敬递还给陈平安，轻声道："不知供奉仙师大驾光临，有失远迎。"

马氏家主按捺下心中惊喜和敬畏，赶紧邀请远道而来的青峡岛一行三人，进入自家府邸。

马氏家主原本还想要大开仪门，以示诚意，被那个年轻仙师婉言拒绝了。

陈平安按照与这座马氏府邸当年那位光耀门楣的嫡女，早早商量好的那套措辞，与这位年近半百却保养得体的家主开门见山道："马笃宜在书简湖，最早本是松风岛修士,投在一个名叫邵洞天的老修士门下,根本无望大道,后来马笃宜另有机缘,真正得以在修行一事上登堂入室,有幸与我同脉,如今算是我的师侄辈,所以我此次出门游历,就专程前来你们马氏府邸看看。"

这番话,身为客人,其实说得很不客气,居高临下,很符合一位书简湖修士的语气,也符合石毫国顶尖谱牒仙师的山上风范。

但是马氏家主也好,那位家族供奉也罢,反而觉得如此才对,不然还真要立马掂量掂量这位年轻人的供奉身份,是不是作假,眼见着马氏如今岌岌可危,便坑骗到了自家头上。要是如此那最多就好吃好喝,殷勤伺候一顿,就赶紧送神出门,免得节外生枝。毕竟如今马氏需要的,是实打实的雪中送炭,不是什么不痛不痒的锦上添花。

虽然还是对年轻人所谓的青峡岛供奉身份,将信将疑,可到底是相信的成分更多些了,于是客气话就愈发客气,近乎谄媚。反正客气话一箩筐,不耗一枚银钱。

马氏能够有今天的家底,可不只是靠祖祖辈辈、子子孙孙读那圣贤书读出来的。

唯一的麻烦,就是马氏这几十年间,太风光,太过左右逢源,什么钱都想挣,结果挣出了天大麻烦。马氏倒是不怕花银子摆平麻烦,怕就怕花了大笔银子,买来的,不是什么破财消灾的保命符,而是一张催命符。

若这位年轻仙师,真是马笃宜的新师叔,那真是万事大吉!

如今的石毫国,从京城到地方,沸沸扬扬,一位分量足够的神仙修士,说话比六部衙门的那拨可怜大佬,还要管用!

进了府邸大堂,陈平安依然言语简明扼要,说马笃宜与他关系不错,如果马氏有难,可以尽量帮点小忙,如果家业稳当,那就看看家族有无适合修道的好苗子,万一真有这等福缘,至于到时候是将那棵好苗子送往书简湖修行,还是留下一笔神仙钱,两者皆可。

三天后,三骑出城。

始终头戴帷帽的女子,回望一眼州城城墙,眼神复杂。

马氏的燃眉之急,在一位青峡岛年轻供奉去了一趟刺史府邸后,得以安稳度过。

一位勉强拥有练气士四五境资质的马氏孩童,投靠在一位州城的老神仙门下,开始修道。不是那种记名弟子,而是名副其实的入室弟子,需要在朝廷衙门明白无误地记录在册。这就意味着那个孩童的家族有一笔源源不断的神仙钱,能够每年进入他师父的口袋,当然不会全部拿来给孩子为修道铺路,可不管如何,那个孩子都等于没有了后顾之忧,多多少少,会拿到手一部分属于他自己的真正实惠。

陈平安坐在马背上,没有说话。

便是曾挨这么个在人情世故上不太开窍的少年,在马氏府邸这几天,都看出了从马氏家主,到那位妇人,对于早就离开身边的女儿马笃宜,没了什么情分,言语之中,小心翼翼问这问那，问马笃宜的师门渊源，问马笃宜的修为境界，旁敲侧击询问年轻供奉有无道侣……总之，关于马笃宜如何从松风岛修士变成了青峡岛修士，夫妇二人也就蜻蜓点水，问过一两句，就像一种酒桌上、官场上的应酬，有些场面话，得说上一说，问与答，其实都不重要，不然吃相就会难看，仅此而已。

父女、母女之情疏远的原因，也许是马笃宜离家太多年，在松风岛修行不顺，让老祖师大失所望，至死才五境修士，一直无法离开书简湖返乡探亲，于是双方距离太远；也许是父母觉得与女儿变得身份悬殊了；也许是家族子嗣香火兴旺，承欢膝下的子女，自然会比"远嫁"出去的女儿，更讨长辈欢喜……原因可以有千百种，可事实只有一个。

在这会儿，外人说的任何言语，都只会是在心坎上动刀子，说一个字就痛一个字。

所以陈平安在一次停马间隙，以眼神暗示曾掖，让这位忍不住打算开口安慰几句的质朴少年，不要说什么。

陈平安没有收起马笃宜所寄居的那张狐皮美人符纸，由着她骑马散心，跟随他们去往下一处。

过了两天，曾掖开始有了眼神变化，而容貌、嗓音则毫无异样。不过人之眼眸，是相貌灵性集聚所在，很容易影响到别人对整个面相的观感。

马笃宜终于不再失魂落魄，大概是觉得曾掖当下的状况，比较有意思。

那是一个青峡岛杂役阴魂，开始附身曾掖了，与寻常山泽野修擅长的"请神上身""开门揖灵"，还是不太一样。

至于其中的真正门道，马笃宜当然看不出深浅。

临近一座乡野村庄。

见到了一位身形佝偻的老妪，衣裳素洁，哪怕有些缝补，仍然不会给人破败之感。

她正从溪畔捣衣而返，挽着一只大竹篮，步履蹒跚。

这对于一位上了年纪的乡野老妪而言，并不容易。

人生世事多磨砺，穷人想要把苦日子过得像个有钱人，是比登天之难；想要过得自在从容，更难。

"曾掖"翻身下马，踉跄前奔，跑到老妪身边，扑通跪地，只是磕头，砰砰作响。

老妪一脸茫然，赶紧放下竹篮，顾不得刚刚清洗出来的衣衫会沾染地上泥浆，蹲下身，有些吃力，一边想要将这位陌生少年搀扶起来，一边以陈平安与马笃宜都听不懂的乡音着急询问："这是做什么？这是做什么？使不得使不得……"

当天夜里，老妪屋舍里，多出一张狐皮美人符纸，里边其实住着一位男人。桌上放着一位离去之人留下的一堆神仙钱，灵气足够他维持二十年。

为老妪送终，尽量让老妪颐养天年，还是可以的。

在客人远行后，老妪与这位离乡太多年的"孙儿"，相互握着手，对坐而泣。

乡野小路上，依旧是三骑离开。

曾掖还有些神魂摇荡，必须缓缓呼吸吐纳。

马笃宜突然开口道："老妪是个好人，可得知真相那会儿，还是不该那么跟你说话的，以命偿命，道理是对的，可是跟你有什么关系。"

陈平安摇头道："我觉得应该这么说，这么说才对。"

马笃宜突然冷哼一声，满脸懊恼道："你瞧瞧，一位乡野老妪，都比我那狠心的爹娘念旧！"

陈平安转头笑道："气死了吧？不然回去州城，我帮你要回那笔神仙钱，再帮你骂你爹娘一顿？老规矩，你来斟酌文字，我来开口说话。"

优哉游哉骑在马背上的马笃宜，朝那个账房先生"呸"了一声道："休想！果然是个猪油蒙心的账房先生，就想着能挣一点是一点。"

陈平安哈哈大笑。

马笃宜突然笑道："知道为啥我爹娘要给我取这个名字吗？因为我还没出生的时候，产婆言之凿凿，说肯定是个大胖儿子，结果我生下来后，守在门外的爹一听说是个闺女，立即傻眼了，气得直跺脚，甩手走了，只是最后还是气呼呼地回来了。我娘亲当年经常对我说，你爹啊，见着了你第一眼，看着粉雕玉琢的，一点不像寻常那些丑兮兮的孩子，长得特别好看，立刻就乐开怀喽。对了，知道为啥叫'笃宜'吗？问你话呢，陈大先生！"

陈平安笑了笑，摇头。

马笃宜像那自己年幼时厌烦至极的家塾老夫子一般，摇头晃脑，道："天资既高，辅以笃学，其独步大道，宜哉！"

陈平安问道："不是'独步当世'吗？"

马笃宜捧腹大笑道："好嘛，陈夫子，给我揪出狐狸尾巴了吧？"

陈平安无奈道："行行行，就你聪明。"

马笃宜转过头，柔声问道："陈先生，对我们这样好，为了什么呢？"

陈平安松开马缰绳，双手抱住后脑勺，喃喃道："是啊，为什么呢？"

马笃宜痴痴地看着那张消瘦的脸颊，无关男女情爱，就是瞧着有些心酸，一时间竟连自己那份萦绕心扉的伤心，都给压了下去。

只见那棉袍先生收回手，一拍掌道："有答案了！"

马笃宜一脸好奇。

账房先生这一刻，难得如此眉开眼笑，大声道："宜哉！就是宜哉嘛！"

马笃宜跟着笑了起来，只是嘴上却说："什么狗屁答案。"

陈平安双手笼袖，道："再发牢骚，小心把你收起来。"

马笃宜可半点不怕，浑然不当一回事，问："下一处，是哪儿？"

陈平安笑了笑，眯眼远眺，轻声呢喃："反正都在人间。"

马笃宜蓦然高声道："宜哉！"

陈平安笑着附和道："善。"

马蹄远去，离开了那鸡鸣犬吠的乡野村落。

今年最后也是最大的一场鹅毛大雪，不期而至。

风雪夜深。

早已远离村庄。

马笃宜是那阴物，丝毫不惧大雪，还有闲情逸致，朗诵名家诗词，说那"大雪如飞鸥，转盼已见平檐沟。村深出门风裂面……"。

陈平安骑在马背上，多次环首四顾，试图寻找能够躲避风雪的栖身之所，忍不住颤声埋怨道："哪里是风裂面，分明是要冻死个人……"

马笃宜笑嘻嘻问道："陈夫子，这会儿，还宜哉不宜哉了？"

陈平安没搭理她，从坐在马背上变成站在马背之上，尽量远望四周。片刻之后，终于发现远方某处，依稀有星星点点的灯火。

陈平安皱了皱眉头。

三骑这段路程，属于原路折返。先前一路所见景象，陈平安默记在心，本不该有此光亮才对。就在陈平安打算挨着风雪如刀割的酷寒，继续赶路，绕开那些依稀灯火之时，却发现那点点亮光似乎在缓缓偏移，如果不出意外，最终灯火与三骑，会在道路前方汇聚。

陈平安反而安下心来，这种天气，能够盯上自己的，并且相隔如此之远，还可以伺机而动，多半不是什么劫匪草寇，可若真是山泽野修，或是精怪鬼魅，倒也省心了。

天大地大，有些时候，活命都未必容易，唯独找死最容易。

马笃宜有些担心，她终于察觉到远处的异象，轻声问道："陈先生，咱们要不要绕道而行？"

陈平安淡然道："不用。"

马笃宜愣了一下。

离开书简湖后，大概是习惯了那个最好说话的账房先生，直到这一刻，马笃宜才记起，其实这位陈先生，只要他自己觉得不用好说话的时候，那就真要比谁都不好说话了！

第四章
巧了，我也是剑客

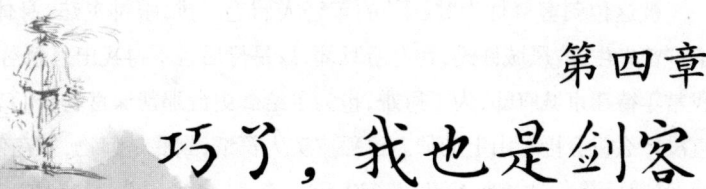

狭路相逢。

一支三十余人的轻骑，缓缓停马，大雪满弓刀，精悍异常。

其中约莫半数骑卒手持火把，为首数骑，并未披挂制式甲胄，簇拥着一位面如冠玉的年轻男子。风雪遮眼，身披雪白狐裘的年轻人抿起猩红纤薄的嘴唇，正在眯眼望向那三骑。

停马于那位翩翩贵公子两侧的是三位贴身扈从。左手边，一位是魁梧壮汉手持长槊，槊锋雪亮，在身后骑卒手中火把的照耀下，熠熠生辉；还有一位双臂环胸的瘦猴汉子，既无弓刀，也无悬佩刀剑，但是马鞍两侧，悬挂着数颗满脸血污冰冻的头颅。

右手边，唯有一人，四十来岁，神色木讷，背负一把松纹木鞘长剑，剑柄竟是灵芝状。他经常捂嘴咳嗽。那位年轻人似乎对自己右手边的中年人最为亲近，高坐马背，身体却会微微倾斜向此人。

中年剑客咳嗽之后，瞥了眼相距五十余步外的三骑，轻声道："殿下，如我先前所说，确实是两人一鬼。那女艳鬼，身穿狐皮，极有可能是一张出自清风城许氏独家秘制的狐皮美人符纸。"

中年剑客一伸手，像是要接些雪花，不料手心上，骤然出现一只手指身高的玲珑精魅，通体雪白，背后生有一对羽翅，与风雪融为一体。想必这就是所谓的仙家斥候了，其功用，与神人掌观山河相仿，只不过一个是靠术法，一个是靠活物。

"辛苦了。"男人对掌心那个小家伙笑了笑，从袖中取出一只精致的青花小瓷罐，精魅飞掠而入，瓷罐被男人缓缓收回袖子。

被这位剑客尊称为"殿下"的年轻人眉毛一挑，眼神炙热，身体倾斜幅度更大，笑道："曾先生，清风城许氏，我有所耳闻，只是母后舍不得我出京就藩，拖延了八年之久，我常年待在京城府邸，为了避嫌，也为了给御史台那帮谏官老爷们节省一点笔墨钱，一直没什么机会接触山上仙师。这狐皮美人符纸，到底是何物，妙在何处，曾先生学问渊博，又曾远游半洲之地，给我说道说道？"

中年剑客在年轻人言语之时，大概是风雪侵袭，身子骨有些经不起折腾，已经掏出一只瓷瓶，倒出两颗翠绿晶莹的丹药，黄豆大小，抬手轻轻拍入嘴中，这才脸色稍稍红润几分，有了些笑意，道："许氏坐拥一座老狐出没的千年狐丘，狐丘与许氏结盟，每年都要送出几张成长百年到三百年不等的狐皮，打造符纸，远销东宝瓶洲各地，风靡大半洲。那些个不愁神仙钱的地仙府邸，大多拥有几位狐皮符纸美人作为丫鬟婢女。狐皮符纸美人，落地后，与活人无异，符纸还可以放入阴灵鬼魅，前边那位女鬼，应该就是如此。若是与清风城许氏关系好的山上仙家，购买狐皮美人符纸之前，还可以送去心仪女子容貌的画像，许氏便会有专人按图刻皮。几位老供奉，皆是精于此道的丹青妙手，从未让买家失望过。"

年轻人恍然，望向那位停马远处的"女子"，眼神愈发垂涎。

虽然他这么多年没有按照祖制出京就藩，可是在京城也没白待，最大的癖好，就是离开那座历史上曾经两次成为"潜龙邸"的牢笼，乔装成科举失意的落魄士子，或是游历京城的外乡游侠，尝遍千娇百艳的各色女子滋味，尤其是御史台谏官老爷们的家眷中稍有姿色的妇人和少女，都被他骗人骗心。看似森严恐怖的帝王之家，一样会宠溺幺儿，再说了他那位母后的手腕，可不简单，父皇被拿捏得服服帖帖，私底下一家三口团聚，一国之君，哪怕给母后当着面调侃一句顺毛驴，也不以为耻，反而大笑不已。所以他对那些如雪花般纷纷飞入御书房案头的弹劾折子，可以随意翻阅，用来打发无聊的光阴一点都不在意，觉得自个儿不被那帮老王八蛋骂几句，他都要愧疚得无地自容。

可是这样的舒心日子过久了，总觉得缺了点什么。

他吃不住淬炼体魄和练桩拳架的苦头，所以中五境神仙当不得，也当不了真正的江湖宗师，至于带兵打仗，杀来杀去，更是没心情。

他难免有些埋怨母后，太子不是他，如今连贤王都不是他，母后当真是宠他，而不是故意拿自己当个废物养在身边？那两个哥哥，可都是前皇后的贱种。看看自己现在的惨淡光景，被母后找了个由头，跟一头丧家犬似的，有家不得回，只能在京畿之外的地方，晃荡来逛荡去，那些个骨子里透着土里土气的乡野女子，早就吃腻歪了，这些女子姿色再好，到底不如豪阀美妇知道伺候人。这也就罢了，自己悄然离京之时，母后还下了一道死命令，要他必须亲自带人斩杀大骊斥候，这不是逼着自己走上绝路吗？他其实并不看好空架子的朱荧王朝，内心深处，更想投靠兵强马壮的大骊蛮子，如果他现在是坐龙椅的人，早就打开京城大门了，亲手为那苏高山牵马入京，打仗有什么好玩的，马背上的厮杀，两窝蚂蚁较劲吗？他倒是想要见识见识成千上万练气士的厮杀场面，那才是真正的神仙打架。

不过这次出门散心还算不错，遇上了一位与活人无异的狐皮艳鬼。

年轻皇子乐开了怀。

对方三骑也已停了良久，就这么与精骑对峙。

名为韩靖信的石毫国皇子，朝野上下，最声名狼藉的一位皇室宗亲，笑容渐浓。

有胆识，对方竟然始终没有乖乖让出道路。

不愧是拥有一位狐皮美人的山上修士，要么是书简湖那拨无法无天的野修，要么是石毫国境内的谱牒仙师，年轻气盛，可以理解。

只可惜荒郊野岭的，身份可不管用。

于风雪夜杀人，韩靖信觉得极有感觉。前不久的那场追剿，太过小打小闹，只是宰了一位秋初时分就已告老还乡，然后离京南下，慢如乌龟挪步的御史台官员而已。要怪就怪他家的种不好，生不出一个模样周正的女儿，也没能迎娶一位稍稍入眼的女子，如此一来，可就没有半点情分可讲了。况且那老头儿骂自己骂得那么酣畅淋漓，连父皇母后都没落下，一并被自己牵连了，白白让他在士林当中得了铁胆言官的美誉。这也就罢了，那老头儿都不当官了，一路上还喜欢发牢骚，走走停停磨磨蹭蹭不说，与一些个没本事当官的士林名士，针砭时事。

韩靖信反正无所事事，所以打算当一回孝子，追马赶上那支车队，亲手捅烂了老头儿的肚子。听了那么多年牢骚，耳朵都起了茧子，他就是想要再亲眼瞧瞧那家伙的一肚子牢骚。只是他觉得自己还是宅心仁厚，见着了老家伙在雪地里抱着肚子的模样，实在可怜，便一刀砍下了老头儿的脑袋，这会儿就悬挂在那位武道宗师的马鞍一侧。风雪归程当中，那颗头颅闭嘴无言，让韩靖信竟是有些不习惯。

韩靖信一手把玩着一块玉佩，取巧的山上物件而已，据说是云霞山出产，属于还算凑合的灵器，算不得真正的仙家法宝，就是握在手心，冬暖夏凉。韩靖信抬起空闲的那只手，挥了挥，示意那三骑让路。

那三骑果真缓缓陆续拨转马头，让出一条道路。

韩靖信乐了，天底下真有这么天真的修士？

那边。

马笃宜轻声提醒道："陈先生，对方不像是走正道的官家人。"

陈平安点点头，说了句让马笃宜和曾掖都有些不适应的言语，与今夜的刺骨风雪最是相宜。

"我知道对方不会罢休。咱们退让一步，做做样子，让他们出手的时候，胆子更大一些。"

曾掖脸色僵硬，不知是被风雪冻僵了，还是被这句话吓到了。

陈平安没有去看那畏畏缩缩的高大少年，缓缓道："本事不济，死的就是我们两个，马笃宜最惨，只会生不如死。这都想不明白，以后就安心在山上修行，别走江湖。"

韩靖信抬手又做了个手势，身后骑卒娴熟地策马而出，却并未开始冲杀，只是形成了一个小小的扇面阻滞阵型。

显而易见。

先前示意三骑避让，就是猫逗耗子的小把戏，是可有可无的一碟开胃小菜，真正的硬菜，不着急立即端上桌。

陈平安突然问道："曾掖，如果我和马笃宜今夜不在你身边，只有你和苏心斋两人两骑，面对这支骑军，你该怎么办？"

曾掖只是稍稍思量，额头便已经瞬间渗出汗水。

陈平安不再说话。

经历过不幸之人，只要遇上了相似的事情，根本无须旁人说道理，早已心领神会。

一些道理就是如此不讨喜，旁人说得再多，听者只要未曾经历过类似的遭遇，就很难感同身受，除非是灾难临头。

从这个角度来说，听不进某些道理的人，其实是幸运人。

可这些都没什么，真正让陈平安越琢磨越悚然的一件事情，是他发现好像那些对世界满怀恶意的人，比起心地良善的好人，好像更能够吃了苦头就死死记住，甚至是在更聪明的人身上吃了一点小亏，没能享到一些本就不该属于自己的福，就开始揣摩为人处世的道理，认认真真寻思着种种困境的破解之道，如何狐假虎威、狗仗人势、四两拨千斤，如何损人利己，如何一人得道、鸡犬升天……

陈平安希望自己的看法是错的，越错越好。

凭什么要求好人还要比坏人更聪明，才能过上好日子？

陈平安吐出一口浊气，为马笃宜和曾掖指了指前方骑军当中的年轻人，道："你们可能没留心，或是没机会看到，在你们书简湖那座柳絮岛的邸报上，我见过此人的面容，有两次，所以知道他名叫韩靖信，是皇子韩靖灵同父异母的弟弟，在石毫国京城那边，名气很大，更是石毫国皇后最宠溺的亲生儿子。"

陈平安搓了搓手心，又道："我曾经也与身份跟韩靖灵、韩靖信大致相当的皇子殿下，打过交道，同样是兄弟俩，是在桐叶洲一个叫大泉王朝的地方。不过比起这对兄弟，桐叶洲那两位，脑子好像更灵光些，做事情，不论好坏，至少会算计别人。而眼前这位石毫国皇帝老爷的幺儿，好像更喜欢硬碰硬。"

马笃宜脸色微变。

陈平安微笑道:"不用担心,没人晓得你的真实身份,不会连累家族的。"

马笃宜怒道:"这个还需要你告诉我?我是担心你逞强,白白将性命留在这边,到时候……连累我给那个色坯皇子掳走!"

陈平安当然知道马笃宜是真心诚意在担心他的安危,至于她后边半句话,兴许就是女子天生脸皮薄,故意把真心的好话,当嘴上的坏话讲给人听了。

陈平安转头对她笑道:"我从头到尾,都没有让你们掉头跑路,对吧?"

曾掖当下满脑子都是那个苏姑娘,想着假设陈先生说的情况出现了,自己该如何应对,脑子里一团糨糊,便没听明白陈先生的言下之意。

马笃宜却是有一副玲珑心肝的聪慧女子,不然也无法年纪轻轻就跻身中五境的洞府境,如果当时面对那条蛟龙,她不是失心疯了执意不退,这辈子是有希望在书简湖一步步走到龙门境修士的高位的,到时候与师门祖师和几个大岛屿的修士打点好关系,占据一座岛屿,在书简湖也可以"开宗立派"了。

马笃宜虽然听出了陈平安的意思,可还是忧心忡忡,道:"陈先生真要跟那位皇子殿下死磕到底?"

马笃宜又匆忙解释道:"我当然不是要为那拨骑军说话,只是咱们书简湖,一直不太推崇意气之争,要么不出手,要么就是斩草除根,一旦跟这个韩靖信起了冲突,我们接下来又要去往石毫国腹地,还要走过许多北方州郡,会不会很麻烦?会不会耽搁陈先生的大事?"

陈平安点头道:"我会看着办的。杀人从来不是目的。不过这个韩靖信,离开京城后,似乎杀人取乐,还上瘾了,扈从的马鞍上还悬挂着几颗头颅,瞧着不是大骊斥候,这就意味着绝不是拿去当作军功凭证,而是杀人泄愤之举。"

说完此话,陈平安一拍额头,对马笃宜说道:"忘记可以将你收入袖中了。"

马笃宜掩嘴娇笑。

韩靖信那边,见着了那位女子艳鬼的风情模样,心中滚烫,觉得遇上今夜这场鹅毛大雪没白受罪。

他笑问道:"杀几个不知根脚的修士,会不会给曾先生惹来麻烦?"

中年剑客摇头道:"杀修士,不麻烦,这场大雪可以帮大忙,毁尸灭迹,做得小心点就行了。问题在于几十里外的那支车队,殿下当时故意没就地掩埋尸体,很容易被有心人顺藤摸瓜,怀疑到殿下身上。两者相加,一旦对方三骑,真是大门派里边下山游历的谱牒仙师,或是书简湖大岛屿的野修,麻烦的只会是殿下。所以现在殿下有三条路可以走。

"第一,既然咱们已经摆出大阵仗,就学着对方,也退一步,让人去跟那个好似受过重伤尚未痊愈的年轻修士,大大方方表明殿下身份,说要与他做笔买卖,出钱购买那头艳鬼。以势压人,以钱买物,最稳妥。第二,双方擦肩而过,就当什么都没有发生,殿下最多就是错过一桩艳福。第三,殿下下令,我们直接杀过去,只是记得回头要处理干净那支车队的尸体,免得给人留下蛛丝马迹。山上修士,只要起了疑心,一般来说就根本懒得讲理了。"

韩靖信点点头,这些事情他也想得通透,只是身边扈从,不能光有些个能打能杀的,还得有个让主子少动嘴皮子的幕僚。这位曾先生,是母后的心腹,此次出京,母后让自己带他在身边,一路上确实省去好多麻烦。韩靖信由衷感慨道:"曾先生不当个纵横家,实在可惜,以后我若是有机会当皇帝,一定要延请先生当个国师。母后重金邀请而来的那个狗屁护国真人,就是个坑蒙拐骗的绣花枕头,父皇虽然处理朝政不太济事,可又不是睁眼瞎,懒得揭穿而已,就当养了个优伶,无非是将银子换成了山上的神仙钱。父皇偷偷与我说,一年才几枚小暑钱,还称赞我母后真是持家有道,瞧瞧其余几个藩属国的国师,一年不从国库掏出几枚谷雨钱,早就跳脚造反了。"

那边的瘦猴汉子早就急不可耐,大声笑道:"养鬼之人,杀了便是。至于那头比较稀罕值钱的狐皮艳鬼,留给殿下,好好调教。多简单的事情。先前我们从大骊蛮子斥候身上剥落了十多副甲胄,殿下仁义,舍得扣下两副最值钱的,没有全部卖给詹劲那个屁包大将军,赏赐了一副给我,一副给了咱们这位横槊赋诗郎,我们反正一直收在甲囊当中,回头宰了那两个男的,刚好让殿下拿去京城邀功,陛下见着了,一定会龙颜大悦。那可是大骊蛮子中随军修士的特制甲胄,估计丢在那帮京城文官老头子的脚下,就没哪个提得起来。我可是听说那些个已经没几斤瘦肉的老骨头架子,在床榻上,倒是一个比一个炫耀武功。"

韩靖信摇头道:"这些话,可别在京城讲。"

略微停顿,韩靖信自嘲道:"不过如今估计谈不上麻烦不麻烦了,便是拎着他们的耳朵大声骂人,他们也没那心气弹劾我了吧,都忙着找退路呢。石毫国姓不姓韩,反正与他们关系不大,只要能够继续当官,不一样是为了苍生百姓谋福祉嘛。"

他瞥了眼南方,又道:"还是我那位贤王哥哥福气好,本来是躲起来想要当个缩头乌龟,哪里想得到,躲着躲着,都快要躲出一个新帝了,哪怕坐不了几天那张新做的龙椅,可毕竟是当过皇帝老爷的人,让我怎么能不羡慕。"

瘦猴汉子已经站在了马背上,道:"殿下与曾先生先聊你们的,给我句准话,到底杀不杀那两个男的?放一百个心,那头女鬼,我保管她毫发无损!"

韩靖信笑道:"去吧去吧。还有那副大骊武秘书郎的特制甲胄,不会让你白拿出来的,回头两笔功劳一起算。"

瘦猴汉子抹了把嘴,笑呵呵道:"跟着殿下就是好,有肉吃。"

瘦猴汉子作为一位极为擅长近身厮杀的七境武夫，又身负一门让同境武夫都头疼的成名绝学，在石毫国江湖上，还真找不到一个让他尽兴的对手，这才投了军，一开始其实跟太子沾点边，只是那个书呆子太子爷不是个识货的，给了个军中虚职，从来不给真正的实惠，他就干脆跑到了韩靖信这边，打算浑水摸鱼，捞个大将军当当，尤其是曾先生那个沙场万人敌的说法，让他觉得很对胃口。

江湖上，哪怕是灭人满门，才能杀多少？

沙场上，动辄几千数万人搅和在一起，杀到兴起，连自己人都可以误杀！

精悍矮小的武道宗师脚尖一点，飘掠而去。

韩靖信对那位手持长槊的男人说道："还请许将军帮着胡邯压阵，免得他在阴沟里翻船，毕竟是山上修士，咱们小心为妙。"

并未披挂甲胄的魁梧武将轻轻点头，一夹马腹，骑马缓缓向前。

离京之后，这位边关出身的青壮武将就根本没有携带铁甲，只带了手中那柄祖传马槊。他对于皇子韩靖信的所作所为，并不喜欢，但是还不至于心生厌恶。韩靖信虽然性情乖戾，痴迷渔色，喜好滥杀，但是脑子真不差；反观那位一身书卷气的太子殿下，是个好人，如果当个太平皇帝，对于石毫国百姓而言，会是好事，但是到了乱世，注定出息不大。刚好如今正值乱世，还不只是数国之乱，而是整个东宝瓶洲都在乱，至此关头，他当然要"良禽择木而栖"，哪怕这根木头早就长歪了。

在胡邯和许将军两位心腹扈从先后离去后，韩靖信就已经对那边的战场不太上心，继续跟身边的曾先生闲聊。

聊一聊如今东宝瓶洲中部的乱局。

韩靖信东一句西一句，说得没有半点章法。但是那位曾先生却没有半点轻视那边战局的心思。

胡邯掠出马背，并未直接飞扑而至，而是轻飘飘落在雪地上，好似散步，大大咧咧走向三骑。

马笃宜难免有些紧张，轻声道："来了。"

毕竟是一位皇子殿下身边的强大扈从，看样子还是位擅长贴身肉搏的江湖宗师。地仙之下的练气士，一旦被纯粹武夫近身，谁不是像被疯狗咬下一层皮似的。这是山上修士和山下江湖的共识。马笃宜即使再相信身边的陈先生，也还是惴惴不安。曾掖更是大气都不敢喘，对于陈先生在书简湖地界的种种事迹和壮举，他都只是听说，从未亲眼见过，此时，先前还会时不时拂去身上落雪的高大少年，已经满身热汗，察觉不到半点风雪寒意。

陈平安翻身下马，抖落肩头些许雪花，卷了卷袖口。

朝那位打遍石毫国江湖无敌手的武道宗师，迎面缓缓走去。

没有半点剑拔弩张的氛围，反而像是两位久别重逢的江湖朋友。

马笃宜生前好歹是洞府境修士……现在只恨自己魂魄不稳，狐皮美人符纸既是她的安身之地，其实也是一种约束。

一想到自己的洞府境修为，此时帮不到陈先生半点忙，马笃宜就有些灰心丧气。

女子心思，真是柔肠百转似江河。

曾掖怯生生问道："马姑娘，陈先生不会有事的，对吧？"

马笃宜转头看着那个憨憨的高大少年，没好气道："难道你希望有事啊？然后靠你力挽狂澜？"

曾掖吃瘪，给噎得不行。

曾先生似乎有感而发，一边打量着前方的动静，一边缓缓道："大骊蛮子战线拉伸太长，只要朱荧王朝再咬牙撑过一年，阻敌于国门之外，成功拦下大骊苏高山和曙枰麾下那两支骑军，防止他们一鼓作气突入腹地，这场仗就有的打。大骊铁骑已经顺风顺水太久了，接下去风云变幻，可能就在朝夕之间。朱荧王朝能不能打赢这场仗，其实关键不在自身，而是几个藩属国能够拖多久，只要拼掉了苏高山和曙枰两支大军的所有锐气，大骊就只能是在朱荧王朝周边藩属大掠一番，然后撤军北退。"

韩靖信玩笑道："如果不是对曾先生的身世一清二楚，我都要怀疑曾先生是不是朱荧王朝的说客了。"

曾先生苦笑道："我只是一名会些下乘驭剑术的剑师，江湖人而已，一直是山上剑修最瞧不上眼的那一类纯粹武夫。年轻的时候，第一次游历朱荧王朝，我都不敢背剑出门，想起这桩可谓奇耻大辱的糗事，我就该盼着朱荧王朝被大骊马蹄踩个稀烂才对，不该怂恿殿下去往朱荧京城蛰伏几年，等到大势明朗，再返回石毫国收拾山河。若非皇后娘娘信得过，我如今还不知道在哪里混饭吃。"

韩靖信突然说了一段离题万里的言语："都说大骊国师算无遗策，可连同咱们石毫国在内，几大朱荧藩属，都称得上是负隅顽抗，看来大骊谍子对于咱们这些藩属国的渗透，很失败啊。咱们石毫国，也就有个边军黄氏，那还是觉得有机可乘，不甘心当个边境线上吃沙子闻马粪的土皇帝，想要豪赌一场，才临时起意，拉上我那个贤王哥哥，一起投靠的苏高山。"

曾先生摇头笑道："世间就没有真正算无遗策的人，只有对大势的精准预判，然后每个步骤都符合审时度势的宗旨，才是正道。"

韩靖信满脸心悦诚服道："曾先生高见。"

曾先生突然皱眉不语，盯着远处约莫四十步外、一触即发的战场。

胡邯与那位身穿青色棉袍的年轻修士，已经各自停步。

胡邯身后那一骑，许姓武将手持长槊，也已停马不前。

韩靖信疑惑道:"那个年轻人找死不成?非但没有撤退,凭借仙家术法牵扯胡邯,再祭出几件杀力大的本命物,反而主动上前,是要服软,双手奉上那位狐皮美人?看来山上的神仙老爷,骨头也不比山下的俗人重多少嘛。摊上这么个主子,那头艳鬼也算遇人不淑了,这难道不是我这种王八蛋负心郎才会做的事情吗?"

曾先生没有附和韩靖信最后那句"俏皮"话,神色凝重几分,说道:"处处都不对劲,此人的的确确是位修士才对,身上有着大小两座天地的灵气流转气象,要么是修为太浅,只有下五境,所以灵气流转得晦暗凝滞,要么就是隐藏得深,达到了观海境甚至是龙门境修士的高度,所以连我都无法看破。可我一直在观察此人下马行走的细微迹象,步伐还算稳健,可若说他是一位出人意料的纯粹武夫,拳意到了浑然天成的境界,我们武夫身上独有的那种'意思'……却又松垮得很,简直就是个没有明师帮忙领路的门外汉。先不提这两种可能性,我现在只能确定一件事:那个年轻人,绝对没有与我们善了的打算。"

韩靖信双手并拢,将那枚玉佩贴在掌心摩挲,笑道:"会不会是个初生牛犊不怕虎的傻子?在山上或是师门周边地界,耍威风惯了,根本没瞧出胡邯的可怕?"

曾先生摇头道:"不像。"

他很快改了说法,再次摇头道:"不是。"

韩靖信百无聊赖,一次次吐气,呼出大团大团的白雾,道:"咱们就别瞎猜了,那个家伙是骡子是马,胡邯一拳下去,就清楚了。"

韩靖信放低嗓音,嘿嘿笑道:"胡邯真要碰了硬钉子,也不是坏事,我那两笔赏赐,胡邯说不定会真正感激几分,这可是相当不容易做到的事情。"

曾先生哑然失笑,轻轻点头。

韩靖信有些话语泄露出来的心性,真是让旁人不得不服气。

这位尚未就藩的皇子殿下,就已经能够驾驭桀骜不驯的胡邯,以及那位心高气傲的许将军,不光是靠身份。

看人挑担,会吃力才叫怪事,韩靖信是抱着看热闹的心态,停马持槊的许将军则是内心波澜不惊。

只有胡邯身在局中,比起远在身后观战的曾先生,要更加直观。从一开始的摩拳擦掌,雀跃不已,到离着那个年轻男人越来越近,胡邯竟然生出一丝危机感。

直到双方停步,相距不过五步。

胡邯脸上笑意不变,瞥了眼对方悬挂腰间一侧的竹刀和古剑问道:"小子,你该不会也是位纯粹武夫吧?"

那个一身青色棉袍的年轻人点点头,反问道:"你说巧不巧?"

胡邯笑眯眯道:"巧啊,怎么不巧?既然大家都是江湖中人,那我就要忍不住讲一讲江湖道义了,咱俩商量一下,你和少年只管离去,留下那头狐皮女鬼,咋样?"

陈平安笑着不说话。

胡邯视线偏移,再次打量起陈平安身后雪地上脚印的深浅。

寻常人看不出差别,可胡邯作为一位七境武夫,自然眼力极好,瞧得细致入微,年轻人从下马落地,再走到这里,走得深浅不一,高高低低。

陈平安微笑道:"别看了,你看不出真相的。我第二次出门游历的时候,独自一人,乘坐仙家渡船,就早早知道了该如何隐藏步伐的深浅和呼吸的快慢。害人之心不可有,防人之心不可无,所以练拳越来越多了之后,习惯成自然,可能我有些时候,自己都没在意。"

胡邯愣了一下,啧啧道:"小兄弟,还是位高手啊!"

陈平安既没有承认,也没有否认,问道:"你是金身境武夫?不过底子打得稀烂,跟纸糊的差不多。"

胡邯呵呵一笑道:"小兄弟这话说得伤人感情了,小心我一个不高兴,就把你的舌头连根拔出。"

陈平安点头道:"怪我,最近小半年,跟已死之人打交道太多,习惯了多聊聊,其实以前我只要是与人对敌,不这样的。"

胡邯恍然道:"难怪,不打紧不打紧,作为江湖前辈,我跟小兄弟恰好相反,我最喜欢一边跟人聊天……一边杀人!"

胡邯脚底下的雪地,雪花四溅。

他一拳砸向陈平安腹部。

双袖卷起的陈平安一手负后,一手掌心轻轻按住那拳头,一沾即分,身形却已经借力趁势向后飘掠出四五步。

胡邯一拳落空,如影随形,出拳如虹。身侧两边的漫天风雪,都被雄浑充沛的拳罡席卷倾斜。

陈平安以手肘抵住胡邯一拳,身形又倒滑出去数步,再往后小两步,就是那匹坐骑了。

胡邯觉得大致试探出这个神神道道的年轻人的真正底子了,正打算不再藏掖,来个干脆利落,痛下杀手,结果年轻人那手肘不但挡回了自己的拳头,还骤然间爆出一阵洪水决堤的凶猛劲道,吓得胡邯赶紧压下体内那一口纯粹真气,后撤数步,当然即便是后退,身为金身境的武道宗师,依旧是行云流水,毫无颓势。

胡邯停步后,满脸大开眼界的神色,赞道:"好家伙,装得挺像回事,连我都被骗了一次!"

原来那个年轻人气势汹汹的拳劲,仿佛是要与他拼死一搏,实则蜻蜓点水,点到即止,这就像稚子手持铁锤,使出所有气力提起后,顺势砸下地面,然后竟是在离地寸许的高度,铁锤就那么静止不动了,悬停空中。

兴许胡邯不退让,而是趁机欺身更近的话,说不定一拳就能打穿此人的胸膛。

但是胡邯心知肚明,更大的可能性,是对方有后手在等着自己,比如年轻人那只藏在身后的手。

对方对于自身拳罡的驾驭,既然如此炉火纯青,哪怕境界不高,但必然是有高人帮着千锤百炼体魄,或是实实在在经历过一场场无比凶险的生死之战。

陈平安抖了抖手腕,神色自若,道:"你境界虽高,可其实在武学造诣上,还不如我早年遇到的一个笑脸儿,他跟你应该是一个路数的纯粹武夫,拳意不够,身法来凑。"

胡邯脸色阴晴不定。

倒不是说这位石毫国武道第一人,才刚刚交手就已经心生怯意,这自然绝无可能。

而是年轻人身后的那只手,以及腰间的刀剑,都让他有些心烦。

这是一种武学宗师在生死线上砥砺出来的本能直觉。

这才是最要命的事情。

至于什么"底子打得稀烂,跟纸糊的差不多""拳意不够,身法来凑"这些混账话,胡邯并未上心。

"只要手心相应,就能收放自如。练拳也讲究炼心,拳意之下是拳架,拳架之后才是技击之术。你这样的金身境,给丢到某个地方后,活不过几天的,只会沦为那边武夫的最佳磨刀石。"

陈平安笑道:"好了,闲聊到此为止。你的深浅,我已经知道了。"

胡邯也一手负后,一手抬起勾了勾手指头,嬉皮笑脸道:"礼尚往来,这次换你先出手,省得你觉得我欺负晚辈,没有长者气度。"

其实只要是相互近身厮杀,绰号"打铁匠"的胡邯怎么都是赚的。

只有爹娘取错的名字,没有江湖给错的绰号。

听到陈平安那句"手心相应,就能收放自如"后,马笃宜差点没笑出声。

一开始她认为这是陈先生随口胡诌的大话空话,可即刻便突然收敛神色,看着那个家伙的背影,心想:该不会真是学问与拳意相通,相互印证吧?

换作别人,马笃宜根本不会有这么个古怪念头,可当这个人是陈平安时,马笃宜便觉得世间的万一,他就可能是那个一。

比如谁会像他这样枯坐在青峡岛山门口的那间屋子里边?

还会真的离开书简湖,有了这次的游历?

此时,陈平安一步踏出。

依旧轻描淡写,不显半点宗师气象。

比起胡邯每次出手都是拳罡震动，击碎四周雪花，简直就是天壤之别。

胡邯嚼出一些余味来了。

眼前这个深藏不露的年轻人，肯定是重伤在身，所以每次出手，都像是个……做着小本买卖的账房先生，在算计一星半点的蝇头小利。

纯粹武夫的豪气，真是屁都没有！

胡邯杀气盈胸，彻底放开手脚。

可刹那之间，胡邯又心弦紧绷，直觉告诉他不该由着那人向自己递出一拳，可是武学常理和江湖经验又告诉胡邯，近身之后，自己只要不再留手，对方就早晚只有一个死。权且让他一拳又何妨？

些许的心神不定。

一拳已至。

胡邯挨了一拳后，哈哈大笑道："小娘们挠痒痒不成……"

之后胡邯就笑不出口了。

一拳至，拳拳至。

势如瀑布飞泻三千尺。

胡邯只能一拳一拳应对过去，两人身影飘忽不定，道路上风雪狂涌。

哪怕真是纸糊的金身境，那也是傲视一国江湖的金身境！

七八拳之后，胡邯额头微汗。

十一拳后，胡邯不但大汗淋漓，嘴角已经渗出血迹。

而那个出拳一次快过一次的年轻人，依旧毫无气机衰竭、想要停手的迹象。

无比憋屈的胡邯，堂堂七境武夫，干脆就放弃了还手的念头，罡气遍布全身经脉，护住各大关键窍穴，由着这个年轻人继续出拳。拳意可以持久，可是武夫一口纯粹真气，终有穷尽耗竭之时，到时候就是胡邯一拳递出的最佳时机。

但是胡邯却听到身后远处，那个曾先生暴喝一声："许茂将军，速速帮助胡邯打断此人拳意！"

许茂皱了皱眉头，却没有任何犹豫，策马冲出。

他能够被说成是石毫国马战第一人，因其坐于马背，手持长槊，战力卓绝，不是一般意义上的武人。

胡邯先前之所以愿意与此人并驾齐驱，还有说有笑，当然这才是根本缘由，一切靠真本事说话。

至于那个石毫国传遍朝野的名号"横槊赋诗郎"，源于许茂第一次入宫觐见皇帝之时，特旨被准许随身携带长槊进入皇宫，当时皇帝陛下竟是命人牵来一匹尚未驯服的烈马，让他当着文武百官的面，骑马持长槊，在一块长条石板上，以长槊锋尖，书写一篇石毫国硕儒的传世辞赋，而且必须是策马不停，否则就要被夺去那柄祖传长槊，并且逐出边军，但若是做成了，则大大有赏，赐封正四品的武勋官身！

最终他一朝成名举国知。

皇帝陛下龙颜大悦，亲口赐下"横槊赋诗郎"的称号。

当时年轻武将，将那条长槊轻轻放下，跪地磕头，在台阶底部，浑身颤抖，言语激动地向那位皇帝陛下叩谢隆恩。

所有人都觉得这个武运昌隆的年轻人，是感激涕零得不可抑制。

但是他这些年，一直对此愤愤不平，视为生平大辱！

祖辈四代，一柄浸染无数敌人鲜血的长槊，一次次父传子，交到了他手上后，竟然沦落到无异于女子以针线绣花的地步！

他许茂，世代忠烈，祖辈们慷慨赴死，沙场之上，从无任何喝彩和掌声，他许茂岂是一名哗众取宠的优伶！

此时，许茂一人一骑一槊，冲杀过来，竟有山崩地裂的沙场气势。

虽然陈平安和胡邯两人身影缠绕，可是许茂槊锋所指，仍是恰好指向了陈平安递出第十二拳后的脖颈。

这一切都在预料之中。

不是许茂长槊赶到，就是那名中年男子的长剑。

陈平安不再勉强递出下一拳神人擂鼓式，只是一掌将那个暂时没有遭受致命伤的胡邯拍得身形踉跄，刚好挡住许茂的长槊锋芒，自己则横移数步。

许茂手腕微微拧转，差点就要将胡邯穿成糖葫芦的那柄长槊，槊锋堪堪从后者腋下刺了个空。

陈平安一脚重重踩地。方圆七八丈内，瞬间积雪飞扬。

许茂几乎一瞬间就立即闭上了眼睛。

蓦然睁眼，长槊高高举起，一刺而去。

长槊一沉。

一个青色身影踩着长槊，一滑而下，一记膝撞，将许茂从马背上撞得倒飞出去。

许茂死死攥住长槊，没有松手，呕出一口鲜血。许茂站起身，却发现那个人站在了自己坐骑的马背上，并未乘胜追击。

许茂这才望向那个抽身远离战场的胡邯，暴怒道："胡邯！是我救你脱离困境，你却袖手旁观，故意害我！"

陈平安没有看向许茂，而是望向更远处的韩靖信与那位中年剑客，笑道："劝你们还是别指望他了，一个已经吓破胆的纸糊金身境，靠不住的。"

韩靖信脸色有些凝重，许茂和胡邯都败下阵来了？两次捉对厮杀，都输给了对方，这不可怕,怕的是被那个年轻人切中要害,许茂已经与胡邯起了间隙,一旦胡邯果真没了宗师的那颗武胆,接下来这场架还怎么打,难道就靠身边这个曾先生?曾先生要么一锤定音,击杀那人,否则就不要出手,死死护住自己便是了。

曾先生不出手,形势再糟糕,都还有回旋余地,一旦曾先生出手且落败,到时候难道还要自己去给人赔礼道歉?

那也得人家愿意给他修缮关系的机会啊。据说某些钻牛角尖的山上修士,为了什么大道,发起狠来,那是名副其实的六亲不认。

曾先生轻声道:"殿下,如果我不出手,人心散,就要任人宰割;出手,才有可能让胡邯、许茂一起与我联手围杀此人。不过有个前提条件,我不可以一招落败。"

韩靖信笑容牵强,道:"曾先生说笑了。"

许茂退回骑队当中,换了一匹战马骑乘,脸上愤懑异常。

胡邯倒是也想回去,但是当他刚要有所动静,对面那个年轻人就转头望向他。

胡邯好像真给吓破了胆子,悻悻然留在原地。

陈平安倒是觉得胡邯也好,许茂也罢,都没这么简单。

只是局势微妙,人人藏拙,都不太愿意出死力。

看来韩靖信麾下这支骑队的军心,相当值得玩味。

那位几乎从未出过剑的中年剑客缓缓骑马而出。

两骑相距三十余步。

始终站在马背上的陈平安问道:"先生不是剑修,是剑师?"

曾先生摇头,道:"万万当不起先生的称呼,我姓曾,混江湖的。哪里有饭吃,就去哪里讨饭吃。"

他笑道:"接下来可能就不讲道义了。"

陈平安一手负后,一手摊开手心,淡然道:"自便。"

曾先生望向胡邯,正色道:"恳请与我和许将军,三人暂且抛开芥蒂,精诚合作,一起杀敌。"

陈平安笑道:"既然曾前辈也是纯粹武夫,应该看出来了,你们这位金身境武夫,比较鹤立鸡群。真正的武夫,是拼着一口气,硬生生将自己的心境拔高,面对哪怕高出自己一境的敌人,丝毫不惧,分生死就分生死。他倒好,底子差不说,还差了那口气,喜欢把自己拉低一层境界,去跟人厮杀。你们石毫国的江湖,真是有趣。如果不凑巧此人刚好是石毫国江湖的头把交椅,估计他在世一天,整个石毫国江湖就要被他拖累一天。"

许茂嘴角翘起,似乎认可此语。不过这不耽误他手持长槊,再次缓缓出阵。

胡邯若有所思。

不料陈平安转头又道:"想通了?可惜你做不到的。"

胡邺伸长脖子,道:"哦?这可未必。"

胡邺气势浑然一变,似乎直到这一刻,才是真正的胡邺,那个让石毫国江湖群雄俯首的第一人。

胡邺朗声道:"曾先生,许将军,等下我率先出手便是,你们只需要策应一二即可!"

陈平安对胡邺的言语,置若罔闻,对于许茂的持槊出阵,视而不见。

风雪茫茫,陈平安的视线之中,唯有那个背负长剑的中年剑客。

不见那剑客出手,背后长剑自行出鞘,冲天而起,转瞬间销声匿迹。

这是一位剑师的看家本领,驭剑术。更是山上剑修对山下剑师嗤之以鼻的最大缘由。

陈平安左手按住那把大仿渠黄剑的剑柄,朗声道:"巧了,我也是一名剑客。"

然后,以拇指缓缓推剑出鞘寸许。

山岳之姿。

已经分不清是拳意还是剑意。

许茂情不自禁地眯起眼,因为觉得有些刺眼。

但是许茂竟是第一个出手,战马狂奔,持槊向前。

胡邺不甘落后,掠向陈平安。

中年剑客哂然一笑。

那把剑柄为白玉灵芝的古剑,依旧不知所终。

陈平安在马背上向前跨出一大步,然后一步踏空后,身形凭空消失。

胡邺刚好飞扑跃过马背,落在对面道路上。

下一刻,那个青色身影出现在许茂身侧,一肩靠去,将许茂连人带马一起撞得横飞出去。许茂在半空中离开战马,稳稳落地,可怜坐骑重重摔在十数丈外的雪地中,当场暴毙。

但是更加奇怪的事情出现了,与陈平安莫名其妙消失的身影如出一辙,那个中年剑客也凭空离开,同样无声无息。不但如此,背后剑鞘也舍弃不要,跌落马背,刚好歪斜插入雪地。

陈平安站在马背上,皱眉不语。

他轻轻将大仿渠黄剑推回剑鞘,低头凝视着那把空落落的剑鞘。

先前惊鸿一瞥,可能注意力在自己身上的胡邺和许茂,都没有发现,剑鞘是真,鞘内所藏,却不是长剑,而更像是一把直刀。

陈平安有些无奈,呢喃道:"该不会乌鸦嘴,真给我碰到一个赊刀人了吧?"

剑鞘留下了,人跑了,那把直刀应该也被一并带走了。

处处都透着古怪。

先前那位"曾先生"说陈平安如此，现在算是一报还一报了。

想不明白的事情，就先放一放，把想明白了的事情先做完。

比如陈平安以驭剑术将那把剑鞘从雪地里拔起，随手一挥袖。

剑鞘如飞剑一闪而去，穿透了那个石毫国皇子的脖颈。

确定没有什么替死符之类的仙家术法后，陈平安便不再去看那具颓然滑落马背的尸体。

陈平安转身，视线在许茂和胡邯之间游移不定。

许茂纹丝不动，握紧长槊。

胡邯已经撒腿狂奔。

陈平安一追而去。

两人身影先后消失在众人视野。

所有精锐骑卒皆面面相觑，等待着许茂的发号施令。

天既然已经塌下来，总得有个高个子顶上。

约莫半炷香后。

依稀可见青色身影的返回，手中拎着一件东西。

马笃宜和曾掖都已经快疯了。

原来在陈平安离去后没多久，许茂魔怔一般，先是聚拢了领头的几位精锐王府扈从，然后暴起行凶，大开杀戒，将所有四十余骑卒一一击杀，最后更是蹲下身，以战刀割下了皇子韩靖信的头颅，挂在腰间，挑了三匹战马，翻身骑乘其中一匹，其余两匹作为长途奔袭的轮换辅马，免得伤了战马脚力。

许茂没有就此离去，反而安安静静坐在马背上，等待着陈平安的返回。

陈平安来到许茂附近，将胡邯的头颅抛给他，问道："怎么说？"

许茂接过头颅，挂在马鞍旁，笑道："你已经猜到了吧？死了个石毫国的未来皇帝，我这个护主不力的必死罪人，还能如何，只好投奔大骊苏高山了。"

陈平安没有感到意外。

许茂问道："不杀我？"

陈平安摇头道："你都帮我收拾烂摊子了，杀你做什么，自找麻烦。"

许茂看了眼这个脸色依旧惨白的年轻男人，笑道："希望我们以后不会再碰头了。"

陈平安点点头道："最好如此。"

许茂拨转马头，在风雪中策马远去。

四周除了满地尸体，还有那些徘徊不去、低头轻轻触碰主人的战马。

陈平安蹲下身，双手捧起一把积雪，用来擦拭脸颊。松开手后，鲜血浸染积雪，散落在地。

马笃宜和曾掖快马赶来，陈平安摆摆手，示意他们先不要说话，自己则跃上一匹战马的背脊上，眺望一个方向，与许茂离去的方向有些偏差。

片刻之后，陈平安这才坐在马背上，伸手抹去瞬间从耳鼻齐齐流淌出来的鲜血。

打杀胡邺之后，服下了杨家铺子的秘制药膏，全身上下并无痛楚，但是掩饰惨状，依旧比较麻烦。

不然许茂这种枭雄，说不定就要杀一记回马枪。

事实上，许茂确实有这个打算。

只是被陈平安察觉之后，果断放弃，彻底远去。

杀一个许茂不难，但是杀了许茂，这个烂摊子，就只能陈平安自己兜起来，此后北上，就会风波不断。

陈平安之所以从头到尾都没有动用两把飞剑，更没有取出那把半仙兵，是因为纯粹武夫击杀皇室宗亲，即便是击杀皇帝，都不属于坏了山上规矩，毕竟武夫，从来就不是什么山上人。而练气士，练气士当中的剑修，自然更是。还有就是陈平安也想酣畅淋漓跟人打一架，这一点，还是在夜宿灵官庙时，那位阴物魏将军带给他的灵感。

这石毫国境内，哪里就比书简湖的钩心斗角差了？

陈平安沙哑着声音道："此地不宜久留，我们至少离开百余里后，再找个隐蔽的栖身之地，能够躲避风雪就行了。"

三骑继续赶路。

陈平安不得不在棉袍之外，直接罩上那件法袍金醴，遮掩自身的惨淡光景。

此时，许茂早已远去，但是这位准备投奔大骊铁骑的石毫国武将，骤然停马，沉声道："曾先生？"

那位中年"剑客"果真从远处风雪中走出，来到许茂身边，笑道："许将军，你可以将祖上传下的那柄长槊，还我了。相信你许氏口耳相传的祖训当中，藏着一句你这么些年百思不得其解的言语。不过如果可以的话，我想跟你借一匹马，你便可以继续留着这柄篆刻有'风雪'二字的长槊，将来某天，即便不是我亲自来取，也自会有人找那个大骊巡狩使许茂，如何？"

许茂点点头，眼神炙热，决然道："可以！"

"曾先生"牵了一匹马，渐行渐远。

这个身份、长剑、名字、背景，似乎什么都是假的男人，牵马而走，似有所感，微微笑道："心亦无所迫，身亦无所拘。何为肠中气，郁郁不得舒？"

他转头望向陈平安那个方向，遗憾道："可惜名额有限，与你做不得买卖，委实可惜。可惜啊，不然多半会是一笔好买卖，怎么都比挣了一个大骊巡狩使强一些吧。"

三骑的速度，时快时慢。都得看陈平安的伤势而定。

不过在马笃宜眼中，虽然这位陈先生受伤不轻，可心境上，似乎没什么变化。

陈平安突然问道："冬宜密雪，有碎玉声。这句话，听过吗？"

马笃宜点头道："听过。"

陈平安"嗯"了一声："果然学识渊博，没辜负这么个好名字。"

马笃宜忍着笑意，道："刚刚听过。"

陈平安愣了一下，笑道："这个笑话，跟这风雪似的。"

马笃宜有些疑惑，她开始往深处琢磨这句话。

曾掖闷闷开口道："陈先生应该是说，马姑娘你的笑话比较寒风凛冽。"

马笃宜一脸怀疑地望向陈平安。

陈平安呵呵笑道："曾掖的话，你也信？"

马笃宜想了一想，也对，便狠狠瞪了一眼曾掖。

曾掖有些哀怨。

马笃宜犹豫了半天，还是没敢开口说话。

陈平安问道："是想问要不要收拢那些骑卒的魂魄？"

马笃宜有些心虚，嚅嗫道："我倒是觉得完全没必要，但是……"

陈平安笑道："但是觉得我这个人脑子拎不清，总是喜欢做些绕来绕去的怪事，对吧？"

有些话说得出口，就意味着没有压在心头，这是好事情。

马笃宜心情大好，便有了些笑容。

陈平安说道："其实只要拎住了线头线尾，哪怕暂时是一团乱麻的处境，都不用怕，慢慢来就是了。"

马笃宜喜欢较劲的脾气又来了，问道："那陈先生还说咱们速速纵马远去百余里？怎么就不慢慢来了？"

陈平安倒出一粒水殿秘藏丹药，喝了口酒，一起咽下，颇为无奈，也没反驳什么。

马笃宜自顾自笑了起来。

曾掖摇摇头，女人，唉。

三骑纵马风雪中。

风雪险阻，三骑一路往石毫国腹地而去。

不少兵家必争之地的高大城池，都已是满目疮痍的光景，反而是乡野地界，大多侥幸得以躲过兵灾。可是流民逃难四方，背井离乡，却又碰上了今年入冬后的接连三场大雪，各地官路旁，多是冻死的干瘦尸骨，青壮妇孺皆有。

在这之前，他们已经走过不少郡县，往北越是临近石毫国中部，死人就越多。已经可以看到更多的兵马，有些是溃败南撤的石毫国散兵游勇，有些武卒铠甲崭新鲜亮，一眼看去，有模有样。

曾掖会觉得那些赶赴北方战场的石毫国将士，说不定可以与大骊铁骑一战。但是陈平安却很清楚，一旦打仗，这些披挂着从各地武库当中新搬出的甲胄，手持尘封多年依旧如新器械的武卒，会死得很快，只有少数幸运儿，才有机会从"根本不知道自己怎么死的"新卒，一步步变成"知道怎么活下去"的老卒。

在藕花福地的光阴长河当中，陈平安亲眼见证过多场决定四国国运的惨烈战事。

在浩然天下，陈平安也亲眼见识过大骊南境边军斥候的军容，见微知著，就会明白为何大骊边军有"垄上健儿"的称号，因为都是丘垄上的尸骨堆里，最后活下来的百战老卒。兴许大骊近百年以来，一个二十岁的年轻边卒，打过的仗、见过的死人，比石毫国这边四五十岁的实权武将还要多。

陈平安其实想得更远一些。

石毫国作为朱荧王朝藩属之一，不提黄鹤、韩靖灵之流，只说这个藩属国的绝大多数，就像那个死在自己手上的皇子韩靖信，都敢亲自搏杀拥有两名随军修士的大骊斥候，阴物魏将军出身的北境边军，更是全军覆没，石毫国皇帝仍是竭力从各处边关抽调兵马，死死堵在大骊南下的道路上，如今京城被困，依旧是死守到底的架势。

为什么石毫国愿意如此行事，不惜拿那么多的性命去当拦路石，也要稍稍阻滞苏高山的大骊铁骑？

文人在书上说，冬宜密雪，有玉碎声。

陈平安举目远望，路也雪，山也雪，就像老天爷往人间压了一副重担子。

陈平安叹息一声，只是一想到那夜灵官庙内的铁甲铮铮，又稍稍释然。

这一路北行，马笃宜还好，当过谱牒仙师，也当过正儿八经的书简湖野修，悲恸自然难免，可是不至于太过震惊，但见多了人间炼狱一般的场景，日复一日，就连一开始会经常默默流泪的曾掖，都有些麻木了。

在此期间，曾掖一次次被男子阴物附身，有些完成了遗愿，有些唯有遗憾，故国故乡，早已物是人非。

而寄居在狐皮美人符纸的女子阴物，一位位离开人间，比如苏心斋。又会有新的女子阴物不断凭借符纸，行走人间，一张张符纸就像一座座客栈，一座座渡口，来来去去，有悲喜交加的重逢，有阴阳相隔的告别，按照她们自己的选择，言语之间，有真相，有隐瞒。

马笃宜心善，曾掖纯朴，无论人鬼，都不像是真正的书简湖修士，所以当途经一座郡城，陈平安说要出钱找当地人帮忙开设粥铺和药铺，做完这件事情，他们再继续动身的时候，马笃宜和曾掖都尤为开心。

这天陈平安带着马笃宜和曾掖，一起登门拜访郡守官邸。陈平安便取出了那块青峡岛供奉玉牌，悬挂在刀剑错的另外一侧腰间，马笃宜头戴帷帽，遮掩容颜，还很多余地穿上了件厚实棉衣，就连狐皮美人的婀娜身段都一并遮掩了。

畅通无阻。

本地郡守是位几乎看不见眼睛的肥胖老人，在官场上，喜欢见人就笑，一笑起来，就更见不着眼睛了。

这一年来郡守的日子过得半点不安生，兵荒马乱的，除了向距离郡城最近的一座仙家洞府，重金聘请了位仙师下山护卫，病急乱投医之下，还拉拢了两位来路不明的修道之人，说难听点，就是以前不太瞧得上眼的下五境山泽野修，那位同样是下五境的谱牒仙师，一气之下，差点直接返回山上，郡守好说歹说，又将每月俸禄加了三枚雪花钱，这才好不容易留住那位不愿与野修为伍的山上神仙。郡守正肉疼且心疼，陈平安一登门，郡守立即就觉得每月三枚雪花钱的额外开销，物有所值，因为这位谱牒仙师，不愧是野修没法比的真正神仙，一上手，就是"很开门"的宝贝物件，绝对是那行家所谓的一眼货。郡守辨认出了那块比天大的青峡岛头等供奉玉牌，于是战战兢兢，差点没给这位来自书简湖的年轻神仙跪地磕头。

接下来，这位自称姓陈的供奉老爷，说要在郡城内开设粥铺和药铺，救济百姓，钱他来掏，但是麻烦官府这边出人出力，钱也还是要算的。当时马笃宜和曾掖，都见到了老郡守的那双眼睛，瞪得圆圆的，真不算小，应该是觉得匪夷所思。老郡守身边那位之前请的谱牒仙师好不到哪里去。一个出身书简湖里的大善人，可不就是大妖开辟府邸自称仙师差不多吗？

倒是两位看似恭敬怯懦的山泽野修，对视一眼，没有说话。

此后更是让所有人都觉得怪上加怪，姓陈的年轻供奉让老郡守请来了官署内精于户籍赋税、商贾术数的一拨官员胥吏，大伙儿一起坐下来，开始仔细商议细节，如今市井米价、药价如何，官府粮仓储存数目，本地寒苦百姓与流民的大致人数，粥铺和药铺的选址，郡城衙门这边能够抽调、派遣出多少不会耽误公务的闲余人手，诸如此类，一个个环节都仔细推敲过去，让那拨衙署老油子一个个如临大敌。

议事完毕，官员胥吏纷纷四散出去，郡守官署这边当晚就开工忙碌起来。

陈平安三位就住在衙署后院，当时马笃宜和曾掖都还留在陈平安屋内，难得闲聊。

因为迟钝如曾掖，有些想不明白，陈先生分明已经在一步步做着他想要做的事情了，虽然会有这样那样的坎坷和不圆满，也会有一次次的无功而返，哪怕是一些小的遗愿无法达成，可终究还是有不少现身石毫国的阴物鬼魅都跟苏姑娘那样，走得不那么遗憾了。照理说，陈先生的心境，应该是越来越轻松才对。

可是并非如此。

所以曾掖和马笃宜就会在不打搅陈先生想事情的前提下，陪着坐坐，多是曾掖与马笃宜攀扯瞎聊，陈先生倒也从不会觉得厌烦，就是不太爱说话。可是偶尔听到他们两个在芝麻绿豆大小的事情上争吵，或是纯粹打发光阴的胡说八道，陈先生会笑一笑。曾掖、马笃宜经常会莫名其妙，觉得各自说了好笑的言语，陈先生没什么反应，怎么一些个半点不好笑的言语，反而笑了？

深夜时分，两位山泽野修偷偷找上门，半点不怕那个姓陈的"青峡岛头等供奉"，与白天的顺从敬慎，截然相反。其中一位野修，食指拇指搓着，笑着询问陈平安是不是应该给些封口费，至于"陈供奉"到底是图谋这座郡城什么，是人是钱还是法宝灵器，他们两个不会管。

脚踩桌底小火炉、嗑着瓜子的一人一鬼，在看到了那两位山泽野修的自作聪明后，都觉得特别好玩。马笃宜眼神促狭，很好奇账房先生的应对。

陈平安笑问道："那么你们觉得多少枚雪花钱的封口费，比较公道？"

一位野修早有腹稿，立即道："小兄弟能够仿造一块青峡岛的供奉玉牌，甚至还可以在一位谱牒仙师面前，蒙蔽过关，可见是一桩大手笔了，今晚光是开设粥铺药铺一事，就又砸下去不少真金白银，所以这笔封口费，怎么都该有个……四五十枚雪花钱？不知道小兄弟意下如何？舍不舍得这点小钱，以便安安稳稳挣大钱？"

陈平安伸出双手，按住两位野修的肩头，沉声道："既然被两位前辈看穿了，那我可就要杀人灭口了，何必掏笔封口费。万一你们拿了钱，回去一合计，反而要得寸进尺，一来二去，麻烦不说，指不定还要坏我大事，不如做点干脆的事。不知道你们二人，意下如何？"

两位山泽野修心中惊骇不已，肩头被这么一按，竟是导致气府震动，灵气凝滞。

不等两人开口哀求，陈平安板着脸说道："我谋划甚大，你们两个，说不定能帮上点小忙，但是想要活着离开这座郡城，先拿出一笔买命钱。你们虽说只是下五境修士，可怎么都该有个……四五十枚雪花钱？"

两位本就不富裕的山泽野修，如丧考妣，凑出了三十二枚雪花钱，说真没了。

陈平安接过神仙钱，挥挥手，道："回去后，消停一点，等我的消息。只要识趣，到时候事情成了，分你们一点残羹冷炙，敢动歪心思，你们身上真正值点钱的本命物，从关键气府直接剥离出来，到时候你们叫天天不应叫地地不灵，就会后悔走这趟郡守府。"

两个总算没给同行"打家劫舍金腰带"的野修，庆幸活命之余，倍感意外之喜。难不成还能因祸得福？两位野修回去一合计，总觉得还是有些悬，可又不敢偷溜，也心疼那三十多枚辛苦积攒下来的血汗钱，一时间患得患失，长吁短叹。

马笃宜和曾掖笑得欢快。

陈平安坐在桌旁，道："我们离开郡城的时候，再把雪花钱还给他们。"

然后陈平安转头望向曾掖："以后到了更北边的州郡城池，可能还会有开设粥铺药铺的事情要做，但是每到一处就做一件，得看时机和场合，这些先不去提，我自有计较，你们不用去想这些。不过再有粥铺、药铺事宜，曾掖，就由你去经手，跟官府上下方方面面的人物打交道，过程当中，不用担心自己会犯错，或是害怕多花冤枉银子，都不是什么值得上心的大事。你放心，我虽然不会具体插手，却会在一旁帮你看着点。"

曾掖先是使劲点头，又欲言又止。

陈平安说道："万事开头难，可总得开个头吧。"

曾掖便不再多说什么，既有忐忑，也有雀跃。

好像比起修道一事，还要更加让这位少年觉得舒心。

陈平安又说道："等到什么时候觉得劳累或是厌烦，记得不用不好意思开口，直接与我说，毕竟你如今修道，还是以修力为主。"

曾掖点头如小鸡啄米，答应道："陈先生你放心，我绝对不会耽误修行的。"

陈平安会心一笑。

事实上，少年只会更加勤勉且用心。

此后在郡城选址妥当的粥铺、药铺，有条不紊地迅速建好并经营起来，既是衙门这边对于这类事情熟稔，当然更是郡守大人亲自督促的关系。至于那个棉袍年轻人的身份，老郡守说得云里雾里，对谁都没点透，这让人有些敬畏。

三天后，陈平安让马笃宜将那三十二枚雪花钱，悄悄放在两位山泽野修的房中。

然后三骑来到城门口附近的一座粥铺，远远停马。翻身下马后，陈平安劳烦那位一路相送的谱牒仙师帮着看护片刻。

到了粥铺那边，马笃宜是不愿意去当"乞丐"，曾掖是不觉得自己需要去喝一碗寡淡如水的米粥，所以就只有陈平安一个人去耐心排队，讨要了一碗还算跟"浓稠"稍稍沾点边的米粥，以及两个馒头，蹲在队伍之外的道路旁吃起来，耳边时不时还会有胥吏的吆喝声。胥吏会大声呵斥本地穷苦百姓还有流落至此的难民，不许他们贪多，只能按照人头来分粥，喝粥啃馒头之时，更不可贪快，吃喝急了，反而误事。

陈平安看着一条条如长龙的队伍，其中有不少穿着还算厚实的本地青壮男子，有些还牵着自家孩子，孩子嘴里吃着糖葫芦。

陈平安身边不远处，就有一撮围在一起的本地男子，看上去并不显得面黄肌瘦，一边吃喝，一边埋怨连猪食都不如。

陈平安只是默默细嚼慢咽，心境古井不波，因为他知道，世事如此，天底下不用花钱的东西，很难去珍惜，若是花了钱，哪怕买了同样的米粥馒头，也许就会更好吃一些，至少不会骂骂咧咧，埋怨不已。

还了粥碗，陈平安走向马笃宜和曾掖，说道："走了。"

三骑出城。

马笃宜心思缜密,这几天陪着曾掖经常逛粥铺、药铺,发现了一些端倪,出城之后,终于忍不住开始抱怨:"陈先生,咱们砸下去的银子,最少最少有三成,被衙署那帮官场油子们装入了自己腰包,我都看得真切,陈先生你怎么会看不出,为什么不骂一骂那个老郡守?"

陈平安只是说了一句"这样啊"。

马笃宜都快气死了。

曾掖更是一脸震惊。少年是真不知情,他哪里能够看穿这些官场的弯弯绕绕。

马笃宜见那个账房先生没了下文,实在是愈发愤懑:"陈先生!你再这样,下次我可不帮忙了!就让曾掖这个傻小子自己忙活去,看他会不会给你帮倒忙!"

陈平安想了想,算是给了马笃宜一个不是解释的解释,缓缓道:"既然是在做好事,事情大致做成了,不够圆满而已,就不要过多苛求了。贪墨三成的银子,我是有心理准备的,其实我的底线,还要更低一些,经办此事的官吏,中饱私囊,偷走四成,都可以接受。三成也好,四成也罢,就当是他们做好事的回报了。"

马笃宜怎么都没想到是这么个答案,想要生气,又生气不起来,就干脆不说话了。

陈平安笑道:"如果觉得心里不痛快,只要你愿意帮曾掖,我的底线,可以从四成变成两成,怎么样?"

马笃宜这才心满意足,开始策马稍稍凑近曾掖那边,她与榆木疙瘩的少年,耐心解释一桩桩心得,一个个诀窍。

陈平安突然微微放缓马蹄速度,从袖中掏出一只长条小木匣,篆文古朴,是粒粟岛谭元仪赠送的一件小物件,颇为稀罕,算是作为三人结盟的一份心意。是一件品相不俗的小剑冢,仅仅一指长度,极为袖珍小巧,便于随身携带,用以装载传讯飞剑,只是,规矩死板不如大型剑房那么灵活万变,并且一次只能收发各一把传信飞剑,温养飞剑的灵气损耗,要远远超出剑房,可哪怕如此,陈平安只要愿意,绝对可以轻易转手卖出一枚谷雨钱,所以陈平安当然不会拒绝谭元仪的这份好意。

打开一直在微微颤动的小木匣,陈平安收取了一把来自青峡岛的传讯飞剑,密信上说宫柳岛刘老成得知陈平安已经身在石毫国后,就捎话给了青峡岛,就一句话,"回头来我宫柳岛细谈价钱"。

陈平安攥紧一枚雪花钱,灵气如水滴滴入木匣其中的一条剑槽,再按下木匣一处巧妙机关,那把青峡岛飞剑掠出木匣剑槽,一闪而逝,返回书简湖。

曾掖看得目不转睛。当年在茅月岛那座简陋剑房,他还打过杂,可是这种只闻其名、未见其物的小剑冢,还是第一次目睹,真是妙不可言。

马笃宜一样好不到哪里去。

陈平安收起木匣入袖，呵手吐气。

飞剑传来的是个很大的好消息。

如他自己对曾掖所说，世间万事难，万事又有开头难，第一步跨不跨得出去，站不站得稳当，至关重要。

陈平安与本该是仇人的刘志茂和无缘无故的粒粟岛大骊谍子谭元仪，三者结盟，又跑去宫柳岛，亲身涉险，跟刘老成打交道，以及借着此次前来石毫国各地"一一补错"的机会，更多了解石毫国的国势，自然是有所求。

陈平安当初在青峡岛山门附近的屋内，与顾璨娘亲有过一次对话，只是妇人那会儿也未必听得进去，许多陈平安看似轻描淡写说出口的话语，她多半不会深思，甚至说不定都不会当真。她的心性其实并不复杂，在突然变天了的书简湖，希望陈平安能够念旧情，为他们娘俩保个平安，别辜负了"平安"这么个名字。

其中有几句话，就涉及"将来的书简湖，可能会不一样"。

妇人未必深究。陈平安却早已在做。

陈平安要步步为营，应了刘老成在渡船上说的那两句半真半假玩笑话："无所不用其极"，"好大的野心"。

因为刘老成已经察觉到端倪，猜出陈平安想要真正从根子上改变书简湖的规矩。

假物借势，尽力而为。

陈平安先不去谈人之善恶，只是在做一件事情，将所有人当成棋子，尽可能画出属于自己的更大一块棋形，由棋子到棋形，再到棋势。

他希望在未来书简湖的大规矩之中，自己最少可以参与其中，去制定规矩。

所以刘老成当时询问陈平安，是不是跟骊珠洞天的齐先生学的棋。

即是此理。

双方言语之间，其实一直是在较劲拔河。

其中的暗流涌动，钩心斗角，正如在棋盘之上，寻找对方的勺子，下无理手，下神仙手，都是各自的讲究。

面对宫柳岛上五境修士刘老成，甚至是面对元婴刘志茂，陈平安其实是靠拳头说话。一旦越界，误入大道之争，阻拦其中任何一人的道路，都无异于自寻死路，既然境界如此悬殊，别说是嘴上讲理不管用，所谓的拳头讲理更是找死，陈平安又有所求，怎么办？那就只能在"修心"一事上下死功夫，小心翼翼揣测所有无形中的潜在棋子的分量，他们各自的诉求、底线、秉性和规矩。

如果可能的话，逃难到书简湖的皇子韩靖灵，边军大将之子黄鹤，甚至是裹挟大势在一身的大骊武将苏高山，陈平安都要尝试着与他们做一做买卖。

难就难在，比起为了求一个心安的种种补错，这局为了那些阴物鬼魅完成各自心愿，陈平安当下秘密筹划的棋,更加艰辛。这是陈平安第一次尝试着以棋手身份,去打造一副棋盘,关键是一步都不能错,一招不慎满盘皆输,这等于陈平安下出一个最大的勺子。

至于前者,让不愿知错的顾璨止错,自己接着来补错,陈平安除了耗神耗力耗钱之外,其实已经不会输更多,因此反而没有那么如履薄冰。

但是之所以极其擅长隐藏情绪的陈平安,先前竟让曾掖都察觉到他心境的微妙起伏,是因为陈平安在为苏心斋他们送行之后,又有一个更大的仿佛无解的失望,萦绕在心扉间,怎么都挥之不去。

一场场送行之后,陈平安的那种失望,来源于他突然发现一件事,一本本账本上,那些个枉死之人的一个个名字当中,让他真正最感到愧疚的那些,比如一直对黄篱山和恩师念念不忘的苏心斋,毅然决然放下了执念,选择彻底离开了人间。反而是许多陈平安起先心中愧疚程度,不如苏心斋的某些阴物,诉求更多,会有狮子大开口的遗愿,会有人鬼皆常情的贪恋,更有死后皆犹然怨恨更深的许多许多阴物,都暂住在那座"下狱"阎王殿、仿制琉璃阁当中。

其实之前陈平安在下定决心之后,就已经谈不上太多的愧疚,可是苏心斋他们,又让陈平安重新愧疚起来,甚至比最开始的时候,还要更多、更重。

那种感觉,不是先前在略显阴暗的青峡岛屋子里的感觉。当时尚未请出所有阴魂,只要看一眼桌上的"下狱"阎王殿,陈平安在闭眼休憩片刻或是上床入睡之前,就像是心扉柴门外,有无数冤魂厉鬼的那种鬼哭狼嚎,在使劲敲门,大声喊冤、咒骂。

那种感觉,一样萦绕在心扉柴门之外,没有任何埋怨,没有半点谩骂,却像是在轻轻敲门之后,只是说了一句离别言语:"陈先生,我走啦。"

此时此刻。

陈平安骤然间一夹马腹,加速向前,出了泥泞不堪的官道,绕路去往一座小山丘。

驱马上丘垄,高低路不平。

陈平安勒缰停马于丘垄之顶。

曾掖想要拍马跟上,却被马笃宜拦阻下来。

陈平安茫然四顾。腰间有养剑葫和刀剑错,还可以纵马江湖风雪中。

其实呢?孑然一身,无所依倚。

马笃宜和曾掖在丘垄脚下停马许久,迟迟看不到陈平安拨转马头的迹象。

先前拦阻曾掖上去的马笃宜都有些着急了,反而是曾掖依旧耐着性子,不急不躁。

马笃宜最见不得曾掖这种"傻人有傻福"和"身在福中不知福"的样子,气笑道:"你个没心没肺的,吃饱喝足就万事不愁。"

曾掖只是个胆小嘴笨的木讷少年,就没敢还嘴,而且关键是他自己都没觉得马姑娘说错了。

马笃宜正要接着数落,就见陈平安骑马下坡。

在马笃宜和曾掖眼中,好像这位陈先生的神色不太一样了。

不再心事重重,反而阴霾散尽,还有些高兴?

马笃宜和曾掖面面相觑。

陈平安摘下养剑葫喝了口酒,微笑道:"继续赶路。"

三骑一路蜿蜒北上。

路途积雪深重,化雪极慢,山山水水,几乎不见半点绿意,不过终于有了些和煦日头。

这一路曾掖见闻颇多。

见到了传说中的大骊边关斥候,弓刀旧甲,一位位骑卒脸上既没有骄横神色,身上也无半点腾腾杀气,如冰下河水,缓缓无声。大骊斥候只是稍稍打量了他们三人,就呼啸而过,让胆子提到嗓子眼的高大少年,等到那队斥候远去数十步外,才敢正常呼吸。

还见到了成群仓皇南下的豪门车队,连绵不绝。从扈从到车夫,以及偶尔掀开窗帘窥视路旁三骑的面孔,人人自危。

陈平安停马路旁,等到车队远去,才继续赶路。

在路上看到了一只滚落在地的小箱子,陈平安翻身下马,打开箱子一看,里边装着古籍,随手翻开其中一本,钤印有几枚藏书印,不同的朝代,不同的字体,不同的读书人。陈平安抱着箱子,回首望去,想了想,没有将这只遗弃书箱还回去,暂时收入咫尺物中,继续上马赶路。

马笃宜没话找话,打趣道:"哟,没有想到你还是这种人,就这么占为己有了?"

曾掖难得有胆子说了句打抱不平的言语:"别人不要的东西,还是书籍,难道就这么留在泥泞里糟践了?"

陈平安摇头道:"他们是在逃命途中,哪怕耽搁片刻,都会有不可预知的结果。"

曾掖瞥了眼马笃宜。马笃宜翻了个白眼。

此后一位寄身于狐皮美人符纸当中的女子阴物,在一座没有遭受兵祸的小郡城内,用略显生疏的本地乡音,一路与人打听,终于找到了一座高门府邸,然后一行四位找了间客栈落脚。当晚陈平安先收起符纸,悄然潜入府邸,然后再取出符纸,让她现身,最终见到了那位当年离乡赴京赶考的英俊书生。书生如今已是年近半百的老儒士了,抱着一位酣睡的年幼嫡子,正在与几位官场好友推杯换盏,眉眼飞扬。好友们连连恭贺,庆祝此人因祸得福,结识了一位大骊校尉,得以荣升这座郡城的第三把交椅。好友们玩笑说着富贵之后不忘旧友,并未身穿崭新官服的老儒士,哈哈大笑。

狐皮美人阴物神色黯然,似乎有些认不得那位昔年青梅竹马的书生了,可能是不再年轻的缘故吧。

离开府邸后,狐皮美人阴物与陈平安一起走在寂静的街道上。

陈平安突然说道:"那个孩子,像他爹多一些,你觉得呢?"

女子"嗯"了一声,蓦然开心起来,笑道:"好像是啊!"

离开了那座大骊铁骑根本瞧不上眼的小郡城之后,三骑继续往北。

在一座小县城内,需要停马购买杂物,陈平安走过一间较大的金银铺子,犹豫了一下,仍是转身,步入其中。

铺子里有两位老人、两位少年,都是店里伙计,各自忙碌。

陈平安掏出一枚石毫国官印金锭,折算换成官银和一堆铜钱。

两个老师父都没插手,让各自带出来的年轻徒弟忙活。师父领进门修行在个人,市井坊间,养儿子还会巴望着将来能够养老送终,师父带徒弟,当然也想带出手脚伶俐、能帮上忙的出息弟子。两个差不多岁数的少年,一个嘴拙木讷,跟曾掖差不多;一个眉眼灵气,陈平安刚跨入门槛,聪慧少年就将这位客人从头到脚,来来回回打量了两遍。

陈平安给了金锭,按照如今的石毫国行情,取了稍稍溢价的官银和铜钱。交谈之时,陈平安先说了朱荧王朝的官话,两位少年有些蒙,陈平安再以一样生疏的石毫国官话开口,这才得以顺利交易。陈平安就此离开铺子。

店铺内,在那位棉袍男子离开铺子后。

木讷少年依旧沉浸在给店铺挣了一笔钱的喜悦当中,然后被从小一起长大的好朋友踹了一脚,顺着后者的视线,木讷少年才发现两位几乎时时刻刻都要拌嘴吵架的师父,破天荒坐在了一起,认认真真商量起了事情。

陈平安回到马笃宜和曾掖身边后,马笃宜笑问道:"小小县城,这么点大的铺子,结果就有两个练气士?"

陈平安点头道:"应该是在挑选弟子,各自看中了一位少年。"

马笃宜撇嘴道:"两个撑死了洞府境的老修士,能找到多好的苗子?"

陈平安笑道:"这种话我来说还差不多吧?"

马笃宜冷哼一声。

陈平安犹豫了一下,说道:"如果我没有猜错的话,两位老者,一位应该是观海境修士,一位甚至可能是龙门境修士。只不过两位老人早早察觉到了你,所以很快就隐藏了气机,故意让你误以为是洞府境。至于为何没有干脆假装成市井老人,应该是觉得在这种灵气稀薄的偏远小地方,两位洞府境修士,足够震慑我们这些过江龙了,又不至于太过惊世骇俗。所以说,都是老江湖了。"

马笃宜眼睛一亮,道:"陈先生,万一人家偏偏认为咱们是冲着他们去的呢?比如要挖他们的墙脚。陈先生,我觉得你走入店铺,本身就不妥当。"

陈平安笑道:"所以我们这些外乡人,买完了杂物,就立即动身赶路。还有,事先说好,咱们离开县城城门的时候,记得谁都不要左右张望,只管埋头赶路,省得他们疑神疑鬼。"

马笃宜有些疑惑,因为她还是不懂为何陈平安要走入那间铺子,这不是账房先生的一贯行事风格。

陈平安让曾掖去一间铺子独自购买物件,自己和马笃宜牵马停在外边街道,轻声解释道:"如果两个老人,不是为了收取入室弟子呢?也许非但不是什么谱牒仙师,甚至还是山泽野修当中的邪门歪道呢?所以我就去铺子里边,多看了两眼。不像是什么心怀叵测的邪修鬼修,至于再多的,我既然看不出来,就不会管了。"

马笃宜叹了口气,眼眸含笑,抱怨道:"陈先生,每天琢磨这么多事情,你自己烦不烦啊,我可是听一听,都觉得烦了。"

陈平安笑道:"想这些,不会烦。可是一想到你每天死皮赖脸不肯回符纸当中,我每天都要掰着手指头,算一算多花了几枚雪花钱,会烦。"

马笃宜羞恼道:"真没劲!"

陈平安双手笼袖,笑而不言。

等到曾掖买完了零碎物件,陈平安才告诉他们一件小小趣事,说店铺那边,那位道行更高的龙门境修士,挑中了木讷少年,观海境修士,却选了那个聪慧少年。

不过这些外人眼中的小事,可能对那两个暂时还懵懂无知的少年而言,等到将来真正踏足修行,才会明白,那就是天大的事情。

就像当初三骑与许茂分道扬镳后,有个偶然路过的少年樵夫,不小心给绊了一跤,结果刨开一看,雪地下边的画面,把少年吓了个半死。兴许是冥冥之中自有天意,苦日子就快要熬不下去的少年一咬牙,壮着胆子,将那块雪地刨了个底朝天。

战战兢兢离去之时,少年身上多了一块散发暖意的玉佩。

那块韩靖信当成手把件的心爱玉佩,一面篆刻有"云霞山"三个古篆,一面篆刻有云霞山的一段道诀诗歌。

大道之上,福祸难测,一饮一啄,云泥之别。

之后陈平安三骑继续赶路。几天后的一个黄昏,在一处相对僻静的道路上,陈平安突然翻身下马,走出道路,走向十数步外,在一处血腥味极其浓郁的雪地里,一挥袖子,积雪四散,露出里边一幅惨不忍睹的场景,残肢断骸不说,胸膛全部被剖空了五脏六腑,死状凄惨,而且应该死了没多久,最多就是一天前,并且本该沾染阴煞戾气的这一带,没有半点迹象。

是拥有独门秘术的修士所为。

马笃宜不忍直视,曾掖更是跑到一边干呕。

陈平安将那些可怜人，尽量拼凑成全尸，然后把尸体掩埋在距离道路稍远的地方。

陈平安做完这些，确定附近四下无人后，从咫尺物当中取出那座仿制琉璃阁，请出一位生前是龙门境修士，死后被俞栝制成鬼将的阴物。

然后这位保持灵智的鬼将，花了大半天工夫，带着三骑来到了一座人迹罕至的崇山峻岭。在地界边境，陈平安将马笃宜收入符纸，再让鬼将栖身于曾掖体内。

开始登山，最终找到了一处崖刻有"斫琴"二字的山中洞府。

其实山水本身格局灵秀，洞府所在，更是画龙点睛一般。只是最早开辟这座修道洞府的修士早已不在，然后就被山精鬼魅占据了。

陈平安和"曾掖"步入其中。

百余步后，视线豁然开朗明亮，是一座巨大的石洞，灯烛亮堂，有十几头尚未完全化为人形的山泽精怪，还有一位高坐宝座的深山大妖，若是站起，身高应该有两丈多，故而体形大如一座小山。只见大妖披挂黄袍金甲，头顶冠冕歪斜，有两位衣着暴露的美艳女子，斜靠宝座，正在给大妖揉捏敲打小腿，宝座旁边，还有一张紫檀官帽椅，坐着一位笑容玩味的青衫男子。

人也好，妖也罢，好像都在等着两个自投罗网的傻子。

黄袍金甲的大妖，头颅依旧是真身本体的豹子头，慵懒地靠在椅背上，摇晃着手中一只硕大酒杯，当有猩红酒水洒落在地时，它便轻轻抬脚，踩在一位妖艳女子的脑袋上，后者立即趴在地上，舔干净那些酒水，抬起头后，满脸陶醉。

那青衫男子转过身，跷起大拇指，赞叹道："大王，极有'将军持杯看雪飞'之气概！"

大妖咧嘴笑道："看你娘的雪，哪来的飞雪？莫说是我这洞府，外边不也停雪很久了？"

男子指了指一位美艳女子的丰满胸脯，讪笑道："大王只需低头，就能看见嘛。"

大妖哈哈大笑。整个洞窟内顿时鼓噪不已。

陈平安问道："聊完了？"

那头气势凌人的大妖眯眼道："就这么着急下油锅？"

陈平安点头道："还要赶路，比较急。"

青衫男子笑道："世道这么乱，早死早投胎？"

陈平安再次点头道："有道理。"

半个时辰后。

陈平安和真正的曾掖，离开了这座洞府。

那位选择留在这座"斫琴"府邸的鬼将，为两人送行到门口。

至于身后洞府之中。

黄袍金甲的观海境大妖，死得不能再死了。至于那个貌似军师的青衫男子，其实不是什么精怪鬼魅，就是个人，而且还死在大妖之前，魂魄更是被鬼将吞噬殆尽。

两位同样是人的女子，没了秘法禁制之后，一个选择依附新主人鬼将，一个撞壁自尽，但是按照先前与她的约定，魂魄被陈平安收拢入了原本是鬼将居住的仿制琉璃阁。

至于那些山精鬼怪，有些杀了，但是也有没死的，估计它们自己都不知道为何能够活下来。

因为陈平安这个名副其实的青峡岛账房先生，从动手出拳到结束，其实还不到小半炷香，半个时辰，都在算账。

陈平安对那位鬼将说道："我离开书简湖之前，会来看看，再以后，曾掖也会来。"

鬼将点头道："我会在此安心修行，不会去打搅凡夫俗子。如今石毫国世道这么乱，寻常时分难以寻觅的厉鬼恶鬼，不会少。"

陈平安问道："十年百年之后呢？"

鬼将愕然。

陈平安说道："去争取谋个山神身份，哪怕一开始只是座不被朝廷认可的淫祠。"

鬼将拜服，抱拳道："陈先生大恩，我定会铭记在心！"

陈平安却没有说什么，只是带着曾掖下山远去。

半路上，陈平安便取出了符纸，马笃宜得以重见天日，立即与曾掖热络闲聊起来。

陈平安无奈摇头。

此后三骑依旧是马蹄不停，往北而行，只是比起在石毫国南部可以挑选官道大路，如今开始尽量挑选小路。

一天暮色里，三骑堪堪赶在了一座州城关门之前，被戒备森严的城门将士勘验过版籍之后，匆忙入了城。

如今这座"伤痕累累"的北方重城，已是大骊铁骑的囊中物，不过大骊没有留下太多兵马驻守，只有百余骑而已，别说是守城，守一座城门都不够看。除此之外，就只有一拨官职为文秘书郎的随军文官，以及担任扈从侍卫的武秘书郎。进城之后，三骑差不多走了半座城，好不容易才找到个落脚的小客栈。

原因很简单：一来大战落幕，死伤惨重，此后又发生过刺客袭杀大骊文官的风波；二来后天就是大年三十了，如今民生凋敝，本来就生意冷清，加上过年，能够找到这家客栈，已经算是运气相当不错了。

第二天，曾掖被一位男子阴物附身，带着陈平安去找一个家业根基在州城内的江湖门派，在整个石毫国江湖，只算是三流势力，可是对于土生土长在这座州城内的老百姓来说，仍是不可撼动的庞然大物。这位阴物，当年就是老百姓当中的一个，他那个相依为命的姐姐，被那个一州地头蛇的门派帮主嫡子看中，连同她的未婚夫，一个没有功名的寒酸教书匠，某天一起溺死在河流中，女子衣衫不整，只是尸体在水中浸泡，谁还敢多瞧一眼？男子死状更惨，仿佛在"坠河"之前，就被打断了腿脚。

一个少年花完家中所有积蓄，合葬了姐姐和心目中早已认定是姐夫的男人后，悄悄离开州城，之后一路辗转，到了书简湖地界，成了神仙府邸的杂役，没有资质修行，就连习武都不成，然后也像当年的姐姐、姐夫那般，死了。

"曾掖"站在一座已经更换了匾额的大门外。

来的路上，这位阴物就已经失魂落魄，这会儿，更是神色木然。

当年的仇怨，那是三十年前的事情了。

这还不算什么，离开客栈之前，与掌柜问路，老人唏嘘不已，说那户人家的男子，以及门派里所有耍枪弄棒的，都是顶天立地的英雄好汉呐，可是偏偏好人没好命，死绝了。一个江湖门派，一百多条汉子，誓死守护咱们这座州城的一座城门，死完了之后，府上除了孩子，就几乎没有男人了。

"曾掖"满脸痛苦，蹲在地上，抱住脑袋，不断呢喃："怎么会这样，怎么会这样……"

陈平安蹲在一旁，哪怕"曾掖"的脸色越来越狰狞，眼神越来越阴森，他也依旧安安静静，只是一小口一小口，默默喝着酒。

片刻之后，"曾掖"的眼神逐渐恢复清明，呜咽起来，最后双手撑在地上，低着脑袋，大口喘气，已经哭都哭不出来了。

陈平安这才开口说道："我觉得自己最惨的时候，跟你差不多，觉得自己像狗，甚至比狗都不如，可到最后，我们还是人。"

陈平安惨然一笑，又道："当然了，我熬过来了，虽然不吃屎，但是走了好多的狗屎运，比你可强多了。"

"曾掖"大口大口深呼吸之后，一屁股坐在地上，伸出手，问道："陈先生，能不能借几口酒喝？我这辈子都还没喝过酒。"

陈平安把养剑葫递过去，道："酒管够，就怕你酒量不行。"

"曾掖"仰头，灌了一大口酒，咳嗽不已，浑身打战，就要递还给陈平安。

陈平安却已经双手笼袖，蹲在那儿，就像是那些个市井坊间最普通的凡夫俗子，在一个大冬天阳光和煦的日子里，晒着太阳。

他摇头道："再喝喝看，说不定多喝几口，喝习惯了，就会知道喝酒的好了。"

"曾掖"果真又喝了口酒，只是皱眉不已，擦拭嘴角后，摇头道："还是觉得难喝。"

陈平安这才接过养剑葫，自己喝了口酒后，就轻轻别在腰间。

"曾掖"坐在地上，看了眼那座府邸，再次满脸痛苦起来，几次想要说话，又都给咽回肚子，伸手捂住脸。

陈平安转过头，问道："怎么，是想让我帮着记下那户人家的名字，将来举办周天大醮和水陆道场的时候，一并写上？"说完，又轻轻摇头道："我是不会答应的。我会写你的名字,写上你姐姐和姐夫的名字,可是那些人的名字,我一个都不写。因为我不认识他们,但是我认识你们。"

"曾掖"哽咽道:"我是不是很傻?"

陈平安点头道:"傻得很。"

"曾掖"抹了把脸,眼神坚定,道:"我这种窝囊废,哪有脸去给姐姐、姐夫上坟。陈先生,回头你帮我去上香敬酒,行不行?反正先前我已经与陈先生说过了那座坟墓的具体方位……我就不去了。"

陈平安轻声问道:"真想好了?要知道这辈子都没有后悔的机会了。"

"曾掖"点点头,道:"想好了。"

陈平安"嗯"了一声。

"曾掖"突然说道:"陈先生,你去上坟的时候,能不能跟我姐姐、姐夫说一声,就说你是我的朋友?"

陈平安点头道:"没问题。"

"曾掖"最后说他要给陈先生磕头。

陈平安不答应,但是"曾掖"坚持要这么做,说不然他没办法安心上路。

陈平安看着这个本名"周过年"的少年,怔怔无言。

大年三十这天。

州城外十数里的一座小山坡上。

在一座小坟前,有人在上香敬酒。

那个身穿青色棉袍的外乡年轻人,将事情的真相,原原本本说了一遍,哪怕是"曾掖"要自己假装是他朋友的事情,也说了。

最后他望向那座小坟包,轻声说道:"有这样的弟弟,有这样的小舅子,还有我陈平安,能有周过年这样的朋友,都是一件很了不起的事情。"

大年三十夜,夜幕深沉,州城客栈内。

三位客人没有花钱请人做顿年夜饭,客栈掌柜便有些失落。

陈平安只是跟掌柜要了一只火炉和一袋子木炭,与马笃宜和情绪低沉的曾掖坐到了子时左右。

都没有说什么。

之后马笃宜和曾掖就返回自己的房间。

陈平安在异国他乡,独自守夜到天明。

一年就这么过去了。

第五章
先生的剑在何方

按照骊珠洞天的小镇习俗，初一这天，家家户户扫帚倒立，且不宜远行。

陈平安便让马笃宜指点曾掖的修行。这段时日的朝夕相处，陈平安考虑之后，去年的年末时分，就将详细记载那桩鬼道修行秘法的纸张，交给了马笃宜，任由她浏览，若是有疑惑不解处，可以询问曾掖。同样是修道之人，修行资质的差别，一眼可见，关于这桩秘术的修炼，马笃宜很快就后来者居上，不足月余光阴，就能够为曾掖指点迷津，破解症结。

所幸曾掖对此习以为常，非但没有气馁、失落和嫉妒，修行反而愈发用心，愈发笃定要以勤补拙。这让陈平安有些欣慰。能够认命又不认命，这是修道之人极其可贵的性情，只要持之以恒，大器晚成就不是奢望。

今天陈平安在客栈寂寥无外人的院子里，晒着太阳，将那只遗落在泥泞雪地里的书箱打开，对一本本书进行记录，想着以后有机会的话，让曾掖交还给原先主人，书页上皆有"水流云在"与"嶙峋老叟"两印藏书私章，曾掖将来顺藤摸瓜，找到那家南徙逃难的书香门第，应该不难。

晌午时分，陈平安又收到了来自青峡岛的飞剑传讯，说是收到一把来自大骊龙泉披云山的飞剑，由于陈平安不在书简湖，只好暂时滞留在青峡岛剑房，刘志茂询问陈平安如何处置。陈平安回信，告知刘志茂目前一行三骑的停留地，并说劳烦刘岛主亲自跑一趟，带来传讯飞剑。

初一当晚，刘志茂就亲自赶来州城客栈，将那把来自大骊北岳正神的传讯飞剑，捎带给陈平安。

陈平安没有当着刘志茂的面,打开披云山飞剑。一位元婴地仙,尤其是刘志茂这种有望上五境的老元婴,术法神通层出不穷,双方只是逐利而聚的盟友,又不是朋友,关系没好到那个分上。

两人在客栈屋内相对而坐。

刘志茂开门见山道:"按照陈先生离开青峡岛之前的叮嘱,我已经悄悄撤去朱弦府红酥的禁制,但是没有主动将其送往宫柳岛,向刘老成示好。如今刘老成与陈先生亦是盟友,哪怕朋友的朋友,未必就是朋友,可咱们青峡岛与宫柳岛的关系,受惠于陈先生,已经有所缓和。谭元仪专程拜访过青峡岛,明显已经对陈先生愈发尊敬几分,所以我此次亲自跑腿一趟,除了给陈先生捎带大骊传讯飞剑,还有一份小礼物,就当是青峡岛送给陈先生的开春拜年礼,陈先生不要拒绝,这本就是青峡岛的多年规矩,正月里,岛屿供奉,人人有份。"

陈平安笑道:"青峡岛的大小、老旧规矩,我门儿清,所以哪怕刘岛主不给,我也会提醒刘岛主的。"

刘志茂掏出一串略显稀疏的核桃手串,像是年月已久,保管不善,已经遗落了小半数的核桃,只剩下八颗雕刻有雨师、雷神、电母等神祇模样的核桃,粒粒拇指大小,古意盎然,一位位远古神灵,栩栩如生。刘志茂微笑道:"只需摘下,投掷于地,就可以分别敕令风雨雷电火等。一粒核桃炸裂后的威势,相当于寻常金丹地仙的倾力一击。只是每颗核桃,用完即毁,故而算不得多好的法宝,但是陈先生如今形神有损,不宜经常出手与人厮杀,此物刚好合适。"

陈平安将其轻轻收入袖中,致谢道:"确实如此,刘岛主有心了。"

刘志茂微笑道:"最近发生了三件事,震动了朱荧王朝和所有藩属国,一件是那位潜伏在书简湖的九境剑修,被一位青衣女子与白衣少年,追逐千余里,最终联手将其击杀。青衣女子正是先前宫柳岛会盟期间,打毁芙蓉山祖师堂的无名修士,传闻她的身份,是大骊粘杆郎。至于那位横空出世的白衣少年,道法通天,一身法宝堪称琳琅满目,一路追逐,好似闲庭信步,九境剑修十分狼狈。"

说到这里,刘志茂笑望向陈平安。

陈平安问道:"鼓鸣岛怎么说?"

刘志茂说道:"鼓鸣岛地仙夫妇得知消息后,当天就拜访了谭元仪,祈求庇护,算是彻底投靠了大骊。"

陈平安点头道:"算是个好消息。"

刘志茂继续道:"第二件事,则是大将军苏高山扬言今年正月元宵之前,就会攻破石毫国京城,不愿与石毫国韩氏一同陪葬者,家族当中有人出仕的门户,只要在正月里张贴了大骊袁、曹两尊门神挂像,就可以免去兵火殃及,若是大骊铁骑破城之时,尚未张贴门神的权贵门户,一律视为韩氏余孽。而破城之后,三天之内,市井坊间,换上大骊门神,一样可以免去所有袭扰,三日之后,尚无悬挂大骊门神的大小宅院,一律记录在册,以备秋后算账。"

陈平安轻声道:"庙算在先,攻心为上。"

刘志茂眼神玩味,接着道:"至于第三件事,若是太平盛世,算是不小的动静,只是这会儿,就不怎么显眼了。石毫国最受皇帝宠溺的皇子韩靖信,暴毙于地方上的一处荒郊野外,尸首不全;皇室供奉曾先生不知所终;石毫国武道第一人胡邯,同样被割取头颅。据说横槊赋诗郎许茂以两颗头颅,作为投名状,于风雪夜献给大骊主将苏高山,被擢升为大骊王朝正四品官身的千武牛将军,可谓一步登天了。如今大骊军功的挣取,真不算容易。"

刘志茂拿出两只酒碗放在桌上,陈平安摘下养剑葫,笑了笑,刘志茂便识趣地收起其中一只,明知道对面这位账房先生不会用别人的酒碗,可这么点酒桌规矩,还是得有。陈平安给刘志茂倒了一碗酒,自己则用养剑葫饮酒。

然后陈平安喝了口酒,缓缓道:"刘岛主不用怀疑了,人就是我杀的。至于那两颗头颅,是被许茂割走的。我不杀许茂,他帮我挡灾,各取所需。"

"果然如此。"刘志茂爽朗笑道,"石毫国说大不大,说小不小,能够一头撞到陈先生的剑尖上,也该那韩靖信这辈子没当皇帝的命。不过说实话,几个皇子当中,韩靖信最被石毫国皇帝寄予厚望,个人城府也最深,原本机缘也是最好,只可惜这个小家伙自己寻死,那就没办法了。"

陈平安问道:"刘岛主,有一事我始终想不明白,石毫国在内,朱荧王朝这么多个藩属国,为何个个选择与大骊铁骑死磕到底?在东宝瓶洲,作为大王朝的附庸藩属,本不该如此决绝才对,不至于庙堂之上,反对的声音这么小。从大隋藩属黄庭国起始,到观湖书院以北,整个东宝瓶洲北方版图……"陈平安用手指敲了敲桌面,道:"只有这里,不合常理。"

刘志茂犹豫片刻,抬起酒碗喝了口酒,缓缓道:"诸子百家,各有押注,东宝瓶洲虽然小,但是墨家主脉、阴阳家,还有以真武山为首的兵家,等等,他们都选择了大骊宋氏,那么作为东宝瓶洲中部最强大的朱荧王朝,拥有诸子百家当中的大脉以及旁支的支持,就是情理之中的事情了,就我所知,其中就有农家、药家、商家和纵横家等支脉。朱荧王朝剑修林立,可谓气运鼎盛,又与观湖书院亲近,大骊铁骑在这里受阻,并不奇怪。"

陈平安心中恍然,举起养剑葫,刘志茂抬起酒碗,各自饮酒。

刘志茂一袭素麻白衣,看似简朴,如生活苦寒的山林隐士,若是细看,又别有一番仙家气派。

陈平安突然感慨道:"不知不觉,差点忘了刘岛主是一位元婴修士。"

刘志茂悠悠慢饮,怡然自得,透过窗户,窗外的屋脊犹有积雪覆盖,微笑道:"不知不觉,也差点忘了陈先生出身泥瓶巷。"

陈平安蓦然身体前倾,递过养剑葫,刘志茂愣了一下,以酒碗轻轻磕碰。

陈平安痛饮一口酒,神色认真道:"早先是我错了,你我确实能算半个知己,与是敌是友无关。"

刘志茂收回酒碗,没有急于喝下,凝视着这位青色棉袍的年轻人,只见他形神枯槁渐渐深,唯有一双曾经极其清澈明亮的眼眸,越来越幽幽,但不是那种浑浊不堪、一味城府深沉的暗流涌动。刘志茂一口饮尽碗中酒,起身道:"就不耽误陈先生的正事了,你我之间,朋友是莫要奢望了,只希望将来重逢,我们还能有个坐下喝酒的机会,喝完分离,闲聊几句,兴尽则散,仅此而已。"

陈平安摇摇头:"书简湖一别,刘岛主一旦跻身了上五境,别有天地,可就未必有此心境了。"

刘志茂笑道:"陈先生修心,一日千里,到时候也未必有今天的心境了。"

两人异口同声道:"知己也。"

刘志茂走后,马笃宜和曾掖战战兢兢过来落座。

刘志茂既无施展地仙神通,隔绝出小天地,陈平安与之言谈,也没有刻意藏掖。

所以马笃宜和曾掖还是依稀能够听到这边的谈笑风生。

马笃宜眼神复杂。曾掖则一脸疑惑不解。

陈平安没有多解释什么,只是询问了一些曾掖修行上的关隘事宜,为少年一一讲解透彻,细致之外,偶尔几句点题破题,高屋建瓴。马笃宜虽然与曾掖相互砥砺,甚至可以为曾掖解惑,可是比起陈平安还是略有欠缺,至少陈平安是如此感觉。可那些陈平安以为平淡无奇的言语,落在资质相较于曾掖更好的马笃宜耳中,更是令其茅塞顿开。

恍若一位仙人牵引瀑布,她和曾掖却只能站在瀑布底下,分别以盆、碗接水解渴。

马笃宜和曾掖走后,陈平安才打开那把大骊披云山飞剑的禁制。

是个出人意料的消息。

一位大骊宋氏礼部侍郎亲临龙泉郡,在巡查龙泉郡文武庙事宜外,私底下秘密拜见山岳正神魏檗,提出了一个新的建议。

大骊朝廷最近又"赎回"了仙家势力放弃的诸多山头,打算借此与陈平安做一笔大买卖,大骊赊欠陈平安的剩余金精铜钱,陈平安可以凭此买下那些连仙家府邸都已开辟,护山阵法都有现成坯子的"成熟"山头。一旦陈平安答应此事,加上之前落魄山、真珠山在内的既有山头,陈平安将一鼓作气占据龙泉郡西边大山将近三成的版图,不谈山头孕育的灵气多寡,只说规模,陈平安这个"大地主",几乎能够与圣人阮邛媲美。

魏檗在密信上坦言,这是一件天大的好事,但是其中蕴藏着不小的隐患,陈平安与大骊宋氏的纠葛牵连,就会越来越深,以后想要撇清关系,就不是之前清风城许氏那般,见势不妙,随手将山头转手贱卖与人那么简单了。大骊朝廷一样有言在先,一旦陈平安拥有从洞天降格为福地的龙泉郡辖境如此大的地界,就需要签订特殊契约,以北岳披云山作为山盟对象,大骊朝廷、魏檗、陈平安,三者共同签署一桩属于王朝第二高品秩的山盟。最高的山盟,是五岳山神同时出现,还需要大骊皇帝钤印玉玺,与某位修士结盟。不过那种规格的盟约,唯有上五境修士,涉及宋氏国祚,才能够让大骊如此兴师动众。

魏檗坦言,信不信得过我魏檗,与你陈平安签不签这桩山盟,可以作为考虑之一,分量却不可太重。

涉及大道,必须慎之又慎。

魏檗在密信最后,也说此事不着急,他可以帮忙拖延半年到一年工夫,慢慢思量即可,哪怕到时候东宝瓶洲形势已经明朗,大骊宋氏攻破了朱荧王朝,继续南下,他魏檗这个中间人也好,买主陈平安也罢,无非是死皮赖脸与大骊签订便是了,山上山下,做生意本该如此,没什么好难为情的。

陈平安便打开那只小木盒,飞剑传讯给刘志茂的那座独家小剑冢,由这位岛主帮着传讯披云山,只需要在信上回复两个字,"可以"。

陈平安做完这些,来到窗前。石毫国的长槊武将许茂之流,枭雄之资,乱世当中,崛起的可能性会很大。大骊一旦能够打下朱荧王朝,顺势南下,如今已是大骊中层实权武官的许茂,得以指挥调度一支大骊精锐骑军,无异于如虎添翼,大军南下之路,那就是大把的军功在等着他去攫取。关键是许茂的心性与手腕,远胜皇子韩靖信,许茂差的,不过是个天生的身份。

苏高山,据说同样是边关寒族出身,这一点与石毫国许茂如出一辙,相信许茂能够被破格提拔,与此有关。换成是另外一支大军的主将曹枰,许茂投靠了这位上柱国姓氏之一的大将军,同样会有封赏,但是绝对无法直接捞到正四品武将之身,兴许将来同样会被重用,但是他在军中、仕途的攀爬速度,绝对要慢上几分。

这次北上,陈平安途经许多州郡县城,苏高山麾下铁骑,自然不能说是什么秋毫无犯,可是大骊边军的诸多规矩,隐隐约约之间,还是可以看到。例如先前周过年家乡所在的那座破败州城,发生了石毫国义士冒死刺杀文秘书郎的剧烈冲突,事后大骊火速调动了一支精骑驰援州城,联手随军修士,平定了冲突,事后被捕主犯一律当场处死,一颗颗脑袋被悬挂城头,州城内的从犯,包括刺史别驾在内数位品秩不低的石毫国地方官,全部下狱等候发落,家眷被禁足府邸内,但是并未有任何没有必要的牵连。在这期间,发生了一件事,让陈平安对苏高山最为刮目相看。那就是有少年在一个风雪夜,摸上城头,偷走了其中一颗正是他恩师的头颅,结果被大骊城头的武卒发现,但那位武夫少年仍是逃脱,只是很快被两位武秘书郎截获。本来此事可大可小,但因为是大军南下途中的一个孤例,所以层层上报,最后惊动了大将苏高山。苏高山让人将那石毫国武夫少年带到主帅大帐外,一番言谈之后,丢了一大兜银子给少年,准许他厚葬师父全尸,但是唯一的要求,是要少年知道真正的罪魁祸首,是他苏高山,以后不许找大骊边军尤其是文官的麻烦,想报仇,有本事就直接来找苏高山。

此事,在石毫国中部腹地的官场和江湖,广为流传。

然后就是刘志茂说的第一件大事。

青衣女子,白衣少年。

陈平安笑了笑。

他心思微动,跃上窗台,脚尖微点,跃上了屋脊,缓缓而行,漫无目的,只是在一座座屋脊上散步。

养剑葫还放在桌上,竹刀和大仿渠黄剑也没携带。

从心所欲,不逾矩。

天大地大,皆可去。

最后陈平安停步,站在一座屋脊翘檐上,闭上眼睛,开始练习剑炉立桩,只是很快就不再坚持,竖耳聆听,天地之间似有化雪声。

这时,一位身披轻甲的年轻男子,是驻守此城的大骊武秘书郎,不知来自大骊哪座山头的随军修士,当然也有可能是来自一洲兵家祖庭之一的真武山,一样是行走在屋脊上。他今日无事,如今又不算身在军伍,手里便拎着在屋内火炉上烫好的一壶酒,来到相距数十步外的翘檐外停步,以一洲雅言笑着提醒道:"赏景没关系,便是想要去州城城头都无妨,我刚好也是出来散心,可以陪同。"

这是一句很厚道的客气话了,随着大骊铁骑势如破竹,马蹄碾压之下,所有大骊之外自然皆是外乡,皆是附庸藩属。不过年轻修士的话外话,也有警醒的意思在里边。

陈平安笑着摇头道:"不用了,我马上就回去。"

那名年轻修士愕然,随即大笑,高高举起酒壶,原来那位青色棉袍的年轻男子,竟是以最为纯熟的大骊官话开口言语。

于是这位年纪轻轻却戎马近十年的武秘书郎,朗声道:"翊州云在郡,关翳然!"

陈平安面色犹豫,不太适合自报名号,便只得向那人抱拳,歉意一笑。

关翳然大笑说道:"将来万一遇上了难处,可以找我们大骊铁骑,马蹄所至,皆是我大骊疆土!"

陈平安神色恍惚,不知如何作答。

此后正月初三这天,陈平安三骑离开这座城池,继续往北,不断临近石毫国北方边境。

大雪消融。

春光催柳色,日彩泛槐烟。

一路上曾掖拣取了不少好东西,比如:一方篆刻有"礼曹造"的石毫国总兵官关防印;许多被当作瓶瓶罐罐丢在路旁的古董珍玩,多是大器和袖珍物件,散乱一地,估计那些形制不大不小、适宜携带的,都已被逃难百姓拣选而去,其实它们都是太平盛世价值数十、百余金的昂贵物件,如今却被弃若敝屣;还有道路上一些个早已被泥泞浸透,几乎毁坏殆尽的名贵字画、字帖,或是贱卖给各处没有被战火殃及的郡县当铺的珍藏物件。不承想马笃宜还是个财迷,曾掖更是,每次在当地设立粥铺、药铺,一有闲暇,他们就会跑去捡漏,已经跟陈平安借了两次神仙钱,数目倒是不多,加在一起就十二枚雪花钱,只是要折换成世俗王朝的金银,并不容易,必须去仙家渡口或是神仙客栈,所幸狐皮美人符纸中的某位女子阴物,出身石毫国一流却算不得顶尖的仙家洞府,陈平安完成那位女子阴物的心愿后,就跟那座仙家以神仙钱换取了一些金银,交给马笃宜和曾掖自己去处置,马笃宜为此还专门缠着陈平安打造了一只大竹箱,专门用来放置金银。

陈平安对此没有异议,只要不耽搁各自的修行和正事,就由着他们去了。

这天在邻近边境的一座小郡城内,陈平安负责与本地官府牵头之后,熟门熟路的曾掖和马笃宜开始忙碌粥铺、药铺的设置,对此他们不敢有丝毫含糊,唯有在忙完每天的分内事之余,才敢兴高采烈去各大当铺捡漏,因为陈先生虽然不插手具体事务,甚至几乎从不开口说话,可是两人与这位账房先生相处这么久,早已知晓陈先生的行事风格,陈先生什么都会看在眼中,而且只会看得比他们更深远。

至于他们凭借向陈先生赊欠记账得来的钱,去当铺捡漏而来的一件件古董珍玩,暂时都寄存在陈先生的咫尺物当中。

这要归功于马笃宜出身世族,生前又是她所在岛屿珍宝坊的一个小管事,眼力不俗,远远不是少年曾掖可以媲美的。

后来陈平安担心马笃宜也会看走眼,毕竟他们购买而来的物件,杂项居多,从一座座石毫国富贵门庭里流落民间,千奇百怪,于是就请出了一位寄居在仿制琉璃阁的中五境修士阴魂,帮着马笃宜和曾掖掌眼,结果那头被朱弦府马远致炼制成水井坐镇鬼将的阴物,一下子就上了瘾,先是将马笃宜和曾掖捡漏而来的物件,贬低得一文不值,之后非要亲自现身离开那座仿制琉璃阁,帮着马笃宜和曾掖这两个蠢蛋去购买真正的好东西,为此他竟是不惜以狐皮美人符纸的女子面容现世。这位生前是观海境修为的老人,能够做出这么大的牺牲,看来陈平安在账本上的记载,并非虚言,确实是个癖好收藏古物这类书简湖修士眼中"破烂货"的痴人。账本上还记录着一句早年某位地仙修士的点评，说这位常年捉襟见肘的观海境修士，若是不在那些物件上胡乱开销，说不定已经跻身龙门境了。

陈平安也由着老修士，每天在他们面前，明明是婀娜美人的相貌，却会摆出那金刀大马的豪放坐姿，反正他陈平安又不是没见过类似场景，说实话，当初一个"杜懋"成天扭扭捏捏，行走之时，纤腰扭摆，其实还要更恶心些。

这天黄昏里，曾掖他们一人两鬼，又去城中各大当铺捡漏。其实常在河边走哪能不湿鞋，能够让一位观海境老鬼物都瞧得上眼的物件，寻常山泽野修当然也会动心，甚至是谱牒仙师，专程去往那些战乱之国，将此作为难得一遇的挣钱机会，许多豪门世家传承有序的传家宝当中，确实会有几件蕴含灵气却被家族忽略的灵器，一旦碰到这种，挣个十几枚雪花钱乃至于数百枚雪花钱，都有可能，所以曾掖他们也会遇到修行的同道中人。之前在一座大城当中，就差点起了冲突，对方是数位来自一座石毫国顶尖洞府的谱牒仙师，双方公说公有理婆说婆有理，谁也都谈不上强取豪夺，最后还是陈平安去收拾的烂摊子，让曾掖他们主动放弃了那件灵器，对方也退让一步，邀请野修"陈先生"喝了顿酒，相谈尽欢，只是为此马笃宜私底下还是埋怨了陈平安很久。

陈平安去了家市井坊间的狗肉铺子，这是他第二次来这里，其实陈平安不爱吃狗肉，或者说就没吃过。

铺子里边也卖其他吃食，隔壁桌上都是热气腾腾的狗肉炖锅，大快朵颐，推杯换盏，只有他这么个不吃狗肉的外乡人，孤零零坐在一张桌边上，也不喝酒，说着生疏的石毫国官话，就显得比较扎眼。所幸铺子是传了好几代人的百年老店，没什么势利眼，老人是前台掌柜，儿子是个厨子，蒙学的孙子据说是附近街巷有名的小秀才，所以经常有客人调侃这店以后还怎么开，风趣老人和木讷汉子只说都是命，还能怎样。可哪怕是那个不苟言笑的憨厚汉子，听到类似调侃，脸上还是会有些自豪，家里祖坟冒烟，终于出了个有希望考取功名的读书种子，天底下还有比这更幸运的事情？

世道再乱，总有不乱的那么一天。

开在陋巷中的狗肉铺子，今晚还是客满为患，生意相当不错。去年盛夏时分，大骊蛮子虽然破了城，可其实根本就没怎么死人，大军继续南下，只留了几个据说极其精通石毫国官话的大骊蛮子，守着郡守官邸那边，不太抛头露面。这还要归功于本地的郡守老爷怕死，早卷起金银细软跑了，据说连官印都没拿走，换了一身青色儒衫，在大骊马蹄还相距很远的一个深夜，在贴身扈从的护送下，悄然出城，一直往南去了，显然就没有再返回朝廷当官的打算。

铺子里有个肌肤黝黑的"哑巴"少年伙计，干干瘦瘦的，负责待人接物和端茶送水，一点都不伶俐。

听说是边关那边逃过来的难民，老掌柜心善，便收留了少年当店铺伙计，大半年后，依然是个不讨喜的少年，店铺的熟客都不爱跟少年打交道。

这天暮色里，客人渐稀，店铺里边还漾着那股狗肉香味。

陈平安要了一壶郡城这边的土酒，坐在临近大门的位置。老掌柜正在跟一熟客喝酒，喝得酩酊大醉，满脸通红，跟众人说起那个宝贝孙子，真是让只有一斤酒量的老人有了两三斤不倒的海量。喝着喝着，倒是没忘记在心中默默告诉自己，可不能喝高了就少收钱。如今世道不太平，郡城也好，邻近的村野也罢，出门买狗都难了，客人也不如以往，客人兜里的银子，更是远不如前，所以如今更得精打细算，孙子读书一事，开销大着呢，可不能事事处处太拮据了，白白让孩子的同窗瞧不起。

读书老爷们，可都要那面子。

那个瘦黑瘦黑的少年伙计还在忙忙碌碌，收拾着一张桌上的酒肉残局，身影背对着陈平安。

陈平安吃过了菜肴和两碗米饭，又要了几碟子佐酒小菜，喝酒不多，筷子没停，菜碟都已经快空了。

陈平安突然喊了声那个少年的名字，然后问道："我等下要招待个客人。除了土鸡，店铺后院的水缸里，还有新鲜捕捉的河鲤吗？"

少年漠然点头。

陈平安笑道："那就去告诉厨子一声，可以做菜了，菜做好了，我那个朋友就可以上桌。对了，再加一份春笋烧猪肉。"

少年还是点头，去了后院，与那个正坐在灶房歇息的汉子一通比画手势。刚刚得以喘口气的汉子，笑着骂了一句娘，摇头晃脑站起身，去杀鸡剖鱼。又得忙碌了，只是做买卖的，谁乐意跟银子过意不去？少年看着那个汉子去看水缸的背影，眼神复杂，最终默默离开灶房，去鸡笼逮了只最大的，结果被汉子笑骂了一句，说这是留着给他儿子补身体的，换一只去。少年也就去鸡笼换了一只，干脆挑了只最小的，汉子还是不满意，说同样的价格，客人吃不出菜肴的分量大小，可是做生意的，还是要厚道些。汉子干脆就自己去鸡笼那边挑了只较大的，交给少年。杀鸡一事，少年还算熟稔，汉子则自己去捞了条活蹦乱跳的河鲤。

少年瞥了眼角落的狗笼，快速收回视线。

第一盆红烧河鲤端上了桌。少年发现这个客人所说的朋友还没来。

陈平安只说再等等，等第二盘菜上桌好了。

等到春笋烧猪肉和葱姜鸡块都上了桌，少年发现客人的朋友还是没来。

少年就要离开。

只见那个病恹恹的棉袍男子突然笑道："菜上齐了，就等你落座了。"

少年一脸茫然。

狗肉铺子里边只剩下一桌客人，老掌柜已经口齿不清，还在那边使劲劝酒，当然自己更是没少喝，看情形，估计这顿饭不给打折的念头，早已抛之脑后。

陈平安对少年说道："想必你已经知道，我猜出你的身份了，而且你一样猜出我是一位修行中人，不然你不会除了上次端酒菜上桌，都会有意无意绕过我，也故意不与我对视。既然如此，我邀请你吃顿饭，其实不是一件多大的事情。饭菜酒水，都是你端上来的，我该害怕担心才对，你怕什么。"

少年犹豫不决。

陈平安看了眼远处那一桌，微笑道："放心吧，老掌柜已经喝高了，那桌客人都是寻常老百姓，听不到你我之间的言语。"

少年坐在陈平安对面，却没有去拿筷子。

陈平安夹了一筷子鱼肉，身体前倾，放在少年身前的那只饭碗里，又夹了春笋烧猪肉和葱姜鸡块，还是放在了少年碗里。

少年皱紧眉头，死死盯住这个奇怪的外乡客人。

陈平安这才给自己夹了一筷子菜，扒了一口米饭，细嚼慢咽，之后问道："你打算杀几个人，掌勺的汉子，肯定要死，拥有一手'摸狗'绝活的老掌柜，这辈子不知从铺子买来、从乡野偷来了多少只狗，更会死。那么那个蒙学的孩子呢，你要不要杀？这些在这间狗肉铺子吃惯了狗肉的熟面孔客人，你记住了多少，是不是也要杀？"

少年双手搁放在膝盖上，双拳紧握，他眼神冰冷，压低嗓音，沙哑开口："你要拦我？"

陈平安反问道："拦你会如何，不拦你又会如何？"

少年沉声道："你敢拦我，我就敢杀你！"

陈平安一手持筷夹菜，笑着伸出那只空闲手掌，示意少年先吃菜："且不说你这点微末道行，能不能连我一并杀了。我们不如先吃过饭菜，酒足饭饱，再来试试看分生死。这一桌子菜，按照如今的市价，怎么都该有七八钱银子吧，这还是这间狗肉铺子价格公道，换成郡城那些开在闹市的酒楼，估摸着一两五钱的银子，都敢开价，爱吃不吃，没钱滚蛋。"

少年凝视着这位年轻男人的眼眸，片刻之后，开始埋头吃饭，没少夹菜，真要今天被眼前这位修道之人斩妖除魔了，自个儿好歹吃了顿饱饭！

少年开吃，陈平安反而停下了筷子，只是倒了酒壶里最后一点，小口抿着酒，双指拈起那一只碟子里所剩不多的花生米。

陈平安喝完了酒，吃完了佐酒菜，双手笼袖，坐在那边。

少年一抹嘴，放下碗筷。

陈平安缓缓道："见着了店铺杀狗，客人吃肉，你便要杀人，我可以理解，但是我不接受。"

少年冷笑不已。

陈平安继续道:"因为你有你的理由和道理,甚至还愿意为此付出性命的代价。但是我希望你多知道一些这个世界,比如你这一顿饭,吃过了河鲤、土鸡和猪肉,以后你踏上了修行之路,还会吃更多的山珍美味,作为半个山上神仙,只要不曾身死道消,你就会有这样那样的宴会酒局,可能是客人,可能是主人,反正会一辈子除了狗肉,都不愁大鱼大肉。对不对?"

少年一脸呆滞。

陈平安缓缓道:"你只要今天走出了这一步,哪怕没有我拦着你,也会被监察全城的大骊随军修士追杀。就算你成功逃出了这座郡城,你接下来要杀多少杀狗吃肉的人,今夜杀了十个几十个,以后杀一百个一千个?反正死就死,你都不后悔,对不对?"

少年低下脑袋。

陈平安说道:"我既然看到了,就不会让你在这里杀人。可能你会觉得我没有道理,是仗势欺人,没有关系,这个世道,讲道理是一件很复杂、很不讨喜的事情。其实一样的,在老掌柜和他儿子,那些莫名其妙死了的客人,以及可能最后活了下来却再也无法读书的孩子眼中,他们都会觉得你不讲理,太不讲理了。这点小道理,你在杀人之前,是应该要知道的。"

少年抬起头。

那个男人似乎是真心疼那点银钱,见少年不吃了,他就开始拿起筷子,夹了一筷子春笋烧猪肉,吃完之后,又去夹了一块红烧河鲤,然后说道:"之所以做这些,与你说这些,是因为我在你身上,看到了犹豫和挣扎,你也觉得罪该万死的老掌柜和厨子,其实也有好的一面。要知道,我遇到很多很多的人,哪怕是人,比起你们这些辛辛苦苦想要成为人的得道精怪,都更不像人,他们甚至不如你们,远远不如。所以我愿意请你吃这顿饭,并且……"

陈平安笑了笑,掏出一粒碎银子放在桌上,然后掏出一枚小暑钱搁在桌面,屈指一弹,刚好滑在少年饭碗附近,说道:"我说一种可能性给你听,这枚小暑钱,算是我借你的,还不还,随你,十年百年后再还我,也行。然后比如你先不杀人,忍了你当下这份内心煎熬,我知道这会很难熬,但是你只要不杀人,就可以花钱去救更多的同类,这很多很多的法子,例如靠着修为,先成为一座小县城县太爷眼中的山上神仙,帮着他处理一些鬼鬼怪怪的小事,毕竟在小地方,你遇不到我这种'不讲理'的修士,那些作祟的鬼魅,你都可以应付,所以你就可以趁机与县令说一句,不许辖境内兜售狗肉……你也可以成为富甲一方的豪绅巨贾,以高价买完所有一郡一州的狗,害得许多狗肉铺子不得不转行……你也可以勤勉修行,自己开创山头,地界百里千里之内,由你来制定规矩,其中就有一条，善待狗类……"

少年问道："你为什么要这么做？"

陈平安想了想，笑道："我虽然对这个世界很失望，对自己也很失望，但是我也是最近才突然想明白，讲道理的代价再大，还是要讲一讲的。"

少年又问："先生是儒家门生？"

陈平安沉默片刻，摇头道："暂时还不算。不过我是一名剑客。"

少年微微错愕。

"钱不够，可以再跟我借，但是在那之后，我们可就要明算账了。"

陈平安缓缓站起身，道："多想想，我不希望你这么快就可以还我一枚小暑钱，哪怕你聪明点，换一座远点的郡城也行，只要我听不到看不到，就成。不过如果你能够换一条路走，我会很开心请你吃了这顿饭，没白花钱。"

陈平安走出狗肉铺子，独自走在小巷中。

少年突然跑出铺子，跟上陈平安，问道："先生你自己说以后还能与你借钱，可是你名字也不说，籍贯也不讲，我没钱了，到时候怎么找你？"

"这样啊。"

陈平安站在原地，挠挠头，笑道："我就是跟你客气客气，说点不用花银子的客套话而已。"

少年灿烂而笑。这是他机缘之下化作人形后，第一次如此开怀大笑。

陈平安伸手揉了揉少年的脑袋，道："我叫陈平安，如今在石毫国浪荡，之后会返回书简湖青峡岛。以后好好修行。"

陈平安继续前行。

少年大声喊道："陈先生，老掌柜他们一家其实都是好人，所以我会先出一个很高很高的价格，让老掌柜无法拒绝，将铺子卖给我，这样他的孙子就可以好好读书了，会有自己的家塾和藏书楼，可以请很好的教书先生！在那之后，我会返回山中，好好修行！"

没有佩剑也无背剑却自称是一名剑客的棉袍男人，只是背对着少年，高高举起手臂，跷起大拇指。

少年最后喊着问道："先生，你的剑呢？"

那人只是一边大步向前，一边答道："在我心中。"

略作停顿，那名年轻剑客又有补充。夜幕中，唯有三字轻轻回荡在陋巷中。

"快得很！"

大笑而去。

粥铺、药铺事宜已经解决，马笃宜和曾掖本以为就像以往那般，继续赶路，去往石毫国边境,因为有两位边军出身的男子阴物,遗愿与此有关,人已不能叶落归根,心愿却落在了家乡那边。

但是陈平安却又逗留了一天,直到这天暮色里,在城门那边停步,远远目送一位黑瘦少年离开郡城,再去看了赵陋巷已经关门的狗肉铺子,门外墙上两边,张贴着文持笏、武持铜的大骊袁、曹两尊门神,这才返回客栈。

先前在城门那边,陈平安又见到了大骊随军修士关翳然,后者故意撇下身边扈从武卒,与陈平安独自站在城门口,轻声问道:"是放长线钓大鱼,暂时放虎归山,以便寻找出这头小妖的得道之地,找出一两件仙物机缘?还是就这样了,由着这头小妖远去,就当结了一桩善缘?"

山泽精怪能够幻化人形,必有大福缘傍身,要么是误入荒废的仙家洞府,要么是吞下了凝聚一方天地灵气的灵芝妙药。无论是哪一种,前者顺藤摸瓜,后者直接炼化了那头精怪,都是一笔不小的意外之财。

陈平安笑道:"是后者。"

关翳然遗憾道:"可惜了,如果你没有露面,我有两个天天嚷着揭不开锅的同僚,早就盯上了这头在狗肉铺子里边窝着的小妖,不过既然你插手了,我便说服他们放弃,本来就是个添头,其实平时还有军务在身。当然了,若是你选择了前者,倒是可以一起做。"

陈平安问道:"我这横插一脚,岂不是减少了你同僚的收益?会不会让你难做人?"

关翳然微笑道:"我与那两个朋友,虽是修行中人,其实更多还是大骊军伍中人,所以有你这句话,有这份心意,就够了。出门在外,难得遇上家乡人,可以不用那么客气。有些客气,有了,是最好,没有,也无碍,大不了以后见着了,就假装不认识,一切按照咱们大骊律法和军中规矩来。"

陈平安深以为然道:"正理。"

关翳然爽朗大笑道:"很高兴能够在这种离着家乡十万八千里的地儿,遇见你这么个有出息的自家人。"

陈平安抱拳道:"如今我不便泄露身份,将来只要有机会,一定要找关兄喝酒。"

关翳然抬臂握拳,轻敲胸前铁甲,正色道:"那我可就真记下了!事先说好,沙场之上,兄弟为我所救,欠我命都无所谓,唯独欠我关翳然的酒,天王老子也不行!"

这一场同乡人在异乡的萍水相逢,逢离皆尽兴。

在那位青色棉袍的年轻人远离城门时,有两位披挂大骊武库特制轻甲的随军修士,缓缓而来,一位青壮汉子,一位纤弱女子。

女子打量了一下好似意犹未尽的关翳然,好奇问道:"翳然,今年一开春,你白白丢了这么多神仙钱,可不是啥好兆头,还这么开心?"

关翳然呵呵笑道:"我开心啊,千金难买我乐意。"

壮汉说道："一个能够轻易将一枚小暑钱送出手的年轻修士，对那头小妖，又全无所求，反而故意一路相送到城门口，加上先前在城内开设粥铺、药铺，按照谍报显示，并非一城一地，而是处处如此，换成别人，我不信有这等菩萨心肠的山上修士，换成此人，观其言行，倒是都说得通。我觉得翳然做得没错，本就是家乡人氏，能认识个值得咱们与之喝酒的朋友，怎么都不亏。"

身姿曼妙却挎一把巨剑的年轻女子，抱怨道："你们男人啊，都是这么个鸟样，稍稍遇上对胃口的人，就喜欢打肿脸充胖子，至于吗？"

关翳然一本正经道："戚姑娘，你这么讲我们男人，我就不乐意了。我比虞山房可有钱多了，哪里需要打肿脸？当年是谁说我这种出身豪阀的纨绔子弟，放个屁都带着铜臭味来着？"

"狗嘴里吐不出象牙的玩意！"身段纤柔如春日杨柳的女子，一拳砸在关翳然的肩头，打得关翳然踉跄后退几步，女子转身就走回城头上。

关翳然龇牙咧嘴揉着肩头，是真疼，满脸苦笑，名为虞山房的壮汉一脸幸灾乐祸。

女子是位来自风雪庙的兵家修士，相较于多是在大骊铁骑当中担任中高层武官的真武山修士，她并非没有这个机会，只是选择了另外一条仕途。不过大骊边军对此并不奇怪，风雪庙的兵家修士，多是如此，下山之后，喜欢当那孑然一身的游侠，偶有像此女子这般的，也是担任一些重要武将的贴身扈从。

虞山房一把搂住关翳然肩头，低声道："翳然，我认识你怎么都得有七八年了，还是只认为你是个来自京城的将种子弟，高不成低不就的那种门户，不然当年也不至于给家族丢到那么个破烂地方，一待就是将近三年，一直是我们边军中最底层的随军修士，反倒是戚琦，才认识你没两年工夫，这次一起南下而已，她却是唯一看穿你家世身份的，硬说你小子是豪阀子弟，为啥？我们这帮一起在大雪天冻屁股拉过屎的老兄弟，可都不太相信，难道你们俩已经……"

虞山房被关翳然挣脱开后，双手拇指抵住，做个手势，朝后者挤眉弄眼。

关翳然无奈道："谁不知道这位戚琦，对她那位风雪庙别脉的小师叔祖剑仙魏晋，仰慕已久。"

关翳然叹了口气道："而且我也早就有了未婚妻，不瞒你说，还真是一位京城世族嫡女，只是我从未见过面，想来好笑，将来娶亲，掀起红盖头的那天，才能知道自己媳妇长什么模样。"

虞山房好奇道："到底哪家的倒霉闺女，摊上你这么个地地道道的边军糙老爷们？"

"没你这么埋汰自家兄弟的。"关翳然一手手心抵住大骊边军制式战刀的刀柄，与虞山房并肩走在异国他乡的街道上，环顾四周，两边街道，几乎都张贴着大骊袁、曹两尊彩绘门神。大骊上柱国姓氏，就那么几个，袁、曹两姓，当然是大骊当之无愧的大姓中的大姓。其实能够与袁、曹两姓掰手腕的上柱国姓氏,还有两个:只不过一个在山上,几乎不理俗事,姓余;另一个只在朝堂,从不涉足边军,祖籍位于翊州,后迁徙至京城,已经两百年,每年这个家族的嫡子孙返乡祭祖,就连大骊礼部都要重视。大骊国师都曾与皇帝陛下笑言,在一百年前,在那段宦官干政、外戚擅权、藩镇造反、修士肆掠轮番上阵,导致整个大骊处于最混乱无序的惨烈岁月里,如果不是这个家族在力挽狂澜,勤勤恳恳当着大骊王朝的缝补匠,大骊早就崩碎得不能再碎了。

虞山房双手十指交错,向前探出,舒展筋骨,身躯关节间噼啪作响。诸多个人的因缘际会之下,这个从边军末等斥候一步步被提拔为武秘书郎的半个"野修",随口道:"其实有些时候,我们这帮老兄弟喝酒闲聊,也会觉得你跟我们是不太一样的,可到底哪儿不同,又说不出个所以然。没法子,咱们都是给边境风沙天天洗眼睛的家伙,个个眼神不好使,远远比不得那拨给塞入军中的将种子弟。"

关翳然笑道:"我认朋友,就三种。沙场上,敢说死就死的;官场上,真正有风骨的读书人;最后就是山上的……好人。"

关翳然有些伤感,道:"只可惜,第一种和第三种,好像都活不长久。沙场不用多说,这么多年的生生死死,即使死了最要好的兄弟,咱们都已经不会再像个娘们一样,哭得死去活来了。第三种,我以前认识一个叫余荫的年轻人,我特别佩服的一个同龄人,怎么个好法呢,就是好到会让你觉得……世道再怎么糟糕,有他在前边,说着话做着事,就够了,你只需要看着那个渐行渐远的背影,你就会感到开心。但是这么一个很好的修道之人,死得是那么不值得,对他寄予厚望的家族,和咱们的朝廷,为了大局,选择了大事化小、小事化了。我觉得这样不对,但是那些大人物,会听我关翳然这种小人物说出来的话吗?不会。哪怕……我姓关。"

虞山房笑着拆台道:"姓关怎么了,了不起啊?又不是那上柱国之列的云在郡关氏!你在军中在册的户籍上,清清楚楚写着,你小子来自京城。咱们将军什么德行,你还不清楚?早将你的底细翻了个底朝天,跟咱们说就是京城三流的将种门庭,莫说是那条上柱国与上柱国当邻居、尚书与尚书隔着墙吵架的意迟巷,连将军一大堆的簏儿街,你家都没资格去弄个小院子。怎么,你小子跟这个云在郡关氏沾亲带故?就因为旧袍泽兼死对头的刘将军,当年莫名其妙发现自己麾下的一名年轻斥候,竟然是个不显山不露水的京城二流将种子弟,祖辈是当过从二品大将军的,还得了个让人流口水的谥号来着,咱们将军就感觉被刘将军压了自个儿一头,这会儿天天做梦,想着自己带出来的崽子里边,偷偷藏着个第一流的将种崽儿,笑死个人。"

关翳然犹豫了一下,问道:"如果哪天我死了,咱们将军说不定就会哭哭笑笑骂我了。"

虞山房震惊道:"咋的,你小子真是祖籍在翊州的关氏子弟?"

关翳然点头道:"翊州云在郡关氏,我是嫡玄孙。没办法,我家老祖宗虽然不是修行之人,但是筋骨特别结实,百岁高龄,还能一顿饭喝下一斤酒吃掉两斤肉,当年国师大人见着了,都觉得意外。"

虞山房白眼道:"我信你个鬼!你要是能见过崔国师,我还见着了皇帝陛下呢!"

关翳然"嘿嘿"笑了一声,道:"我说了,你不信,爱信不信,反正没我啥事了。"

虞山房狐疑道:"真是?"

关翳然笑着点头道:"真不骗你。还记得我大前年的年关时分,有过一次告假回京吧,戚琦说过她曾经跟随传道人,在正月里去过京城,可能是在那条雨花巷,或是在簏儿街,当时我在走门串户拜年,所以戚琦无意间瞥过我一眼,只不过那两处规矩森严,戚琦不敢尾随我。当然,那时候戚琦跟我还不认识,根本没有必要探究我的身份。"

虞山房悄然伸手,鬼鬼祟祟,想要摸一摸关翳然的脑袋。

关翳然头一撇,气笑道:"干吗?想娘们想疯了,把我当成戚琦了?"

虞山房搓手道:"这辈子还没摸过大人物呢,就想过过手瘾。啧啧啧,云在郡关氏!今晚老子非把你灌醉了,到时候摸个够。喊上老兄弟们,一个一个来。"

关翳然嬉笑道:"这种缺德事,你要是能做得出来,回头我就去娶了给你说成仙女的待嫁妹妹,到时候天天喊你姐夫。"

虞山房一脚踹在关翳然屁股上。

关翳然受了这一脚,没躲。

两人继续并肩而行。

虞山房突然叹了口气:"这个事情,兄弟们走的时候,你该说一说的,哪怕偷偷讲给他们听也好啊。"

关翳然沉默片刻,摇头道:"说不出口。"

虞山房黯然点头:"倒也是。"

关翳然突然笑道:"哪天我死在战场上,真相大白,到时候咱们将军也好,你也好,这好歹是件能够拍胸脯与其他骑军说道说道的事情。"

虞山房摇摇头:"你别死。"

关翳然也摇头,缓缓道:"就因为翊州关氏子弟,出身勋贵,所以我就不能死?大骊可没有这样的道理。"

虞山房笑道:"你想岔了。我就是觉得,你小子当年是怎么看待那个叫余荫的同龄人,我如今就是怎么看待你的,以后你在咱们大骊庙堂当了大官,哪怕那时候你去了京城,人模狗样的,不再披挂甲胄了,每天穿着身官皮,而我还留在边军厮混,咱俩说不定这辈子都八竿子打不着了,可我还是会觉得……放心,嗯,就是比较放心。"

关翳然点点头。

虞山房好奇问道："我就纳了闷了，你们这些个大大小小的将种子弟，怎么好像都喜欢隐姓埋名，然后来当个不起眼的边军斥候？"

关翳然笑道："在意迟巷和篾儿街，每一个还要点脸的将种子弟，都希望自己这辈子当过一位货真价实的边军斥候，不靠祖辈的功劳簿，就靠自己的本事，割下一颗颗敌人的头颅，挂在马鞍旁。以后不管什么原因，回到了意迟巷和篾儿街，哪怕是篾儿街父辈混得最差劲的年轻人，当过了边关斥候，万一在路上与意迟巷那帮尚书老爷的龟儿孙起了冲突，只要不是太不占理的事儿，只管将对方狠狠揍一顿，事后不用怕牵连祖辈和家族，绝对不会有事。从我爷爷起，到我这一代，都是这样。"

虞山房啧啧称奇道："这也行？"

关翳然跺了跺脚，微笑道："所以我们大骊铁骑的马蹄，能够踩在这里。"

虞山房小声问道："翳然，你说有没有可能，将来哪天，你成为你们云在郡关氏第一个获得武将美谥的子孙？"

"借你吉言，借你吉言。"关翳然连忙鞠躬感谢，直腰后打趣道，"就不能是以巡狩使的官身获得谥号？"

虞山房拍拍关翳然的肩膀，笑道："既然已经是关氏子弟了，就要低调些，口气小一些，不然光是一口京片子就这么惹人厌，以后还了得？还不得天天给我和兄弟们当娘们摸？"

关翳然揉了揉下巴："有道理，很有道理。"

穗山之巅。

金甲神人无奈道："再这么耗下去，我看你以后还怎么混，那位事务繁重的大祭酒，给你拖了多久了？他以往再钦佩你的歪理，都要耗光对你的好感了。"

老秀才盘腿而坐，双手搓着耳朵道："天要下雨娘要嫁人，随他去了吧。"

金甲神人缓缓道："根据消息，龙虎山祖师堂那边，不太对劲。来自北俱芦洲的那位火龙真人，在那人递出那一剑之后，好像给帮了个倒忙。"

老秀才笑道："你又怎么知道，别人眼中天大的坏事，就不是这位龙虎山外姓大天师想要的结果？"

金甲神人本就是随口一提，别说是一个外姓大天师，就是龙虎山天师府的本家大天师，做了什么，他这位穗山大神，同样全然无所谓。

不过分属儒家三脉的三位学宫大祭酒，分别在白泽、那位得意读书人和老秀才这边一一碰壁，要么无功而返，要么连面都见不着，哪怕是穗山大岳的主神，他也会感到忧虑重重。

因为事情实在太大，涉及了最根本的天下大势。

老秀才说道:"我的学生,比起其余几支大的文脉,算很少很少了。没办法,我眼光挑剔,谁都比不得……"

金甲神人嗤笑道:"这种屁话,就说给我一个听,有意思吗?"

老秀才点头道:"总比说给我自个儿听,有意思些了。"

金甲神人闭嘴不言。

老秀才见这个家伙没跟自己拌嘴,便有些失望,只得继续道:"老大崔瀺最有才情,喜欢钻牛角尖,这本是做学问最好的态度。但是崔瀺太聪明了,他对待这个世界,是悲观的,从一开始就是这样。

"再说老三,齐静春学问最好,还不只是最高那么简单,便是我这个当先生的,都要称赞一句'包罗万象,蔚为大观'。如果不是摊上我这么个先生,而是在礼圣或是亚圣一脉,说不定成就会更高。齐静春对待这个世界,是乐观的。

"说回老二,左右性子最犟,其实人很好,特别好。还在陋巷过穷日子的时候,我都让他管钱,比我这个搂不住钱袋子的先生管钱,有用多了。崔瀺说要买棋谱,齐静春说要买书,阿良说要喝酒,我能不给钱?就我这瘦竹竿儿,肯定是要打肿脸充胖子的。左右管钱,我才放心。左右的资质、才学、天赋、秉性,都不是弟子当中最好的,却是最均衡的,而且天生就有定力,所以他学剑,哪怕很晚,也非常快。对,就是实在太快了,快到我当年都有些心慌,生怕他成为浩然天下几千年以来,第一个十四境剑修。到时候怎么办?别看这家伙远离人间,恰恰才是最怕寂寞的那个人,他虽然百余年来,一直在海上逛荡,可真正的心思呢,还是在我这个先生身上,在他师弟身上……这样的弟子,哪个先生,会不喜欢呢?

"还记得当年有个大儒骂我骂得……确实有些阴损缺德了,我哪里好跟他计较,一个小小的书院圣人而已,连陪祀的资格都没有,我要是跑去跟这么个晚辈吵架,太跌份了。左右就偷偷摸摸过去了,打得人家那叫一个哭爹喊娘。左右也实在,竟然傻乎乎认了,还跑回我跟前来认错。认错认错,认个你娘的错哦,就不知道蒙个面揍人?事后脚底抹油,就不认,能咋?来打我啊,你打得过我左右吗?就算打得过,你左右不认账,那一脉的副教主能打死你啊?他能打死你,我就不能打死他啦?唉,所以说左右还是缺心眼,我这个苦兮兮当先生的,还能怎么办,毕竟小齐他们都还瞧着呢,那就罚呗,屁颠屁颠带着左右去给人赔礼道歉,还要做这做那,补偿来补偿去,烦啊。"

金甲神人疑惑道:"左右愿意跟你认错,岂会愿意跟别人道歉?"

老秀才白眼道:"我当然是私底下跟左右讲清楚道理啊,打人打得那么轻,怎么当我的文圣弟子?怎么给你师父出的这一口恶气?这么一讲,左右默默点头,觉得对,说以后会注意。"

金甲神人笑呵呵道:"我服气了。"

老秀才喟叹一声:"老四呢,就比较复杂了,只能算是半个弟子吧,不是我不认,是他觉得出身不好,不愿意给我惹麻烦,所以是他不认我,这一点,原因不同,结果嘛,还是跟我那个闭关弟子,很像的。此外,记名弟子,其余人等,各有千秋。

"其中茅小冬,在传道授业解惑当先生这件事上,是最像我的,当然了,学问还是不如我这个先生高。做什么事情都规矩,就是离着老头子所谓的'从心所欲不逾矩',还是有些距离。可惜这种事情,旁人不能咋咋呼呼去点破,只能自己想通,自己勘破。佛家'自了汉'的说法,就极好。在这件事情上,道家就不够善喽……"

老秀才没有细说下去,也没有往高处说去,换了话题:"我啊,跟人吵架,从来不觉得自己都对、都好,别人的好与不好,都得知道。不然吵架图什么?自己说是说痛快了,一肚子学问,到底落在何处?学问最怕成为无根之水,从天而降,高高在上,瞧着厉害,除了读书人自家吹捧几句,意义何在?不沾地,不反哺土地,不真正惠泽老百姓,不给他们'人生苦难千千万,我自有安心之地来搁放'的那么个大箩筐、小背篓,反而只是往里头塞些纸上文章,讲些让人误以为只有圣贤才配讲的道理,是会累死人的,又如何能奢望教化之功?"

老秀才站起身,身形佝偻,眺望远方,喃喃道:"性本善,错吗?大善。可是这里边会有个很尴尬的问题,既然人性本善,为何世道如此复杂?儒家的教化之功,到底教化了什么?教人向恶吗?那么怎么办?老头子和礼圣都在等,然后,终于等到了我。我说了,人性恶,在一教之内,相互砥砺、切磋和修缮,关键是我还站得住,道理讲得好,所以我成了文圣。但是又有一个更尴尬的问题出现了,换成你这么个局外人来看,你觉得性本恶学说,可以成为儒家文脉之一,这没关系,可是真的能够成为我们儒家的主脉吗?"

老秀才自问自答道:"万万不能的。"老秀才竖起大拇指,指向自己心口,道:"我自己都是这么认为的。"

沉默许久。

金甲神人难得叹息一声,带着些惋惜。

老秀才没有收起那根大拇指,突然唏嘘道:"这么一想,我真是圣贤豪杰兼具啊。"

金甲神人始终没有说一个字。

老秀才转过头,无奈道:"你咋不反驳我几句,我才好以理服人哪。"

金甲神人淡然道:"根本不给你这种机会。"

老秀才"哦"了一声,欣慰道:"那看来是我已经以德服人了。"

金甲神人深呼吸一口气。

不然?

老秀才突然正色道:"别着急撵我走,我也要学那白泽和那个最失意的读书人,再等等。我虽然不知道他们在想什么,但是我也想等等看。"

金甲神人问道："万一等到最后，错了呢，不后悔？"

老秀才双手负后，眯眼冷笑："后悔？从我这个先生，到这些入室弟子，不论各自大道取舍，后悔？没有的！"

金色拱桥之上。

剑被插入桥栏之中，剑尖与一小截剑身已经没入其中，火星四溅，无比绚烂。

坐在一旁的女子，将桐叶伞横放在膝盖上，她站起身，撑开那把看似平平的油纸伞，抬头看了一眼，一闪而逝，唯有桐叶伞悬停原地。

她一步来到一座福地中，就在一座水井口。

那把"随手赠送"的桐叶伞，自然大有深意，只是原主人送了，新主人却未必能活到发现真相的那一天。

可这与原主人有何关系？既是算计，又非算计，道可道，非常道也。

几乎瞬间，就有一位身材高大的老道人来到她身旁，微笑道："好久不见。"

她没有理睬，环视四周，点头道："放在当下，已经算是不错的大手笔。"

老道人笑道："不然如何去与道祖论道？"

她瞥了他一眼。老道人神色自若。

她凝视这座藕花福地的某一处，似有所悟，讥笑道："你倒是不忘本。"

老道人哈哈大笑，十分快意，道："顺势而为，举手之劳，颠倒乾坤，一洲陆沉。"

她皱了皱眉头。

老道人感叹道："如今终究不是当年了。"

她摇摇头，道："只是我换了主人而已。"

老道人没有说话。此事，便是他也不好评论。

她问道："就这么小一块地盘而已？"

老道人笑道："真的不能再多了。"

她似乎失去了兴致，失望而归，身形消逝，重返自己的那座天地，收起那把桐叶伞。

老道人站在水井旁，低头望去，凝视着幽幽井水。

老道人收回视线，抬头望向天幕，问道："这就是我重返青冥天下的见面礼，如何？"

与藕花福地相接连的那座莲花小洞天，有位老人，依旧在看一粒水珠，看着它在一张张高低不平的荷叶上摔落。水珠大小如寻常雨滴，可是许多荷叶却会大如山岳峰峦，更大的，更是大如天下王朝的一州之地，故而一张荷叶的脉络，可能就会长达数十里数百里，所以一粒渺小水珠的走势，最终落在何处，等待那个结果的出现，必然会是一个极其漫长的过程。

老人丝毫不着急。

岁月悠悠,光阴流逝。

只是作为天地间最大的规矩存在,哪怕是那条浩浩荡荡的光阴长河,在流经老人身边的时候,都要自行绕路。

城春草木深,只是整个石毫国北境,几乎再也见不着一个踏春郊游的王孙公子。

走走停停的那三骑,一路北上,不知不觉,已经入夏。

这天位于石毫国边境关隘的一座山脊小路上,三骑停马歇息,曾掖忙碌着煮饭,马笃宜在对镜梳妆。她哼着小曲儿,心情不错,手中那把绿漆小铜镜,是捡漏得来的压胜灵器,是一把比较罕见的日光月辉连弧镜,用了不足二两银子,从当铺那边眼拙的掌柜手中砍价来的,按照负责掌眼的老修士鬼将的说法,搁在仙家渡口,少说能卖出四五十枚雪花钱。

陈平安坐在一旁,翻看账本,绝大多数名字下边,都已经轻轻画上一抹朱笔,这些属于夙愿得偿的。可是有些阴物鬼魅的遗愿,就只能暂时搁置,事实上,陈平安与他们双方心知肚明,那些心愿,极有可能会沦为佛家语的夙愿,今生此世,无论阴阳,都很难达成了。有些阴物心结成死结,悲愤之中,情难自禁,戾气暴涨,差点直接转为一头厉鬼,只能靠着"下狱"阎王殿中张贴的那几张清心符,维持仅剩的灵智。

陈平安一次次书写清心符,灵气散尽,就再补上,不断耗费神仙钱,简直就是一个无底洞。但"勤俭持家"的马笃宜,在这件事上没有埋怨。

这一路,遇上了不少石毫国溃散的残败兵马,散落在山野密林各处,成为一股股流寇,聚散不定,疯狂劫掠大骊后方粮草,其中有的为了生存下去,不得不将矛头指向石毫国当地郡县百姓。去年年末接连三场大雪,加上战乱纷飞,石毫国北部疆域,民生凋敝,哪怕这些不过三四百骑的兵马所求的只是少量的粮食,可是边境线上那些个零散的贫瘠县城,家家户户就指望着那点存粮熬到下一场庄稼收成,实在满足不了石毫国武卒的这点胃口,于是不可避免就有了冲突,一来二去,一个为了不饿死,一个为了家国大义而活,冲突变得越来越激烈。

陈平安三骑就遇到了一场差点演变成血腥厮杀的冲突。当时一位身披破碎甲胄的年轻武卒,差点一刀砍在了一位消瘦老者的肩头,陈平安突入其中,握住了那把石毫国制式马刀,瞬间数十骑石毫国溃兵蜂拥而至,陈平安一跺脚,士兵们人仰马翻。陈平安把手中马刀,插回到那名年轻武卒的刀鞘,武卒整个人被巨大的劲道冲击得踉跄后退。

陈平安此后没有说什么,只是牵马站在小镇街道上,那些饥肠辘辘的武卒则默默退出了县城。

陈平安一行三骑也跟随其后缓缓离开。

背后，是当地百姓开始大声谩骂那些本国武卒，什么难听的话都有，什么打大骊蛮子的本事没有，欺负自家老百姓，倒是一个比一个威风，就该死在战场上一了百了，省得回过头来祸害自己人。甚至还有人提议，去给邻近一座大县城的大骊铁骑通风报信，说不定还能拿到一笔悬赏金。

那支骑卒离开县城后，年轻武卒突然号啕大哭。一名校尉模样的老武官停下马，怆然流泪。这支几乎人人面黄肌瘦、伤痕累累的骑队，亦是停马不前，惶惶且茫然。

三骑见状也勒马而上，陈平安让马笃宜和曾掖留在原地，一骑缓缓跟上去。

这支鼎盛之时拥有两千余精骑的石毫国边境著名老字营骑军，如今已经打到不足八十骑，见陈平安乘马而来，一个个如临大敌。

陈平安丢出一只沉甸甸的大袋子，用越来越娴熟的石毫国官话说道："散了吧，脱了铠甲，摘掉马甲，用这笔钱作为返乡路费和安家费。"

那名老武官接住袋子，打开一看，里边全是官制金锭，他抬起头，满脸疑惑。

陈平安说道："如果不愿意就这么放弃，可以挑选几个心眼活络的兄弟，假扮商贾，去那些已经安稳下来的县城购买粮食，尽量绕开大骊谍子和斥候，每次少买一些粮食，不然容易让当地官府起疑心，如今到底谁才是自己人，我相信你们自己都分不清楚了。"

老武官问道："就只是这样？别无所求？"

陈平安点头道："你们当下没得选，既然已经是最糟糕的处境了，不如去试试看。再者我如果想要靠你们的几十颗头颅，去已经向大骊投诚的州郡官府邀功请赏，不用这么麻烦，这一点，你麾下武卒可能看不出来，你身为一名四境纯粹武夫，却应该很清楚。"

老武官欲言又止。

陈平安摆摆手，又道："就帮这么多，我也不是什么善财童子，别把我当冤大头。"

老武官悻悻然，只得放弃那个确实不太厚道的念头，大大方方收起那袋能够救命的金锭后，向那位青色棉袍的清瘦男子，抱拳致谢道："先生高义！"

陈平安抱拳还礼，就此离去，至于那支石毫国骑军最后做出了什么决定，他没有像对先前州城当中的狗肉铺子那个少年伙计那样，从头看到尾。

老武官有些吃瘪，恩人的名字还没问呢。

马笃宜看着策马返回的陈平安，调侃道："嘴上说自己不是善财童子，其实呢？"

陈平安笑道："看破不说破，是一种为人处世的顶好习惯。"

马笃宜刚要再针尖对麦芒说他几句，陈平安已经纵马而行，她只得与曾掖匆忙跟上。

三骑的马蹄，轻轻踩在春暖花开的苍茫大地上。

这会儿，马笃宜放下铜镜，转头望向已经合上账本的陈平安，问道："陈先生，入秋前咱们能返回书简湖吗？"

陈平安点头道："差不多可以。"

马笃宜伸了个懒腰，一不小心撞到身后的大竹箱，赶紧伸手扶住。这里边，满满当当，都是最近三座城池里低价入手的宝贝物件，就算裹了绸缎垫了棉布，还是担心磕碰坏了这些特别娇气的家伙。按照居住在仿制琉璃阁那位掌眼老鬼物的说法，这些多是人间豪门喜好的珍玩，乱世当中，远远不如真金白银，可一旦等到了太平盛世，哪怕只是其中那么个小小的鸟食罐，就能值二三百两银子，遇上钟情于此道的有钱人，价格再往上翻一番，都不是难事。

这些物件，其实一样可以放入陈平安的咫尺物当中，不过马笃宜喜欢每次停步就打开箱子翻翻拣拣，像这把爱不释手的小铜镜，拣出来过过眼瘾，就干脆自讨苦吃，自己背着了。

曾掖如今已经是名副其实的四境修士，马笃宜悟性、资质比他好，更是五境阴物了。只是真正的修行底子，还是曾掖更佳，这就是根骨的重要性。

一个不嫌慢，一个不嫌快，如今曾掖和马笃宜相处起来，越来越融洽，有了些默契。

吃着饭，陈平安还是习惯性细嚼慢咽。曾掖蹲在一旁，大口扒饭，随口问道："陈先生，我那拳桩，走得咋样了？"

陈平安微笑道："稀稀拉拉。"

曾掖哀叹一声，他原本觉得自己的六步走桩，不说啥得心应手，但熟能生巧，是跑不掉的。

马笃宜火上加油道："你就不是一块练武的料，连我这种外行都看得真切，你的拳架子又空又松，根本就没登堂入室。曾掖，你是不是自己还觉得挺像回事？"

陈平安安慰曾掖道："武学一事，既然不是你的主业，稍稍强身健体，帮着你拔筋养骨，就足够了。不然生出了一口纯粹真气，冲撞气府灵气，反而不美。"

曾掖闷闷道："要么学啥啥不成，要么学啥啥都慢。陈先生，你咋也不着急啊。"

陈平安给逗乐了，道："要是着急有用，我也会跟你急眼的。"

马笃宜憋着坏，正要说话。

陈平安已经抬起手，制止道："住嘴，不许继续拿曾掖的修行找乐子。还有，关于曾掖拳架好坏，你能看得出来才怪了，是前辈随口点评，给你借来用的吧？"

马笃宜笑得眯起一双秋水长眸，不说话，默认。

三人继续前行，沿着石毫国边境线而走。

来到北境一座名为鹁落山的仙家门派，青山绵延，风景秀美，灵气还算充沛，这让马笃宜和曾掖两位修士都觉得心旷神怡，忍不住多呼吸了几口。

许多灵气瘠薄之地，百姓可能一辈子都遇不到一位修士，因为只有商贾求利喜欢熙熙攘攘，而修士行走人间，会下意识避开那种灵气稀薄近无的地盘，毕竟修道一事，讲究太多，需要水磨功夫，尤其是下五境修士，以及地仙之下的中五境神仙，把宝贵光阴耗费在方圆千里无灵气的地方，本身就是一种挥霍。

之前战乱不断，殃及了石毫国山上，后来不知怎么的，许多小山头就纷纷聚拢过来，隐约以鹁落山作为龙头。鹁落山占地较广，先前又是走一脉单传的仙家路数，属于家业大、人丁稀少的那种山上门派，所以就将鹁落山许多山头分出去，租赁给那些前来投靠依附的石毫国末流修士门派。

短短两年，鹁落山就有了不俗的声势。

听说这边开了不少的仙家铺子，这也是陈平安此行的缘由。既然路过，就让曾掖和马笃宜出手那些捡漏得来的十数件杂乱灵器，看能否卖出个好价格，所有到手的神仙钱，都归他们所有，至于事后如何"分赃"，陈平安不管，由着曾掖和马笃宜自己商量，不过估摸着曾掖怎么都要吃个不小的亏，就马笃宜打小算盘的那股精明劲儿，三个曾掖都不是她的对手。

陈平安想着以后哪天自己要是开铺子做买卖了，马笃宜倒是个不错的帮手。

到了鹁落山地界靠外边的一处山头，陈平安才发现此处收拢了不少难民，一座集市打造得有模有样，人声鼎沸，一路上，还有许多地方正在破土动工，热火朝天，除了相对筋骨强健的青壮男子，还有不少能够活着走入鹁落山的妇孺，都在有力出力。最让陈平安诧异的是，是有一座石毫国武庙已经建造完毕，虽然粗糙，但该有的朝廷礼制，一处不缺。除此之外，还有一些打造护山阵法的修士，也在忙碌。

这大概就是一座仙家渡口或是一个山上门派的最早雏形了。

两名修士见着了牵马而行的陈平安三位，面对这三张陌生面孔，修士的眼神都有些戒备，偷偷联络同门修士从四面八方聚拢在一起，抱团震慑这伙外乡人。

陈平安如今不再悬佩那块青峡岛供奉玉牌，对此也无可奈何，与其中一位修士问过了路，说要去往鹁落山祖师堂所在的那座山头。

那拨以一位洞府境老修士为首的同门修士给陈平安他们指了路后，看着他们离开集市，这才松了口气，继续忙碌打造那座护山阵法。

没法子，他们只是个末流门派，哪怕避难搬迁到了鹁落山，也实在凑不出太多的神仙钱，就只能被鹁落山祖师堂丢到这边，当鹁落山东大门的门神，只要一有麻烦，比如大骊铁骑瞧鹁落山不顺眼了，一路杀来，他们自然就会第一个遭殃，却只能硬着头皮给鹁落山挡灾。

任何一个山上门派的开创、兴起和传承，都必然包含着艰辛困苦和屈辱凶险。

那位只有洞府境修为就已经是门派"老祖"之一的老修士，站在一处高台上，视线悄然停留在一位正在帮爹娘擦汗的难民孩童身上。老修士露出会心笑意，是棵好苗子。鹳落山祖师堂那边后知后觉,本打算支付一枚小暑钱,以及一座方圆十数里的山头,用来更换这户人家的山上户籍,只是他力排众议,拒绝了鹳落山的好意,而是打算亲自收取这位孩童为嫡传弟子,说不定一甲子或是百年之后,自己山门里就能够多出一位洞府境修士,兴许达到山门历史上那位中兴老祖的观海境,都不是奢望。一想到这个,老修士就颇为欣慰,自家祖师堂的师兄弟们,虽然一开始吵得厉害,毕竟如今的一枚小暑钱,尤其是白白多出的一座山头,意义非凡,可是真正拒绝了鹳落山祖师堂的提议后,便众志成城,就连那个最吝啬的小师弟,都打定主意,在那个孩童日后行拜师礼的那天,会拿出一件珍藏已久的灵器,赠予师侄。

陈平安离开集市后,突然回首远望一眼,然后问道:"你们看出什么了吗?"

曾掖和马笃宜只觉得莫名其妙。

陈平安摇摇头道:"没什么,可能是我眼花了。"

马笃宜打趣道:"陈先生,话说一半,不好吧。"

陈平安笑道:"以后等到你们自己独当一面的时候,就知道话说一半,是门值得好好钻研的大学问了。"

马笃宜啧啧道:"陈先生变着法子吹嘘自己的本事,是愈发炉火纯青了。"

陈平安在马背上转身抱拳,道:"过奖过奖。"

马笃宜气笑道:"陈先生,你再这样,可不就是我心目中的陈先生了!"

曾掖摇头晃脑替陈平安答道:"哪里哪里。"

明摆着这位少年还是要更向着陈先生一些。

结果马笃宜蓦然舒展袖子一下子打在他脸上,曾掖只觉得火辣辣疼。

曾掖恼火道:"君子动口不动手。"

这下子轮到马笃宜摇头晃脑,问道:"唯小人与女子难养也,圣人说的,这点道理也不懂?"

陈平安苦笑道:"这句话不是这么理解的,不过你都愿意这么埋汰自己了,我觉得也没问题。"

一路笑闹着,三骑来到真正的鹳落山山门前。

相较于一路上经过的两个仙家山头,此地气势森严,别有洞天,比起黄篱山,灵气犹胜几分。山脚有一座依山傍水的安详小镇,或者说是一个较大的村庄,看屋舍建筑,应该住着千余人。

所谓的山上气派,没了人气,久而久之,便是座空中楼阁,一条无源之水。只不过许多尚未登顶的山上仙师,懒得或是不屑做如此想罢了。

去往那座山脚村庄,再去山上,要过条河,河上的桥并非拱桥,就像是安安静静趴在河水中的纤细蛇蛟,在"它"的背脊上,有青壮男子牵牛而来,应该是要去往附近的田地劳作。青壮男子与水牛身后,还有个骑着一根绿竹的稚童,嘴里喊着"驾驾",如同驾驭马匹。

陈平安便率先牵马而停,为青壮男子和那头犄角弯弯的水牛让出道路。

青壮男子和水牛走下小桥后,显然是见多识广,并未怎么打量三位外乡人,倒是那个骑竹马的稚童,瞧见了真正的马匹,十分好奇。陈平安对那孩子笑了笑,孩子也腼腆地咧嘴一笑,追随父亲和水牛继续赶路。

曾掖觉得有趣。

云雾缭绕的鹳落山之上,经常会有剑光、虹光划破天际。但是稚童显然对此已经毫不介意,反而对于他们身边的马匹,更加好奇,经常回头张望。

陈平安率先牵马走上高出河水没有太多的低矮石桥。

走到一半,那边也有需要走向对岸的村民在安静等候。

走下石桥后,陈平安对他们点头致谢,村民笑着点头还礼。

曾掖若有所思。马驾宜亦是如此。

就在此时,陈平安猛然转头望向天幕。

袖中小剑冢木匣与那块青峡岛供奉玉牌几乎同时滚烫起来。

关于此事,当初刘志茂并未隐瞒,他可以凭借它们追寻陈平安的足迹。

陈平安对此并无异议。

一抹修士疾速御风的雪白虹光,从鹳落山之外破空而来,轰然落地,是一位神色仓皇、灵气絮乱的青峡岛老修士——掌管密库和钓鱼两房的章魇。

这趟秘密北上赶路,几乎耗尽了章魇几座本命窍穴的灵气积蓄,这是一种有损大道根本的莽撞行径,与使用驿骑八百里加急传讯必然伤马,乃至于接连跑死一匹匹换乘坐骑,是一样的道理。

曾掖起先满脸喜悦,毕竟章魇才是亲手将他从茅月岛那个大火坑拽出来的恩人,只是当少年见到章魇的面容神色后,立即闭嘴。

陈平安一把搀扶着身形摇晃的章魇,轻声问道:"书简湖有变故?"

章魇惨然道:"变天了!"

陈平安叹了口气,对于这种局面的出现,他其实早有预料,只不过由于不属于最糟糕的形势,就没有太多应对,事实上他也拿不出太多行之有效的举措。

终究是人力有穷尽之时。

很简单,要么是大骊主将苏高山出手了,要么是宫柳岛刘老成背后的那个人,开始入局。

或者干脆是双方联手。

粒粟岛谭元仪倒戈,只求自保,背弃盟约,刘志茂舍不得青峡岛基业,又被算计,身陷险境,都很正常。

不过当下这对于陈平安而言,绝对不是什么好消息。

原本书简湖的形势走向,陈平安已经摸着了脉络,但苦心经营的那副棋盘,现在说不定已经被后来的棋手随随便便就掀翻在地。

章鯥扑通一声跪下,急切道:"恳请陈先生救一救岛主!"

陈平安摇摇头,直接问道:"顾璨和他娘亲,是不是已经被章老前辈秘密拘押起来了?"

跪地不起的章鯥抬起头,忙道:"事出突然,青峡岛做不出这等事情,哪怕可以,我也不会如此作为,因为我知道这只会适得其反。能救岛主的,就只有陈先生了。"

陈平安搀扶起章鯥,缓缓道:"章老前辈起来说话,我先听听看,但是去救刘志茂,几乎没有这个可能,相信老前辈来的路上,其实就早已明白。之所以跑这一趟,不过是尽人事听天命而已。"

章鯥轻轻点头,苦笑不已,眼神中还有些感激。

陈平安则是头疼不已。

当着章鯥的面,有些话,就像之前与马笃宜开玩笑,只说了一半,看破不说破。

章鯥自然是尽人事,可是极有可能,章鯥也一清二楚,自己的行踪已经落在了某些有心人的眼中,说不定就在鹘落山某处俯瞰此地。

所以陈平安没有落井下石,一拳打死他,其实已算仁至义尽。

陈平安说道:"我们边走边说。"

章鯥稳了稳心神,第一句话就让竖起耳朵聆听的马笃宜和曾掖心湖震荡:"我们岛主不敌某位身份不明的修士,已经被重伤,被拘押在宫柳岛水牢中。不但如此,大骊铁骑主将苏高山,已经亲自驾临书简湖畔的云楼城,投鞭于湖,扬言要所有不服管的书简湖野修,一旬之内悉数死绝。"

陈平安心中第一个念头,就是断定那个能够强势镇压刘志茂的大修士,是墨家游侠许弱,或者是圣人阮邛。

第五章 先生的剑在何方

第六章
吾心安处打个盹

沿着那条如碧绿绸带的潺潺河流，远道而来的章虞和牵马而行的陈平安并肩散步。

兴许是这块世外桃源，风景宜人，静谧祥和，兴许是身边多了半个自家人的账房先生，本就经历过无数场风浪的老修士章虞，也逐渐静下心来，将书简湖那桩变故与陈平安缓缓道来。

原来所有人都小觑了苏高山的胃口，这位眼光一直盯着朱荧王朝的大骊铁骑主将之一，在几乎不费吹灰之力就拿下了石毫国京城后，麾下铁骑不但拨转马头，顺势长驱直入另外一座朱荧藩属国，而且哪怕战事一样惨烈，仍有那"闲情逸致"亲临书简湖畔，并且扬言要扫平书简湖，顺者昌逆者亡。所谓的顺逆，更加直白：愿意交出一切山门家底的书简湖野修，可以活命，离开书简湖；愿意交出一半家当，同时成为大骊最低等随军修士，一起攻打朱荧王朝的野修，可以暂时留在书简湖，但是之后当下的一座座山头归属，是否需要迁徙山门和祖师堂，一样需要听从大骊铁骑的调遣。

而宫柳岛那边，在今年春末时分，多出了一拨遮遮掩掩的外乡修士，成了宫柳岛的座上宾，在苏高山抛头露面对整座书简湖数万野修大放厥词之后的昨夜，在刘老成的亲自带领下，毫无征兆地联袂直扑青峡岛。其中一位老修士，术法通天，必然是上五境修士无疑了，在刘老成破开青峡岛山水大阵后，倾力一击，几乎直接打烂了整座横波府。此后这位联手守株待兔的修士，以十数件法宝结阵，将力战不敌便想要远遁离去的刘志茂堵截擒拿，押解去往宫柳岛。章虞见机不妙，没有去送死，从青峡岛一条水底密道偷偷跑出,火速赶往石毫国,凭借那块供奉玉牌,找到了陈平安。

陈平安一言不发,听完章靥所有讲述后,这才问道:"刘老成是什么态度?"

章靥摇头道:"事后才晓得,原来从那拨几乎人人地仙的外乡修士登上宫柳岛开始,到将我们岛主抓回宫柳岛,刘老成从未说过一个字,更没有见过一个书简湖本地修士。"

章靥感慨道:"虽然我恨极了刘老成,可是不得不承认,这才是一位上五境野修该有的手腕。"

陈平安说道:"现在的书简湖,应该有很多野修在肚子里大骂刘老成是书简湖叛徒和大骊的一条走狗了吧。"

章靥笑容苦涩道:"千余岛屿,数万野修,人人自顾不暇,差不多已经吓破了胆,估计现在只要一提到刘老成和苏高山,就打哆嗦。"

章靥轻轻摇头道:"书简湖所剩不多的那点脊梁和骨气,算是彻底完了。像早先那次凶险万分的精诚合作,合力斩杀外来元婴修士和金丹剑修,以后酒桌上是谈也不会谈了。刘老成,刘老贼!我真的无法想象,到底是多大的利益,才能够让刘老成如此作为,不惜出卖整座书简湖!朱弦府那个门房女子,红酥,当年正是我奉命外出,辛苦寻觅了小十年,才找到上任女子江湖君主的转世,将她带回青峡岛,故而我知道刘老成对于书简湖,并非像外界传闻那般淡漠无情。"

章靥神色惨淡,停步不前,蹲在河边,掬水洗脸,神色恍惚。

当下处境,比起当年最早与刘志茂在书简湖打拼,岛屿被一位地仙打得沉入湖底,似乎还要让章靥揪心和无奈。

年纪大了,难免心气就衰了。尤其是章靥只剩下甲子光阴的寿命,便是想要玉石俱焚,他章靥舍得一身剐,可人家答应吗?动动一根手指头的事情,就能让他这个在书简湖还算上得了台面的龙门境修士,当场灰飞烟灭。

陈平安牵着那匹马,腰间刀剑错,淡然道:"刘老成这种人,只要下定决心返回书简湖,就肯定不会是为了一个江湖君主,当时他登上青峡岛打压顾璨和那条真龙后裔,不过是可有可无的障眼法罢了。事实上,有没有那次出手,你们书简湖所有野修,都只能等死,任人宰割。因为除了刘志茂,几乎没有人看到东宝瓶洲大势的席卷而来,还以为书简湖能够置身事外,说不定还觉得外边的世道乱了才好,方便浑水摸鱼,就像这次石毫国战事,多少书简湖野修趁机渗透,相信不少人都吃了个肚圆肠肥,只不过没有想到才挣了一笔,就被人抄了家,几百年的辛苦积攒,都不知道到底是为谁忙活。"

始终蹲在河边的章靥无奈道:"也不能全怪书简湖眼拙,说句难听的,除了我们青峡岛,还有敌对阵营的青冢岛、天姥岛,想要抱大骊铁骑的大腿,也得看人家乐不乐意伸一伸腿脚,也得看提着猪头能不能走得进庙门。"

陈平安点头道："确实如此。"

章嚣站起身，吐出一口浊气，接着道："不过真要聪明，敢赌大的，早点来石毫国联系大骊铁骑，主动递交投名状，在某位将军那边混个脸熟就行，然后只要给大骊绿波亭谍子记录在册，如今就赚大发了，以后书简湖重新划分势力，少不了好处，那才是真正的肚圆肠肥，一本万利。我们青峡岛，其实已经做得很好了，输就输在一直没能联系上苏高山，只停留在粒粟岛谭元仪那边，加上刘老成横插一脚，为山九仞功亏一篑。"

陈平安皱眉深思，沉默片刻，疑惑问道："章老前辈，你可知道咱们东宝瓶洲，近十年来，有没有什么大的宗字头仙家府邸，想要更换宗门地址？哪怕是一点点类似苗头，看似是风言风语的说法，有没有听说过？"

章嚣颓然摇头道："并无。比如作为咱们东宝瓶洲的山上执牛耳者，神诰宗祁老宗主刚刚跻身天君，稳如山岳，神诰宗又是一帮修清净的道家神仙，从无向外扩张的迹象。之前听岛主闲聊，神诰宗好像还召回了一拨谱牒道士，十分反常，岛主甚至猜测是不是神诰宗发掘出了新的洞天福地，需要派人进入其中。此外真武山和风雪庙，云林姜氏，老龙城，好像也都没有这种苗头。"

陈平安点点头道："明白了。"

章嚣从心弦紧绷，到骤然松懈，倦怠至极，神色憔悴。

只是一看到身边这位账房先生的面容，章嚣便笑了。人家陈先生都未曾喊苦，自己若是摆出小娘子作态，岂不是白活了数百年？

章嚣便与陈平安说了在横波府与刘志茂的最后一场谈论，不是为刘志茂说好话，事实如何，便说如何。

书简湖的老人一个一个走了，新人一个比一个跋扈，最早算是正儿八经谱牒仙师出身的章嚣，已经找不到能够聊天说话的人，不承想临了，还能碰到个与自己一般吃力不讨好的"修行之人"，话匣子一开，就说得有点多，留心着那位消瘦年轻人的神色，见他没有不耐烦，章嚣才放下心来。

陈平安一直耐心听着。

在章嚣说到无话可说的时候，陈平安才轻声提醒道："章老前辈最好不要返回书简湖了，怎么都于事无补的，还不如在远些的地方，静观其变。"

章嚣摇摇头，感慨道："能去哪儿呢？青峡岛就是我的家啊。如果没有出这档子事，我倒是不介意在书简湖周边，寻一处类似人间王侯的避暑胜地，安然度过余生。"

陈平安犹豫了一下，问道："章老前辈，问句题外话，你们龙门境老修士，或是刘志茂是否提及过，途经一时一地，能心生感应，模模糊糊瞧出一点……气象？"

章嚣摇摇头，道："岛主不曾说过此事，至少我是从未有此能耐。涉及一地气数流转，那是山水神祇的看家本领，想必地仙也看不真切，至于岛主这种只差一步就能够跻身上五境的大修士，做不做得到，不好说，毕竟神人掌观山河，也只是看到实物实景，不涉及虚无缥缈的气数一事。"

陈平安犹豫不决，欲言又止。

章靥蓦然大笑道："怎的，陈先生，当个好人就这么难？明明是为他人着想的事儿，却要比自家事还要更加小心权衡？陈先生，有句话，以前没熟到那个分上，说不得，如今呢，咱俩还算不得什么朋友，只是章靥明天是生是死都难说，便与你不客气了，就想要与你说道说道。"

陈平安笑道："章老前辈只管说。"

章靥注视着眼前这个年轻人，久久没有开口，"嘿"了一声，说道："突然之间，无话可说。这可如何是好？"

陈平安无奈，摘下养剑葫，喝酒提神。哪怕只是听闻青峡岛变故，就十分耗费精神，牵一发而动全身，此后诸多盘算，更是劳心。

陈平安说道："鹳落山最东边有个刚刚迁徙过来的小山头，我在那边看到了一些古怪气象，章老前辈若是信得过我，不如先在那边落脚，就当是散心。如今最坏的结果，不过是刘志茂在宫柳岛身死道消，被杀鸡儆猴，到时候老前辈要如何做，谁也拦不住，我更不会拦。总好过老前辈现在就回去，兴许就会被视为一种无形的挑衅，一并押入宫柳岛水牢。老前辈兴许不怕这个，反而会因为能够看到刘志茂一眼而欣喜，但是既然如今青峡岛只是横波府遭殃，尚未彻底倒塌，就连素鳞岛在内的藩属也未被波及，这就意味着一旦以后出现了转机，青峡岛需要有人能够挺身而出，我，不行，也不愿意，但是你这位刘志茂最信得过的青峡岛老人，哪怕境界不高，却可以服众。"

章靥仔细思量一番，点点头，自嘲道："我就是劳碌命。"

章靥突然以心湖嗓音告知陈平安："小心宫柳岛那边，有人在以我作为诱饵。如果是真的，对方为何多此一举，不是干脆将顾璨和春庭府作为诱饵，我就想不明白了，想必其中自有需要如此百转千折的理由。当然，陈先生应该想到了，我不过是得了便宜还卖乖，求着自己心安而已，担子，在我离开青峡岛的那一刻，就已经被我放在了陈先生肩头。"

陈平安会心一笑，道："有些客气话，还是得有的，至少对方心里会好受许多。这也是我刚刚在一个姓关的年轻人那里知道的一个小道理。"

章靥打趣道："陈先生还要与别人学道理？"

陈平安指了指章靥，绕后指了指马笃宜和曾掖，又朝着鹳落山山脚村落，随手画了一圈，道："书外道理茫茫多，只说方才一件小事，乡野村民也晓得过桥礼让，高高在上的山上修士，又有几人愿意践行这种小小的道理？对吧？"

章靥心中积郁稍稍清减几分，笑道："那我就去陈先生提及的那处小山头，也走走看看,找一找道理?"

陈平安微笑道:"这又有何不可?"

章氇环顾四方,多少年了,不曾静下心来看看这些山脚的人间景色。

陈平安说道:"我不会为了刘志茂,立即赶回书简湖,我还有自己的事情要做。即便回去了,也只做力所能及的事情。"

章氇点点头道:"若是刚见面,听闻这个答案,我定要心急如焚,这会儿嘛,心气全无,不敢也不愿强人所难。陈先生,只管按照自己的想法去做事情。"

陈平安与章氇几乎异口同声道:"客气话还是要说一说的。"

两人相视一笑。

章氇理了理衣襟,就此作别,不再化虹御风,走过了那座小桥,缓缓去矣。

陈平安带着马笃宜和曾掖一起,牵马走过村庄的青石板小路,登山后,过了鹳落山的山门,就是一座小小的牌坊楼,并未拒人千里之外,甚至连看门的修士都没有。鹳落山修士一脉单传,哪怕祖师堂不止一脉,可一样屈指可数,加在一起,撇开供奉、客卿,真正的鹳落山修士,估摸着也就不到二十人。不过鹳落山上,还有一个类似桐叶洲喊天街、池水城猿哭街的地方,毕竟修士修道,银子开路,是万年不易的道理,所以鹳落山不至于太过冷清。

陈平安回头望去,已经不见章氇的身影。

要说章氇没能在自己这边得到想要的答案,刘志茂身陷囹圄,沦为宫柳岛阶下囚,甚至极有可能就这么大道断头,章氇不失望吗?肯定失望至极。

失望是一回事,失望过后该如何做,还是需要如何做,更见心性和功力。

所以陈平安对于章氇,还有关翳然这样的人,以及那位灵官庙偶遇的石毫国鬼将、黄篱山苏心斋,都会抱以敬意。

我们永远不知道,当我们走在苦难不堪的泥泞道路上,会不会遇到更大的风雨,会不会遇到一两个好人,如同摇曳灯火。

陈平安请出了那位生前是观海境修士的鬼物,为马笃宜和曾掖掌眼。

在鹳落山那条街上,马笃宜逛遍了大大小小的铺子,货比三家,既有卖出灵器,也有买入,与曾掖早有"分赃",她还会帮着曾掖出谋划策,在当下境界,应该买哪件灵器是最划算的,不要一味求好和贪图品秩。曾掖虽然挑花了眼,经常眼馋,可还是会听从马笃宜的意见,就这样,一人一鬼,已经是真正的朋友了。

陈平安看在眼里,笑在心里。

由于是仙家铺子,一些个吃了数十年、百年灰尘,或是刚刚廉价收拢而来的人间珍玩,往往都属于一笔神仙钱买卖之余的彩头添头,这跟猿哭街那边,陈平安购买仕女图与大仿渠黄剑,老掌柜附赠了三件不收一枚铜钱的小东西,差不多。断绝红尘的修行之人，即便做着商贾买卖，对于世俗王朝古董珍玩的好坏与价值，其实未必看得准，每当这个时候，老鬼物就要出马了，所以陈平安一行又有捡漏。

满载而归。

离开鹁落山。

陈平安依旧按照既定路线，走在石毫国边境线上，走过一座座城池关隘，为那些阴物鬼魅完成一个个或大或小的遗愿。

在这期间，陈平安一直密切关注着书简湖的动向，比如向鹁落山店铺修士低价购买一摞老旧邸报，只是里头关于书简湖的消息，多是些不痛不痒的小道消息。

在四月"小得盈满"的小满时分，若是在骊珠洞天的家乡小镇，这会儿田地里，争水抢水就需要很上心了，不然会影响到一年的收成。

陈平安在即将返回书简湖之际，得到了一份在石毫国北境广为流传的仙家邸报，上边记载了几个天大的消息。

另外一支大骊铁骑的主将曹枰，以极其大胆的用兵，涉险分兵三路，只留下中军驻守原地，与朱荧王朝边境大军对峙，其余两股骑军，接连攻破两座朱荧王朝的藩属国，当然不是吞并的那种，而是彻底打散了两个藩属国能够自由调度的野战兵力，许多兵马只能不断收缩，依靠雄城大镇，各自为营，困守一隅，这就让曹枰麾下铁骑更加自由。

两国难民疯狂拥入朱荧王朝边境地带，藩属国庙堂不断有使节去往朱荧京城，哭爹喊娘，磕头流血，哀怜不已，祈求朱荧大军救民于水火，能够果断出击，与那大骊蛮子决战于城池之外。为此坐镇朱荧边境与曹枰对峙的那位大将军，备受诟病，怯战的骂名传遍朱荧朝野，更有此人私通大骊的说法，沸沸扬扬。朱荧庙堂，被迫划分出主战主守两大阵营，文武混淆，山上山下同样混杂，朝堂上，吵得朱荧皇帝都有几次龙颜震怒，直接甩袖子，以退朝再议了事。

如果说这还只是人间大事，那么近期入夏，发生了一件山上大事，可谓惊世骇俗。

风雪庙神仙台魏晋，找到了暂时结茅修行于东宝瓶洲中部地带的那位别洲大修士，北俱芦洲天君谢实。

一战之后，魏晋离开东宝瓶洲，孑然一身，御剑去了倒悬山。

那场只有寥寥几位观战者的山顶之战，胜负结果没有泄露，可既然谢实继续留在了东宝瓶洲，这个已经惹来东宝瓶洲众怒的道家天君，肯定没输。

不过即便魏晋没能一剑击败谢实，东宝瓶洲修士对于那位才刚刚跻身上五境的陆地剑仙，也并无半点怨言，唯有一份同为一洲修士的与有荣焉，尤其是东宝瓶洲剑修，更是自豪不已。

这是一洲瞩目的山上大事。

这其中，还有东宝瓶洲中部一地瞩目的某件山上事。

一位名为马苦玄的真武山修士，不到二十岁，修行并未几年，竟然就先后两场死战，击杀了两位金丹剑修，据说这还是在马苦玄隐藏了压箱底本事的前提下。朱荧王朝对此选择沉默，因为两场大战，既有马苦玄的真武山护道人在旁，也有朱荧王朝的皇室成员在一旁盯着，马苦玄的出手，没有任何问题，光明正大，堂堂正正。

一时间，马苦玄之名，传遍整座东宝瓶洲。

小满之后，尤其是一旦进入梅雨时节，多湿邪气，无论是修道之人，还是凡夫俗子，都应当留心，温养阳气正气，抵御湿气邪气。

陈平安三骑北上之时，是走了一条石毫国京城以东的路线，南下之时，则是换了一条轨迹。

这天滂沱大雨中，他们牵马歇息于一座破败行亭，陈平安心弦一震，袖中木匣颤抖微烫。竟是有一把最不该出现的传讯飞剑，来了。

刘志茂已经被拘押在水牢，绝无可能在刘老成和那拨奇怪修士的眼皮子底下，还有本事驾驭自家小剑冢飞剑传信给陈平安。

陈平安甚至都打算视而不见。

只是一番权衡利弊之后，陈平安还是小心翼翼收起那把确实是刘志茂的传信飞剑，打开飞剑禁制。

密信就三句话。

"此行返回书简湖，你要小心了。"

"之所以有此提醒，与你陈平安无关，与我们的既定买卖也无关，纯粹是看不得某些嘴脸，为表诚意，就借用了刘志茂的飞剑。"

"截留飞剑，无须回信。"

陈平安收起木匣后，陷入沉思。

是宫柳岛刘老成的手笔无疑，但是为何如此，就值得推敲了。

刘老成坦诚相告的"提醒"，绝不会是表面上的书简湖形势大变，这根本不需要刘老成来告诉陈平安，陈平安眼不瞎耳不聋，又有章靥前来通风报信，以刘老成的心思缜密与野心气魄，绝不会在这种事情上多此一举，多费唇舌。那么刘老成的所谓提醒和小心，肯定是在更细微处，极有可能，与他陈平安本人，息息相关。

陈平安站在不断漏水的小行亭边缘，望向外边的阴沉雨幕。现在，有一个更坏的结果，在等着他了。

章靥借助青峡岛狡兔三窟的那条隐蔽密道，逃出书简湖，说不定就在某些幕后人的意料和算计之中。

可为何没有直接对顾璨和春庭府出手，没有选择一个更加简单省事并且立竿见影的方法，来迫使自己火速赶往书简湖，直接打杀自己便是呢？

陈平安喟叹一声，喃喃道："又是大道之争吗？那么不是东宝瓶洲这边的'宗'字头出手，就说得通了，杜懋所在的桐叶宗？还是……太平山，肯定不是。登上桐叶洲第一个路过的大宗门，扶乩宗？可是我当时与陆抬只是路过，并无任何纠葛才对。大道之争，也是有高下之分、宽窄之别的，能够不依不饶追到东宝瓶洲来，对方必然是一位上五境修士，所以扶乩宗的可能性不大。"

陈平安眉头紧皱，接着道："可要说是那位道法通天的老观主，也不像。到了他这边，大道又不至于如此之小。"

陈平安突然转头道："曾掖，马笃宜，你们不用陪我返回书简湖，直接去石毫国与梅釉国接壤的边境，就在那座留下关等我。"

曾掖想要说话，却被马笃宜扯住袖子。

陈平安转回头，继续望着雨幕。

行亭一别，单骑南下。

那件厚实的青色棉袍，换成了单薄合身的青衫。

陈平安顺利来到书简湖地界的绿桐城，毫无波折。

绿桐城毕竟是书简湖边缘势力，书简湖那边的暗流涌动，风云变幻，以及苏高山在池水城那边惊世骇俗的言语举动，对于此地居民而言，无论是没能占岛为王、开创门派的闲散修士，还是讨口饭吃的老百姓，很多时候，事情越大，反而越安静，因为大势之下，不认那个命，还能如何？尤其是那些土生土长的凡夫俗子，外边的世道这么乱，即便有点积蓄，又能搬到哪里去，敢吗？

绿桐城多美食。陈平安随便找了家包子铺，有点意外之喜，买了两个，爱吃，又买了两个。陈平安已经很久没有吃到觉着九分饱了。

铺子是新开的，掌柜很年轻，是个刚刚不算少年的年轻人，生意还不错。

陈平安在绕着书简湖边境从绿桐城去往池水城的途中，又打听了些消息，比起战乱不断的石毫国，这里的小道消息，显然会更加接近真相。

在池水城那座熟悉的渡口，大半年过去了，那艘渡船依旧安安静静系在岸边。

即便青峡岛刘志茂已经彻底失势，可是青峡岛头等供奉的那个身份，还算有些分量。

来的路上，将那匹马留在了一家客栈，陈平安给了笔银子，让客栈帮着喂养。

斗指丙为大暑，整座书简湖，热气升腾，就像一座大蒸笼。

很难想象离开书简湖那会儿，此地还是处处白雪茫茫的山水画卷。

陈平安独自撑船返回青峡岛。

停船登岸后，过了山门，门房老修士还是无精打采，见着了重返青峡岛的账房先生，笑脸依旧。好像岛主刘志茂的消失，还有那座已成废墟的横波府，以及大骊主将的投鞭书简湖，都没能影响到这位老修士的悠闲日子。

陈平安与门房老修士打过招呼，闲聊几句，去开了门，并无异样，就是积攒了一些灰尘，因为离开青峡岛之前，说过这边不用打扫。

陈平安先去了趟已成遗址甚至再无重建可能的横波府，站在废墟边缘，沉默片刻，这才转身走向豪门依旧的春庭府。

如今青峡岛群龙无首，能够勉强维护局面的章靥又销声匿迹，素鳞岛上的刘志茂大弟子田湖君，作为一位本土金丹修士，竟然在这种时候闭关了，加上顾璨又失去了那条小泥鳅，藩属岛屿上的大供奉俞桧之流，如今与刘志茂的一些嫡传弟子，来往隐蔽，各有谋划。

相信这段时间的春庭府，没了死死压一头的横波府和刘志茂，看似风光，实则相当煎熬。天塌下来，个高的顶上。现在刘志茂已经这样了，下一个轮到谁？春庭府上上下下，再不谙大势，也会心知肚明。

此时，顾璨娘亲，已经带着两位貌美妙龄的心腹婢女，等在大门口。

春庭府这点耳目谍报，还是有的。

妇人快步走向陈平安，轻声道："平安，怎么越来越瘦了？"

陈平安心中叹息，可仍是笑道："一直在石毫国逛荡，经常风餐露宿，不过习惯了，其实还好。顾璨呢？"

妇人笑道："在你离开青峡岛后，他就喜欢一个人在青峡岛散步，这会儿又不知道哪儿野去了。狗改不了吃屎，从小就是这个德行，每次到了吃饭的点，都要我大嗓门喊他才行。如今也不行了，喊得再大声，璨璨出门离着远了，也听不着，婶婶一开始还不习惯来着。"

陈平安笑着点头，道："那我在这边等着他，聊完了事情，马上就要离开书简湖。"

妇人满怀失落，发愁道："这么着急啊？"

陈平安"嗯"了一声。

妇人便陪着陈平安在这边闲聊，多是忆苦思甜，当年泥瓶巷和杏花巷的家长里短，陈平安也说起了马苦玄的一些近况。

妇人感慨不已，说真没想到当年给人欺负惨了的小傻子，如今也这般有出息了，只可惜那个嘴巴最坏的马婆婆，没能瞧见自己孙子的好，没有享福的命。说到此处，妇人好似触景伤情，扭头以丝巾擦拭眼角。

约莫半个时辰后，顾璨慢悠悠返回春庭府。

见到了等候在门口那边的娘亲和陈平安，个子高如北地少年的顾璨，这个很容易让人忘记真实年纪的书简湖混世魔王，依旧没有加快步子。

走到了门口，顾璨与妇人打了声招呼，然后直直看着陈平安，轻声道："回来了？"

陈平安点头道："青峡岛这边的事情，我已经听说了。有些话，要与你说说。"

妇人已经识趣告辞。

陈平安带着顾璨走向那座横波府废墟，缓缓道："越是乱，越不能心急，忙中出错，最不可取。"

顾璨点点头。

陈平安问道："鼓鸣岛元袁，已经投靠大骊，知道吗？"

顾璨还是点头，道："听说了，天底下没有不透风的墙。上次与你见过后，吕采桑一次都没有来，倒是韩靖灵和黄鹤，在苏高山露面以及刘志茂出事后，专程来了趟青峡岛。黄鹤还想进你的屋子瞧瞧来着，被我拒绝了，当时他的脸色不太好看。"

陈平安看了眼顾璨。

顾璨笑道："我如今知道自己不聪明，但也不至于太傻吧？"

陈平安"嗯"了一声，道："不要对韩靖灵和黄鹤这种人感到失望，否则那就是傻。同时也不要对吕采桑感到失望，要是那样就是不够聪明。吕采桑也有自己的师门和责任，真正的朋友，就要设身处地，多考虑体谅对方的处境。世事复杂，不要奢望尽善尽美的友情，有是最好，没有，就将那份感情余着，说不定将来的哪天，就等来了一份最好的朋友友谊，到时候如一坛醇酒，再痛饮一番也不迟。"

顾璨沉默不言，一会儿才道："陈平安，我这会儿听进去你的道理，是不是太晚了？"

陈平安摇头道："不晚。"

顾璨说道："可是我还是那个顾璨，怎么办？"

陈平安说道："好了一点是一点，道理多一个是一个。"

两人不再言语，就这么走到了断壁残垣一片废墟的横波府旧址。

陈平安问道："你想不想跟着我一起离开书简湖？还会回来的，就像我这次这样。"

顾璨反问道："那我娘亲怎么办？"

陈平安没有给出答案。他只是给出选择。

顾璨摇头道："我知道你是为我好，但是我不走，我走了，不放心。哪怕我留在这里，没有半点用处，但是就这么走了，我心里过不去，已经对不住你，又对不住小泥鳅，我不能再对不起我娘亲。我还是不会后悔的，陈平安，你要骂我就骂吧。"

陈平安没有坚持己见，更没有骂顾璨。

顾璨有些奇怪。

陈平安双手笼袖，看着一脸疑惑的顾璨，轻声道："陈平安骂过泥瓶巷的小鼻涕虫吗？"

顾璨笑了，也哭了。

原来是这样啊,陈平安的道理,就这么简单啊。

陈平安这趟青峡岛之行,来也匆匆,去也匆匆。

其实顾璨走或留,都无关大局走势,事实上如今陈平安也改变不了太多,幕后有些事情,无论是大骊苏高山的举措、书简湖的变天,还是那拨宫柳岛修士的谋划,陈平安只要还不愿意离开东宝瓶洲中部,顾璨身在哪里都一样。

可是顾璨自己愿意留在青峡岛,守着春庭府,是最好。

陈平安撑船而去。

在绿桐城登岸,之前渡船经过那座祖师堂都已被拆烂的芙蓉山,当初火龙现世,气焰冲天,丝毫不逊色那条泥鳅的翻江倒水,书简湖境界足够高的有心人,都误以为是顾璨的大道之敌露面了,会爆发一场水火之争,只是没有想到那拨传闻是大骊粘杆郎的外乡人,选择收手离去。

不过之后倒也没让人少看了热闹,那位云遮雾绕惹人猜疑的青衣女子,与一位眉心有痣的古怪少年,联手击杀了朱荧王朝的九境剑修。据说九境剑修不但肉身体魄沦为食物,就连元婴都被拘押起来,这意味着两位"颜色若少年少女"的"老修士",在追杀过程当中,留力极多,这也更让人忌惮。

击败一位地仙,与斩杀一位地仙,是天壤之别。

陈平安登岸后,从客栈取回了那匹马,又去那间陋巷铺子买了几个皮薄馅多的肉包子,饱餐一顿,这才赶路去往与梅釉国接壤的石毫国东南边境。那座关隘名为留下,在历史上小有名气,众说纷纭:有说是朱荧王朝的开国皇帝曾经在此,成功挽留下了那位被誉为"半壁之功"的寒族谋士;也有说是朱荧王朝历史上最强大的元婴剑修,心灰意冷,在此悟道不得,最终仍是无法跻身上五境剑仙,在山崖上以凌厉剑气书写"留下"二字,抱憾兵解。这使得东宝瓶洲中部的剑修,以及众多江湖剑客,都将这座藩属国的小关隘视为心中圣地,都会尽可能地走上一遭,瞻仰崖上"留下"二字的风采。

陈平安在入秋前,风尘仆仆地赶到了留下关,与等候已久的曾掖和马笃宜碰头。

见着了陈先生一人一骑的熟悉身影,马笃宜和曾掖明显松了口气。

一开始两人没了陈平安在身边,还觉得挺惬意,曾掖竹箱里边又背着那座"下狱"阎王殿,危急时刻,可以勉强请出几位陈平安"钦点"的洞府境鬼物,行走石毫国江湖,只要别招摇过市,怎么都够了,所以曾掖和马笃宜起先言行无忌,无拘无束。只是走着走着,就有些风声鹤唳,哪怕只是见着了游弋于四野的大骊斥候,都要犯怵,那会儿,才知道身边有没有陈先生,很不一样。

有陈先生在,确实规矩就在,可是一人一鬼,好歹安心。

那种感觉,曾掖和马笃宜私底下也聊过,却聊不出个所以然,只觉得好像不只是因为陈先生修为高而已。

两人也敏锐发现,陈先生独自去了趟书简湖,返回后,愈发忧心忡忡。

陈平安也察觉到这一点,思量过后,对他们坦诚说道:"来这里之前,我拿了两块玉牌,想要见一见大骊苏高山,但是没能见到。"

曾掖没有往深处想,只是替陈先生感到有些失落。

可是马笃宜却深知其中的云谲波诡,必然暗藏凶险。

陈平安尽量以一种云淡风轻的语气,笑道:"很多事情,放在那边不动它,永远不知道答案。只要做了选择,就会有好有坏,现在就是坏的那个结果。没能见着苏高山,兴许谈不上打草惊蛇,不过肯定会被这位大骊主将挂念上了,所以接下来我们务必更加小心,如果梅釉国这一路,你们谁无意间发现大骊的随军修士,就假装没看见好了。放心,我们不至于有那性命之忧。"

曾掖虽然点头,但难免心事重重。

马笃宜却是个心宽如天地的,嬉笑道:"只要不被大骊铁骑撵兔子,我可不在乎,喜欢看就看去好了,咱们身上一枚铜钱也跑不掉。"

陈平安无奈道:"你们两个的性子,互补一下就好了。"

马笃宜瞪眼:"陈先生莫要乱点鸳鸯谱啊,我可瞧不上曾掖。"

曾掖憨憨而笑,他也就是没敢说自己也瞧不上马笃宜。

在留下关那处名胜古迹,他们一起抬头仰望刻在一堵如刀削般山崖上的擘窠大字。

山崖下,稀稀落落,多是一些需要过关的石毫国、梅釉国行商,并且大多年纪不大,希冀着返乡后,以此作为炫耀的本钱。至于上了年纪的商贾和老江湖,崖上"留下"二字,早已看过了无数遍,真留不下他们了。

陈平安三骑刚刚拨转马头,正好一伙江湖剑客策马赶来,纷纷下马,摘下佩剑,对着山崖上的二字,毕恭毕敬,鞠躬行礼。

其中老者,为马队中的其余年轻子弟,大声诉说此处古迹的历史渊源,慷慨激昂,当然少不得要为他们用剑之人美言几句。年轻男女们,听得一个个神采飞扬,心情激荡。

多半是一个离开师门来到江湖历练的江湖门派。

陈平安自然看得出来那位老者的深浅,是位底子还算不错的五境武夫,在梅釉国这样疆域不大的藩属之地,应该算是位响当当的江湖名宿了,不过老剑客除非遇到大的奇遇机缘,否则此生六境无望,因为气血衰竭,好像还落下过病根,魂魄飘摇,使得五境瓶颈愈发坚不可摧,只要遇上年纪更轻的同境武夫,自然也就应了拳怕少壮那句老话。

江湖偶遇,多是擦肩而过,三骑远去。

老者转过头,望向那三骑背影,一位眉眼稍稍长开的苗条少女,问道:"师父,那个穿青衫的,又佩剑又挂刀的,一看就是咱们江湖中人,是位深藏不露的高手吗?"

老者笑道:"青衫仗剑,不一定就是剑仙。"

老者领着年轻子弟纷纷上马,继续赶路过关。

梅釉国还算安稳,可是邻近的石毫国却乱成了一锅粥。先前有位与自家门派有世交之谊的石毫国骨鲠清官,给老者寄出一封密信,说是石毫国一位擅权宦官,想要对他斩草除根,牵连无辜。那位在石毫国庙堂与"文胆御史"齐名的清白忠臣,在信上坦言,他愿留在京城,为国殉葬,好教大骊蛮子晓得石毫国还有几个不怕死的读书人,但是希望他们这些江湖朋友,能够护送地方上的家族子弟,去往梅釉国避难,那么他就可以安心上路了。

过了留下关,马蹄踩在的地方,就是石毫国疆土了。

那位官员的信上有句话笔迹极重:"韩氏醇厚,历代天子重文豪,养士两百年,不曾亏待读书人,我辈书生,也不可以愧对韩氏。"让这位江湖老武夫与师兄弟们传阅的时候,皆感慨不已,所以他此次带着弟子们以身涉险,纵马江湖,义无反顾。

此时,老者坐在马背上,心中唏嘘,大骊铁骑如今亦是对梅釉国大军压境,天大地大,给老百姓找块安身之地,给读书人找个安心之处,就这么难吗?

这位见惯了腥风血雨、起起伏伏的老江湖,内心深处有个不可告人的念头,大骊蛮子早点打下朱荧王朝便好了,大乱之后,说不定就有了大治的契机,不管如何,总好过大骊那几支铁骑,好像几把被朱荧藩属国崩出口子的刀子,就一直在那儿钝刀子割肉,割来割去,遭殃受罪的,还不是老百姓?别的不提,大骊蛮子对待马蹄所及的各国疆域,沙场上毫不留情,杀得那叫一个快,可是真要把眼光往北移一移,这几年整个硝烟渐散的东宝瓶洲北方,无数逃难的老百姓已经陆陆续续返籍,回到故土,驻守各地的大骊文官,做了不少还算是个人的事情。

只是这种注定一说出口就是错的混账话,老者就只能自己用一口口老酒,浇上一浇了。

那边,三骑驰骋。

依旧是帮着阴物鬼魅完成那百般千种的心愿,再就是曾掖和马笃宜负责粥铺、药铺一事,只不过梅釉国还算安稳,做得不多。

天下大乱,世道不好,老百姓们懵懵懂懂,惶惶恐恐,却无可奈何。

陈平安他们在一处荒郊野岭的溪涧旁,遇到了一件咄咄怪事,一伙落草为寇的剪径强人,竟然对着一个躺在水中巨石上的中年道人,愁眉不展。

皮包骨头的中年道人,出身朱荧王朝的道家旁门,如今是洞府境修为,原本觉得世道乱了,作为道士,就该下山救济苍生,不承想遇到了一个精通相术的麻衣术士,确实是个高人,一替他看相,就说他是个命中早逝、饥寒一生的可怜人。中年道士悲恸不已,便开始等死。

那伙从石毫国流窜入境的马贼,刚刚做成了一桩买卖,得了不少银子,在溪边停马,见着了这么个要死不死的怪人,差点一刀就解决了他。不料道人开心不已,求着那些人出刀快一些,年轻马贼反而心里边犯嘀咕,不敢下刀子了。道人一心求死,将那伙做惯了打家劫舍的强人给教训了一通,说了些福祸报应的事情,毕竟是位山下百姓眼中的中五境神仙,又是谱牒仙师,学问与口才,还是有的,愣是没让人恶从胆边生,倒是吓得马贼们从头目到喽啰一个个面面相觑,反过来劝说中年道人莫要轻生。

于是陈平安就撞见了这么一幕。

马贼们这会儿已经没了杀人越货的心思,何况也没觉得那三骑好欺负,就故意视而不见。陈平安这边则是无所谓,就停马洗涮,起灶生火煮饭,该做什么就做什么。

中年道人见马贼也不杀自己,自己洞府境的体魄一时半会儿又死不了,就只顾着躺在石头上等死。若是马贼们对那三人见财起意,中年道人当然会拦阻,就当是身死之前,积攒一桩小小的阴德,下辈子投个好胎,至少长寿些,继续修道。

陈平安捧着饭碗蹲在河边,那边也差不多开伙吃饭了。

一个暴脾气的年轻马贼瞥见陈平安的视线,对陈平安瞪眼道:"瞅啥瞅,没见过英雄好汉吃饭啊?"

一个马贼头目,好心去石头上那边,给中年道人递去一碗饭,说这么等死也不是个事,不如吃饱了,哪天打雷,去山顶或是树底下待着,试试看有没有被雷劈中的可能,那才算一了百了,干干净净。中年道人一听,好像有理,就琢磨着是不是去市井坊间买根大铁链,只是仍没有接过那碗饭,说不饿,又开始絮絮叨叨,劝说马贼,有这份善心,为何不干脆当个好人,别做马贼了,如今山下乱,去当镖师不是更好。

马贼头目有些心动,端着饭碗,离开河中巨石,回去跟兄弟们合计起来。

陈平安觉得有趣,扒完碗中米饭,脚尖一点,飘向巨石,一袭青衫,衣袖飘摇,就那么潇洒落在中年道人身边。

那个年轻马贼差点没把一口大米饭喷出来,被马贼头目一巴掌拍在脑袋上,骂道:"瞅啥瞅,没见过江湖上的英雄豪杰啊?"

陈平安盘腿坐在巨石上,微笑道:"这位道长,为何寻死?"

中年道人其实是个和善之人,闭眼轻声道:"命中该死,大道无望,不死何为?"

陈平安笑道:"道长可知道,儒释道三教都极为推崇的一本'正经',嗯,就是被人称为群经之首的那本古书,有句话叫'大道五十,天衍四九,人遁其一'?"

中年道人点点头,道:"大衍之数五十,其用四十有九,我们便说道生一,一生二,衍生万物。"

陈平安说道："魔障一来，修道之人，尤为艰辛，哪怕手拥百万雄兵，亦是难退心中敌。"

中年道人坐起身，哀叹一声："道理我都懂，可我不过是资质平平的洞府境，哪敢奢望大道在我，委实是战战兢兢，思来想去，始终无法破开心中关隘，只能寄希望于下辈子了。"

陈平安瞥了眼那边的山中马贼，点头道："确实，破山中贼易，破心中贼难。都一样。"

中年道人强颜一笑，道："你的好意，我心领了。"

一个瘦骨嶙峋的中年道人，一个形神憔悴的年轻人，萍水相逢山水间。

双方点到为止，就此别过，并无更多的言语交流。

那拨马贼如释重负，尤其是那个年轻马贼，觉得自己刚刚在鬼门关打转了一圈。

曾掖无法理解那个中年道人的想法，远去之时，轻声问道："陈先生，天底下还有真愿意等死的人啊？"

陈平安点头道："修行路上，千奇百怪。那位道人，若是按照佛家的说法，唯有先自了，才有棒喝的机会，不然任你是高僧大德一棒敲下去，也敲不出个立地成佛，只会让人一头包，直喊疼。嗯，你们两个，听过一桩佛家公案吗？一位高僧说，身是菩提树，心如明镜台，时时勤拂拭，勿使惹尘埃。另外一位说，本来无一物，何处惹尘埃。这两个偈子，你们觉得有高下之分吗？"

曾掖摇头道："听不懂这些。"

马笃宜笑道："当然是后者更高。"

陈平安轻声感慨道："佛家立意，兴许是后者更高，可前者却是世间痴迷汉人人可坐的渡船。当自渡之人，放下手中竹篙，起身登岸，最后走出了下船的那一步，才可以说自己悟了后者。渐悟是顿悟之本，这里边的先后顺序，其实还是有的。人生在世，心镜蒙尘，不擦拭就会积垢，黯淡无光，哪有天生就直达彼岸的佛子。"

陈平安笑了笑，补充道："两个偈子都好，都对，之所以跟你们闲聊这个，是因为我先前游历青鸾国那一趟，路上听闻士子说佛法，对于前者十分不屑，单单推崇后者，加上几本类似文人笔札的杂书上，对待前者，也喜欢暗藏贬义，我觉得有些不太好而已。"

马笃宜笑道："以前很少听陈先生说及佛家，原来早有涉猎。陈先生真真是博览群书，让我佩服得很哪……"马笃宜做了个鬼脸，道："不行了，我自己都说不下去了。"

陈平安微笑道："这说明你的马屁功夫，火候不够。"

之后三骑，经过了一处带着仙气的名胜古迹，是一处无主的深潭，入秋时分，就已经寒气凛冽如酷寒时节，石壁上篆刻着一句地方县志无据可查的朱红崖刻："古壁彩虹金帖尾，雨工骑入秋潭水。"三人抬头望去，壁上确实有些彩绘痕迹，依稀可见蛟龙之姿，而脚边潭水碧绿，不见任何鱼虾。

陈平安收回视线，伸手探入潭水，凉意阵阵，便没来由想起了家乡那座建造在河畔的阮家铺子，是相中了龙须河当中的阴沉水运。这座深潭，其实也适合淬炼剑锋，只是不知为何没有仙家剑修在此结茅修道。陈平安骤然间赶紧缩手，原来水中寒气，夹杂着许多阴煞污秽之气，就像一团乱麻，虽然不至于立即伤人体魄，可离着"纯粹"二字，就有些远了，难怪，这是修士的炼剑大忌。

想必早年这里也有故事。

大概就像桐叶洲的飞鹰堡和上阳台。

陈平安三骑此后远游梅釉国，走过乡野和郡城，会有稚童不惯见骏马，走入芦花深处藏，也能够时不时遇到看似平淡无奇的游历野修，还有县城街道上敲锣打鼓、热热闹闹的娶亲队伍。千里迢迢，跋山涉水，陈平安他们还无意间遇到了一处荒草丛生的荒冢遗迹，发现了一把没入墓碑、只露剑柄的古剑，不料千百年后，犹然剑气森森，一看就是件不俗的灵器，就是岁月悠久，不曾温养，已经到了崩碎边缘。马笃宜倒是想要顺走，反正是无主之物，磨砺修缮一番，说不定还能卖出个不错的价格，只是陈平安没答应，说这是道士镇压此地风水的法器，用来压制阴煞戾气，不至于流散四方，成为祸害。

马笃宜作为阴物，何尝看不出，只是不在意罢了，便笑道："那就拔出了古剑，荒冢真要有妖魔现身作祟，咱们干脆降妖除魔。得了灵器，攒了功德，岂不是两全其美？"

陈平安摇头道："陈年旧账，混淆不清，怎么就知道这其中没有苦衷和曲折？"

马笃宜有些埋怨道："陈先生什么都好，就是做事情太不爽利了。"

陈平安笑道："稚童气力不济，都能砸碎饭碗瓷器，那也算是一种爽利。那拨马贼，曾掖不一样可以说杀就杀？你也行，我当然更容易。"

陈平安感慨道："人心汇聚，是一件很可怕的事情。古寺寂寥，一个人走入其中，烧香拜佛，会感到敬畏，可若是闹闹哄哄，人头攒动，就未必怕了，再说得极端一点，说不定往佛身上刮金箔的事情，有人起个头，说做也就做了。"

骑马穿过乱葬岗，陈平安突然回头望去，四下无人也无鬼。

随后，一位神色漠然、眼神幽寂的年迈修士，出现在那处古剑钉入墓碑的乱葬岗。地底下，阴气腾腾，即便是察觉到了他极有可能是一位阳间地仙，那些躲在深处山根中的厉鬼阴物，依旧禀性难移，煞气聚拢，试图冲出地面。只是每当有厉鬼上浮，就立即有剑气如雨落下，地底下，哀号阵阵。

老修士当然不惧这些阴物，只是皱眉，自言自语道："奇了怪了。不怕我身上故意流露出来的金丹气息，倒是怕一个四不像的年轻人？"

一次在深山湖边停马歇息，曾掖捡起石子打水漂，马笃宜独自拣选了一个僻静地方，脱了靴子，把双脚伸入沁凉水中，伸着懒腰，满脸笑意。刚好有蜻蜓徘徊不去，飞上玉搔头。马笃宜停下动作，想要它多停留片刻。

远处，有个肩挑一捆柴的少年樵夫，无意间路过附近，停下脚步，痴痴望着她，误以为是一位仙女，心生爱慕，却又自惭形秽。

马笃宜伸手赶跑那只蜻蜓，转过头，伸手拈住鬓角处的狐皮，就打算猛然揭开，吓唬吓唬那个看傻眼的乡野少年。

结果被陈平安丢来一颗小石子，弹掉她的手指。

马笃宜赌气转身，双腿晃荡，溅起无数水花。

少年赶紧跑开。他不打算告诉村子里边的同龄人，自己在湖边见着了一位那么漂亮的神仙姐姐，自己默默记在心中就好了。

在一座繁华县城，就连见怪不怪的陈平安，都觉得大开眼界。

有位醉酒狂奔的读书人，衣不遮体，袒胸露乳，步伐摇晃，十分豪迈，让书童手提装满墨水的水桶，自己以头做笔，在街面上"写字"。

街头街尾还有读书人的仆役，身边摆满了装满井水的水桶，只等着自家老爷发完疯，他们好收拾残局，清扫街面。

倒是算不得累活，就是每次受尽了白眼，他们对那位书癫子老爷真是敢怒不敢言，与老百姓一问，竟然还是位有功名更有官身的县尉。

陈平安牵马停在街边，只见那位年轻县尉浑身酒气，满身酒渍墨渍，气味古怪至极，只见他力竭跌坐在路上，以手掌使劲拍打街面，高声大笑道："我以书法恭敬神明，敢问神明有无胆气，为我指点一二？千古圣贤何在，来来来，与我畅饮一番……"

突然年轻县尉又哀号道："我在京城曾见公主与担夫争路，偶得书法真意，再见公主于寺庙拈花，又得书法神意。公主殿下，你倒是瞧一眼我为你写的字啊。"

曾掖错愕道："陈先生，这家伙写的啥，我一个字都认不得。"

陈平安忍着笑，指了指街面，轻声道："是以狂草书，写闺怨诗。至于草书内容，刚写完的那一句，是'窗纱明月透，秋波娇欲溜，与君同饮酴醾酒'。嗯，大概是想象以心仪女子的口气，为他自己写的情诗。不过这些字，写得真是好，好到不能再好的，我还从未见过这么好的草书。楷书行书，我是见过高手大家的，这种境界的草书，还是头一回。"

最后，陈平安说道："别觉得那县尉是在说大话混话，他的字，真正有神意。也就是此地灵气淡薄，门神、鬼魅都无法长存，不然也会现身一见，对他俯首而拜。"

陈平安突然笑了，牵马大步前行，走向那位醉倒街面、泪眼蒙眬的书癫子、痴情种，回头招呼道："走，跟他买字帖去，能买多少是多少！这笔买卖，稳赚不赔！比你们辛苦捡漏，强上无数！不过前提是咱们能够活个一百年几百年。"

曾掖和马笃宜对视一眼，觉得陈先生应该也失心疯了。

陈平安来到那个仰面而躺的读书人身边，笑问道："我有不输仙人醇酿的美酒，能不能与你买些字？"

那人醉眼蒙眬，晃了晃脑袋，问道："求我？"

陈平安笑着点头道："求你。"

那人蓦然悲怆大哭，道："你又不是公主殿下，求我作甚？我要你求我作甚？走走走，我不卖字给你，一个字都不卖。"

陈平安转头望向马笃宜那边，众人视线随之转移，只见他手腕一抖，从咫尺物当中取出一壶得自蜂尾渡的水井仙人酿，松开马缰绳，打开泥封，蹲下身，将酒壶递给读书人，道："卖不卖，喝过我的酒再说。喝过了还是不愿意，就当我敬你写在街上的这幅草书。"

那人坐起身，接过酒壶，仰头灌酒，一口气喝完，随手丢了空酒壶，摇摇晃晃站起身，一把抓住陈平安的胳膊，问道："可还有酒？"

陈平安笑道："还有，却所剩不多。"

那人兴高采烈道："走，去那破烂衙署，我给你写字，你想要多少就有多少，只要酒够！"

马笃宜翻了个白眼。读书人的骨气呢？

曾掖则有些开心，难得见着心情这么舒畅的陈先生。

到了衙署，读书人一把推开书桌上的杂乱书籍，让书童取来宣纸摊开，在一旁磨墨，陈平安把一壶酒放在读书人手边。

墙壁上，皆是酒醒后读书人自己都认不全的狂乱草书。

读书人喝过了酒，打着酒嗝，问道："说吧，想要我这疯癫子写什么？送给哪位识货的将相公卿？算了，我不想知道，你想写什么不算数，我想写什么就写什么。"

落纸生云烟，满堂惊风雨。

读书人果真是想到什么就写什么，往往一笔写成无数字，看得曾掖总觉得这笔买卖，亏了。

最后，酒量不错、酒品不算好的读书人，写了十数幅大小不一的字帖，然后彻底醉死过去，倒地不起。

陈平安总计花去了五壶水井仙人酿、老龙城桂花酿和书简湖乌啼酒。

之所以能喝这么多，不是因为读书人真的海量，而是喝小半壶，洒掉大半壶，落在心疼不已的马笃宜眼中，真是暴殄天物。

陈平安收好了一幅幅字帖，离开衙署。

三人牵马离去，马笃宜忍不住问道："字好，我看得出来，可是真有那么好吗？这些仙酿，可值不少雪花钱，折算成银子，一幅草书字帖，真能值几千上万两银子？"

陈平安得了字帖，开怀不已，就像自己喝多了酒，言之凿凿道："你们不信？那就等着吧。将来哪天你们再来这里，这条街肯定已经名动四方，千百年后，哪怕那个读书人去世了，可是整座县城都会跟着沾光，被后世牢记。"

三骑缓缓离开这座小县城。

这会儿，县城老百姓都还只将那个书癫子县尉当作笑话看待，却不知道后世的书法大家，无数的文人墨客，会何等羡慕他们能够有幸亲见那人的风采。

今年中秋，梅釉国还算家家户户亲人团圆。只是石毫国那边，就难说了。

明年中秋，梅釉国说不定就是如今石毫国的惨淡光景。

山野之中多精怪。又一年秋去冬来。

在陈平安即将走完梅釉国之际，又该返回书简湖的时候，有一天在一座人迹罕至的深山峻岭，凭借着出众眼力，看到一座高崖上竟然倒挂着一头破布褴褛的老猿，浑身被铁链缠绕。感应到陈平安的视线，老猿一脸狰狞，龇牙咧嘴，虽未咆哮嘶吼，可是那股暴戾气息，让人惊心动魄。

老猿附近，还有一座人工开凿出来的石窟。当陈平安望去之时，那边有人站起身，与陈平安对视，是一位面容枯槁的年轻僧人，向陈平安双手合十，默默行礼。

陈平安也学着僧人低头合十，默默还礼。

马笃宜好奇问道："怎么了？"

陈平安摇摇头，没有说话。

直到走出那片山脉，陈平安才说道："有高僧以大毅力，在那边降服一头自己心魔显化的桀骜心猿。"

马笃宜啧啧称奇道："竟然能够显化心魔，这位僧人，岂不是位地仙？"

陈平安点点头，道："是一位世外高人。"

石窟那边，年轻僧人盘腿坐回蒲团，突然又站起身，一步跨出石窟，御风而行，接着凌空虚蹈，与那头逐渐安静下来的老猿对视，后者眼神当中，是那般复杂，忧愤，仇恨，祈求，怜悯，讥笑，不一而足。

僧人转头望去，似乎有些疑惑不解。为何自己的心猿，今日会如此异常？

它先前遇见了御剑或是御风而过的地仙修士，从来都不曾多看一眼。

年轻僧人若有所悟，露出一抹微笑，再次低头合十，佛唱一声，然后返回石窟，继续枯坐。

难得在一家仙家客栈落脚下榻。

马笃宜后仰倒在柔软被褥上，满脸陶醉。吃得住苦，也要享得起福啊。

曾掖倒是没觉得有什么，独自在屋内修行。

陈平安与仙家客栈要了一份仙家邸报。梅釉国朝堂之上，也开始争吵，不过吵的不是该不该阻挡大骊蛮子，而是如何死守疆土。

要知道，这还是在石毫国京城早已被破的险峻形势之下，梅釉国君臣做出的决定。

而那座混乱不堪的石毫国朝廷，终于迎来了新的皇帝陛下，正是有"贤王"美誉的藩王韩靖灵。黄鹤之父，没有在沙场上折损一兵一卒的边关大将，一举成为石毫国武将之首。黄鹤作为新帝韩靖灵的患难之交，一样得到敕封，一跃成为礼部侍郎。父子同朝，又有一大拨黄氏子弟，得以鸡犬升天，共同把持朝政，风光无限。

石毫国从京城到地方，坦然赴死的文官武将，络绎不绝，哪怕不过是往家门口张贴别国门神这种小事，仍是不愿去做。

其中一些不愿被自家老爷害死的家族子孙，偷偷摸摸去贴上了大骊袁、曹两姓老祖的门神挂像。还有一些心狠的，干脆就将家主捆绑起来，免得家主跑去撕掉门神，还要大骂他们是不肖子孙，愧对先祖。

众生百态，甘苦自知。

这份妙笔生花的仙家邸报上，那些被当作茶余饭后谈资乐子来写的琐碎小事，真正落在那些门户头上，就是一桩桩生死大事，一场场破家流徙的惨事。

书简湖比起一座不太起眼的石毫国，更加翻天覆地，更加动人心魄。

今年入秋开始，苏高山开始"秋后算账"。

以粒粟、黄鹂、青冢、天姥等岛屿为首的书简湖山头，纷纷向大骊宋氏投诚，愿意交出一半家底，以及那本意义重大的祖师堂谱牒。

苏高山在池水城范氏府邸，设下宴席，不过仅是以他的名义，派遣了一位不过是从三品的麾下武将，以及几位从各地军伍当中抽调而出的随军修士，负责露面款待群雄。

苏高山竟是连这点面子，都不乐意给那些乖乖依附的书简湖地头蛇。

对此陈平安倒是没有半点意外。

先前他以青峡岛供奉牌和太平无事牌，向大骊铁骑递交"名帖"，说想见一见那位主将，最后苏高山传回的答复，很干脆，一听就是这位大将军的亲口言语，就两个字，"滚蛋"。

谈不上恼火或是憋屈，陈平安只是有些无奈而已。

至于失去刘志茂坐镇的青峡岛，一样不甘落后，以素鳞岛田湖君、金丹俞桧为首的势力，几位在书简湖足够呼风唤雨的金丹修士，落座于池水城范氏府邸那场宴会上，但是位置并没有最靠前，甚至还不如天姥岛。

这就是书简湖的山泽野修。

敢拼命，能认怂。局面大好，当得了祖宗；形势不妙，做得了孙子。

陈平安猜测，也有一些岛屿修士，不愿意就这么双手奉上半数家业，不过应该不用大骊铁骑和随军修士出手，粒粟岛谭元仪、鼓鸣岛那对金丹道侣在内的势力，就会帮着苏高山摆平所有"小麻烦"，乐得将那些人头和岛屿家当，送给苏高山当贺礼。

但是苏高山在书简湖的刀切豆腐,关键原因,除了他这一支铁骑自身战功显赫,以及书简湖野修貌合神离,擅长见风使舵之外,其实另外一位大骊主将曹枰的势如破竹,也很重要。当然最重要的,还是传闻大骊藩王宋长镜,将会亲自陪着一位宋氏皇子,巡视曹枰麾下铁骑与朱荧王朝对峙的那条边境线。

陈平安放下邸报,双手笼袖,陷入沉思。

刘志茂的生死,目前还没有确切消息。

按常理来说,苏高山对于刘志茂这种知晓审时度势的大修士,还是会拉拢居多,况且刘志茂还是最早投靠大骊的半个自家人。

问题就出在宫柳岛那拨被刘老成说成"嘴脸不讨喜"的外乡修士,身份依旧没有水落石出上。看来是这拨人决定了刘志茂的生死荣辱,甚至连刘老成都只能捏着鼻子认了,让苏高山都没办法为自己的功劳簿锦上添花,为大骊多争取到一位唾手可得的元婴供奉。

好大的来头。

陈平安揉了揉眉心。

难道是元气大伤的桐叶宗一咬牙,狠下心来,搬迁到书简湖?

可是这需要付出太大太大的代价,修士可以浩浩荡荡迁徙别洲,但是桐叶宗辖境内那些经营数千年的山水气数,可带不走。涉及两洲之地的大迁徙,除了洞天福地的灵气可以另说,其余休想。

并且这么大的动静,桐叶宗本就人心涣散,迁徙过程当中,虎狼环视,肯定会撕咬肥肉,涉及大道,就算是太平山扶乩宗这样不缺正气的宗门,只要决定出手,一样毫不手软。

再者,桐叶宗修士,眼高于顶,当惯了大洲仙家的执牛耳者,当真愿意跑到小小东宝瓶洲扎根?还要寄世俗王朝的大骊宋氏篱下?

若是扶乩宗,似乎更加合理。可是那拨修士对刘志茂的出手,尤其是对陈平安包藏祸心的"小算计",就又不合理了。

陈平安站起身,来到窗口。这座仙家客栈建造在大江之畔,视野开阔,窗外景象,江水滔滔,船来船往,落在视野,小如粟米。

梅釉国水网交织,江河广布,这大概也是庙堂上胆敢死战的缘由之一。

江面上,有绵延的战船缓缓逆流而去,只是水面广阔,即便旌旗拥万夫,仍是艨艟巨舰一毛轻。

陈平安趴在窗台上。

曾掖和马笃宜联袂而来,说是想要去这条春花江的水神庙看看,据说那里许愿特别灵验,那位水神老爷还很喜欢逗弄凡夫俗子。

陈平安没有这个兴致，就让他们自己去游览祠庙，不过提醒马笃宜，在进入祠庙地界后，毕竟是鬼魅穿狐皮，还是要先告罪一声，率先跟水神庙表明来意，不然按例就是冒犯冲撞一地山水神祇，起了冲突，怎么都不占理，到时候他就只能赔罪道歉，破财消灾了，反正那笔神仙钱，马笃宜和曾掖自己出，不能算在他陈平安头上。马笃宜笑着说知道啦，走了这么远的江湖，这点规矩还要陈先生絮叨啊。

陈平安哭笑不得。

这么远的江湖？你和曾掖，如今才走过两个藩属国的版图罢了。

不过陈平安没有说这些，摆摆手，示意他们出门游玩便是，不然少不了又要给马笃宜刺上几句。

只是在曾掖关门的时候，陈平安摘下养剑葫，抛给曾掖，说是以防万一。

曾掖自然欢天喜地，只是刚一到手，就被马笃宜夺走挂在了她的腰间。

曾掖没辙。

陈平安对此会心一笑。

男子让着些女子，强者让着些弱者，同时又不是那种居高临下的施舍姿态，可不就是天经地义的事情吗？

这样的世道，才会慢慢无错，缓缓而好。万般道理学问，还需落回顺序上。

多走一走，就走了那么远。多想一想，就想了那么多。

有些疲惫又有些轻松的陈平安，就那么趴在窗台上，闭上眼睛，打着盹儿。

吾心安处即吾乡。吾乡何处不可眠。

数十里之外的春花江水神祠庙，一位躺在祠庙大殿横梁上啃鸡腿的老人，头簪杏花，身穿绣衣，十分滑稽。这位当年的水族精怪，偶得福缘，被一位观湖书院君子钦点，才得塑金身，成了享受人间香火的江水正神。蓦然之间，他打了个激灵，差点没把油腻鸡腿丢到殿内香客的脑袋上去，一个腾空而起，身形化虚，穿过大殿屋脊，环首四顾，十分慌张，又作揖而拜四方，战战兢兢道："哪位圣人大驾光临，小神惶恐，惶恐啊。"

而那个"罪魁祸首"，正忙里偷闲，打盹儿呢。

道德当身，万邪辟易，神祇让道。

窗外江水流逝，悠悠千古，陈平安趴在窗台不过眯了一会儿，精神就舒缓几分。这是稀罕事，陈平安已经没有香甜酣睡太久太久。

曾掖和马笃宜尚未归来，陈平安还是有些担心。

如他所料，见过了通风报信的章蘑，返回书简湖再离开青峡岛，这趟由留下关进入梅釉国，一路上确实影影绰绰，有人远远尾随其后，境界极高，隐藏极深，以至于陈平安也仅是偶尔间心中略有感应，而曾掖和马笃宜从头到尾都被蒙在鼓里，陈平安没有点

第六章 吾心安处打个盹

破，省得他们提心吊胆，容易露出马脚，惹来不必要的麻烦。

哪怕对方没有流露出丝毫善意或是敌意，仍是让陈平安感到如芒在背。

之前书简湖可以做到这点的修士，屈指可数，玉璞境刘老成不屑如此，老元婴刘志茂不会如此作为。

大骊宋氏则是不愿意节外生枝，再者陈平安终究是大骊人氏，卢白象等人又都入了大骊版籍，即便是崔瀺之外的大骊高层，蠢蠢欲动，例如那位宫中娘娘的心腹谍子，也绝对没有胆子在书简湖这盘棋局上动手脚，因为这是在崔瀺的眼皮子底下，而崔瀺行事，最重规矩，大骊的规矩，从庙堂到军方，再到山上，几乎全部是崔瀺一手制定的。

陈平安几乎可以断定，那人就是宫柳岛上外乡修士之一，但头把交椅，不太可能，书简湖事关重大，这就需要他亲自坐镇宫柳岛，所以应该是那拨过江龙中的二三把手，来盯梢自己，伺机而动。不幸中的万幸，对方并不是要直接打杀自己，看来是还没有想出一个不留隐患的万全之策，可一旦出手，必然是雷霆万钧。

对此，陈平安内心深处，还是有些感谢刘老成，因为刘老成非但没有为那拨人出谋划策，甚至没有隔岸观火，反而暗中提醒了自己一次，泄露了天机。当然这里边还有一种可能性，就是刘老成已经告诉对方那块陪祀圣人文庙玉牌的事情，外乡修士一样担心玉石俱焚，在根本上坏了他们在书简湖的大局谋划。

不过陈平安依稀觉得，刘老成是一个……妙人，前者可能性更大。

只可惜刘老成如今也不是最终决定书简湖走势的人物，使得辛苦打造出来的棋盘，与刘志茂、谭元仪，以及与刘老成，两块棋形都毁于一旦。陈平安不得不承认，这副棋盘，就只差没有被人掀翻在地，现在是大骊主将苏高山和那拨外乡修士在以书简湖下棋，包括他陈平安在内，其余人等，全部得靠边站。

可要说苦心孤诣，劳心劳力，到头来只是白忙活一场，陈平安却不这么认为。

要不要认命，是需要知命才认命，就像陈平安想要见苏高山，得了颇为跋扈的"滚蛋"二字答复，陈平安就能够坦然接受，因为一趟石毫国之行，亲眼见亲耳闻，加上先前的柳絮岛邸报汇总，对于苏高山，陈平安敢说自己还算比较了解此人的性情，寒族出身，历经苦难，以煊赫战功作为立身之本，这种人身居高位，故而极为坚韧，心如磐石，心境早已类似大修士的问道之心，说不定崔瀺、宋长镜其实内心都对苏高山敬重几分。

可是到底是一场辛苦耕耘，却劳而无获，当然还是会有失望。

这一点，与出现在鹈落山的章矗，其实没有什么两样。

陈平安想要去摸养剑葫，喝口酒，才记起已经给马笃宜拿去挂在了腰间，便坐回桌旁，想了想，干脆拿出那位书癫子县尉的墨宝，将字帖一幅幅摊开，欣赏起来，怎么看怎么喜欢。

一气贯之，酣畅淋漓，无拘无束。

这与武夫出拳何异？神采动人，回旋进退，莫不合道。

这与剑仙出剑又有何异？世间道理总会有些相通之处。

各幅字帖上，钤印有那位年轻县尉不同的私章，多是一帖一印，极少一帖双印。

其中一幅字帖，内容口气极大，"若持我帖临水照，莫怕字字化蛟走。若持我帖夜间游，好教鬼神无遁形"，就相邻钤印着两方印章，"幼蛟气壮""瘦龙神肥"。

又有一幅，更是接连往字帖上啪啪啪盖下了三枚印章。当时年轻县尉的动作，让陈平安尤为印象深刻——脸上还神采飞扬如书家谪仙人，哈哈大笑轻王侯："遇一傻儿以仙家酒酿沽我仙家字，痛快痛快！"印章分别为"开元""常熟""墨池仙人"。

陈平安一一收起。以后一定要放在落魄山珍藏起来，将来不管谁开口，给多高的价格，都不卖，要当传家宝传下去！

一想到这个，陈平安便情不自禁，满脸笑意。

陈平安伸了个懒腰，双手笼袖，一直转头望向窗外的壮阔江景，不知不觉，心胸也随之开阔起来。

曾经有一句从书中摘抄，刻在竹简上的美好诗句：落木千山天远大，澄江一道月分明。小小的一枚竹简，却承载着那么大的意境。

齐先生，在倒悬山我还做不到的事情，努力之后，我如今可能已经做到了。

曾掖和马笃宜回来后，曾掖兴致颇高，说真见着了那位春花江的水神老爷，簪花绣衣，特别和蔼，还专程亲自带着他们逛荡了一圈水神庙。

马笃宜却翻了个白眼，说那老头的眼神让人不舒服，色眯眯的，看她腰间养剑葫的时候，也没少看她的腰。

陈平安对此不好多说什么。

春花江是梅釉国第一大江水，梅釉国又向来尊崇水神，作为首屈一指的江水正神，春花江水神肯定不简单。

其实山水神祇，陈平安已经见过不少，最早的棋墩山魏檗，当年算半个山水神祇的嫁衣女鬼，后来出现在顾璨父亲身边的那位绣花江水神武将，桐叶洲那边的埋河水神娘娘，大泉王朝北上路途中，遇到山水相争的一双死对头神灵，打得山动水摇晃，当然还有黄庭国紫阳府内，遇到的那个让陈平安倍感头大的白鹄江水神娘娘。

就是不知道自家山头落魄山那边，青衣小童跟他的那位江湖朋友，御江水神，如今关系如何。

魏檗和朱敛寄来青峡岛的飞剑传讯，信上或多或少提及此事，不过都说得不多，只说黄庭国那位御江水神得了一块太平无事牌，又亲自登门拜访了一趟龙泉郡，青衣小童在落魄山为其接风洗尘，最后在小镇又请这位水神喝了顿送行酒。在那之后，青衣小童就不再怎么提及这个重情重义的好兄弟了。

第六章 吾心安处打个盹

陈平安有些担心,只是凭借信上的只言片语,不好与青衣小童随便叮嘱什么。

在外人眼中,青衣小童那种近乎幼稚的江湖义气,其实陈平安从不反感,甚至在他眼中,恰恰是青衣小童身上最可贵的地方。

傻一点,总比精明得半点不聪明,要好太多。

至少在陈平安的落魄山,这一点很重要,至关重要。

因为这是陈平安的小天地,规矩由他来定,陈平安自己的个人喜恶,就像是观道观老道人,在一座藕花福地,便是"老天爷"。

在圈定范围之外,诸多为人处世的精明和人人争先的大道不同,陈平安也认,甚至谈不上不喜欢,反而也觉得可取颇多,例如坐拥老龙城外一整条百里长街的孙嘉树,这位年纪轻轻的孙氏家主,就已经不只是精明了,而是有着独到的处世智慧,可最后陈平安与孙嘉树只能分道扬镳,不过,乘坐渡船离开老龙城之时,陈平安对孙嘉树的观感,已经更深一层。

一样米何止是养百样人。愿意多看看人家的好,便不至于钻牛角尖。又要多知道些别人与自己的不同之处,才会知道别人到底是为何活得好,为何活得不好。

思思量量,百转千回。

如同年轻县尉的那些草书字帖,潦草癫狂到让曾掖乍一看,简直就是一个字都认不出,可其实落到根柢,还不是一个个字?

观字,欣赏书法神迹,可以我不认识字、字不认识我,粗略看个气势就行了,不看也无所谓,但是当人人身处这个复杂世界,你不认识这个世界的种种规矩和约束,尤其是那些最底层也最容易让人忽视的规矩,生活就要教人做人,这与善恶无关,大道无私,四季流转,光阴流逝,由不得谁遭受苦难之后,念叨一句"早知当初"。

陈平安有些忧心,那个背着金色养剑葫的烧火小道童,说过要搬迁去往另外一座天下,岂不是说藕花福地也要一并带往青冥天下?南苑国的国师种秋和曹晴朗,怎么办?还有没有再见面的机会?福地光阴流速,都在老道人的掌控之中,会不会下一次陈平安即便得以重返福地,种秋也早已是一位在南苑国青史上得了个大美谥号的古人?那么曹晴朗呢?对于曹晴朗那个心善的孩子,陈平安一直念念不忘。

曾掖和马笃宜坐在桌旁闲聊,嗑着瓜子,不知不觉发现那个陈先生,好像又有些忧愁了。好在这份忧愁,与以往不太一样,并不沉重,就只是想起了某人某事的惆怅,是浮在酒面上的绿蚁,没有变成陈酿老酒一般的伤心。

可是这位账房先生,对于自己的喜怒哀乐,从来不言不语,总是独自消受。其实这让马笃宜和曾掖心中都有些失落。

敲门声响起,这座临江而建的仙家客栈,又送来一份梅釉国自己编撰的仙家邸报,新鲜出炉,泛着仙家独有的长久墨香。

陈平安道谢之后，翻看起来，浏览了两遍，递给马笃宜，无奈道："苏高山开始大举攻打梅釉国了，留下关附近的边境线，已经全部失守。"

关于此事，邸报上有详细记载。

梅釉国三位水军统帅之一的周密，负责驻守春花江的上游版图，已经倒戈向大骊铁骑，有意率军叛变，暗中联系大骊，结果被早有察觉的梅釉国皇帝，派遣数位皇室供奉修士，合力杀死。当时周密身边的大骊随军修士，战死三人，其中还有位大骊本土的金丹地仙。苏高山震怒，让麾下三位武将立下军令状，一月之内，务必各自攻打到梅釉国三处，对冥顽不化的梅釉国京城形成包围圈，还扬言要割掉梅釉国皇帝的头颅当酒壶，明年清明之际，拿来上坟敬酒。

曾掖就是个看热闹的，反正也看不懂，只是感慨大骊铁骑真是太强大了，霸气十足。

山上修士，对于家国，往往没有太深厚的情感，修行越久，离开俗世越久，越是淡漠。要么袖手旁观，冷眼看待。要么就是修为不够，不曾真正站在山巅，依旧会被大势裹挟其中，不得不下山。所以那位在溪涧偶遇的中年道人，主动下山，在山脚人间扶危救困，才会让陈平安心生敬意。只是大道修行，心中魔障一起，其中苦难困惑，外人委实是不可多说，陈平安并不会觉得中年道人就一定要坚定本心，在人间行善积德，才是正道，否则就是落了下乘。

马笃宜比曾掖看得更远一些，疑惑问道："为何苏高山这么着急，必须迅速拿下梅釉国？我虽然不谙兵事，可是走过梅釉国这些路，也知道梅釉国的水路纵横交错，并不适合大骊骑军驰骋。"

陈平安笑道："我们说是大骊铁骑，又不是真的只有骑军，只是大骊以铁骑著称于世，很容易让人误以为大骊边军的步战一般。这一路南下，什么样的王朝和藩属没有领教过？大骊拿下梅釉国，是大势所趋。只不过你说得也没有错，这么着急拿下梅釉国，必然要付出比攻破石毫国京城更大的代价，双方的兵马折损，都会更多，这里边的玄机，可能只有苏高山自己清楚了。相信应该是有人在催促着苏高山和曹枰，比如大骊铁骑的真正主心骨，藩王宋长镜。"

马笃宜犹豫了一下，又问："为何先生好像对于沙场战事，不太在意？对那些沙场武夫的生死，也不如对于老百姓那么上心？"

陈平安想了想，用手指在桌上画了个圆圈，解释道："有句家乡俗语：'瓦罐不离井口破，将军难免阵上亡。'投身行伍，沙场争锋，就等于将脑袋拴在裤腰带上了。就像灵官庙那位武将阴物，你会觉得他死后，会后悔为国捐躯吗？还有那拨在小县城与百姓抢粮食的石毫国散兵游勇，那个年轻武卒，即便死了那么多袍泽，也不愿意真的对老百姓抽刀相向。"

陈平安画了一个更大的圆圈,接着道:"你们可能不知道,先前在石毫国,我在一座郡城的狗肉铺子,拦下了一位想要杀人的山中精怪少年,还送了他一枚……神仙钱。可要是真有那么一天,妖族大举入侵浩然天下,我哪怕知道妖族当中,会有早年的古寺狐魅,会有这个最终放弃杀人的精怪少年,可当我一人面对浩浩荡荡的大军在前,背后就是城池和百姓,你说我怎么办?去战阵之中,跟妖族一个个问清楚,为何要杀人,愿不愿意不杀人?"

陈平安淡然道:"我既然选择站在那里拦路,就意味着我做好了死则死矣的打算,对方既然杀到了那里,一样也该如此。兵家圣人坐镇古战场遗址,就是坐镇天地,如儒家圣人坐镇书院,道家真君坐镇道观,为何有此天时地利人和?大概这就是一部分原因了。当他们置身其中,外人就得入乡随俗。"

陈平安问道:"我这么讲,能明白吗?"

曾掖老老实实摇头。

马笃宜问道:"大致的道理,我明白,可是又有问题了,如果外人能够强行破开圣人天地呢?是不是就意味着原先的道理不对?"

陈平安摇头道:"这说明你没有想清楚,为何圣人能够坐镇天地,这才是根本所在,这才是脉络的线头,顺序的起始。在那之后,再来疑惑为何天地仍是被外力摧破,被看似不讲理的外来人,用拳头打赢了讲理的。至于为何我要说'看似',就更复杂了,以后有机会遇到了切实的事情,我再来与你们细说,不然你们只会越来越觉得一团乱麻,好像处处是道理,结果人人不讲理。"

马笃宜点点头道:"好的,拭目以待。"

陈平安却笑道:"可是我希望不要有那个机会。"

马笃宜愈发迷惑。

陈平安缓缓道:"我们亲眼见过了石毫国的家国不幸,唯有诗家与英雄幸,亡国之音,悲愤之言,与那些亡国殉国之文臣武将,最容易被史书记住。我们也走过了梅釉国,更多的还是勤勤恳恳的老百姓和牢牢骚骚的文人墨客,过着还算安稳的日子,你说石毫国和梅釉国哪个更幸运?"

答案显而易见。

慷慨赴死,终究是不得已而为之,不后悔,不意味着就是不遗憾。而好好活着,哪怕活得不那么惬意,始终是世人最朴素的愿望。

陈平安笑道:"我们不知道很多简单的道理,就很难对别人的苦难感同身受,可这难道不是我们的幸运吗?"

哪怕是再好的好人,也无法对别人痛彻心扉的苦难,真正感同身受。

当年在彩衣国胭脂郡,手持柴刀死死护住那个小女孩的少年赵树下,为何唯独愿意相信陈平安,因为孩子往往更赤诚,对于苦难更敏感和更难抵御。那个昵称鸾鸾的小女孩,是在境遇与自己更加接近的陈平安身上,感受到了相通的悲欢离合,而不是因为当时在孩子眼中,陈平安就一定比身旁那位同样是好人的少女,更好。

这会儿,马笃宜和曾掖面面相觑。

陈平安最后神色平静,说道:"可是这些身在福中不知福的幸运,到底从何而来,难道不应该知道和珍惜吗?当所有人都不愿深究此事的时候,大难临头,便不要诉苦喊冤了,老天爷应该不会听的吧?所以才会有在那神台上倒坐的菩萨吧?不过我还是觉得,读书人在此关头,还是应该拿出一些担当来,读过了比老百姓更多的书,功名在身,光耀门楣,享了比老百姓们更大的福,就该多挑起一些担子。"

陈平安双手轻轻放在椅把手上。

当每一个人都坐姿不正,怎么舒服怎么来,卯榫松动,椅子摇晃,世道就要不太平,所以儒家才会讲究治学修身,务必正襟危坐,君子慎独。

看过了书简湖,是那么失望。可是当陈平安离开书简湖,走了更多的路,想了更多的事情,反而又没有那么失望了。

经过短暂的两天休憩之后,他们从这座仙家客栈离开,去往梅釉国最南端的版图。

在南下路途中,陈平安遇上了一位落魄书生,谈吐穿着,都彰显出不俗的家世底蕴。

当时那位梅釉国书生对仕途心灰意冷,又不缺银子,便雇用了车马仆役,一起陪着他游历险幽山河,结果其中有人见财起意,与其余两人合伙谋财害命,差点就要将喜欢聒噪吟诗的书生推下山崖栈道,若非有位心善的挑担脚夫死命拦阻,估计都等不到陈平安出手,书生就那样没了,事后家族连尸骨都未必能够找到。

陈平安拦下后,询问书生如何处置那些车马仆役,书生也是个奇人,不但给了他们该得的薪酬银子,让他们拿了钱离开便是,还说记住了他们的户籍,以后只要再敢为恶,让他知晓了,就要新账旧账一起清算,一个掉脑袋的死罪,不在话下。书生只留下了那个挑担脚夫。

然后非要改变路线,与陈平安同行,一起南下。

书生对马笃宜一见钟情。陈平安眼没瞎,就连曾掖都看得出来。

而且书生的示好,过于蹩脚了些,没话找话,故意跟陈平安高谈阔论,针砭时事,不然就是对着奇绝山水,吟诗作赋,感怀不遇。

马笃宜烦得很,第一次想要让陈先生收起狐皮美人符纸,将自己收入袖中,来个眼不见为净,耳不听不烦。

如果不是那个书生还算没丢干净读书人的斯文,终究没好意思自报家门,显摆他的家世背景,马笃宜都要破口大骂,要书生趁早收起那一肚子牢骚墨水了。

书生显然是梅釉国世族子弟,但言谈之中,流露出来的自傲,不是弱冠之龄便高中状元,而是在京城翰林院和户部衙门历练三年后,外放地方为官,他在一县之内种种治理官场弊端的举措,是真心想要当个好官,得一个青天大老爷的名声。

只可惜卸任之后,别说是得一把万民伞,就只有一地鸡毛的骂名。县衙下属,背地里骂他迂腐,不晓得给衙门争取点好处,光顾着给他们找罪受,地方豪绅也骂他不谙庶务,老百姓也骂他沽名钓誉,劳民伤财。

某天说到伤心处,又喝多了酒,书生竟是泪水盈眶,顾不得在马笃宜那边假装文豪名士了。

陈平安也没有多说什么。只讲了讲自己对于清官和好官的粗略看法,大致讲了前者的好处,后者的难处。

书生听了,愤懑不已,说那官场上的和光同尘,就已经要不得,若是还要同流合污,那还当什么读书人,当什么官?一个真正的读书人,就该靠着真才实学,一步步位居中枢要紧,然后涤荡浊气,这才算是修身治国,不然就干脆别当官了,否则对不起书上的圣贤道理。

陈平安笑着说也有道理。没有多劝半句。

不是陈平安觉得道理讲不通,或是觉得书生的想法太幼稚天真,而是这类读书人的糟心事,陈平安亲眼见过。

顶着一个国师弟子头衔的吴鸢,最早在龙泉担任县令时,处处碰壁,要说那些大姓大族,难道不怕崔瀺?可就是一颗颗和颜悦色的软钉子,偷偷埋在衙署内外,让吴鸢焦头烂额,仕途不顺,最后不得不"搬出"小镇,为袁、曹两姓的嫡子挪窝。随着龙泉由县升郡,吴鸢当然是顺势从县令高升为郡守,只是陈平安敢断言,吴鸢在大骊朝堂的形象,已经跌入谷底。有背景有靠山,顺风顺水一时,自然不难,可注定无法顺风顺水一世,其中艰辛,有钱人也好,权贵子弟也罢,一样会觉得糟心遭罪。

事实上,当年吴鸢也确实曾经对身边某位出身京城豪族的文秘书郎说过一句肺腑之言,说清楚了请大家为文武庙书写匾额或是劳驾家族打破龙泉僵局的两者差别,香火情,不单单是与朋友之间,哪怕是家族内部,也一样会用完的,切莫乱用。

若是如今的陈平安听说了此事此言,说不定就要与吴鸢坐下来,好好喝顿酒,仅凭这句话,就够喝一壶好酒了。

在藕花福地,陈平安见识过许多世代簪缨的官宦子弟,到了地方为官,自以为得天独厚,实则不少人从风光到黯然,再到彻底沉寂,其间也会有破坏规矩的捷径而走,一时得利之后,地方官员也捏着鼻子认了亏,只是却往往会默默反弹,对那些来自京城的官家子弟,愈发抱团排斥,手腕愈发纯熟阴险,把他们当个傻子逗弄戏耍。

所以陈平安如今忌惮那个从泥腿子变成军中大将的苏高山,却也不会小觑了姓氏尊贵,在官场起步阶段可谓得天独厚的曹枰。

马笃宜气了个半死,忍了半天,忍无可忍,想要说话,却被陈平安摇头制止了。

陈平安其实能够理解这位书生的困境,与他自己在书简湖的处境,如出一辙。

他要不要与虎谋皮,与本是生死之仇,本该不死不休的刘志茂,成为盟友,一起为书简湖制定规矩?不做,自然省心省力;做了,别的不说,自己心中就得不痛快,有些时候,夜深人静,还要扪心自问,良心是不是缺斤少两了,会不会终究有一天,与顾璨一样,一步走错,步步无回头,不知不觉,就变成了自己当年最不喜欢的那种人?

陈平安尊重书生的选择。

兴许不当官了,既有状元之才,又有家族底蕴,潜心于学数十年,桃李满国,难道就不是一种更好的破局之法?

也是。那个美好的可能性,就摆在书生的前方。

可陈平安如何能多说一句,书生你错了,就该一定要为了一时一地老百姓的福泽,当一个问心有愧的读书人,庙堂上多出一个好官,国家却少了一位真正的先生?其中的取舍与得失,陈平安不敢妄下定论。

这些绕来绕去,兜兜转转,都是陈平安从书上书外看来的,想来的。

于是许多曾经只知道是好道理,却不知好在何处的言语,齐先生的,阿良的,姚老头的,一枚枚竹简上的,各色各样的人,他们留给这个世界的道理言语,也就越来越清晰,仿佛被后人拎起了线头线尾,清清白白,真真切切。

有聚便有散。哪怕书生再喜欢马笃宜,哪怕他再不在乎马笃宜的冷漠疏远,可还是要返回京城,游玩纵情山水间,终究不是读书人的正业。

离别之时,他才说了自己的家世,因为以后那个陈先生若是找他喝酒,与人问路,总得有个地址不是?

原来书生是梅釉国工部尚书的嫡孙。

相逢投缘便饮酒,别离无妨再约酒,这大概就是好的江湖。

曾掖其实还是不太理解,为何陈先生愿意与这么一个酸书生耗着光阴,硬是陪着书生逛了百余里冤枉路的山水形胜。即便书生是一位尚书老爷的嫡孙,又如何?曾掖不觉得陈先生需要对这种人间人物刻意结交。

不值当。

别说是陈先生,就是他曾掖,一个尚未跻身中五境的山泽野修,遇到同样的人同样的事,撑死了救了人喝了酒,也就散了。这与是否属于山上修士的心高气傲无关。

不过一想到既然是陈先生,曾掖也就释然。马笃宜不是当面说过陈先生嘛,不爽利,曾掖其实也有这种感觉。只是与马笃宜有些差别,曾掖觉得这样的陈先生,挺好的,说不定将来等到自己有了陈先生如今的修为和心境,再遇上那个书生,也会多聊聊?

曾掖的修道之心，无形之中，从最初一定要死死抓紧陈先生的袖子活下去，变成了哪怕以后离开了陈先生，也要活得更有滋味一些，与茅月岛甚至是整座书简湖的野修前辈们，都要活得不一样些。

比如，对待山下的凡夫俗子，更有耐心一些？

曾掖如今肯定想得不够通透，可终究是开始想了。

高大少年大概不知道，当年的泥瓶巷少年，一样是这般行走而来，才有今天的账房先生。

与书生分开后，三骑来到梅釉国最南边一座名为旌州的城池，里边最大的官，不是太守，而是那座漕运总兵官衙门的主人，总兵官是仅次于漕运总督的大员之一。陈平安在此地停留了一旬之久，因为发现这里灵气充沛，远胜于一般地方城镇，有益于马笃宜和曾掖的修行，便挑选了一座临水的大客栈，让他们安心修行，他自己则在城内闲逛。其间他听说了不少事情，总兵官有独子，才学平平，科举无望，也无心仕途，常年在青楼勾栏流连忘返，声名狼藉，只不过也未曾如何欺男霸女，唯独有个怪癖，喜欢让下人大肆捕捉猫犬狐狸之类，拗折其足，捩之向后，观其子行状，以此为乐。

结果那座总兵官衙署，很快传出一个骇人听闻的消息，说是总兵官的独子，被掰断手脚，下场如在他手上遭殃的猫犬狐狸无异，嘴巴被塞了棉布，丢在床榻上，早已被酒色掏空的年轻人，明明身受重伤，但是却没有致死，总兵官大怒，确定是妖魔作祟之后，一掷千金，请来了两座仙家洞府的仙师下山降妖，当然还有就是想要以仙家法术治好自家残废儿子。

当时陈平安刚好在漕运河畔散步，亲眼看到了一拨乘坐仙家小舟入城的山上仙师。

站在船头的为首之人，竟是一位龙门境修士。

在梅釉国这类藩属附庸，请动一位龙门境，是很大的手笔了，看来那座总兵官府邸确实是富得流油。

陈平安选择在旌州逗留，除了方便曾掖和马笃宜修行，其实还有一个更加隐蔽的原因。

根据春花江畔那座客栈的仙家邸报记载，那横空出世的青衣女子和白衣少年，曾经在旌州地界上空，拦下过一次朱荧王朝那位被誉为"一脚已在元婴境"的金丹老剑修，除去这次交手，在旌州前后又有三次"停步"厮杀，最终在梅釉国与朱荧王朝接壤的边境，斩杀剑修。

陈平安猜测崔东山和阮秀姑娘是在"钓鱼"，诱使一两位元婴剑修离开山头，在没有山水阵法的庇护下，不管不顾地赶往梅釉国版图，救下那名大道有望、国之重器的金丹剑修。

不然以崔东山的元婴修为和一身法宝,对付一个金丹剑修,根本无须这般麻烦。

极有可能,梅釉国边境一带,就藏着兵家阮邛或是墨家许弱,即便是两人都在,陈平安都不会感到奇怪。

总兵官请来的山上仙师不愧是龙门境修士的谱牒仙师,与另外一拨势力较小的同行聚头后,当日就治好了总兵官的独子,只是将来行走会微瘸,注定是提不起重物了。当晚,双方仙师分别以仙家秘宝和一头灵物,循着蛛丝马迹,找到了那头胆敢对总兵官府出手的妖物。血战中,那伙仙师一个比一个出手凌厉,妖物则只是绕路躲避,险象环生。

事实上,能够悄然潜入,以其人之道折磨总兵官独子,又悄然离去,就意味着妖物想要杀掉那个年轻人,轻而易举,只是不知为何,它没有杀人,只是伤人。

夜色中,陈平安一直在城头那边袖手旁观。

如果不是那头妖物犯傻,有意无意挑选了一条不利于远遁的路线,旌州城内今晚肯定要死伤惨重,倒不是降妖捉怪不对,而是谱牒仙师的次次出手,真是半点不计后果。

最后那头妖物仍是逃出城外。

仙师如蝶雀纷纷掠过城头,撇下那些只能够摇旗呐喊的漕运官兵,继续出城追杀。城内官兵肯定打破脑袋都想不到,那两伙仙师出城追杀,气势汹汹,实则很快就停下来了,即便已经没了妖物的踪迹,仍是故意灵器迭出,对着一块空地轰砸不断,绚烂至极。

与此同时,那位从头到尾没有倾力出手的龙门境老仙师,在出城之时,就改了方向,悄然离开捉妖大军队伍。

陈平安跃下城头,远远尾随其后。

在旌州城二十多里外的大山之中,陈平安站在一棵大树的枝头,看着那位老修士一番厮杀后,以一根银白色的法宝缚妖索,成功束缚住了那头现出真身的狐狸。

老修士得逞之手,以缚妖索拽着那头浑身浴血的雪白狐狸,径直来到陈平安附近,笑问道:"怎么,要分一杯羹?"

陈平安飘落在地,笑道:"老仙师做得一手好买卖!弟子那边,回头去总兵官府说一通大妖难驯的措辞,反正城内百姓人人都看到了你们的出手,尽心尽力,炫目不已,想必那位封疆大吏寝食难安,又要乖乖交出一大笔神仙钱,恳请老仙师你们务必捉妖到底。这边,老仙师偷偷捕获了妖物,到时候再随便找头刚刚化为人形的狐狸精怪,交予总兵官府交差,皆大欢喜。"

老修士抚须而笑:"你这后生,倒是眼力不差。我那些弟子当中,就没几个是明白的,你不过是在旁边看了几眼,就晓得其中关节了。"

陈平安玩笑道:"老仙师该不会是要杀人灭口吧?"

老修士哈哈大笑道:"我又不是那丧心病狂的野修,为了钱财,爹娘师徒都可以不认。说吧，你开个价，若是价格公道，就当是你一笔该得的意外之财，马无夜草不肥嘛。"

陈平安问道："不知道老仙师捕捉此物，拿来做什么？"

老修士提了提手中的缚妖索，道："毕竟是辛苦修行到观海境的妖物，拿回山门后，调教一番，去其戾气，当作护山供奉栽培。不是我自夸，这也是它的一桩大道福缘。"妖物哀号不已。

陈平安点了点头，笑道："有真有假，且不去管。不过我还是奉劝老仙师慎重考虑，不要以那根缚妖索捉我。"

老修士眼神晦暗不明，问道："你这后生，真是不知好歹，以小人之心度君子之腹，真不怕好事变祸事？"

陈平安双手笼袖，收敛笑意，道："你其实得感激这头妖物，不然先前城内你们造孽太多，这会儿你已经半死不活了。"

龙门境老修士仿佛听到一个天大的笑话般，放声大笑，树叶震动，簌簌而落。

陈平安叹息一声，道："生财有道，捞到手的又是漕运官员的不义之财，我觉得很好。可是为了挣钱，罔顾百姓性命不说，这会儿还要与人联手，等着他们闻讯赶来，捉妖又杀人，斩草除根，就不太善了。"

老修士看着那个初看只是病秧子的年轻人，越看越不对劲。也就愈发忌惮。

修行之人，一旦真正结仇，很容易就是一方死绝为止，不然就是纠缠不清的百年恩怨。

陈平安说道："我出钱与你买它，如何？"

老修士犹豫不决。

陈平安丢出一块玉牌——青峡岛头等供奉。

老修士没敢伸手接住，修士秘术，千奇百怪，谁敢掉以轻心。

陈平安没有早早驭回玉牌，任其悬停空中，由着那位龙门境老修士仔细端详，然后丢出一枚谷雨钱，道："如今我们青峡岛有些乱，声势不如以往，你又是个梅釉国小有名气的谱牒仙师，不然你这会儿已经死了，这根法宝缚妖索，也会是我的囊中之物。拿了钱，就消停一些，不然你就一辈子和弟子一起，乖乖躲在山头上安心修道好了。"

陈平安笑了笑，又道："当然了，一枚谷雨钱，价格肯定不算公道，但是价格公道了，对得起这块玉牌吗？对不对，老仙师？"

陈平安一拍养剑葫，两把飞剑掠出，一闪而逝。

老修士眼皮子直打战，挥袖一推，将玉牌拂退回那个身穿青色棉袍的年轻"剑仙"身边，然后收下了那枚谷雨钱，打了个稽首，笑道："不打不相识，道友若是信得过，以后可以来我们龙蟠山做客。"

陈平安收起玉牌，初一、十五也掠回养剑葫，他微笑道："老仙师如此会做生意，我可不敢上门送钱。"

老修士爽朗大笑,一抖缚妖索,雪白狐狸摔落在地,收起那件法宝,也说了几句比较硬气的话语:"只要青峡岛在书简湖还站得稳,小小龙蟠山,只会送钱,不敢收礼,烫手。若是青峡岛哪天没了,希望咱们不要再见面,不然伤感情。"

老修士也不含糊,撂下话后,说走就走。

陈平安掠上枝头,片刻之后,才飘然落地,是真走了。

那头蜷缩在地的雪白狐狸,一边疗伤,一边瞪大眼睛,望着这个年轻修士。

真是位剑修?

它下山之后,不敢招摇过市,见到的山上修士都不多,所以还是生平第一次见到剑修呢。

陈平安挥挥手,道:"走吧,别示敌以弱了,我知道你虽然没办法与人厮杀,但是已经行走无碍,记得近期不要再出现在旌州地界了。"

它眨了眨眼睛。

陈平安打趣道:"怎么,怪我耽误你在龙蟠山的大道福缘?"

它以清脆的女声开口说道:"龙蟠山豢养了一头很可怕的恶蟒,是真正的护山供奉,喜欢吞食精怪,所以方才那个老坏蛋是骗你的,你以后一定要小心啊。"

陈平安点点头,示意自己会留心的,然后没有走向前,而是在原地蹲下身,问道:"是不是很奇怪为什么我是书简湖的野修却要救你?"

它赶紧闭上嘴巴,一个字都不说了。

陈平安笑着抛出一只小瓷瓶,滚落在那头雪白狐狸身前,道:"如果不放心,可以先留着不吃。"

它终于忍不住开口问道:"公子图什么呢?"

陈平安微笑道:"那我问你,为了不伤及无辜,差点在城中就被抓住,你又图什么呢?"

它笑眯起眼,一头狐狸这般作态,又仿佛人间女子,所以特别好玩,它娇声娇气说道:"公子,我们是同道中人吗?"

只是它很快就苦着脸,有些抱歉。总觉得这么说,有些对不住这位恩人。

因为他们这些幸运到能够生而为人的家伙,骂人的话里边,其中就有禽兽不如这么个说法。

陈平安不置可否,挥挥手,道:"走吧走吧,人心鬼蜮,很可怕的,以后不要仗着一身修为,就嬉戏人间了。你与天地斗,已经赢了一次,这才有了如今的修为,一定要多珍惜。可是当你与人斗,哪里是那些山泽野修和谱牒仙师的对手?走吧,以后哪怕忍不住要来人间再走一遭,市井逛荡,务必小心再小心些。还有,以后千万不要觉得次次都能碰到我这样的人,你怎么就知道今天的好人,以后会不会变成坏人?"

它轻轻抬起一只爪子,"捂住嘴巴",笑道:"能这么说的人,怎么会变成坏人呢?我可不信。"

陈平安双手笼袖,蹲在那儿,微笑道:"不信就不信,随你。不过我可提醒你,那个龙蟠山老坏蛋,说不定会反悔,与其余仙师碰头后,就要杀过来,捉了你,给那条恶蟒当盘中餐。"

雪白狐狸犹豫了一下,赶紧收起那只瓷瓶,嗖一下飞奔出去,只是跑出去十数步外,又转过头,以双足站立,学那世人作揖拜别。

那个年轻人就一直蹲在那边,只是没忘记与它挥了挥手。

在那小家伙远去之后,陈平安站起身,缓缓走向旌州城,就当是夜游山林了。

一想到又没了一枚谷雨钱,陈平安就叹息不已——下次不可以再这么败家了。

只是这个账房先生大概忘记了,当时在狗肉铺子送出手一枚小暑钱后,好像也是这般提醒自己的。

陈平安浑然忘记了这一茬,一边散步,一边仰头望去,明月当空,望之忘俗。

第七章 报道先生归也

冬至时分,虽是日短之至,人影长之至,实则是天地阳气回升之始。

东宝瓶洲的各国皇帝君主,都会在这一日祭山岳,即便无法亲至,也会让礼部高官去山岳神庙烧香。

与龙泉郡差不多,梅釉国这边一样有过小年的习俗,即使是贫寒人家,亦要准备饺子、羊肉汤或是糯米饭。

陈平安三骑啃着市井买来的糯米团,从梅釉国最南部的旌州返程。

在一处边境关隘,陈平安停马不前,让曾掖和马笃宜先行过关。陈平安独自驱马转向一座丘垄,登顶之后,刚好有一位老修士缓缓走向坡顶。陈平安翻身下马,老修士以略显生疏的东宝瓶洲雅言笑道:"你可能不认识我,但是我对你很熟悉了。"

陈平安微笑道:"辛苦前辈一路护驾。"

元婴老修士不理会言语之中的讥讽之意,任谁被一路盯梢,都不会感到舒服。

老修士笑道:"我曾是桐叶宗的修行之人,所以这一路隐忍,确实辛苦。"

陈平安问道:"曾是?"

老修士依旧将一身气息压制在金丹地仙的境界上,肌肤之上,光华流转,如有日月流转于身躯小天地之中。老修士没有回答这个问题,而是上上下下打量着这个年轻人,似乎想要看出他到底是靠什么才能成为那名大剑仙的……朋友?同门师兄弟?暂时都不好说,都有可能。只不过天底下可没有白白消受的福气,尤其是山上,一着不慎满盘皆输。

老修士站在小山坡之巅,环顾四周。梅釉国的山水,实在瞧着无趣乏味,灵气稀薄,更是远远不如书简湖。

有些秘事,没有说给这个年轻人,他当下是以阴神出窍远游至此,以阳神携带那块用以监视自己的秘制桐叶牌,以此遮掩自己的真正行踪,避免这场见面被书简湖那边察觉。之所以愿意冒这么大的风险,自然有他深思熟虑的考量和算计。他们这伙被玉璞境野修刘老成当作宫柳岛座上宾的外乡人,能够被精心挑选出来,丢到书简湖,就没一个是省油的灯,他自然不例外。

只是大道之上,给人卖命,也得看价格。

他就觉得价格低了些。

即便他已经被大阴阳家勘定为无望上五境,好歹还是一位擅长厮杀的老元婴,还有两百年寿命,若是舍得花大钱吊命,再活三百年都有可能。

接到这个秘密任务后,他思来想去,总觉得是一个借刀杀人的连环扣,那位上五境的领路人,是被人当作了刀子,自己更是。可惜东宝瓶洲不是自家地盘,毫无根基,自己无人可用,不然的话,再找把刀,快一点的,脑子差一点的,说不定自己就是富贵险中求,真能够捞到一场泼天富贵,当然也有可能是一根线上的蚂蚱,借来借去的几把刀,大伙儿一起完蛋,至于那个连他都猜不透身份的真正幕后人,则要逍遥快活了。

老修士问道:"我有一笔互利互惠的买卖,你做不做?"

陈平安点头道:"说说看。"

老修士笑道:"但是我要先得到你的一句承诺,至少百年之内,你陈平安不能与任何人说出我们之间的交易。"

陈平安问道:"就算我答应下来,你敢信吗?"

老修士点头道:"我不全信,但是打算赌一把,我站在这里,出现在你面前,已经就是一种证明。山上修行,只要道行比我高,我便看不透深浅,可是与谁朝夕相处这么久,再看性情,不算太难。你这种人,我也曾经见过不少,多是年轻时候认识的,结果发现你们大多死得早,半道而亡,所以我只说了这是一场百年之约。"

陈平安笑道:"快过年了,麻烦前辈说几句吉利话。"

这位元婴老修士微笑道:"我若是与你说些客套寒暄的话,你难道不会疑神疑鬼?还如何做买卖?"

陈平安觉得这话没说错。

约莫一炷香后,陈平安驱马下山坡,本就不太好看的脸色,变得面如金纸,坐在马背上,摇摇欲坠,像是经历过一场生死大劫,本就孱弱的体魄,几乎油尽灯枯。

吓得过关之后停马等候的曾掖和马笃宜,心惊胆战,大气都不敢喘。

先前几乎整座关隘内外,都看到了陈平安消失处剑光如虹。

陈平安摇摇手，道："没事，摆平了，此行返回，路上都不会再有事情。我们继续赶路，还是老规矩，你们到时候不与我一起返回书简湖。"

在山坡那边，元婴老修士早已撤去障眼法神通，竟是一位姿色平平的中年妇人，眉心处缓缓渗出一粒鲜血，被她以手指轻轻抹去。只是那点痕迹，落在任何一位中五境修士眼中，稍稍打量，都是无比扎眼的存在。

与那个年轻人做买卖，还算放心，双方下定决心做买卖后，推敲细节，滴水不漏，几次试探，年轻人都算应对得体。

她望向天幕，作揖行礼，虔诚且惶恐，颤声道："李芙蕖粗鄙不堪，只能得罪君子，不敢得罪小人，失礼了。"

片刻之后，天地寂静。

妇人哑然失笑，应该是自己多想了。

如今东宝瓶洲大乱，需要那位陪祀圣人盯着的人和事实在太多，北俱芦洲天君谢实，大骊藩王宋长镜，朱荧王朝皇帝，等等，怎么都轮不到她和那个陈平安，即使被拘押在水牢底层的刘志茂亲口所说，如今陈平安身上带着那块"吾善养浩然气"的圣人玉牌，但是关于坐在一洲天幕的陪祀圣人，她多少知晓些内幕，只要脚下人间没有太过出奇的厮杀，就不会转移视线，瞥上一眼，至于类似太平山老宗主亲自出手追杀背剑白猿，声势实在太大，肯定会被桐叶洲圣人第一时间察觉。

不过小心驶得万年船。一些该有的礼数，终归是有比无好，多比少好。

离开梅釉国那座关隘后，即将进入书简湖地界之际，陈平安在一座乡野村庄附近，转头看着身后两个兴致不高的家伙，沙哑着嗓子笑道："让你们担心了，这一路想事情比较多。"

马笃宜捂住心口，有点夸张道："陈先生，你可总算还魂了，这一路上不是发呆，就是皱眉，这都多长时间没喝酒了，我们两个都快要吓死了。"

曾掖使劲点头。

陈平安轻声安慰道："遇上了一时半会儿没能想明白的事情，对不住了。"

马笃宜笑问道："这会儿想明白啦？"

陈平安摇头道："仍然没能想明白缘由，但是退而求其次，大致想清楚了应对之法。"

马笃宜忧心忡忡道："真没事？"

陈平安点头道："没事了。"

马笃宜犹犹豫豫道："那陈先生你喝口酒，给咱们瞧瞧，不然咱们不放心。"

曾掖脸色尴尬。

陈平安当然没有真去喝一口酒，笑道："你们就在这边停步吧，记得不要打搅附近百姓，都好好修行，相互督促，不可懈怠。我争取最晚明年开春时分，赶来与你们会合，说不定可以更早一些。到时候咱们就要往书简湖南边走了，那边瘴气横生，多山泽精怪，据说还有邪修和魔道中人，会比石毫国和梅釉国危险很多，你们两个别拖后腿太多。"

马笃宜冷哼一声。曾掖倒是赶紧承诺会勤勉修行。

陈平安独自策马离去。

不过离开之前，将那根金色缚妖索与几张符箓交给了马笃宜，以防意外，再就是叮嘱要记得藏好那根缚妖索，不许轻易现世，一旦被过路野修瞧见，就是一出板上钉钉的天降横祸。

涉及生死大事，马笃宜不敢丝毫怠慢，也没有开什么玩笑，只是让陈先生宽心，他们绝不会这么不小心。

陈平安这天露宿在一座荒郊野岭，阴煞之气颇为浓重，几乎可以笃定有厉鬼藏身其中。只是偏偏一夜无事，这让陈平安有些奇怪，如今又不便展露真实修为，对方又隐匿极深，多半是与一地的山根气运有所牵连，只好作罢。

他骑马缓缓而去，忧愁不已。

根据那个元婴老修士李芙蕖的含蓄说法，派遣她离开宫柳岛的主使，是一位桐叶宗的上五境修士，曾经管着一宗祖师堂的清规戒律，地位尊崇，哪怕是杜懋在世之时，也是相当有威势的存在，现任桐叶宗宗主都要喊一声师伯。

这还不算最让陈平安忧虑的事情。

真正可怕的地方，在于这个桐叶宗大修士，如今是玉圭宗的供奉，正是玉圭宗即将选址东宝瓶洲书简湖，作为下宗根基所在！

玉圭宗，出现在老龙城灰尘药铺的荀姓老人，未来的修道证道之地，以及更早出现在青虎宫的姜尚真。

其中姜尚真有较大可能，会是玉圭宗下宗历史上的首任宗主，但是玉圭宗祖师堂那边，尚未有确凿说法，所以犹有变数。

因为姜尚真始终迟迟没有赶赴东宝瓶洲，也是证据之一。

至于下宗的首席供奉，自然是宫柳岛刘老成。

那个元婴老修士李芙蕖就说了这么多。

由于最喜欢凑热闹的姜尚真都没有露面，反而是那位野心勃勃的原桐叶宗老祖，成了玉圭宗开道人物，说不定这位大修士，便有了些天经地义的想法，要与姜尚真掰一掰手腕子，争一争下宗宗主之位。

难怪李芙蕖会一路追踪，伺机而动。

也难怪苏高山会对陈平安不假颜色，如果连谭元仪都知道一部分绿波亭档案，清楚陈平安与大骊千丝万缕的瓜葛，那么完完全全不将谭元仪放在眼中的苏高山，只会知道更多。到了苏高山这种高位，虽说无法肆意调用绿波亭谍子，但是查阅档案，甚至是获悉比谭元仪更多的内幕，不难。

好在李芙蕖足够小心谨慎，足够敬畏那些无法预知的大道无常，才与陈平安演了一场各有折损的苦肉计。

当然是要从山坡之外的关隘边境某处，再次重逢。

能够在一位老元婴的眉心处戳出一点伤痕，这个消息传出去，搁在宫柳岛之外的书简湖千余岛屿数万野修，谁都不信。

但是只要刘老成没有铁了心坑害陈平安的念头，不去主动泄露陈平安的真正底细，那么在原桐叶宗老祖那边，多半会将信将疑，这就足够了。

不过在山坡之上，陈平安对刘老成以刘志茂飞剑传讯的那次提醒，只字不提，并没有因为要与李芙蕖结盟，就以此作为不花半枚铜钱却无比立竿见影的一颗定心丸，向李芙蕖示好。

有些事，做不得。

不然陈平安就真要好好反省一番，好好掂量掂量自己的良心，是不是已经成为一个彻头彻尾的书简湖野修了。

陈平安也好，李芙蕖也罢，竟然都不知道，在双方先后离开关隘后，边境城头上，隐隐约约，涟漪阵阵，虚实不定，最终浮现了一位双方其实都认识的熟人身影。

如果李芙蕖知晓此事，估计一颗道心都要被吓破不可。

因为这位不速之客，正是在得到那块道君祁真都要抢上一抢的琉璃金身碎块后，更加有望跻身仙人境的东宝瓶洲野修第一人，刘老成。

他此次离开书简湖，是去找了苏高山商议大事，只是如何返回宫柳岛，什么时候回，还没有人能够管得着他刘老成。

即便是那位从桐叶宗转投玉圭宗，并且顺手偷走祖师堂一件重宝的上五境修士，也一样不敢对刘老成太过约束，更不敢三番两次随便试探。

上五境的野修，哪怕是在远比东宝瓶洲更加广袤的桐叶洲，一样是极其难缠的存在。

不管刘老成当时为何会出现在那边，他一挥袖子，收起了几近仙人境修为的掌观山河神通。一名山泽野修，总得有一样或是几样特别出彩的拿手好戏，杀力巨大却极其隐蔽的杀招或是法宝，乌龟壳一般庇护阴神阳神的本命物，逃跑，窥探，多多益善，技多不压身，本事越杂且精，没有靠山的野修就能活命越久。

李芙蕖拔地而起，化虹飞掠远去，关隘上空如冬雷震动，轰隆作响。

刘老成随之现身后，微笑道："好小子，还是讲一点江湖道义的，算你聪明。不然……呵呵。"

刘老成一闪而逝。

这种隐藏在阳关道上让人命悬一线的鬼门关，陈平安哪怕亲自走过一趟，依旧浑然不觉。

世人世事往往如此，只是很多时候，不会是生死大事，而是更加轻巧一些的事情，比如莫名其妙的机遇，毫无征兆的失势，无缘无故的争执，突如其来的红运当头，一件件，一桩桩，都教人一头雾水，或是欣喜若狂，或是叫苦不迭。

看似皆有定数，其实不在天命而在人。

人在做，天在看，即便天不看，一个个旁人也在看。

至于到底应该怎么做，各人有各人的缘法，无非是根据各自环境的不同取舍，以诚待人，唯利是图，得过且过，皆可以成为立身之本。唯独可笑之处，在于这么个浅显道理，不管好人与坏人，许多人都不知，即使知道了也只是安慰自己世道如此，道理无用。毕竟每个人能够走到每一个当下，都有其文字之外的潜在道理支撑，每个人的最根本的想法和脉络，就像是那些最为关键的一根根梁柱，修缮房屋阁楼，添砖加瓦，可是要花钱的，若是梁柱摇晃，必然屋舍不稳，或是只想要更换瓦片、修补窗纸还好，若是试图更换梁柱，自然是无异于伤筋动骨、自讨苦吃的难熬事。"改变"二字，说已不易行更难，少有人能够做到，年纪越大，阅历越丰，就意味着既有的屋舍，住着越习惯，故而越难改变。一旦磨难临头，身陷困境，便想一想世道如此，人人这般，再从书上借一借几句捣糨糊的处世名言，图个暂时的心安，不然就是看一看他人的更可怜事，就都是情理之中的念头了。

陈平安临近书简湖，却突然拨转马头，向梅釉国方向疾驰而去。却不是跟曾掖、马笃宜相聚，而是舍了坐骑，将其放养在山林，至于日后能否相见，且看缘分了。

陈平安直接从一条只有樵夫才会行走的荒芜小路，徒步翻越山岭边境，去找一个人。

一个能够降服心猿的年轻僧人。

到了那处山崖下，陈平安停下脚步，双手合十，向高处石窟行礼。

石窟里的年轻僧人从蒲团上起身，似乎并不惊讶，还礼，然后伸出一只手掌，示意陈平安只管沿着峭壁攀缘而上。

陈平安这一路行来，即便没有感知到有人跟踪，也始终走得不算太快，稍稍假装呼吸不如平常顺畅些许，至于内里气象，自有李芙蕖的独门秘法帮忙遮掩，但还是需要处处小心，不然害人害己，既要连累李芙蕖，也会让自己置身于危境。

如山林猿猴攀岩而上。

年轻僧人站在狭窄石窟那边，在陈平安立定后，他才往里边盘腿坐下，却将那张蒲团让给了客人。

陈平安犹豫了一下,还是坐在蒲团上。

至于那头心猿,一直闭眼,仿佛酣眠中。

年轻僧人开口道:"我来自桐叶洲,你们东宝瓶洲雅言,我并不熟悉,关于佛理,我本就只知晓皮毛,又有两个文字障在,一为你我之间的言语,一为佛法之义与佛经之语的距离,我就更不敢妄言了。"

陈平安以桐叶洲雅言笑道:"还好,我游历过桐叶洲,会说那边的雅言,勉强可以破去一个小障。"

年轻枯槁僧人微微一笑,问道:"施主可知桐叶洲有'别出牛头一派'的说法?"

陈平安摇头道:"不知。我对于佛法,认识得极其浅薄,先前几次游历,也无机会接触佛经。"

年轻僧人竖起单掌在身前,道:"不知也好,少些心中藩篱。"

陈平安心念一起,却轻轻压下。毕竟降服心猿一事,是眼前僧人的大道契机,外人不可轻易提及,陈平安只想要询问一些心中疑惑。

年轻僧人却已经笑道:"施主与佛法有缘,你我之间也有缘,前者肉眼可见,后者依稀可见。想必是施主游历桐叶洲北方之时,曾经走过一座山峰,见过了一位仿佛失心疯的小精怪,念念有词,不断询问'这般心肠,如何成得佛',对也不对?"

陈平安目瞪口呆。

年轻僧人微微一笑,道:"是了。"

年轻僧人望向石窟之外,好像看到了一洲之外的千万里,缓缓道:"问对了,我给不出答案。"

年轻僧人继续说道:"当年取经路上,我既是师父,也是弟子,一身化五而不知,深陷我执迷障,偶遇一座与人为善的山精洞窟,好心为我指路,后有风波,结果便是一棒下去,打杀无数。取经之路,在那个时候其实便又断了,一断再断,步步不回头。我依然不知,远游一洲又一洲,历经千辛万苦,离了这座天下,终于见到了佛国净土,我却转头而回,手上心中,空空如也。"

年轻僧人喟叹一声,望向陈平安,道:"施主,问吧。"

陈平安便将心中一些疑问缓缓道出,既有佛经上的疑难,也有处世的困惑。

年轻僧人便以佛法解惑。

陈平安只看了几部崔东山推荐的佛家正经,对于佛家颇为复杂的派系传承,全无概念,况且也不是特别关心这些,纯粹是以虔诚问道的心思,聆听这位桐叶洲远游僧人的回答。

有几处,陈平安印象极深,其中就有因明之学。

一问一答,回答之外,年轻僧人又有延伸。有些说法,竟然明显存在着儒道两教与百家学说的痕迹，僧人对此毫无顾忌。

当陈平安再无问题的时候，年轻僧人微笑道："莫怕问了佛法，就会逃禅，这是世人误解。"

陈平安笑着点头。他确实敬重佛法，却也不想真的去当僧人。

此后与年轻僧人聊了藕花福地那座心相寺的经历，尤其是与那位老和尚的闲聊，都一一与年轻僧人说过。

僧人听得认真，偶有会意，便轻轻佛唱一声。

最后陈平安从蒲团上站起身，后退一步，对着这位年轻僧人再次低头合十，道："我惑已解了。"

年轻僧人随之起身，低头佛唱一声，喃喃道："如去如来，神秀上座。"

陈平安退出石窟，原路返回山崖之下。

年轻僧人望向那张蒲团，再次双手合十，重复了那后半句："神秀上座。"

陈平安不解其中深意。

只记起，家乡那边，确实有座高山大壁之上，篆刻有"天开神秀"四个大字，最早的时候，与人跋山涉水，走到过那边，只是那会儿陈平安眼力不济，加上云雾缭绕，便是举目望去，一样无法看清。后来还是魏檗带着他游历北岳辖境，才得以见到。当时是觉得阮师傅之所以选择那座山头，作为开宗立派的本山，是因为阮姑娘的名字里边带了个"秀"字。

陈平安返回梅釉国边境，在山林之中，竟然找到了那匹马，它瞧见了陈平安后，朝他飞奔而来，十分亲昵。

陈平安轻轻拍了拍马背，玩笑道："才发现咱们俩都瘦了啊。不过你还好，向前敲瘦骨，犹自带铜声。我这叫瘦骨嶙峋，没有几斤肉，风吹即倒。"

翻身上马，直去书简湖。

腰间刀剑错，悬挂养剑葫。

只是如今的陈平安，估摸着当初要是这副模样，紫阳府那晚都不会有江湖险恶的敲门声。也怪不得留下关那边的江湖老剑客，要说一句"不是所有青衫客，都是那剑仙"。

陈平安再次由绿桐城进入书简湖，依旧将马匹寄养在绿桐城那座客栈，还去了那条陋巷，在那包子铺，买了四只价廉物美的肉包子。现在的铺子，比起半年前，生意好像冷清了许多，年轻掌柜神色萎靡，经常唉声叹气。陈平安一路上啃着包子，找到了渡口的渡船，清扫一番，撑船赶回青峡岛。

临近年关，如今的书简湖，比起去年，比那间包子铺还要惨淡。去年年末，接连三场鹅毛大雪，书简湖灵气增长明显，连对于过年一事十分淡漠的修行之人，都像是实实在在过了一个好年。不承想今年尚未结束,就已是这般田地,连同青峡岛在内,千余岛屿都需要上缴一半家底,进贡给苏高山麾下的那支大骊铁骑,一些个与朱荧王朝以及藩属石毫国、梅釉国有关的岛屿,更是苦不堪言,大伤元气不说,还两边不讨好。

最可怕的地方,还是粒粟岛谭元仪,与素鳞岛田湖君、供奉俞桧在内,联手所有岛屿祖师中拥有地仙修士的,例如鼓鸣岛地仙眷侣,再次结盟。这次没有任何争执,异常精诚合作,主动以书简湖畔池水、绿桐在内的四座城池为"关隘",拉伸出一条包围线,任何胆敢私自携带岛屿钱财潜逃的修士,一律抓捕,交给大骊铁骑方面分别入驻四座城池的那几位,一位铁骑武将,一位文官,还有两位随军修士。一座天罗地网,数万山泽野修被围困其中,出不得,只能硬着头皮往自己身上割肉,一箱箱神仙钱源源不断运往池水城。其间又生出诸多变故和冲突,在死了包括两位金丹修士在内的近百位山泽野修后,书简湖这才终于沉寂下来,乖乖夹着尾巴做人。

据说这才是第一轮。

大鱼吃小鱼,小鱼吃虾米。接下来一些大的岛屿,还会得到大骊铁骑的许可,大肆开拓藩属岛屿,最终书简湖当下的千余岛屿,极有可能在一年之内,就会少去三成大大小小的祖师堂,断了香火,彻底沦为大岛的附庸。在这个必然充满血腥的过程当中,所有胆敢反抗的修士,只有一个下场在等着他们——传言苏高山麾下将新设立一个没有品秩的职位,牵马修士,意思就是担任那些正规的大骊随军修士的牵马扈从。这拨牵马修士,唯一的幸运,就是当苏高山与曹枰两支大骊铁骑对朱荧王朝发动进攻之时,可以通过与朱荧边军的战场厮杀,积攒军功,有望跻身为底层的随军修士。只是十个牵马修士,能否活下两三人,成为随军修士,天晓得。就算成了随军修士,大骊铁骑还要南下,怎么办?

这个说法,传得有鼻子有眼。因为经得起推敲,苏高山那个想钱想疯了的大骊蛮子,真做得出这种杀鸡取卵的勾当。

但是如今人心涣散,大的势力早已分崩离析,谁胆敢率先揭竿而起?

这会儿,书简湖野修,倒是人人念起刘志茂的好了,当年一个个害怕刘志茂跻身上五境,如今只恨刘志茂修道不够专注,不然何至于沦为宫柳岛阶下囚,无法为书简湖伸张正义?

陈平安登上青峡岛,先在山门屋子里边坐了一会儿,发现并无灰尘,很快释然,应该是顾璨做的。

看似违反了双方的约定,可其实这是好事。

陈平安走出屋子,瞥了眼湖景。

一路要经过不少岛屿,想必有心人早已知晓这个消息。

只是今时不同往日,再无登门拜访的客人。其实上次陈平安由石毫国重返书简

第七章 报道先生归也

湖，就已是这种寂寥光景。

富在深山有远亲，穷在闹市无人问。

自古而然。

陈平安乐得清静，仍是去了横波府废墟停留片刻，多看一眼，就能够多体会一下山上修道的险恶。

这次顾璨很快就来到横波府遗址，站在陈平安身边，道："还以为你要年后才能回来的。"

陈平安感慨道："接下来要去书简湖以南的群山之中，可能耗时会稍多。"

顾璨点点头。

陈平安问道："田湖君找过你没有？"

顾璨说道："找过，比较诚恳，说我既然是龙泉郡出身，就是一笔不小的本钱，劝我主动放低身价，不妨去池水城那边找一位年纪不大的随军修士，说这么个年纪，能够驻守池水城，肯定来头很大，与此人打点拉拢关系，说不定可以求个稳妥处境。只是我不太敢相信她。如今她跟韩靖灵还有黄鹤，私底下走得比较近。"

陈平安想了想，道："她劝你去池水城的那些个道理，算不得骗人，只是却未必就可以得出她那个结果。你没有答应去池水城找那个大骊随军修士，不算错，因为你根本不知道那个所谓极有来头的随军修士，到底是什么性情，会不会早就被韩靖灵和黄鹤给你下了绊子。虽然我也不知道，但是我却可以说些人之常情，比如那位年轻修士若真是大骊豪阀子弟出身，却能够投军入伍，担任必须上阵厮杀的随军修士，就意味着此人心高气傲，不愿依靠家族成事。这样的世家子，往往对你顾璨之前在书简湖的行事作风，哪怕理解，也不会认可，因为他们熟稔官场规矩，更认可那一套行事准则。所以，我不是说你不去池水城，就一定对，但肯定没有错。"

顾璨转头看着陈平安，笑问道："你怎么懂这些的？"

陈平安指了指自己眼睛，再指了指自己脑袋，道："多看多想，就会少错一点，并且能够时时刻刻做好知错改错的准备，生死之外，事事给自己留点余地，留有退路。路子不能越走越窄，不然哪天就突然发现身在一条断头路的死胡同了。"

顾璨蹲下身，捡起一块碎石，随手丢出，问道："不也说宁为玉碎不为瓦全吗？"

陈平安笑道："那是没得选的时候。这一点，你得先想清楚，什么叫真正没得选了，又为何会走到无路可走的那一步，然后再想一想，有没有可能，天无绝人之路，其实还有得选。"

陈平安也蹲下身，捡起一块搁在俗世王朝就是僭越的绿色琉璃瓦，道："你现在可能觉得有些复杂，那是因为你还没有搭建起这条脉络，所以觉得很麻烦。其实没那么难，这就像一个人行走在山水之间，逢山开路，遇水搭桥，你只要知道如何开路搭桥，你就会发现,其实遇上山水阻路,没有那么难以过去。当然了,知道了开路搭桥的法子,但如何找那些材料,也很累人,自己拣选石子,自己上山劈柴,实在没了钱,还要与朋友赊欠,甚至是要低声下气,去跟自己不喜欢的人借钱,才能开好路搭起桥,但是当你过了河,登了山,你就会发现一切都是值得的。更甚至,到最后你也可能无法成功,依旧身陷绝境,但是只有到了那一刻,你才好说一句,我问心无愧了,这时候再来谈先前你所说的宁为玉碎不为瓦全,就是合乎顺序之理了。"

顾璨喃喃道:"在书简湖,你就是这么做的吧。"

陈平安低头吹去那块绿色琉璃瓦的尘土,"嗯"了一声,语重心长道:"说句你可能不太愿意听的,话难听,但属于我的真心话,你先听着。我是到了青峡岛,对你很失望后,才意识到我们之间的不同。"

顾璨使劲点头。

陈平安接着缓缓道:"那是我们第一次走出骊珠洞天,都对这个世界很害怕,对吧?但是我们选择了不同的道理。我在小心翼翼审视着这个奇怪的世界,对于所有出现在我身边的人,我都竭尽全力去看到他们的真正想法,去学一学他们的好,去想一想他们到底是怎么能够变成强者。你呢,是去摸索一条最省心省力的捷径。我能够理解你在青峡岛的种种艰辛,以及对你娘亲的保护,我佩服你,但是有些事情,不是我与你亲近,知晓你的苦难,就可以对你说,顾璨,你做得没错。世间的事情,其实对错分明,千万别觉得人心复杂,就连最基本的是非都混淆了。我在这里,说句更混账的话,哪怕是当个坏人,也该知道自己到底是个什么东西,坏了多少规矩,这样的坏人,才能够祸害遗千年。这些,你不懂,而且以前还喜欢不懂装懂。"

顾璨叹了口气,埋怨道:"还不是怪你,这么晚才来书简湖。要是早跟我说这些,我肯定听得进去。"

陈平安没有半点生气,他知道这只是一个孩子的习惯性嘴硬,反而是心中认可的一种显露,与先前在春庭府饭桌上的第一顿饭,以及顾璨那晚承认自己"喜欢杀人",是云泥之别。

陈平安揉了揉顾璨的脑袋。顾璨低着头。

陈平安轻声道:"如果你娘亲哪天偷偷告诉你,要在春庭府故意策划一场刺杀,好让我留在青峡岛,给你们娘俩当门神,你别答应她,因为没有用,但是也不用与她争吵,因为一样没用。你有没有想过,真正能够改变你娘亲一些想法的,甚至不是你爹,而是你?"

顾璨抬起头,一脸震惊。

陈平安笑道:"怎么,已经与你说了?"

顾璨哀叹一声,嘀咕道:"我有些怕你了,陈平安。"

陈平安放下手中那块琉璃瓦,沙哑着嗓子道:"那是因为当年在小镇那边,我藏得好,许多糟心的事情,都没有告诉你。"

顾璨笑了起来,说:"倒也是,那会儿我哪里会想这些,成天想着要你买这个买那个,每次你带着铜钱从龙窑那边回泥瓶巷,我就跟过年一样。对了,你真不心疼钱吗?"

陈平安摇头道:"换成别人,我会心疼,在你这边,没心疼过。一开始是想着报答恩情,后来不是了,习惯成自然。"

顾璨突然问了一个问题:"那你有没有想过,你的朋友,可能会感到负担?"

陈平安笑了,道:"这个问题问得好。"

顾璨嘿嘿一笑。

陈平安抬起手臂,画了一条长线,对顾璨认真说道:"第一,我们的人生,一般情况下,极有可能会比普通老百姓更加漫长,所以我们要看得长远些,多想一想好的人,好的事,游历四方,看过山河万里。在人生路途上,我也会遇到过不去的坎,遇到想不通的事,那会儿,我会来找你们帮忙的,不会难为情,所以之前才会与你说,好的朋友关系,如那老酒窖藏,余着一年,就香一分。"

陈平安轻轻握拳,接着道:"第二,顾璨,你有没有想过,我也见过很多让我感到自惭形秽的人?有的,事实上还不止一两个。哪怕是在书简湖,还有苏心斋和周过年他们,哪怕撇开与你的关系,只是遇见了他们,一样让我心难平,觉得世间怎么会有这样的好……人,鬼?"

陈平安看着顾璨,看着他眼神与脸色的细微变化。并且毫不掩饰自己的观察。

顾璨与陈平安对视,道:"陈平安,可以拜托你一件事情吗?能不能将我娘亲送出书简湖?比如回泥瓶巷,或者送到我爹身边。"

陈平安问道:"你呢?"

顾璨说道:"你说过,讲理和不讲理,其实都是要付出代价的。不讲理的代价,我懂了,你说讲理的代价,我也想试试看。书简湖以南的群山之行,我和曾掖一起去,你只需要送我娘亲离开书简湖就行了。"

陈平安点头道:"好。"就像是一直在等待这句话,等了很久。

顾璨双手笼袖,陈平安也双手笼袖,一起望着那座废墟。

此后顾璨返回春庭府,关于与陈平安的新约定,与娘亲一个字都没有说,只说了些安慰她的言语。

而陈平安则去了一趟池水城。

那块大骊太平无事牌,见不着苏高山的面,见一位驻守此城的随军修士,还是分量足够的。

结果进了戒备森严的范氏府邸后,见着了那位年轻修士,两人都面面相觑。

关翳然。

陈平安。

人生何处不相逢。

关翳然很客气,热情且真诚。

但是当陈平安说要将青峡岛顾璨娘亲送往龙泉郡后,关翳然却没有一口答应,而是公事公办,说此事可大可小,他不好擅自决断,必须上报给大将军苏高山。

陈平安当然没有异议。这才是做事该有的规矩。

人情混淆,公私不分,看似敲门砖走捷径,人情往来无比顺畅,暂时交情甘若醴,实则一个个遗患就留在人生道路上,说不定哪天就要报应不爽。

关翳然说一旬之内,最晚半个月,大将军就会给一个答复,无论好坏,他都会第一时间通知陈平安。

聊过了公事,两人又喝了顿酒,陈平安请客。

如上次在石毫国郡城的城门口,这位大骊年轻修士开玩笑所说,什么都可以赖账,可天王老子也不能欠他关翳然的酒。

关翳然虽然是当代大骊栋梁关氏家主的嫡玄孙,但是如陈平安先前所猜测那般,越是有抱负的官宦子弟,对于"规矩"二字,反而看得更重,换成是顾璨来此,关翳然极有可能会让他直接吃个闭门羹。而黄鹤之流,近期确实在关翳然这边没少吹耳旁风,用心险恶却也算不得如何高明,被关翳然一眼看穿,须知关氏可是大骊官场两百年来的中流砥柱,对于这一套,实在是见得太多,哪怕黄鹤可以用一个顾璨换取短期利益,可至少关翳然这条线,是别想要搭上了,因为他根本无法想象关翳然的家世之深厚。

不过,就像陈平安不曾在李芙蕖那边泄露刘老成的提醒,关翳然哪怕再觉得陈平安投缘,也不会将黄鹤、素鳞岛田湖君他们这伙人的内幕,拿出来作为佐酒的谈资。

一旬过后,池水城飞剑传讯青峡岛。关翳然告诉陈平安,大将军苏高山已经亲口答应下来,顾璨之母,能够乘坐仙家渡船返回龙泉郡,但是不许携带太多神仙钱或青峡岛密库珍宝。同时作为交换,陈平安必须交出大骊太平无事牌,归还大骊,并且在礼部衙门那边销档,等于彻底失去了大骊头等修士的护身符,以后再想要获得一块,就得靠功勋换取。

陈平安毫不犹豫答应下来。

在春庭府那边,妇人突然听到这个消息后,如遭雷击,如闻天大的噩耗。

稍稍稳定心神之后,看到陈平安和顾璨默契地都不说话,妇人似乎认命,便询问陈平安,顾璨怎么办,还说如果顾璨不一起离开书简湖的话,她就是死也不会离开青峡岛。

顾璨望向陈平安。

陈平安说道:"可以一起离开,书简湖以南的群山之行,我可以自己去。"

顾璨问道:"我娘亲这趟返回泥瓶巷,安稳吗?"

陈平安点头道:"苏高山也好,关翳然也罢,只要答应了,就可以相信。如果实在不放心,我也希望你能够陪着你娘一起回去,有些事情,你只要诚心想做,都来得及。"

顾璨陷入沉思。

妇人怯生生问道:"以后还能回来吗?"

陈平安说道:"是有这个机会的,但是我现在不敢保证。"

之后妇人又询问了返乡的诸多细节,陈平安一一答复。显然她想到的,陈平安都想到了,甚至妇人没有想到的,他也想到了。

加上,能够带走春庭府的一部分积蓄,比如一大堆神仙钱,还能够拣选出五到六位府上婢女,字画古玩也有三大箱子的份额,更能够从青峡岛密库房由着她亲自挑选灵器十件,法宝一件。这让心如刀割的妇人稍稍舒坦几分。

之后妇人就好似蚂蚁搬家,斗志昂然,焕发出一种类似当年在泥瓶巷燕子衔泥、添补家用的光彩。

陈平安已经不去管这些,都是顾璨一直陪着她。

最终顾璨来山门口屋子找到陈平安,说他打算陪着娘亲走这一趟,不然还是不放心。

陈平安笑着答应下来。

两人坐在陈平安亲手打造的小竹椅上,晒着冬日的和煦阳光。

顾璨问道:"你就不怕我一去不回吗?"

陈平安摇摇头:"我最怕的事情都发生了,也面对了,就很难再去失望了。"

顾璨手里边拎着陈平安先前递过来的炭笼手炉,低声道:"对不起。"

陈平安笑道:"一样的,我当时也做了最坏的打算。之前我跟你说了,我与一位姑娘有过十年之约,如果真要在书简湖耗上那么多年,我也会离开一段时间,走一趟倒悬山和剑气长城,见过了她,与她原原本本说过了事情缘由,再返回书简湖,你当时怎么说来着?去吧,只要真的还会回来,十年百年之后,晚一些,都没有关系的。"

陈平安转过头,道:"但是这次事先说好,你如果来得晚,还不如干脆不来。"

顾璨点头道:"不会的。信我一次。"

陈平安点了点头。

今年年末,书简湖一场雪也未下。

一天,素鳞岛田湖君亲自让人将一艘青峡岛楼船停靠渡口,妇人带着六位最讨她欢心的丫鬟婢女,以及一只只箱子,上了渡船。

陈平安陪着顾璨一起站在船头。

田湖君除了一开始打招呼,没有再露面,不知道是审时度势,还是心怀愧疚,总之没有出现。

顾璨轻声问道:"为了这件事,又破费了吧?"

陈平安拎着那只炭笼取暖,笑道:"以前大晚上帮你家争水,被人打过不少次。甚至当了窑工后,由于一有空就回小镇帮你家干农活,传出来的闲言碎语难听得让我差点崩溃。那种难受,一点不比现在付出一些身外物好受,其实还会更难熬,会让我束手束脚,觉得帮忙也不是,不帮忙也不是,怎么都是错。"

顾璨对于那些长舌妇的嚼舌头,其实一直不太在乎,他用肩头轻轻撞了一下陈平安,低声道:"陈平安,告诉你一个秘密,其实当年我一直觉得,你真要做了我爹,其实也不坏,换成其他男人,敢进我家门,看我不往他饭碗里撒尿,往他家米缸里泼粪。"

陈平安瞬间黑着脸,一巴掌使劲拍在顾璨脑袋上。

顾璨嬉皮笑脸道:"玩笑话,别当真。"随即顾璨有些黯然,道:"说实话,我对那个爹,真没有半点印象了,都不知道见了面,还能说什么。"

陈平安叹息一声,道:"慢慢来吧。"

到了池水城,关翳然亲自迎接,与下船后的陈平安相谈甚欢,这让待在顶楼船舱内的田湖君,有些讶异。

顾璨与陈平安话别,说道:"放心,我会很快赶回来。说不定你可以比预期更早一些,离开书简湖,然后去做你自己的事情。"

陈平安拎着炭笼,点点头,目送他们一行人离去。池水城范氏白玉广场上,已经停有一艘苏高山亲自调度的仙家渡船,有一位金丹修士坐镇其中,此外还有两位随军修士。

如今整个东宝瓶洲北部,都是大骊版图,其实哪怕没有金丹地仙,也不会有太大的风险。

渡船缓缓升空。

陈平安收回视线,关翳然站在旁边,笑道:"你的事情,先前只是有所耳闻,知道青峡岛有个奇怪的账房先生,没怎么上心,结果发现原来是你后,我近期便挑了些柳絮岛邸报,以及抽调了一些绿波亭谍报,深入了解了一下,不得不说,真是个最笨的法子了。"

陈平安笑道:"磨砖做镜,积雪为粮,万一真成了呢?"

关翳然说道:"不过若非如此,我也不会壮着胆子多写一封信给大将军,斗胆催促一番。这可不是邀功,更不是自夸,而是现在我还后怕不已。你是不晓得咱们大将军的脾气,我当年最早的老伍长,如今也算是个实权将军了,加上我当下的顶头上司,平日里对咱们吹胡子瞪眼睛,跟老丈人见女婿似的,怎么看怎么不顺眼,结果等见着了大将军,跟耗子见着了猫,一个比一个会溜须拍马,都不带脸红的,所以我必须跟你讨要一两壶酒喝,压压惊。"

陈平安哈哈大笑，与关翳然还有他的几位朋友，一起喝了顿酒。酒都是陈平安出的，另外几个穷光蛋就跟范氏要了几碟子佐酒小菜，由于平时军中有规矩在，坐拥金山银山，谁都没敢大鱼大肉，现在好不容易逮住了关翳然一个冤大头，就使劲薅羊毛，一点不手软。一个名为虞山房的青壮汉子，亦是随军修士，只不过在石毫国郡城那会儿，与关翳然还是品秩相当，这会儿就是下属了。汉子抱怨不已，说关翳然这个臭小白脸就是投了个好胎，他不服气。关翳然摇头晃脑，嬉皮笑脸，说着不服你来打我啊。

结果虞山房犹豫了半天，就是轻轻一拳"摸"在关翳然肩头，然后嘿嘿笑着，变拳为掌，轻轻擦拭一番，说："关大将军最小肚鸡肠了，杀敌的本事不大，记仇的本事不小，我哪敢啊。"

看着他们袍泽之间的插科打诨，陈平安只是笑着喝酒。

然后关翳然说了一桩石毫国趣闻。其实算是他们这伙人的糗事。

当时郡城那边，有个刚刚举家从京城搬到城中的迂腐老书生，听说家世很好，只是落魄了两代人，已经远远不如从前了，就连郡城那边的石毫国本土官员，都不把他当回事。这户人家，竟然死活不愿意张贴大骊门神。

于是气呼呼的虞山房就亲自带兵登门，结果瞧见了至今难忘的一幕。

虞山房当下说起的时候，还是唏嘘不已，狠狠喝了一口酒。

那一天，一位双眼近瞎的老人，一袭清洗到近乎灰白的老旧青衫，独自一人正襟危坐于大堂之中。

当时，连虞山房在内的十余大骊甲士铁甲铮铮作响，还有那脚步声，都是一种足够让石毫国郡守都心惊胆战的沙场气势。

但是不等他们开口，那个老书生就以最字正腔圆的大骊官话冷笑道："崔瀺就是这么教你们打天下的？齐静春就是这么教你们道理的？好一个威风八面的大骊铁骑，好一个听了山崖书院百年琅琅书声的大骊！"

儒衫老人猛然一拍桌，竭力瞪大眼睛，对那些大骊甲士怒目而视，骂道："我倒要看看，这样的狗屁大骊，能够蹦跶几年！"

老人站起身，更是伸出手指，对着那帮披挂铁甲的大骊精锐，一通怒骂。

骂得虞山房憋屈不已，可是从始至终连同他在内，一兵一卒，无一人抽刀出鞘，甚至一句狠话都没有撂。

之后，他们就这么离开了那座府邸，并且不许任何人骚扰那座府邸。

关翳然知晓后，亲自写信给苏高山，询问能否破例，准许这户人家不张贴大骊袁、曹门神。其实关翳然也觉得可能性不大，毕竟大骊铁律，无人胆敢越界过线一步。

结果苏高山一封书信寄回，将关翳然骂了个狗血喷头，说如今石毫国就是我大骊藩属，这样的读书人，不去敬重，难道去敬重韩靖灵那个龟儿子，还有黄氏那拨废物？这件事,就这么说定了,准许那位老先生门户之外不张贴大骊门神,一旦国师问责,他苏高山一力承担,就算吵到了王爷那边,他苏高山也要这么做,你关翳然要是有种,记得替老子在你太爷爷那边说句好话,劳烦再去国师那边说句好话,说不定可以让国师消消气嘛。"

陈平安默默听着。

关翳然最后靠着椅子,望向陈平安,说道:"我觉得这样的读书人,可以多一些。陈平安,你觉得呢?"

陈平安点头道:"多多益善。"

关翳然眯眼而笑,举起酒碗,道:"这儿,就你我算是半个读书人,虞山房这帮糙汉武夫,晓得个屁。来来来,就我们俩走一个。"

陈平安笑着抬起酒碗,与关翳然酒碗碰一下,没什么酒杯酒碗的上下高低之分,爽快道:"那就走一个。"

虞山房"呸"了一声,也拉拢其余袍泽,朗声道:"咱们这些边关好汉,自己走一个,别搭理这些酸秀才。"也是酒碗相碰,响声清脆不已。

最后都喝得有些醉醺醺,关翳然独自将陈平安送到府邸门口,冬夜的冷风一吹,眼神清明了几分,轻声提醒道:"关于书简湖的大局走向,至少在近期,你不要掺和。既然连我都无法调阅你的某些档案,实不相瞒,关于此事,我还专程飞剑传讯给京城家族,回信也很含糊,处处是玄机,所以这意味着什么,我心知肚明,并非是信不过你,只是……"

陈平安已经点头,打趣道:"看来是酒没喝到位,才会说这些话,不然除了第一句话,其余后边的,你都不用跟我讲。"

关翳然一巴掌拍在陈平安肩头,笑道:"好家伙,这话可是你自己说的,又欠我一顿酒。"

陈平安笑道:"等到大局已定,就当是为你升官,到时候再请你喝一顿庆功酒。"

关翳然笑着点头。一切尽在不言中。

若是陈平安此后经常登门,关翳然也会喜欢,但是这就涉及了许多官场忌讳,对于双方都会有些后遗症。

可是这种话,关翳然只能放在肚子里,觉得既然认了朋友,这点代价,就得付出,不然他关翳然当真只是贪杯,眼馋陈平安藏酒的家底,好那几口仙家酒酿?他一个大骊庙堂砥柱的关氏未来家主,会缺这个?他缺的,只是自己认可的朋友而已。

但是陈平安既然能够从第一句话当中,就想通了此事,说了"大局已定"四个字,关翳然就更加高兴。

真正的朋友,痛痛快快地喝酒是必须的,可是人生难尽如人意,总是有些不痛快的事情摆在那里,朋友如果瞧得上,上得心,愿意为对方着想,那就是真真最好了,即使手中无碗,也让人如饮醇酒。

棉布青袍的年轻人,缓缓走在寂静冷清的大街上。

关翳然望着那个消瘦背影,便记起了那张消瘦凹陷的脸颊。

没来由,关翳然觉得有些心酸,可是又觉得那个朋友,其实有些潇洒。

大概一位真正的剑客,都会是这样,宴席之上,也会尽情饮酒,宴席散去,依旧大道独行。

关翳然与很多人喝过酒,也请很多人喝过酒。

但是曾经有位声名狼藉的大骊元婴修士,是位高高在上的神仙了,在他那年从边境返乡之时,在簏儿街找到他,说想要请他喝酒,聊点事情。

关翳然笑问道:"你配吗?"

当时身边众人都觉得关翳然是不是喝高了,肯定要惹来不小的麻烦,即便是关氏,说不定也要吃一杯罚酒。

事后回到意迟巷府邸,太爷爷大笑不已,使劲拍打着这个年轻玄孙的肩膀。

那是关翳然第二次见到太爷爷这么高兴,第一次是他决定投军入伍,去边关当个最底层的斥候修士。

总有些人,觉得身份地位才能够决定一个人能不能坐上某些酒桌。这些人,即便走了狗屎运,真坐上了某张酒桌,也是只会低头哈腰,一次次主动敬酒,起身碰杯之时,酒杯一低再低,恨不得趴在地上喝酒。

真是好玩又好笑。

关翳然双手抱住后脑勺,笑眯眯道:"家家有本难念的经,这些人,也要理解啊,毕竟有些还是生活所迫,不得已而为之,不过更多的,还是削尖了脑袋,用教养、家风和骨气这些虚的,换来实打实的银子,他们当中,还真的会有人爬得老高老高。不过呢,至少我关翳然这张酒桌,他们就别想上来喝酒了。为了将来能够少接触这些家伙,我也该多努力努力,不然哪天轮到我必须给他们敬酒,岂不是完蛋?到时候糟践的,除了自个儿和整个关氏家族,还有那么多一起喝过酒的朋友啊。"

已经离开池水城的陈平安,当然猜不出关翳然会想得那么多,那么远。

陈平安返回渡口后,发现青峡岛渡船还在等待。

这是情理之中的事情。一个身份云遮雾罩的关翳然,足够让田湖君他们重新审视一番形势了。

说不定黄鹤听说后,都会打消了请陈平安喝酒的念头,因为没办法与陈平安摆阔了。

登船后,田湖君满脸愧疚道:"只能眼睁睁看着小师弟与婶婶离开春庭府,我很抱歉。"

陈平安笑道:"人力有限,尽心就好了。"

田湖君看着账房先生那张脸庞,尤其是他的眼神,没有发现任何讥讽之意,但仍然心中惴惴,毕竟在师父刘志茂几乎全无东山再起的可能后,她的所作所为,为自己和素鳞岛尽力谋划是真,为师父和小师弟尽心……是半点没有了。

陈平安已经转移话题,问道:"春庭府如何处置?"

田湖君笑道:"只要陈先生愿意,随时可以搬去住。"

陈平安摆摆手,道:"算了,原先的屋子,住习惯了。"

田湖君也就不再多说什么。

春庭府是青峡岛仅次于横波府的灵气充沛之地,妇人一搬走,俞桧在内几乎所有头等供奉,都开始觊觎。至于那座横波府,谁都想要收入囊中,只是谁都没那个本事而已,就算是田湖君这个当下青峡岛的话事人,也不觉得自己能够重建横波府,入主其中。

找死吗?

至于春庭府,田湖君是肯定要收回的,说让陈平安搬过去,不过是惠而不实的客套话而已,也清楚陈平安不会答应。

跟聪明人打交道,尤其是讲规矩的聪明人,还是比较轻松的。

如果不是陈平安凭空冒出一个名叫关翳然的朋友,田湖君可能依旧会停船在渡口,但绝对不会亲自迎接,在这里陪着一个大势已去的账房先生,浪费口水了。

田湖君沉默陪同片刻,告辞离去。

陈平安拎着那只炭笼,微笑点头。

田湖君看着那个憔悴男子的笑意,心头微微涟漪,只是没有深思。

陈平安背对着田湖君,眺望湖景,神游万里。

玉圭宗。

灯下黑,真是怎么都没有想到。

是玉圭宗的话,那么涉及那场先前打破脑袋都琢磨不透的大道之争,确实分寸火候刚刚好。但是这里边的曲折,还躲在重重幕后。所以关翳然一个旁观者的提醒,陈平安很认可。

只不过如此一来,许多谋划,就又只能静观其变了,说不定这一等,就只能等出一个无疾而终。例如为书简湖制定一些新的规矩,例如在书简湖占据一座岛屿,专门为鬼物阴灵,打造一个与世无争又有自保之力的山头门派。

陈平安其实想了很多,但既然世事难料,就只能跟着形势做出改变。

这其中的好好坏坏,起起伏伏,取舍得失,不足为外人道也。

很多事情,唯有沉默。

回到了青峡岛,陈平安返回屋子,火炉烧炭,给整个屋子添些暖意,袋子里的木炭已经不多。陈平安自嘲一笑，如果不是关翳然的出现，估计想要木炭，都得跟青峡岛那边开口讨要了。不过现在嘛，应该明天就会有人主动跑来询问，陈先生屋内木炭可要添补？再就是，明天开始，自己这边应该又要多出些熟面孔的访客了。

陈平安坐到那张书桌后，继续算账。

一宿没睡。

天亮后，陈平安推门，散步去了朱弦府。门房红酥如今还在春庭府当差，不知道今年以来，随着自己的失势，府内管事婢女的碎嘴，会不会卷土重来，或是愈演愈烈，犹胜最初？不过没关系，这会儿又不一样了。想必三番两次之后，春庭府那边，也该长点记性，红酥的日子，应该不至于太过艰难。

朱弦府鬼修马远致，瞧见了陈平安越来越不人不鬼的尊容后，特别开心。没办法，在这件事上，鬼修真厚道不起来，涉及他跟长公主殿下刘重润的婚姻大事，必须要对陈平安这种年轻汉子多加提防，省得哪天陈平安没喝着自己的喜酒，反而是他收到了什么陈平安、刘重润喜结连理的喜帖。

陈平安陪着马远致闲聊几句，就离开了朱弦府。

马远致一直笑得合不拢嘴，真是怎么看陈平安怎么顺眼，一口一个陈先生，从未如此真诚。

陈平安哭笑不得，懒得跟他继续掰扯。

朱弦府的新门房，是位春庭府那边的婢女，见着了陈平安，特别热络，要知道这儿可是那个红酥的"发迹之地"，就因为攀附上了陈先生，红酥才能够在春庭府当上个日子清闲的小头目。陈平安对那位女子也客客气气，但就是这样了。多聊，又能聊什么？偌大一座青峡岛，有几个红酥？一个而已。

果然如陈平安猜测那般，今天又有几位熟人来到青峡岛，与他攀谈叙旧。

陈平安如今应付这些，熟能生巧，不再像以往那般心里别扭，言语不自然。

都是点点滴滴，历练出来的。

陈平安没有在青峡岛过年，撑船离开了书简湖，其间远远停船在宫柳岛外，继续赶路。

去了绿桐城，牵了马，只可惜那间包子铺已经关门，不知道是难以为继，还是过年休业，等到过完元宵节再开张？

陈平安是在路上过的年，就在马背上，悠然自得，不以为苦。刚好在正月初一这天找到了等候已久的曾掖和马笃宜。

陈平安休息了一天，在初二这天启程，三骑绕着书简湖地界边境，一路南下。

最后在一座渡船早已停歇许久的仙家渡口，陈平安说要在这边等一个人，如果一旬之内等不到，他们就继续赶路。

曾掖和马笃宜修行之余，就一起跑去逛仙家渡口，这里店铺林立，货物琳琅满目。

马笃宜逛过之后，就说不能再看了，不然越看越揪心，会觉得自己太穷。

陈平安便给了曾掖和马笃宜每人一枚小暑钱，道："这是新年红包。"

曾掖没好意思收下，怎么都不答应。马笃宜是个不跟陈先生讲半点虚情假意的，还询问能不能把曾掖那枚也一并给她。

陈平安笑道："不嫌银子压手，对吧？"

马笃宜头点得像小鸡啄米。

陈平安当然没答应，收回那枚小暑钱，笑道："不好意思，我也不嫌银子压手。"

曾掖哈哈大笑，幸灾乐祸，被马笃宜一手肘击中，疼得他直龇牙。

在仙家渡口，等了接近一旬光阴。

这天黄昏，一艘渡船竟然有胆子停靠渡口，只是当各路修士看到渡船上边的那面旗帜后，便恍然。

狗日的，是那大骊蛮子的战旗。

陈平安领着那个人返回客栈，曾掖和马笃宜神色尴尬。

因为是顾璨。

曾掖是纯粹害怕顾璨。马笃宜则是心中忧虑，因为顾璨在这个时候出现，真不是什么好事。

许多阴物鬼魅的遗愿，原本在陈先生这边行得通，可极有可能一见到顾璨本人，就会当场反悔，心中愤恨加剧，甚至有可能直接变成彻底失去灵智的厉鬼，到时候就又要白白挥霍陈先生的符箓了。

陈平安当晚让曾掖从大书箱里边搬出"下狱"阎王殿，放在自己屋内桌上。

屋内只有顾璨。

曾掖和马笃宜原本都返回各自的房间，然后马笃宜破天荒来到了曾掖的房间，两个坐在一起发呆。

后半夜，陈平安轻轻敲门。

马笃宜快步跑去开门，陈平安示意他们都坐下，自己也落座后，轻声道："不用担心我，你们想啊，再难，能有我们最开始的时候难吗？"

曾掖"嗯"了一声。马笃宜也轻轻点头。

陈平安笑问道："陪着我这么个人，是不是很累？"

曾掖使劲摇头。

马笃宜白眼道："心累死了。"

曾掖怯生生道："马姑娘，你还怎么死啊。"

陈平安忍住笑。

马笃宜难得在曾掖这边吃瘪一次，在桌子底下，狠狠踩了曾掖一脚。

陈平安双手笼袖，靠着椅子，闭上眼睛，轻声道："我就眯一会儿，你们不用管我。"

入睡之前，陈平安想着，不知道家乡那边，那些自己在乎的人，都还好吗？除了家乡龙泉郡，这座天下，还有别处天下和那座福地，一年新春时节，也还好吗？也有那处处杨柳依依，春暖花开吗？

陈平安缓缓睡去，有些微微鼾声，看来是真困了。

曾掖原本以为最爱跟陈先生拆台的马笃宜，会取笑陈先生呢。

但是当高大少年转头望去，却发现那位马姑娘，抽着鼻子，泪水盈盈。

少年不解，陈先生不就是睡觉有些呼噜声嘛，马姑娘你至于这么伤心？

龙泉郡。

泥瓶巷一户主人远游未归的小宅子。

大年三十那天，新的春联、福字还有门神，都已有人一丝不苟地张贴完毕。

不但有一大桌子极其丰盛的年夜饭，厨子还是个远游境武夫，一个用筷子吃菜、年岁更长的老人，更是个曾经差点跻身武神境的十境武夫，一位风采若神的白衣男子，则是大骊的北岳正神。还有一个寄居在仙人遗蜕中的女鬼。

死皮赖脸坐在主位上的，却是个黑炭丫头，说是替她师父坐的，谁都不许争，家有家规，师父不在，她这个开山大弟子，就得挑起规矩来。

此外还有一位蹲在长板凳上的青衣小童，和一旁规规矩矩的粉裙女童。

吃过了年夜饭，崔姓老人率先离开宅子，魏檗和朱敛一起出门游历，随便逛逛小镇。

还剩三个"小家伙"，一起围着火炉守夜。

天亮后，泥瓶巷祖宅外，爆竹噼里啪啦。

腰间刀剑错的黑炭丫头双手抱胸，点点头，表示比较满意，师父家的年味儿，还可以的。裴钱恪守师命，没有只顾着自己放一早上的爆竹，不然就她那脾气，恨不得吵醒整个小镇百姓。

裴钱放过了爆竹，大手一挥，喊道："走，打架去！"

粉裙女童没凑热闹，说要看家。石柔更懒得陪着裴钱胡闹，她来到龙泉郡后，也就跟粉裙女童亲近一些。

青衣小童屁颠屁颠跟上，唯恐天下不乱。

青衣小童，在初次见到那个佝偻老人和黑炭丫头后，觉得自己作为落魄山的前辈高人，必须有点架子才行，便一直压着跳脱性子，每天装着老气横秋，很是累人，这让粉裙女童很不适应。

后来发现那个小黑炭根本听不懂自己讲啥，就是瞪大眼睛发呆犯傻，他便彻底放开手脚，带着她一起疯玩，骑着那条腹生金线的黑蛇，翻山越岭。

跟裴钱相处久了，青衣小童心中那点萦绕不去的惆怅和失落，无形中减淡了几分。

至于朱敛，见过了崔姓老人，很恭敬，但也仅是如此。

在裴钱眼中，好像老厨子一到龙泉郡，就失去了马屁神功。倒是与那个相貌俊美的山神老爷很聊得来，经常去披云山登门做客。

裴钱带着青衣小童在大街小巷"走门串户"，结果很是失望。

竟然无一对手胆敢出来一战。

裴钱一跺脚道："真没劲！"

青衣小童嘿嘿笑道："不是还有那条乱窜的土狗嘛，找它去！"

裴钱犹豫了一下，问道："正月初一的，不太好吧？"

青衣小童揉着下巴，想了想道："也对。那就明儿再说？"

裴钱点点头。

裴钱所谓的"打架"，其实说的是小镇巷弄里放养的那些大白鹅，真是嚣张至极，个顶个的欺生。那么大一条巷子，各走各的，井水不犯河水，都不行？非要啄我？难道不知道挑衅高手，是要付出血泪的代价吗？

先前第一次狭路相逢，裴钱和那位劲敌，双方斗智斗勇，终于裴钱一把抓住那只大白鹅的脖颈，原地旋转数圈，大喝一声"走你！"。

双方都晕晕乎乎。

不承想那只大白鹅越挫越勇，扑腾着翅膀又来厮杀。裴钱也找到了窍门，一次次得手，一地的雪白鹅毛，让她捡了起来，用铜钱做了只毽子。

久而久之，大白鹅们只要遇上了那个黑炭丫头，竟然主动绕道而行。这让裴钱觉得有些寂寞，随即有些开心，觉得自己已经尝到了高处不胜寒的宗师滋味，想自己年纪还这么小，就这么出息大发了，不愧是师父的开山大弟子，在家乡地盘上，没给师父丢脸！

后来裴钱和青衣小童又在西边大山中，遇见了一条特别野的土狗。这还了得？裴钱可是有大志向的人，其中一条，就是要打最野的狗。

然后就是一场漫山遍野的追逐。青衣小童帮着堵路拦截，十分尽兴。

在那之后，两个家伙就经常去找那条成了精的土狗麻烦。

可怜那条遭了无妄之灾的土狗，如今的靠山刚好不在龙泉郡，只能夹着尾巴四处逃窜。关键是即便它逃到了龙泉剑宗的山头，一样无法逃过一劫，那两个心狠手辣的小王八蛋，就一个劲冲上山。山上仙师弟子见着了，不敢管，阮邛看到了，竟然也是乐呵呵，半点不拦阻，反而让门中弟子不用约束那两个顽劣家伙。

第七章 报道先生归也

193

裴钱倒是没忘记礼数，手持行山杖，见着了阮邛，抱拳行礼，很江湖气概了。

在弟子那边从无笑脸的阮邛，竟然还笑着揉了揉小丫头的脑袋，说以后如果想入我宗门学剑，无论挂不挂名，都可以。

裴钱当场拒绝，再次重申了自己是师父的开山大弟子。

阮邛哈哈大笑，说以后再说，不着急。

不过估计若是他晓得了这个小丫头的内心想法，就怎么都笑不出来了。还要怒骂那个姓陈的小子，真是贼心不死，挖墙脚的小锄头，让人防不胜防。

裴钱对这个大名鼎鼎的兵家圣人，是不怎么怕的，反而有些亲近，这里她藏着一个小秘密。因为她看过了那幅光阴长河走马灯后，便牢牢记住了那位青衣姐姐，觉得就算当师娘是很难了，但是当个二师娘，不也行？

裴钱和青衣小童走到泥瓶巷附近，裴钱突然跑去那座已经失去铁链的铁锁井，趴在井边，往里边瞧。

青衣小童蹲在一旁，问道："干啥咧？"

裴钱轻声道："你们都说龙泉郡藏着好多值钱玩意，我要瞧瞧里边有没有宝贝啊，真要有的话，岂不是发财了？"

青衣小童白眼道："我劝你别想了。别的地方还好说，这儿如今是私家禁地，也就是我的面子大，你才可以没人拦阻，大大方方走到这边。你没发现已经没有小镇百姓来汲水了吗？"

裴钱大失所望，以拳击掌，憾道："咋个回事哩，到了师父家乡，一件好东西都找不到！"

青衣小童挠挠头，无可奈何。

与裴钱说机缘说道理吧，人家根本不管；随口说撞大运吧，人家倒是上心。真是对牛弹琴，连觉得自己已经足够脑子进水的青衣小童，都要对她感到没辙。

两人坐在井口上，青衣小童叹了口气。

裴钱问道："咋了？"

青衣小童揉着脸颊，道："不晓得我那位御江水神兄弟，如今咋样了。"

裴钱"哦"了一声，不屑道："就那样呗，还能咋样？离了你，人家还能活不下去？不是我说你，你就是想太多，有个屁用。"

青衣小童翻了个白眼。

裴钱双臂环胸，不再管青衣小童，自顾自忧愁道："师父也真是的，这么久了还不回来。"

青衣小童点点头，道："这个不靠谱的老爷，可是欠我好几个红包了。"

裴钱犹豫了一下，转过身，从老龙城桂夫人赠送给自己的绣袋里边，摸出几枚铜钱，递给青衣小童道："就当是我师父给你的红包，够不够？"

青衣小童愣愣地看着裴钱摊放在手心那几枚铜钱,顿时悲从中来,满腔愤懑,却还是伸出手去,想要拿了那几枚铜钱。蚊子腿也是肉。

裴钱却哈哈笑着握拳收起,放回绣袋,道:"做梦呢你,这么多钱,我可不舍得。"

然后裴钱收敛笑意,拍了拍青衣小童的肩膀,道:"混到这么惨兮兮的分上,连几枚铜钱都不放过,你也挺不容易的。没关系,我师父说过一句话,守得云开见月明,我把这句话送你了,我讲义气吧?"

青衣小童抱头哀号起来。这苦哈哈的日子咋过啊。

裴钱哀叹一声,真是个长不大的家伙,只得重新拿出那几枚铜钱,递给青衣小童,道:"拿去吧。"

青衣小童立即笑逐颜开。

裴钱老气横秋地摇摇头,教训道:"见钱眼开,没出息!"

又一年春。

一位青衣女子和一位白衣少年郎,没有与大队伍一路北归,而是在红烛镇从一条渡船跃下。然后两人徒步返回龙泉郡。

这两人正是阮秀和崔东山。

在红烛镇一座书坊,崔东山闲得发慌,就找了个由头,故意逗弄一拨客人。

其中一人给惹急了,顾不得那小白脸身边还站着位灵秀至极的动人姑娘,急嚷嚷道:"看见别人过得好,还不许我眼红?看见别人过得不幸,还不许我乐呵乐呵?你谁啊,管得着吗?"

崔东山笑嘻嘻道:"行行行,这是个好习惯,别改别改。我又不是你爹娘,你这种好习惯,苦口婆心劝你改了作甚?"

阮秀既没有觉得无聊,也没觉得有趣。

崔东山见她又开始掏出绣帕,吃起糕点,就赶紧带着她离去,低声埋怨道:"能不能别当着我的面吃这玩意?你这一拿糕点,我就慌。"

阮秀眼睛一亮,道:"你知道?"

崔东山无奈道:"我好歹差点成了飞升境的大修士,如今惨是惨了点,可是眼界还在,又是天底下最清楚你们根柢的家伙,能不知道吗?"

阮秀微微一笑。

想吃世间的真正美食又不能下嘴的时候,怎么办?她就想了个小法子,吃些别的,聊胜于无。

两人继续赶路,路过了那座棋墩山。

在山巅停步,崔东山举目远眺,望向南方。

大骊皇帝，其实已经是先帝了。

这个消息快要纸包不住火，很快东宝瓶洲中部那边就要路人皆知。

大骊宋氏子嗣，皇子当中，宋和，当然是呼声最高，那个仿佛天上掉下来的皇子宋睦，朝野上下，无根无基。大骊宗人府，对此讳莫如深，没有任何一人胆敢泄露半个字，可能有人出现过心思微动，然后就人间蒸发了。宗人府这些年，好几位老人就没能熬过酷暑严寒，寿终正寝地"病逝"了。

皇帝陛下"英年早逝"的真相只掌握在三个人手中，那位被贬去长春宫修行的娘娘、两位皇子的亲生母亲，监国的藩王宋长镜，辅国的绣虎崔瀺。

一个占据着大义和血脉正统，一个管着全部的大骊军伍，一个是大骊百年国策全出于其手的国师。

三人维持着大骊朝野、山上山下的微妙平衡。

在打下朱荧王朝之前，不会有任何问题。打下之后，就会有大麻烦。

那位娘娘，当然毫无疑问，会殚精竭虑，偏袒那个从小待在自己身边长大的宋和，事实上宋和也算是老王八蛋的入室弟子。

宋睦，或者说宋集薪，则是齐静春的弟子。

但真正决定谁能够当上大骊新帝的人，只有一个，藩王宋长镜。

即便宋长镜不满足于监国，自己来当这个皇帝，老王八蛋也愿意，这都是老幼"绣虎"当年都算计在内的结果之一。

不过目前看来，宋长镜果真志不在此，不然早就可以脱下铁甲，穿上龙袍了。

山风阵阵，泛着初春时分的草木清香。

崔东山眯起眼。

真是倒了八辈子血霉，有心栽花花不开，无心插柳柳成荫，先是在大隋山崖书院，不过是随口与先生聊了脉络障，结果差点着了那个臭牛鼻子的大道。

崔东山给了自己一大嘴巴。

又有那个姚老头隐藏极深的谋划，杨老头绝对撇不清关系，所以更是牵连甚广。

崔东山又给了自己一耳光。

对此，阮秀早已习以为常。

崔东山瞥了眼山崖，想一想，还是算了，往下跳，死不了人，但是丢人。

崔东山突然张牙舞爪，破口大骂："老王八蛋，输了就输了，我和先生，都认！可你就不该昧着良心，说个屁的君子之争！齐静春死了，我家先生输得那么惨，在书简湖一无所获不说，还损失惨重，你更是跟一个死人下棋。君子之争，争你大爷的争，你给我滚出来，让我扇你两个大嘴巴子，看看你狗嘴里到底能不能吐出象牙来……"骂声戛然而止。

阮秀眯眼而笑。

崔东山咽了口唾沫，双手负后，仰头望天，淡然道："今儿月亮真圆哩。"

原来他身边，站着一位儒衫老者，正是国师崔瀺。

崔东山缓缓转头，一脸无辜道："你咋来了？这么巧？"

崔瀺冷笑道："怎么，不说一句落花时节又逢君？"

崔东山破罐子破摔，指着崔瀺的鼻子，跳脚骂道："老王八蛋，怎么，不服气，我哪句话说得不对了？你要是能够指出来，我就跟你姓崔，你就是我孙子！"

阮秀摇摇头。见过找死的，敢这么变着花样找死的，真不多见。

崔瀺竟是半点不予理睬。当年在书简湖边上的池水城高楼，多少还是会稍稍理睬一二的。

崔瀺望向南方，又转移视线，往西边望去，问道："知道真正的棋盘在哪里吗？"

崔东山皱眉道："中土？老秀才那边，有门道？"

崔瀺讥笑道："你如今就是一只井底之蛙。"

崔东山"哎哟喂"一声，忙不迭地帮崔瀺敲打肩膀，殷勤问道："爬上井口的老王八蛋，给我这只井底之蛙说道说道？"

崔瀺振衣弹开崔东山的爪子，缓缓道："我与齐静春的棋盘，是天下，所有的天下。一座乌烟瘴气的书简湖，算个什么东西？"

饶是崔东山，都要在这一刻心弦剧震。

阮秀不去想这些，懒。

崔瀺淡然道："就说这么多，你等着就是了。但哪怕是你，都要等上很多年，才会明白这个局的关键之处。即便是陈平安这个当局者，在很长一段时间内，甚至这辈子都没办法知道，他当年到底做了什么。"

崔东山不再有任何玩世不恭的神态，神色肃穆，沉声道："崔瀺，那我就拭目以待！"

崔瀺一闪而逝。

崔东山喟叹一声，与阮秀继续赶路。

此后一路无言。

只是进入龙泉郡地界后，下了一场蒙蒙细雨。

崔东山似乎蓦然欢喜，伸手去接雨水，喃喃道："报道先生归也，杏花春雨故乡。"

书简湖之南的群山之中。

又一年春夏秋冬，一行人才走完了所有路程。

只是相较于之前两次，多了一个顾璨，所以走得愈发缓慢，越发坎坷磨难。

至于与那些邪修鬼修的冲突，相比之下，不痛不痒。

朱荧王朝国境内,已经战火纷飞。

这一趟,就连曾掖都发现了古怪之处。

那些游荡群山之中的山精鬼怪猛兽妖物,只要陈先生出现在它们眼前,稍稍有些心思起伏,它们就几乎都会有些畏惧,一些胆小的,更是直接退避逃窜。

顾璨也越来越沉默寡言,但是眼神坚定。

在此期间,顾璨有过彷徨、挣扎、愤怒,甚至还有两次想要选择放弃。

那个从青色棉袍换成了青衫又换回了棉袍的陈先生,言语不多,只是站在顾璨身边,有些时候会说话,有些时候会沉默。

陈先生面对那些杀人劫财的鬼修野修,会出拳,会出剑。

明明是孱弱的体魄,动荡的神魂,出拳,出剑,却极快极快。

一往无前。

便是那把名为"剑仙"的半仙兵,都逐渐变得极其温顺,每次出鞘后,自行归鞘之前,都会萦绕主人四周,缓缓流转,如小鸟依人。

这年年关,归程途中,终于迎来了一场鹅毛大雪。

这年春风里,重返书简湖。

在一处高山,依稀可见幽绿湖水之际。

顾璨突然说道:"陈平安,接下来,让我自己走下去吧。"

陈平安转头看着眼神坚毅的顾璨,温声问道:"想好了吗?可能会死。我可以再陪你走一年。"

顾璨摇头道:"足够了!"

陈平安揉了揉他的脑袋。

顾璨说道:"但是如果有一天,我是说如果,你陈平安被人打死了,我一定会先忍着,然后杀他全家,祖宗十八代的坟,都一个一个刨开。反正那个时候,你管不着我了,也没办法骂我。"

陈平安无奈而笑。

曾掖和马笃宜听得心惊胆战。

要知道,顾璨决心修行之后,修行之快,真是让马笃宜都觉得自己是个修行路上的瘸子,人家顾璨不是走路,那是直接乘坐仙家渡船的。

因为顾璨如今已是洞府境修士,并且即将破开瓶颈。

陈平安就此与顾璨他们分道扬镳,独自一骑,说要一直往北走,有可能哪天就会乘坐仙家渡船,快一点返回龙泉郡。

一人一骑。

走过了书简湖边境,走入了石毫国境内。

经常会有路人,看到一个青衫负剑的游侠,人与马都快瘦成竹竿了,骑马的年轻人却眼神熠熠。

在那之后,陈平安就不再骑马,缓缓北行。瘦马很快精壮起来,只是主人还是那般消瘦。

这一天,陈平安牵马沿着一条泥路,经过一处一望无垠的油菜花田。

陈平安停步,那匹马也心有灵犀地几乎同时停下马蹄。

陈平安坐在田垄上,马匹在身旁徘徊。

陈平安挠挠头,摘下养剑葫,喝了口酒,然后捧着养剑葫,自语道:"齐先生,你真的不在了啊,我还以为能够再见到你一次呢。"

陈平安笑了起来。

也好,见着了自己这般惨淡模样,说不定连齐先生的小师弟,都做不成了吧?

曾经有一年风雪夜,山崖栈道。

一位白老爷带着婢女与那个少年分开,在断去婢女一根尾巴后,栈道上,出现了一位双鬓微白的中年儒士,微笑等待。

当时白老爷笑了笑,道:"好嘛,有心找你,你不露面;不抱希望了,你反而自己来了。"

那位宫装妇人模样的大狐妖,战战兢兢,主动远离两人,拉开一大段距离。

中年儒士在与白泽分开之前,将一团水运精华凝聚而成的水球,轻轻递给白泽,微笑道:"几年后,可能是两三年,可能是四五年,具体时间,我现在也不敢断言,所以劳烦白老爷有事没事就瞧一眼,看过之后,白老爷再做决定。"

白泽略微疑惑,仍是点头答应下来,接过了那个小玩意。

因为这个儒士,是齐静春。

所以到了中土神洲,在白帝城附近的大河之畔,白泽对那位礼记学宫的大祭酒,说了一句:"我要再看看。"

在那座孤悬海外的岛屿上,目送赵繇离开后,中年儒士递给那位世间最得意的读书人一碗水,微笑道:"先生对人间失望至极,那么我可就要与先生打个赌了。"

那位读书人微笑道:"别人不行,与你齐静春打赌,可以。"

所以那位读书人,在齐静春离开后,见也不见那位亚圣一脉的大祭酒了。

他也要等等看。

最终,彩衣国那边,最后一次相逢,也是最后一次离别。

齐静春对一位少年笑着说,最后陪你打一次拳。

少年出拳。

齐静春在一旁,悠然出拳,心中缓缓道:"小师弟,辛苦了。这么大的担子,被我亲自放在你的肩头，对不起。"

那一刻，少年只是伤心打拳。

并不知道，那位自己最敬重的齐先生，泪流满面，满是愧疚。

这一年春，中土神洲。

白泽离开了那座雄镇楼，主动来到了儒家正宗文庙。

天下最得意的读书人，仗剑远游，亦是风流无双，任你天下任何剑仙，无人能敌。

而东宝瓶洲，有个年轻人，坐在马背上，竟是睡着了。

陇上花又开，先生缓缓归矣。

第八章
水落石出书简湖

北归路上。

陈平安停马在一座不知名高山的山巅，因为打算接下来就近寻找一座仙家渡口，乘坐渡船返回大骊龙泉郡，就趁着这个日头高照的最后机会，晒起了那些许久没有翻出来的竹简，既有棋墩山、青神山子孙竹的竹片，也有寻常山野绿竹和书简湖紫竹岛紫竹材质的。

附近山峦起伏，不过山中有条行商的茶马古道，入山之后，依稀有些赶路的商贾，匆匆往来。

陈平安故意拣选了一条岔路小道，走了几里山脊路，来到这处山顶晒竹简。

翻出了所有竹简，陈平安蹲在一旁，怔怔出神。

一想到欠了那么多债，真是脑壳疼。

陈平安喝了口酒，不断安慰自己，回到了龙泉郡，在魏檗的运作之下，自己就是位大地主了，拿出点气度来，些许外债，算什么。

陈平安揉了揉脸颊，觉得是这个理儿，钱财乃身外之物，君子取财用之有道……一巴掌拍在自己脸颊上，真当自己是善财童子了不是？

然后陈平安转头望去，一位先前在半路遇上的老儒士，气喘吁吁站在远处，见着了陈平安，似乎害怕遇上了疯子，正打算转身下山。

当时陈平安骑马越过老儒士和书童身边，观察脚步和呼吸，都是寻常人。当然如果对方是高人，隐藏极深，陈平安也不会有意去探究。

肩挑担子的少年书童，没有跟随老儒士一起赶来，兴许是老儒生想要独自登高作赋，抒发胸臆之后，就会立即返回，继续赶路。

当然也可能是一位深藏不露的大修士，披着儒生外衣，将他陈平安当成一头肥羊，想要来此杀人越货？

都无所谓。

老儒士似乎在心中经过了一番天人交战，仍是下定决心，来到陈平安十数步外，弯腰看着那些竹简，看了片刻，如释重负，转头笑问道："年轻人，是一个人远游求学？"

陈平安想了想，点头笑道："算是吧，想要多走走。"

老儒士先点头，道："嗯，不错不错，行万里路，读万卷书。如今的后生，买书读书越来越省力，就越吃不住苦头了。"然后问道："不介意我走动，多看几眼你这些珍贵的竹简吧？"

陈平安笑道："老先生只管观看。"

很快陈平安就有些后悔了，老人不单单是看竹简，翻翻拣拣，还喜欢问这问那，而且问题极多，此言此句，出自何处，等陈平安说了书名与语句主人，老人更来了兴致，询问陈平安可知那人那书的学问根脚与宗旨立意，陈平安回答得有些吃力，老儒士的言语就不太客气，有些陈平安不熟悉而老人又烂熟于心的学问，就会好好教训一通陈平安的一知半解，让陈平安只得频频点头，虚心接受老人的点评。

老儒士真是不怕麻烦，少年书童在远处喊了两次，都被他拒绝了，最后书童便干脆放下担子，坐在那边一个人长吁短叹。

足足一个多时辰，老人总算看完了竹简，也问完了问题。

老人突然笑问道："年轻人，我特别喜欢其中二十四枚竹简，能不能割爱送我？"

陈平安果断摇头，道："不行。"跟你这位老先生又不熟。陈平安刚打定主意，近期打死不做那善财童子了。

老人有些急眼了，道："你这人，读了那么多书上道理，怎的如此小家子气，天下书生是一家，送几枚竹简算什么。"

陈平安笑眯眯道："不凑巧，老先生是学问渊博的读书人，我如今可还不算。再说了，己所不欲，勿施于人，也是书上的道理，老先生莫要强人所难哪，不然可就不太善喽。"

老人伸手指了指陈平安，骂道："好小子，读书尽读些歪理。罢了罢了，你既然都拿'己所不欲，勿施于人'这么大的道理压我，我也就只好捏着鼻子说一句'君子不夺人所好'，安慰自己了。"

陈平安笑而不语。

老人显然犹不死心，又见陈平安半点不上道，只得厚着脸皮又问道："真不送我？二十四枚竹简太多的话，打个对折，十二枚也成。"

陈平安无奈道："老先生，真不能送。这些竹简和上边的内容，对我来说意义非凡，是要拿回家中好好珍藏起来的。每一枚竹简，都是一时一地的心境，每次拿出来晒一晒，都是一次反省。"

老人气呼呼道："那说明你是读死书，道理真要读进了肚子，哪里还需要翻看竹简。"

陈平安给逗乐了，他娘的你这位老先生道理倒是一个接一个，归根结底，还不是想白白把这二十四枚竹简收入囊中？陈平安早就发现了，那些让老先生最为爱不释手的二十四枚竹简当中，大半是青神山绿竹和紫竹岛的仙家紫竹，如果让老先生拿走了灵气萦绕的竹简，若是真心喜好上边的文字内容，也就罢了，可要是个稍稍有些眼力、贪图那些灵竹本身的修士，陈平安难道还要翻脸不认，抢回竹简不成？

老人见陈平安态度很坚决，只得作罢，嘀嘀咕咕，埋怨不已。

陈平安开始收拾竹简，看得老先生好像一锭锭银子从手边溜走，满脸心疼。

陈平安见状都有些于心不忍。老先生在这里耗费了一个多时辰，陈平安都有些心累，想必这位老先生也好不到哪里去，即便是贪图那些竹简，心不累，可一大把年纪了，蹲半天唠叨半天，也累人的。再者，老先生的一肚子学问，谈吐之中，当真做不得假。就是财迷了些，这一点，倒是跟自己同道中人。二十四枚竹简没得商量，十二枚也不行，不然就送出六枚竹简，意思一下？

正思考着，老人又"好心"劝阻道："年轻人，日头这么大，别着急收起来啊，趁着天气好，再晒晒，竹简就怕虫蛀水浸……你要是担心日头西斜再动手会来不及收拾，我来啊，我可以帮忙的，你这般作为，可对不起这些竹简和那么多美好的文字！"

陈平安算是有些服气了，停下手上动作，笑问道："老先生，我问一个有些冒犯的问题，行不行？"

老人摇摇头，试探性问道："那就别问了吧？咱们读书人好面子。"

陈平安仍然问道："那老先生到底还想不想要竹简了？"

老先生斩钉截铁道："随便问！"

陈平安抹了把脸，总觉得自己掉坑里了。

老人偷偷摸摸拿起一枚地上的绿竹竹简，呢喃道："'积土成山，风雨兴焉。'说得真好啊……就是字刻得差了点，有力无气的，不堪入目，还敝帚自珍作甚，不如送人，重新再刻……"

陈平安无奈道："老先生，我耳朵灵，听得见的。"

老先生一脸错愕，问道："我都没说啥，你咋听得见？年轻人，你难道是山上神仙，听得见我的心声？"

陈平安看着老先生的神色表情，还有那眼神。

贼真诚。

陈平安有些奇怪，难道这真的只是一位过路的老儒生？

不过也不奇怪，儒家书院修士，在这一带，相比书简湖野修和山上仙师，确实人数稀少。而且能够一个多时辰，没有流露出丝毫蛛丝马迹，恐怕书院君子都做不到。陈平安不觉得观湖书院的圣人，有这闲工夫来跟自己开玩笑。

老先生一脸遗憾道："人情冷暖可无问，手不触书吾自恨啊。"

陈平安假装没听见。

老先生怒道："年轻人，先前的灵光耳朵呢？"

陈平安想了想，抬头看了眼天色，道："老先生，我认输，你自个儿去挑竹简吧，我还要着急赶路。不过记得挑中了哪枚书简，都不用与我说了，我怕忍不住反悔。"

老儒士问道："二十四枚？"

陈平安点点头，笑道："可以少，不能多。"

老儒士"嗯"了一声，满怀欣慰道："对嘛，年轻人，就要器量大些，早该如此了。千金难买寸光阴，你瞧瞧，咱们耗在这里，虚度了多少光阴，不比几枚竹简更值钱？"

陈平安点头道："对对对，老先生说得对。"

除了手中那枚竹简，老先生开始起身，四处拣选心仪的其余竹简，故意磨磨蹭蹭。

陈平安突然咳嗽一声。老先生装耳聋。

陈平安只得苦笑道："老先生，加上你手中这枚竹简，都快三十枚了。既然是读书人，能不能讲点信用？"

老先生一副恍然大悟的样子，将最后一枚竹简收入袖中，客套含蓄几句，就走了。

到了书童那边，老儒士赶紧催促道："走走走，快点走！"

一老一少，脚底抹油，跑得飞快。

陈平安这会儿大致可以确定，真碰上"高人"了。

陈平安笑了笑，默默收起剩余的所有竹简，然后牵马走下山巅，来到那条茶马古道，继续骑马缓缓赶路，此后再没能遇上那位老先生，相信这会儿正躲在什么地方偷着乐呵吧。

陈平安在马背上，打了个盹，浑然不觉老先生正在为他牵马而行。

老先生笑问道："陈平安，一个人在自己心路上遇水搭桥，逢山开路，这是很好的事情。那么有没有可能，能够让后人也沿着桥路，走过他们的人生难关？"

陈平安依旧不自知，却已以心底心声，缓缓开口道："老先生，我只是个精打细算的账房先生，可不是什么教书先生，万万不敢有此想。"

此后一问一答。

"这场问心局，可认输了？"

"当然输了呀。"

"那么失望吗?"

"对自己有些失望,做得不够好,只是对世道没那么失望了。"

"这样啊。"

此后又有"闲聊"。

老先生说得有些离题万里,想到哪里说到哪里。

马背上的陈平安便听着。

"道家学说,尤其是道祖所言,民智未开,或是民智大开,前后两种最极端的世道,才能推行,才有希望真正成为世间所有学问的主脉。所以说道家,学问是高,道祖的道法,想必更是高得没道理了,只可惜,门槛太高啦。"

陈平安哑然无语,这话说得……

算了,就当是这位老夫子自己琢磨出来的道理吧。听一听,也不是坏事,千万别还嘴,别说什么不是。

陈平安可不想与人吵架。他暂时没那份心气了。

若是吃过了绿桐城四只价廉物美的大肉包子,说不定还能试试看。

"一个个先贤的背影,愈行愈远,作为后人,只是跟在他们身后,远远看一眼,你陈平安会有何感觉?"

"我只觉得高山仰止,如果将来真有机会,跟他们走在一条路上,哪怕只是远远看一眼先生们的背影,也会觉得……与有荣焉。"

"好!"

老先生松开马缰绳,马背上的陈平安,继续在"梦中"缓缓骑马前行,在茶马古道上愈行愈远。

那位老先生在道路上驻足不前,身形缥缈,如云如烟。身后远处那位挑担的少年书童,则浑身琉璃光彩,虚幻不定。

当陈平安在马背上打了个激灵,恍然惊觉已是深夜时分时,一人一骑,已经走出大山,来到了一条河流旁边。

大骊王朝,永嘉十二年,春分时分。

当入春之后,苏高山、曹枰之外的第三支大骊铁骑投入战场,朱荧王朝在几条战线上都开始节节败退,京城被围,朱荧王朝的君王玉玺、太庙神主,即将蒙尘,只在旦夕之间。

但是藩王宋长镜却没有进入朱荧王朝版图,这一天春风里,浩浩荡荡的墨家机关巨舟,掠过朱荧王朝版图上空,继续往南。

不断有零散的剑修，不愿苟活，御剑而起，向这支东宝瓶洲历史上从未出现过的巨大"船队"，发起进攻，又毫无悬念地——陨落，如同姗姗来迟的巷弄迎春爆竹声，又像山上的仙鹤哀鸣，划破长空，让每一个在大地上见到此幕景象、听闻悲音的朱荧子民，悲恸不已。

宋长镜依旧穿着那件老旧的狐裘，站在主舰楼船的船头，居高临下，俯瞰大地。当年许弱这一脉墨家旁支选择押注大骊，其实就做了两件事：一件是与阴阳家那一脉，联手打造那座僭越至极的仿造白玉京；另一件是用大骊吞并卢氏王朝在内的所有财富，尤其是骊珠洞天的"买路钱"，此外还有一路南下缴获的各大国库，来打造这些南渡飞舟。堂堂大骊，这些年国力鼎盛不假，却也年年入不敷出，即便如此，仍是赊欠墨家许多，尤其是当墨家主脉选中大骊后，花钱更是如流水，可不是小江小河的哗啦啦作响流淌，而是像那大渎流水，水深无声，可能都没个响动，国库就空荡荡了。

对于大骊，尤其是户部而言，这是一种魄力，更是能力。国师崔瀺为何对户部尚书刮目相看？就连宋长镜和整个军方，都愿意对户部官员持有敬意，根源便在于此。当然，各支铁骑去户部讨要军饷的时候，没谁会留情面，哭爹喊娘，装穷一个比一个熟稔，宋长镜对此看在眼中，并不觉得有什么问题，大骊文武官员，在争争吵吵、磕磕碰碰，以及年轻一代书生的投笔从戎、边关子弟的纷纷跻身官场的过程当中，宋氏庙堂上的文武界限不断模糊，这是好事情。

至于与墨家外乡修士关系最亲近的工部，更是绕不过去的幕后功臣。

反而是原本地位最高的礼部、吏部，一旦将来论功行赏，会比较尴尬，所以在大骊新北岳以及与大隋结盟和出使大隋这些事情上，礼部官员才会那么不遗余力地抛头露面，没办法，如今与战场距离越远的衙门，在未来百年的大骊庙堂，就要不可避免地失去底气，嗓门大不起来，甚至极有可能被六部其余衙门蚕食、渗透。

毕竟大骊刑部衙门，在谍报和笼络修士两事上，依旧有所建树，不容小觑。

所以礼部，如今也有了些小动作，就是害怕所有人都在开疆拓土的时候，唯独他们这个昔年大骊六部地位至尊的衙门掉队，跌入尘土，沦为一座清水衙门，里边只有一张张冷板凳，还怎么吐故纳新，坐稳大骊第一部堂的清贵且实权的高位，还怎么能够年年都是新年新气象？

只剩下一个吵开了锅的吏部，因为有关氏老太爷坐镇，不管自己人关起门来怎么吵，出门对外，还是规规矩矩。

哪怕礼部使劲嚷着要求在太平无事牌一事上，必须从举荐、勘验、颁发、记录档案、考评，都要全部收入礼部，让原本约莫负责一半职责的吏部彻底放权，关氏老爷子只是捣糨糊，不表态，就拖着，最后竟是连因病告假这种拙劣的手段都拿出来了。他娘的就你这位老爷子顿顿酒肉的人，比许多礼部青壮官员的身子骨还要结实，也会感染风寒一病不起？老狐狸真是年纪越大，脸皮越厚。比老爷子矮了一个辈分的礼部尚书，哪怕还算是关老爷子的半个门生弟子，据说都气得在宫禁值房那边发了牢骚，说老爷子也忒倚老卖老。

大骊官场，热闹且忙碌，各座衙门，其实都闹出了不少笑话。

京城意迟巷和篪儿街，在今年的正月里，更是往来拜年，走动频繁。

对于这些"春江水暖"的官场事，宋长镜不太上心，大势之下，都是人之常情，只要不过火，不越界太多，他不会管。事实上，也用不着他一个沙场武夫，去操心这些乱七八糟的事务。

因为宋长镜不得不承认，大骊铁骑能够顺利南下，并且步步稳固，那头绣虎，功莫大焉。

地面上又炸开一抹微弱虹光，有位年轻剑修隐匿在山峦之间，似乎瞅准了宋长镜这位"大官"模样的大骊蛮子出剑，飞剑意气当中，满是视死如归的悲愤气概，剑光如一条白线，画弧而至，直刺宋长镜。

宋长镜摆摆手，示意那些跻身地仙之流的随军修士不用拦阻，一位六境剑修的孱弱飞剑，是来替一位十境纯粹武夫挠痒痒吗？

宋长镜随手一拳，将那柄本命飞剑砸回地上，刚好落入那名年轻剑修身畔的大地之中。脸色惨白的剑修摇摇欲坠，仍然竭力站稳身形，望向那个实力超乎想象的男子。

飞舟掠过长空，年轻剑修再无出剑的实力，跌坐在地。

此后如蝗群的墨家飞舟，故意飞过了朱荧王朝的南岳山巅上空。

心怀必死之心的千百剑修，与那尊地位尊崇的南岳神祇一同迎敌。

渡船之中的十余艘剑舟中射出的飞剑如雨落向大地。

天上地上，两拨飞剑如雨幕相接，墨家耗费无数神仙钱打造的剑舟飞剑，与剑修的本命飞剑，玉石俱焚。

偶有本命飞剑成为漏网之鱼，又被大骊本土和招徕而来的元婴、地仙修士，陆续祭出法宝，一一击破。南岳上空，呈现出令人炫目的五彩琉璃色，恍若传说中的天庭仙境。

山岳神祇的金身法相，手持一把以王朝皇室独门秘术制成的剑气巨剑，劈向宋长镜所在渡船，结果被宋长镜一拳击碎，又一拳将南岳正神的金身法相打得崩碎。

宋长镜最终站在南岳神庙的屋脊上，暂时失去金身法相的南岳正神正要以千年香火的积淀，重塑金身，再战此人。

宋长镜开口道："差不多就可以了，大骊没有对你们赶尽杀绝的意思，地仙之下的剑修，全部下山，既往不咎。地仙修士，愿意降者，可以跟随本王一同南下，不愿意投降者，就老老实实待在南岳山上，我可以保证，即便有些秋后算账，也不会滥杀，人人有机会破财消灾，并且会确保你们这几位地仙剑修的立身之本，至于身外物，多半是要充当大骊军费了。"

南岳山巅寂静无声。

宋长镜一掠而去，轰然震塌那座南岳主殿大半，将一位试图串联其余大剑修誓死抵抗大骊蛮夷的地仙剑修，连同身躯和金丹一拳打烂，只余下阴神和气象衰减的本命元婴。

若是有修士从山脚仰望而去，就可以看到巍峨的南岳临近山巅的一处仙家府邸，顷刻化作废墟，扬起的尘土如一大团黄色云雾缭绕山顶。

宋长镜返回山巅神庙，朝那位站在广场上的南岳正神，点了点头，示意南岳正神的识趣，他宋长镜心领了。随即拔地而起，返回渡船。

朱荧王朝的这尊南岳神祇，眼神复杂，最后朝那位无可匹敌的大骊藩王作揖一拜。许多年轻剑修，直到此刻，才骇然察觉，从头到尾，山岳阵法都未开启。既是这位神祇自己畏死，害怕大道断绝，也是害怕负隅顽抗之下，整座南岳的千余剑修都会惨死。

之所以在此埋伏，自然有各方剑修慷慨赴死，不惜以剑殉国之义，也有诸多怀揣着私心的谋划，比如他这位南岳正神，之所以答应剑修登山，就是希冀着对故主、新主双方都有个交代，不至于在未来的这块亡国之地上，失去南岳头衔后，却被谩骂无数，香火凋零，反而通过今日一战，能够为自己赢得一些市井赞誉，也可以省去大骊的一些麻烦，尽量保住未来大骊头等山神的宝座。

在东宝瓶洲的大乱之世，朱荧王朝显然大势已去，总要为自己谋取一条退路。

宋长镜回到船头，伸手放在灵气缓缓流转的栏杆上。大骊年号，很快就要改了。

书简湖，池水城范氏府邸。有三位客人拜访，递交了贴黄名帖，说是要见关翳然关将军。

门房不敢怠慢。

如今四座驻守城池，品秩、权柄相当的四位大骊人氏中，池水城关翳然，在去年一年中，地位逐渐提升，隐约成为龙头人物。其余三人，经常需要来到池水城议事，而关翳然从来不需要离开池水城，些许痕迹，足以说明一切。

连关翳然其实是苏高山乘龙快婿的说法，都传了出来，有鼻子有眼。

此时，门房总觉得访客当中的一位少年，身穿一身灰色棉袍，面容消瘦，有些眼熟，又没能认出。

很快门房就领着三位去见那位官署开设在范家的关将军。

三位客人，都背着一只大竹箱。

已经脱去随军修士甲胄的关翳然，站在官署一排简陋房屋外边的屋檐下，有些意外。

等了一顿很长时间的酒，没等来，结果等来了一个自己不太喜欢的家伙，顾璨。

关于顾璨在书简湖的所作所为，关翳然自然不喜，既是个人性情使然，也有关氏家族潜移默化的熏陶。人生在世，处处是官场，顾璨这种以破坏规矩为乐的愣头青，能够在大乱之局中，侥幸活到今天，不得不说是个奇迹。不过既然是陈平安的朋友，关翳然也不至于闭门不见。朋友的朋友，未必是朋友，不过这点面子，关翳然还是要给的。

如今在大骊铁骑主力已经撤离的书简湖，年纪轻轻的关翳然，其实无形中就是真正一言九鼎的江湖君主了，手握数万野修的生杀大权，甚至比当年青峡岛刘志茂更名副其实。

神色平静的顾璨，战战兢兢的曾掖和同样心中惴惴的马笃宜，一起拜见关翳然。

双方几乎同时走向前，在院内站着，关翳然笑道："你就是顾璨吧，有事吗？"

顾璨笑着掏出一壶酒——老龙城的桂花酿，递给关翳然，笑道："陈平安要我给关将军捎一壶酒，说是欠将军的。"

关翳然没有拒绝，接过了那壶酒，只是笑道："酒到了，人没到，这算怎么回事。"随即自嘲道："比起人到了，酒没到，似乎还是要好一些。"

关翳然自顾自笑了起来。

曾掖和马笃宜如释重负，看来这个年轻有为的大骊将军，跟陈先生关系是真不错。

关翳然突然问道："顾璨，知道陈平安为何要你来送酒吗？"

顾璨点头道："知道，想让我在关将军这边混个脸熟，即便无法照拂一二，只要关将军收下了酒，那么我这趟返回青峡岛，还是可以少些麻烦。"

关翳然笑道："你也不笨啊，以前怎么那么嚣张跋扈，顾头不顾腚的？"

顾璨坦然道："以前不懂事，总觉得所有人都是傻子，现在不敢了。"

关翳然点头道："行吧，那就这样，以后小事，可以找我通融，大事的话，就别来这座官署自找没趣，我对你，实在是印象平平。"

顾璨点头，抱拳道："顾璨在这里先行谢过关将军，真有需要劳烦将军的小事，别的不敢说，如今一身债，需要开销的地方太多，不过一壶酒还是会带上的。"

关翳然瞥了眼顾璨，没有说话，点点头，道："公务繁忙，就不招待你们了。"

顾璨便识趣告辞。曾掖和马笃宜跟着转身走出范家府邸。

池水城大街上，马笃宜埋怨道："年纪不大，倒是好大的官架子。"

顾璨不以为意，摇头道："能够见我们一面，就说明架子还不够大。今年年底和明年年中的那两件大事，少不了要跟这位关将军打交道，马姑娘到时候要是不乐意来这边的官署，可以跟曾掖一起逛猿哭街。"

马笃宜没有拒绝，有些心有余悸，道："这儿官气太重，尤其是张贴在范家大门上的两尊大骊门神，眼神不善，我可不愿意来这边遭罪了。"

曾掖一样使劲点头，道："我也觉得他瞧我的眼神，不太友善。没法子，我是鬼修，没拦着让我进门，我已经很意外了。"

顾璨带着他们租赁了一艘如今隶属于大骊官方的渡船，无论是修士，还是赏景的达官显贵，必须在渡口递交关牒户籍，通过勘验，才可以出入书简湖，这就是新规矩。不过若是拥有一块大骊颁发的太平无事牌，无论是高品还是低品，都无须如此，渡口还可以主动无偿提供泛湖渡船，只不过偌大一座书简湖，有此殊荣的地仙修士，屈指可数，素鳞岛田湖君，青峡岛头等供奉俞桧，鼓鸣岛地仙夫妇，至今都没有这份待遇。

在近期，有两个消息，传遍了书简湖，震动四方。

一个是与书简湖野修关系不大，可事情实在太大——大骊皇帝病逝了。

再一个，与数万野修和千余岛屿都息息相关，当这个骇人听闻的真相水落石出后，书简湖才惊醒，为何前两年的书简湖形势如此让人琢磨不透。

原来桐叶洲如今最大的一座仙家宗字头，玉圭宗，选择了书简湖，作为东宝瓶洲的下宗选址所在。所以今年开春以来，关于玉圭宗的大小消息，如一场鹅毛大雪絮乱飞。

只不过对于顾璨而言，这些大事，都跟他无关了。

陈平安将罗天大醮和水陆道场的开办，都交予了他。除了将所有账本转交给顾璨之外，关于两件大事的条条框框，细致的陈平安写下数万言一并交付顾璨。

为此马笃宜还调侃，陈先生就差自己不是僧人道士了。

所需钱财，陈平安和顾璨商量过，对半分。那不是一笔小钱，顾璨娘亲从春庭府那边搬走的那点家当，远远不够。顾璨也不见外，说先与陈平安赊欠。

陈平安离开前，跟顾璨坐下来好好算过一笔账：接下来顾璨最少还需要两年时间，算上罗天大醮和水陆道场，加上陈平安先前的石毫国、梅釉国经历，顾璨才能还债半数而已，此后还需要继续行走四方，以及争取将来有机会的话，在书简湖打造出一座适宜鬼魅阴物修行的山头岛屿。

三人乘坐渡船缓缓去往青峡岛。

顾璨背着竹箱站在船头，辛苦还债的少年，这一年多始终背着那座"下狱"阎王殿。

能够死后化为鬼物阴灵，看似幸运，其实更是一种苦难。

生前是凡夫俗子也好，修行之人也罢，必然是执念深重，对人间恋栈不去，但是生死一事，乃是天理，天地自有规矩责罚落在它们身上，光阴流转，二十四节气，春雷震动，盛夏阳气，种种流转天地的无形罡风，对凡夫俗子毫无损害，对于鬼魅却是煎熬折磨，又有古寺道观的晨钟暮鼓，文武两庙和城隍阁的香火，市井坊间张贴的门神，沙场金戈铁马的气势，等等，都会对寻常的鬼魅阴物，造成不同程度的伤害。

更不提还有谱牒仙师的斩妖除魔，积攒功德，山泽野修，尤其是那些鬼修邪修，更是喜好捕捉阴灵，魂魄剥离、重塑、阴毒术法，层出不穷，或养蛊之术，或秘法，种种劫难，真真生不如死，死不如生是也。

这些事情，在陈平安来到书简湖之前，顾璨当然知道一些，却不会当回事，从来懒得深究。

如今不会如此了。

水路走到一半，一艘青峡岛楼船快速而来。

田湖君飘落在顾璨所在的渺小渡船之上。

马笃宜和曾掖都以为顾璨不会登上那艘楼船，但是顾璨没有拒绝田湖君的邀请，与小渡船抱拳致谢，登上巨大楼船。

田湖君笑语晏晏，顾璨与之微笑言语，似乎毫无芥蒂，依旧是当年青峡岛最风光的时候，那对大师姐和小师弟。

田湖君开玩笑说，咱们那位陈先生可欠着不少钱呢，青峡岛密库房那边叫苦不迭，"下狱"阎王殿，还有帮陈先生给俞桧打欠条的那座仿制琉璃阁，两件鬼修法宝，都不是小数目。

顾璨笑着说了一句话，这么大的事情，可以等师父返回青峡岛，由师父他老人家来定夺便是。

田湖君顿时神色尴尬。

如今书简湖，几乎没有一位野修相信刘志茂还能活着离开宫柳岛水牢。

要是能够离开，刘志茂早就返回青峡岛了，何须拖到现在？如今苏高山一走，只等玉圭宗下宗的新宗主露面，所有人都相信那个时候，就会是刘志茂的死期。

已经不穿那件墨绿色蟒袍很久的顾璨，双手笼袖，转头望向神色阴晴不定的田湖君，轻声道："大师姐，为了大道登顶，做些违心事，其实不是什么过错，但是一两条底线，还是要有的。我是半路出家，成为刘志茂的关门弟子，其中曲折，钩心斗角，相互利用，书简湖谁都瞧得见，故而师徒恩情，这不是我顾璨的底线；但是大师姐你却是刘志茂一手带出来的得意弟子，此后种种机遇，青峡岛不曾亏待你太多，你若是做得失了分寸，试想一下，在大骊档案上，在关翳然心目中，在书简湖野修眼睛里边，还有未来玉圭宗下宗修士对你的看法，都不会好到哪里去。既然已经是一位地仙修士，我觉得是不是应该看得更远一些？毕竟如今的书简湖，规矩很多了。以前我们那一套做法，已经不适用于现在的书简湖。"

田湖君轻声问道："是陈先生要你转告我的？"

顾璨摇头道："与陈平安无关，你的所作所为，他只会看得比我更真切、透彻，自然不会与你说这些了。但是这么多年来，我与大师姐还是有些香火情的，所以这算是我的一点真心话，听与不听，是大师姐自己的事情。穷不凑酒桌，人轻不劝人，道理我懂，不过觉得哪怕惹人厌，还是要与大师姐说上一说。"

田湖君叹息一声，道："没有回头路了。"

顾璨笑了笑，又一个当年的顾璨罢了。只可惜大师姐田湖君，没有遇上她的陈平安。

顾璨一想到这里，便开始眺望远方，觉得天大地大，即便前途渺茫，但是不用太害怕。

心中积郁清减几分，顾璨收回视线，说道："大师姐，放心，青峡岛如今剩下的地盘和底蕴，你们这些同门师姐师兄，还有藩属供奉们，尽管争去，我争不到什么，也不愿意去争什么。就我这点能耐，跟你们争，可讨不到半点便宜，还不如卖个乖，主动退出，说不定将来还能与你们讨杯酒喝。再者，我在青峡岛一年到头也待不了几天，大师姐与其提防我，真不如多走走各方门路。"

田湖君被顾璨一语道破心机，脸色愈发不自然，不过有了顾璨"交心"的这番话，总好过她一个劲狐疑揣摩。

不是田湖君全部相信了顾璨的"肺腑之言"，而是如今的顾璨，竟然需要在进入书简湖之前，先去一趟池水城范氏寻找护身符，以及登船之后，必须以"刘志茂有可能安然离开宫柳岛"这种谁都不信的措辞，为自己争取到一条退路，才让田湖君心安几分——失去了那条泥鳅又没有陈平安在身边的顾璨，是真的不济事了！

楼船靠岸青峡岛，顾璨没有说要去春庭府，只说自己可以住在山门口的屋子里边，跟朋友曾掖当邻居。

结果却是马笃宜自己独占了陈平安那间屋子，把顾璨赶到曾掖那边去了。

顾璨无所谓。

一路朝夕相处下来，对于刀子嘴豆腐心的马笃宜，顾璨并不讨厌，处久了，反而觉得挺好。

陈平安可能觉得自己一辈子的道理，都在书简湖讲完了。而顾璨则觉得自己这辈子，别人那些溜须拍马的言语，都在书简湖那些年里边，全都听完了。

此后顾璨去看了横波府废墟，又在春庭府外边驻足片刻。

这天春光明媚，顾璨和曾掖、马笃宜，并排坐在小竹椅上晒太阳。

有位身材高挑的宫装妇人靠岸下船，姗姗而来。

珠钗岛刘重润。

顾璨只知道陈平安对这位岛主，有些愧疚，说欠着她些神仙钱，所以这趟返回书简湖，就算刘重润不来青峡岛，顾璨也会去珠钗岛，与刘重润说些事情，免得这位风姿卓绝的刘岛主，误认为陈平安欠债跑路了。如今的刘重润，可了不得，最奇怪的地方是，即便刘重润展露出了金丹地仙的真实修为，可是能够杀出一条血路，在一众大岛岛主的眼红之下，得到一块入门品秩的大骊太平无事牌，还是惹来许多猜测，例如是不是那苏高山相中了刘重润的姿色？或是关翳然那个位高权重的年轻人，就好美妇这一口？毕竟刘重润当年可是一位让朱荧皇室剑仙魂牵梦萦的长公主殿下。

顾璨当然心知肚明，没这些乌烟瘴气的旖旎艳事，因为陈平安泄露过一些天机，刘重润作为一个大王朝的亡国公主，以一处至今未被朱荧王朝挖掘出来的水殿秘藏，换取了那块太平无事牌的庇护，不但得以保住了珠钗岛全部家当，还一步登天，成为大骊供奉修士之一。

至于这里边陈平安有无牵线搭桥，他没有说。

刘重润见到了起身迎接自己的顾璨，笑问道："陈先生何时返回书简湖？"

顾璨摇头道："暂时不知，不过近期可能性不大。"

刘重润神色如常，点点头，竟然就要这么离去。

顾璨跟上这位刘岛主，与她聊了些陈平安交代的言语。

刘重润不置可否，也没个准话，就要转身离开。顾璨返回小竹椅。这时在渡口那边，出现了一位朱弦府鬼修。

刘重润犹豫了一下，还是停下脚步，叹了口气，问道："马远致，纠缠了这么多年，有意思吗？你有这心思，为何不好好修行，争取早点跻身地仙？"

故意换上一身素雅青衫的鬼修咧嘴笑道："长公主殿下，明知道陈平安不在青峡岛，都还要走这趟，我心里有数。"

刘重润有些恼火，骂道："滚一边去。"

马远致不敢拦路，乖乖让出道，任由刘重润径直走向珠钗岛渡船，就是没能管住一双狗眼，偷偷摸摸瞥了几眼长公主殿下的背影：真是好生养。

刘重润停步转头，察觉到马远致那恶心的视线。

她厉色道："你找死？"

马远致咽了口唾沫，委屈道："这不是担心长公主殿下，经过这场风波，有无憔悴消瘦了嘛，现在总算放心了。"

马远致趁着这个机会，又往她胸脯那边瞥了眼，峰峦起伏，美不胜收。

刘重润怒道："狗改不了吃屎的玩意！"

马远致幽怨道："我不许长公主殿下如此糟践自己！殿下便是将我踩在脚下，我也毫无怨言，但是殿下这般说自己，我不答应。在我心中，长公主殿下永远是世间最动人无瑕的奇女子……"

刘重润才惊觉自己的失言，恼羞成怒之下，一袖拂出，将那位鬼修直接拍出渡口。

马远致稳了稳身形和心神后，百感交集，热泪盈眶，抹了把脸，只觉得这么多年，万般委屈千种辛苦，总算有了些补偿，呢喃道："长公主殿下，女子脸皮薄，不好意思直接说那些卿卿我我的情话，没有关系，打是亲骂是爱，我还是懂的。"

刘重润头也不回地上船后，以仙术驾驭渡船，飞快离去。

实在是烦死了那个脑子有坑的驮饭人。

马远致点点头,笑容灿烂,愈发贼眉鼠眼,神神道道:"长公主殿下,如此娇羞,可是百年不遇的稀罕事,看来是真打算对我敞开心扉了,有戏啊,绝对有戏!陈平安,你就等着喝喜酒吧!真是好兄弟!如果不是与我说,跟女子打交道,要多思量一下她们的言下之意,我哪里能想到长公主殿下的良苦用心?要我早点跻身金丹地仙,可不就是暗示我一个大老爷们,不许落后她太多吗,可不是担心我对殿下已是金丹,心有芥蒂吗?如果殿下对我不是情意绵绵,岂会如此费劲说话?陈平安,陈先生,陈兄弟!你真是我的大恩人哪!"

在鬼修欢天喜地地大摇大摆离开后,曾掖有些吃不准鬼修与那位珠钗岛岛主的关系,小声问道:"这位鬼修前辈,是不是误会了什么?"

马笃宜嗑着瓜子,一锤定音道:"我要是那位刘岛主,就一巴掌拍死他算数,省得一照面,就被那一双狗眼揩油。"

顾璨笑问道:"你们觉得刘岛主会不会喜欢陈平安?"

曾掖想了想,摇头道:"不太可能吧。她与我们陈先生差了那么多岁数,而且又不经常打交道,刘岛主终究是位道心坚定的金丹修士,即便陈先生很好,我觉得都不像。"

马笃宜嗤笑道:"刘重润喜欢陈先生,有什么奇怪?不过呢,咱们陈先生可不会喜欢一个老婆娘。"

坐在居中小竹椅上的顾璨哈哈大笑。

马笃宜丢了一把瓜子过去,顾璨一躲,结果全砸在了曾掖脑袋上,这还不算,曾掖还要弯腰捡起来,毕竟跟着陈先生那么久,想要不财迷、不抠门都很难。

宫柳岛。

水牢之中。

一身素白麻衣的阶下囚,盘腿坐在一座颇为宽敞的牢狱之中,神色自若。

牢狱之外,站着一位来自桐叶洲的上五境老修士,正是当年与太平山宗主、玉圭宗姜尚真一起,出海斩杀那头大妖的原桐叶宗老祖,只不过如今已经转投玉圭宗,还顺走了桐叶宗祖师堂的一件镇山重宝,差点因此惹来桐叶宗和玉圭宗的一场大战。好在玉圭宗老宗主苟渊,亲自登门,与十一境剑仙的桐叶宗宗主坐下好好谈了一次,谈完之后,桐叶宗没有继续追究,想必玉圭宗是给了补偿的。

老修士名为周峰麓,更是此次玉圭宗下宗选址的话事人,至于是不是可怜的马前卒,关键还看最终下宗宗主的人选,是劳苦功高的他,还是那个已经手握云窟福地的王八蛋姜尚真。

周峰麓之所以没有直接宰掉这个刘志茂,就是想要捞取更多功劳,好让玉圭宗暗中支持自己上位的一小撮位高权重的老家伙,更能说服那拨倾向于姜尚真的祖师堂老顽固。玉圭宗内部当然不是铁板一块，对于千年以来风头太盛的晚辈姜尚真，不少老人都不顺眼很久了。

这就是周峰麓的机会。

一旦成为下宗首任宗主，那就是玉圭宗一等一的封疆大吏，直接能够在玉圭宗本山祖师堂占据一席之地，并且座椅都会极为靠前，说不定就是跟姜尚真挨着坐，既能狠狠打压姜氏的气焰，还能恶心姜尚真，相信玉圭宗很多不愿姜尚真一家独大的老家伙，都乐见其成。

此时，周峰麓脸色不悦，道："刘志茂，这是我第三次找你了，事不过三，懂不懂？"

刘志茂斜眼看他，道："我们这些你们谱牒仙师瞧不上眼的野修，野狗刨食惯了，做不来家犬。"

周峰麓冷笑道："主动联系谭元仪，投靠大骊宋氏，不一样是当人家看门狗？"

刘志茂嘿嘿笑道："为大骊卖命，那也是放养，好过圈养无数。再说了，老子这辈子最看不惯的，就是你们趾高气扬的谱牒仙师。"

周峰麓脸色阴沉，道："刘志茂，真以为我不敢杀你？一个元婴地仙，在你们东宝瓶洲这么个犄角旮旯，是了不得，可是在我们桐叶洲，真不算什么。上五境修士的消亡，不在少数。每百年之中，不死几个元婴，桐叶洲都觉得不好意思跟别洲大修士打招呼。你们东宝瓶洲，行吗？"

刘志茂哈哈大笑，道："吓唬我？"

周峰麓摇摇头，道："真不是吓唬你，一个人的耐心，是有限的。"

刘志茂扯了扯嘴角，道："难道你不知道，我们这些野狗，修行一辈子，就是被一次次吓大的？惊吓多了，要么被吓破胆，要么就如我这般，半夜鬼敲门，我都要问一句，是不是来与我做买卖。怎么，你已经是玉圭宗下宗的宗主了，可以一言断我生死了？退一步说，即便给你当上了宗主，难道不应该更加好好掂量，如何对一位元婴野修，物尽其用？万一哪天我突然开窍，答应做你的供奉，你岂不是亏大了？你拘押着我，一座阵法，要耗费几枚神仙钱？这笔账，都算不明白，还怎么当宗主？"

刘志茂浑身窍穴都被水牢一条条脉络缠绕拘束，尤其是温养本命物的关键窍穴，更是被宫柳岛水脉阻塞。他打了个哈欠，道："真以为你们这帮外来户，可以在东宝瓶洲为所欲为？就冲着你这么点耐心，我觉得你的宗主宝座，坐不稳，说不定比我这个书简湖江湖君主还惨，椅子还没坐热，就得赶紧起身，乖乖让位了吧。肥水不流外人田，我还真就不信了，玉圭宗舍得将这么大一块肥肉，交给半个外人。"

刘志茂竟然开始教训起了眼前这位战力惊人又有重宝在手的老修士："真不是我说你们谱牒仙师，你们啊，只说心性坚韧，真未必比得上我们野修。不就是靠着那些上乘道法和宗门传承，才走得大道无阻吗？将那些道法交给我们，就算我们都从地仙开始起步好了,双方耗费相同的光阴,野修保证能把你们打出屎来。不信?那就试试看。反正你都叛出桐叶宗了,破烂稀碎的祖师堂规矩什么的,算个屁,不如将桐叶宗直达上五境的仙法,传授于我。你敢吗?"

牢笼中的刘志茂,谈笑风生,尽显枭雄气概,当然也有些地痞无赖。

周峰麓摇摇头,道:"刘志茂,希望下次见面,我当上了下宗宗主时,你还能这么硬气说话。"

刘志茂赶紧道:"别急别急,就算当了下宗宗主,咱们还是可以唠嗑的。我们山泽野修,风骨算个屁,最喜欢见风使舵了。"

周峰麓默不作声,离开水牢。

这个书简湖元婴野修,真是狗肉不上席,杀不得,吃不下。周峰麓下定决心,只要自己成了下宗宗主,当天就宰了刘志茂,不与这野修废话半句。

在周峰麓离开水牢时,宫柳岛的真正主人刘老成走入水牢底层。一路上玉圭宗修士都假装没看到刘老成,既不打招呼,也不去拦阻。

书简湖有三条根本水脉,水运浓厚,其余水脉众多却纤细,零碎杂乱,被剩余的千余岛屿势力,瓜分殆尽。

其中一条水脉被宫柳岛独占,水牢阵法,以此作为根本。这也是能够轻松镇压刘志茂的关键所在。

青峡岛也窃取了大半条水脉,横波府便是阵眼,只可惜已经毁了,水运流散,白白便宜了藩属岛屿的那拨地仙修士,例如田湖君,俞桧。

青豖、天姥和粒粟三座大岛,则一起分去最后一条书简湖根本水脉。

刘老成到了水牢底层后,立即隔绝出一座小天地。

刘志茂抬起头,皱了皱眉头。

他不怎么畏惧那个周峰麓,但是对于刘老成这个书简湖前辈,还是十分忌惮的。

因为野修对付野修,永远最为熟稔,谱牒仙师反而一时半会儿摸不着头脑。

刘老成取出一幅画卷,轻轻一抖,轻轻摊开,从画卷上,走出一位满脸笑意的男子。

他走到牢狱旁,双手负后,弯腰眯眼望向刘志茂,问道:"听说你与陈平安亦敌亦友,模糊不清,且不去说他,不过听刘老成说,你们都认可对方是自己的半个知己?"

这次轮到刘志茂一头雾水,没有回答这个问题,反问道:"你是……玉圭宗姜尚真?"

那个男子笑嘻嘻道:"你先回答我的问题,我再看看要不要回答你的问题,先来后到,还是要讲一讲规矩的嘛。"

刘志茂瞥了眼刘老成,在周峰麓那边,刘志茂经过先前两次"切磋",大致知道了周峰麓的底线,所以可以一拖再拖,但是面对这个极有可能是姜尚真的玉圭宗本家人,刘志茂一时间心情有些沉重,不敢胡乱开口,思量过后,点头道:"我与陈平安,一辈子做不成朋友,无论是我跻身了上五境,还是他将来有本事与我掰腕子了,说不定还要有一场交手。但是我和陈平安就目前而言,半个知己,可以算是,前前后后,还喝过几场酒。"

那个男子一拍掌,放声大笑道:"就凭这一点,小刘啊,加上我身后的老刘,咱们仨从今儿起,可就是一条线上的蚂蚱了!"

刘志茂再次望向刘老成,后者脸色与心境,皆是古井无波,不给刘志茂丝毫提醒。

男子微笑道:"你没有猜错,我就是那个姜尚真,那位姗姗来迟的玉圭宗下宗宗主。"

男子突然抹了把脸,凄凄惨惨戚戚,如女子幽怨道:"我心里苦啊,周峰麓那个臭不要脸的东西,差点坏我好事,如果不是李芙蕖足够聪明,这会儿我就算拼了老命,也要打死那个周峰麓,然后提着老贼的脑袋,去给人低头哈腰赔礼道歉了!一想到这个,我这会儿都想要跑去给李芙蕖好好磕几个头,认了她当干娘又何妨。"

姜尚真轻轻捶打自己心口,满脸悲苦神色,破口大骂道:"我姜尚真,可不是来给书简湖擦屁股的啊,头等大事,是要与陈平安叙旧的啊。可现在呢,把臂言欢个屁!周峰麓这个成事不足败事有余的老东西,死不足惜,我不就是在桐叶宗那边摆了几桌子酒宴嘛,可如今都是自己人了,还这么坑我,用心险恶,该死,真是该死……"

刘志茂目瞪口呆。刘老成也是眼皮子微颤,显然是已经领教过姜尚真,要比好似给天雷劈中的刘志茂略好一些。

姜尚真骤然间收敛言语和笑意,沉默片刻,轻声问道:"刘志茂,我替周峰麓问你一句话,你愿不愿意当玉圭宗下宗的供奉?"

刘志茂犹豫不定。

刹那之间,瞥见刘老成对他轻轻点头。

刘志茂深呼吸一口气,轻轻点头,答道:"可以。"

然后他就发现一片翠绿欲滴的柳叶,恰好悬停在自己眉心处。

姜尚真打了个响指,嬉皮笑脸道:"识时务者为俊杰。刘志茂,从现在起,你就是我下宗供奉的第三把座椅了,刘老成,周峰麓,刘志茂。不过我希望你跻身上五境后,能够帮我宰了那个周峰麓,不管是什么法子,都可以。我现在就可以答应你,周峰麓手上那件玉圭宗的镇山重宝,下宗可以借你使用百年,只要此后功劳足够,再借百年也不难。但是如果你杀人不成反被杀,可怪不得我不帮你收尸。"

刘志茂问道:"跻身上五境一事?"

姜尚真伸出一根大拇指,指向自己,道:"老子有什么?有钱而已。等你跟我熟了之后,肯定就会忍不住可怜我了,太有钱,真是愁人。"

姜尚真哀叹一声,又道:"别说是你们东宝瓶洲穷得叮当响的野修,就是咱们桐叶洲上五境的谱牒仙师,都不知道如我这般有钱的烦恼啊,烦得很。"

刘志茂再次望向刘老成,跟这种人合作,真的不心慌吗?当真不是跟周峰麓乘坐一条船,更稳当些?

刘老成面无表情。不知是高深莫测,还是在心中骂娘。

须知钱财一事,真是世间所有山泽野修最心痛之所在。

春末时分。

夜幕深沉,书简湖一处僻静处,万籁寂静。

有一位老夫子站在湖边,一挥袖子,掠出二十四枚竹简,竹简上一个个文字,金光熠熠,光彩如儒家圣贤千古不朽的道德文章,可与日月争辉。

竹简,落入书简湖。

二十四枚竹简,二十四节气。

整座书简湖,只有寥寥三人心生感应,皆有心悸。

姜尚真,刘老成,周峰麓。

但是哪怕他们三位上五境修士几乎同时掠向空中,环顾四周,仍是无法察觉到半点端倪。可其实,那位老夫子恰恰就在他们的眼皮子底下。

倒是尚未走出宫柳岛的囚犯刘志茂,没来由想起一件事。

书简湖,最早曾是一处灵气淡薄的寻常之地,曾经有位从中土游历至此的儒家圣人,得证大道,与天地共鸣,气象万千,湖泊故名书简,灵气盎然,惠泽后世。

老夫子站在湖边,微笑道:"世人都觉得这儿就是一座粪坑,却有人说你们是天地英雄气,千秋尚凛然,那么你们,觉得如何?"

湖水涟漪阵阵,泛起千古浩然正气。

老夫子微笑道:"我这老夫子,不是要你们去感恩那位小夫子,人家不需要。读书人做事情,就是这般,不是做买卖。所以我只是要你们舍生取义,将来再死一次,与我一起,别辜负了这个还有救的世道。"

老夫子摊开手,上边还留下了四枚竹简,又笑道:"当然了,那个年轻人也说了,自己暂时不是读书人,只是个账房先生,那么我们接下来怎么做,可以商量商量嘛。"

一座东宝瓶洲中部的仙家渡口。

今年入夏时分,一位青衫年轻人,牵马而停。

十七岁,去往书简湖,在青峡岛山门口的屋子里边,独自过的大年三十夜。

之后一年的大年三十夜,在石毫国一座客栈,与曾掖、马笃宜围炉夜话。

又一年,在去与曾掖、马笃宜碰头的马背上颠簸,悠悠然然,一个人过了大年三十夜。

再一年,又去了趟书简湖以南的群山之中,返程路上,与顾璨和曾掖,还有马笃宜,总算吃了顿能够凑足一张饭桌的年夜饭。

今年,此时此刻,牵马走上渡船后,陈平安摸了摸发髻上的玉簪子,原来不知不觉,自己都已经到了儒家所谓的及冠之年。

然后在五月初五这天,陈平安本来打算跟那艘仙家渡船要一桌子丰盛菜肴,可临时又反悔,仍是拿出干粮就酒,站在窗台那边,眺望云海,算是为自己庆祝生日,甚至连及冠礼也一并给对付过去了,毕竟家中才一人,既无长辈也无宗庙,不用讲究那么多繁文缛节。

只是咽下最后一口干粮和酒水,陈平安刚刚打了个饱嗝,早已收起了刀剑错的他,就觉得背后那把剑仙,蓦然一沉,好像从几斤重的物件,瞬间变成了千百斤重,以至于陈平安一个踉跄后仰,连人带剑一起摔在地上。

可转瞬之后,鞘内剑仙又变得死气沉沉,没有任何动静。陈平安尝试着坐起身,等了片刻,并无半点异样。

陈平安有些纳闷,生怕有什么算计和玄妙,便坐在桌边,拔出剑仙,打量了很久,也无古怪。

陈平安就当是这把剑仙在使坏,毕竟这半年来,它经常会有顽劣不堪的时候,例如其中有一次"御剑"去往云海欣赏日落,它竟然自顾自跑了,害得陈平安直直坠下云海,如果不是还有初一和十五,肯定有大苦头吃。只是跟一把半仙兵,怎么讲道理?在那之后,陈平安就不太敢去云海看风景了。

此刻,剑仙从陈平安背后铿锵出鞘,悬停在地板上空一尺处,以至于整条仙家渡船都晃动了一下。

似乎是主动邀请陈平安踩在上边。

陈平安蹲下身,商量道:"不使坏?"

剑仙岿然不动。

陈平安犹豫了一下,讨价还价道:"若是你半路丢下我,我可未必赶得上渡船,那笔神仙钱,你赔我啊?"

剑仙嗖一下返回陈平安背后的剑鞘,不再搭理陈平安。

陈平安揉了揉下巴,一想到先前在山巅上被一位老先生骗去将近三十枚竹简,点头道:"差点又着了道!我这江湖没白混!"

第九章
小巷祖宅一盏灯

陈平安乘坐的这艘仙家渡船不会直达大骊龙泉郡,毕竟包袱斋已经撤离牛角山,渡口差不多已经完全荒废,名义上暂时被大骊军方征用,不过并非什么枢纽重地,渡船寥寥,多是前来龙泉郡游览山水的大骊权贵。如今龙泉郡百废待兴,又有小道消息,辖境广袤的龙泉郡,即将由郡升州,这就意味着大骊官场上,一下子凭空多出十数把品秩不低的座椅。随着大骊铁骑势如破竹,囊括东宝瓶洲的半壁江山,大骊本土官员的地位水涨船高,大骊户籍的地方官员,宛如寻常藩属小国的"京官",如今一旦外放赴任南方各个藩属,官升一级,板上钉钉。

这艘渡船,会在一个名为千壑国的小国渡口靠岸。千壑国多山脉,国力衰弱,土地贫瘠,十里不同俗,百里不同音,是一块大骊铁骑都没有涉足的安详之地。渡口被一座山上洞府掌握,福荫洞的主人,既是千壑国的国师,也是一国仙师的领袖,只不过整座千壑国的谱牒仙师才数十人,千壑国国师也才龙门境修为,门内弟子,小猫小狗三两只,不成气候。之所以能够拥有一座仙家渡口,还是因为那座福荫洞曾是远古破碎洞天的遗址之一,其中有几种出产,可以远销南方,不过一年到头也没几枚小暑钱,也就没有外乡修士觊觎此地。

陈平安打算先回趟龙泉郡,再去彩衣国和梳水国走一遭,家乡诸多事宜,急需他回去亲自决断和处理,好比买山一事,魏檗可以帮忙,但是无法代替陈平安与大骊签订新的"地契"。

这一路,有点小波折。有一拨来自清风城的仙师,觉得竟有一匹普通马匹,得以在渡船底层占据一席之地，与他们精心饲养调教的灵禽异兽为伍，觉得这是一种羞辱，就有些不满，想要折腾出一点花样，当然手法比较隐蔽，所幸陈平安对那匹私底下昵称为"渠黄"的心爱马匹，照顾有加，要知道这几年一路陪伴，陈平安对这匹心有灵犀的爱马，十分感激，经常让飞剑十五悄然掠去，以免发生意外。

所以当渠黄在渡船底层受到惊吓之初，陈平安就心生感应，先让初一、十五化虚，穿透层层甲板，直接到达底层船舱，阻挡了一头山上异兽对渠黄的撕咬。

陈平安随后赶去，却被看守渡船底层的渡船杂役阻拦。陈平安心中了然，当他伸手抓住那年轻人的肩头，半拖半拽走向渠黄所在的地方时，所有灵禽异兽便瑟瑟发抖，匍匐在地。尤其是渠黄附近那头异兽，通体漆黑如墨，唯有四足雪白，模样如狗，只是体形大如小牛，见到了陈平安之后，比起船舱内其余那些温驯伏地的灵禽异兽，更加畏惧，夹着尾巴蜷缩起来。根据那本购自倒悬山的神仙书记载，应该是上古凶兽撵山狗的后裔之一，不然真正的撵山狗，不会出现杂色，不过撵山狗一脉，性情暴戾，这跟搬山猿有些类似。

陈平安松开渡船杂役的肩头，那人揉着肩头，谄媚笑道："这位公子，多半是你家骏马与隔壁那头畜生脾气不合，起了冲突，这是渡船上常有的事情。我这就把它们分开，给公子的爱马挪一个窝，保证绝对不会再有意外发生了。"

陈平安瞥了眼渠黄和撵山狗后裔之间的栅栏，空无一物。

牢笼栅栏之间，本该贴有一些低品符箓，一旦灵禽异兽逾越雷池，就会第一时间触发禁制，好让渡船方出面"劝架"。不过能够被修士带上渡船的飞禽走兽，多有灵性，不会给主人招惹麻烦，不然破财消灾，破的也是修行之人的大道，一旦惹上钱财无法解决的难题，更是祸事。

只不过大概在这头撵山狗后裔的主人眼中，一个会牵马登船的路边货色，惹了又能如何？

陈平安伸出手去，摸了摸渠黄的脑袋，它轻轻踩踏地面，倒是没有太多惊慌。

在书简湖以南的群山之中，渠黄是跟随陈平安见过大世面的。

陈平安收回手，笑道："你们这是要坏我大道啊？"

渡船杂役愣了一下，猜到马匹主人极有可能会兴师问罪，只是怎么都没有想到，会如此上纲上线。难道是要敲竹杠？

这倒好了。渡船杂役心中乐不可支，恨不得双方打起来。

反正不管什么来头，不管为何此人能够让一头头畜生噤若寒蝉，只要惹上了清风城修士，能有好果子吃？

清风城的那拨仙师，一直是这艘渡船的贵客，关系很熟稔了，因为千螯国福荫洞出产的某种灵木能够润泽狐皮，被那座仿佛王朝藩属小国的狐丘狐魅所钟情，因此几乎

第九章 小巷祖宅一盏灯

被清风城那边的仙师包圆了,然后转手卖于许氏,那就是翻倍的利润。要说为何清风城许氏不亲自走这一趟,渡船这边也曾好奇询问,清风城修士哈哈大笑,说许氏会在意这点蝇头小利？有这闲工夫,生财有道的许氏子弟,早赚更多神仙钱了。清风城许氏,坐拥一座狐丘,可是做惯了只需要在家数钱的财神爷的。

一拨身披雪白狐裘的仙师缓缓走入底层船舱,有些扎眼。

清风城的狐裘,既能在冬日保暖驱寒,亦可在夏日祛暑,无非是一厚一薄。可入夏时分,身披狐裘,再单薄,还是怎么看怎么别扭。不过这本就是修士行走山下的一种护身符,清风城的面子,在东宝瓶洲北方地带,还是不小的。尤其是如今清风城许氏家主,据说得了一桩大机缘,他的道侣,从骊珠洞天帮他获得一件重宝猴子甲,百尺竿头更进一步,家族还拥有一块大骊太平无事牌,清风城许氏的崛起,势不可挡。

陈平安二话不说,依旧是拳架松垮,病秧子一个,却几步就来到了那拨修士身前,一拳撂倒一个,其中还有个圆乎乎脸庞的少女,当场一翻白眼,晕倒在地,最后只剩下一个居中的英俊公子哥,额头渗出汗水,嘴唇微动,不知道是在说些硬气话,还是服软的言语。

陈平安双手笼袖站在他跟前,问了些清风城的内幕。

毕竟清风城许氏也好,正阳山搬山猿也罢,都各有一本旧账摆在陈平安心坎上,就算他再走一遍书简湖,也不会跟这两方翻篇。

那位养尊处优的年轻修士,一见亲近之人和贴身扈从都已经倒地不起,也就无所谓面子不面子,风骨不风骨了,竹筒倒豆子,知无不言言无不尽。

陈平安问得详细,年轻修士回答得认真。如教书先生在对学塾蒙童询问课业。

看守底层船舱的渡船杂役,瞅见这一幕后,有些心神恍惚,这算怎么回事？不都说从清风城走出来的仙师修士,个个神通广大吗？

陈平安转过头,望向那个心中盘算不已的杂役,同时随手一掌拍在身后年轻修士的额头上,扑通一声,后者直挺挺后仰倒去。

这叫有难同当。

陈平安看着那个满脸惶恐的杂役,问道："帮着做这种勾当,神仙钱能拿到手吗？"

杂役摇摇头,颤声道："没有没有,一枚雪花钱都没有拿,就是想着献殷勤,跟这些仙师混个脸熟,以后说不定他们随口提点几句,我就有了挣钱的门道。"

陈平安问道："点子是谁出的？"

杂役毫不犹豫道："是清风城仙师们的主意,我就是搭把手,恳请神仙老爷恕罪啊……"

陈平安轻轻一跺脚,那个年轻修士的身体弹了一下,迷迷糊糊醒过来,陈平安微笑道："这位渡船上的兄弟,说谋害我马匹的主意,是你出的,怎么说？"

那年轻修士勃然大怒,坐在地上,破口大骂。

陈平安走出底层船舱,回头对那个年轻修士笑着说道:"别杀人。"

年轻修士挣扎着站起身,狞笑着走向那个渡船杂役:"好家伙,敢坑老子,不把你剥下来一层皮……"

年轻修士猛然转头望去,船舱门口那边,那个青衫男子正停步,转头望来,他赶紧笑道:"放心,不杀人,不敢杀人,就是给这坏种长点记性。"

陈平安走出船舱。

恶人自有恶人磨。要说清风城修士,和那个杂役谁更恶,不太好说。

不过陈平安内心深处,其实更厌恶那个手脚孱弱的渡船杂役,可是在未来的人生当中,对付这些"弱者"还是没什么太好的办法。反而是面对那些骄纵跋扈的山上修士,陈平安出手的机会,更多一些。就像当年风雪夜,狭路相逢的那个石毫国皇子韩靖信,说杀也就杀了。说不定以后真到了那座无法无天的北俱芦洲,皇帝都能杀上一杀。

陈平安来到渡船船头,扶着栏杆,缓缓散步。

正阳山和清风城,如今混得都挺风生水起啊。

尤其是前者,在东宝瓶洲上五境之下第一人的李抟景兵解后,已经越来越强势,风雷园最近百年内,注定会是一段忍辱负重的漫长蛰伏期。若是新任园主剑修黄河,还有刘灞桥,无法迅速跻身元婴境,此后数百年,恐怕就要反过来被正阳山压制得无法喘息。

至于清风城许氏,先前转手贱卖了龙泉郡的山头,明摆着是更加看好朱荧王朝和观湖书院,如今形势明朗,便赶紧亡羊补牢。按照那个年轻修士的说法,就在去年年末,清风城许氏与上柱国袁氏搭上了关系,既有长房之外一门旁支姻亲的许氏嫡女,远嫁大骊京城一位袁氏庶子,又鼎力资助袁氏子弟掌控的一支铁骑。

瞧瞧。

无论敌我,大家都忙。

大道之上,人人争先。

陈平安一想到自己的处境,就有些自嘲。

一举破开纯粹武夫的五境瓶颈,跻身六境,这是在陈平安进入书简湖之前,就可以轻易做到的事情。当时是临近家乡,只是想要告诉落魄山崔姓老人:当年被你硬生生打熬出来的那个最强三境武夫,靠着自己打了一百多万拳,总算又有了个世间最强五境武夫,你以后喂拳之时,稍稍含蓄些,让我少受些罪。陈平安对于武运馈赠一事,不太上心,就算再有老龙城云海蛟龙那般的机缘,应该还是一拳打退。

不承想这一拖,又是将近三年光阴。

至于补齐五行本命物和重建长生桥一事,不提也罢。按照阿良的说法,那就是"我有一手西瓜皮剑法，滑到哪里剑就在哪里，随缘随缘"。

陈平安会心一笑。

转过头，看到了那拨前来赔礼道歉的清风城修士，陈平安没理睬。对方大致确定陈平安没有不依不饶的想法后，也就悻悻然离去。

随后渡船主人也来告罪，信誓旦旦，说一定会重罚那个惹事的杂役。

陈平安也没怎么理会，只说吃过了教训就行。

渡船在千甃国那座福荫洞府邸靠岸，若是以往，陈平安也就埋头赶路，但是这一次，他还是去拜访了福荫洞主人。兴许是知晓了渡船上的风波，那位龙门境老修士，堂堂千甃国国师，十分热情。陈平安厚着脸皮，问了些洞天福地破碎后的粗略内幕，老修士对此并不陌生，毕竟福荫洞还是小有名气，虽然大小才方圆十余里，秘藏珍宝和仙家遗物也早早被前辈们一挖而空，洞府灵气，算不得太充沛，后来在机缘巧合之下，老修士才入主此地，但作为修道之地，开枝散叶，面对各路访客，自有一套滚瓜烂熟的客套，可以说的细说，不该说的绝对不说。

老修士听说陈平安是大骊人氏，愈发热络，非要挽留陈平安逗留几天，陈平安推托一番，老修士便送了一只九宫格宝匣作为临别赠礼，由几件福荫洞特产的取巧灵器凑齐九个格子，其实价格不高，千甃国市价，值二十来枚雪花钱左右，对于世俗王朝，当然是天价，可在山上修士眼中，不算什么珍稀重礼。

陈平安收下九宫格宝匣后，回赠了福荫洞一壶蜂尾渡水井仙人酿。龙门境老修士一听说是那座蜂尾渡的酒酿，开怀不已，邀请陈平安下次途经千甃国，不管如何，都要来福荫洞这边坐一坐，虽然没有如水井仙人酿这般的醇酒，可是千甃国自有些别处没有的独到风光，不敢说让人流连忘返，若是只看上一遍，绝对不虚此行，他愿意陪同陈平安一起游历一番。

老修士亲自将陈平安送到千甃国边境，这才打道回府。

身边有位年纪轻轻的嫡传弟子，有些不解，疑惑为何师尊要如此大费周章，龙门境老修士感慨道："修行路上，只要能结善缘，无论大小，都莫要错过了。"

年轻弟子似有所悟，老修士害怕弟子误入歧途，不得不出声提醒道："你这般年纪，还是要勤勉修行，潜心悟道，不可过多分心在人情世故上，晓得个利害轻重就行了，等哪天如师父这般腐朽不堪，走不动山路了，再来做这些事情。至于所谓的师父，除了传你道法之外，也要做这些未必就合乎心意的无奈事，好教门内弟子以后的修行路，越走越宽。"

老修士揉了揉弟子的脑袋，叹息道："上次你独自下山历练，与千甃国权贵子弟的那些荒唐行径，师父其实一直看在眼中，若非你是逢场作戏，觉着以此才好拉拢关系，实则本心不喜，师父就要对你失望了。修道之人，应当知道真正的立身之本是什么，哪里需要计较那些红尘人情,意义何在?切记修行之外,皆是虚妄啊。"

年轻弟子心中惊悚。

老修士笑道:"刚好借此机会,点破你心中迷障,就不枉费师父送出去的二十枚雪花钱了。"

年轻弟子作揖谢道:"师恩深重,万钧定当铭记在心。"

那位福荫洞山主,抚须而笑,带着寄予厚望的得意弟子,一起行走在视野开阔的山脊小路上。

陈平安负剑骑马,从千墊国北境继续往北。

他当然猜不到自己先前拜访福荫洞府邸,让一位龙门境老修士借机点醒了一位衣钵弟子。

在一个斜风细雨的大暑时分,陈平安一人一骑,递交关牒,顺利通过了大骊边境关隘。

这次返回龙泉郡,陈平安拣选了一条新路,没有走红烛镇、棋墩山那条线。

这一路,大雨时兴,湿暑之气蒸郁异常,让陈平安差点误以为行走在了书简湖宛如蒸笼的夏日时分。

不过大暑热,秋后凉。夜间蟋蟀鸣叫不已。

其间在一处山巅古松下,夕阳西下,见着了个袒胸露腹、手持羽扇的豪迈文士,身边美婢环绕,莺声燕语,更远处,站着两位呼吸绵长的老者,显然都是修行中人。

陈平安牵马而过,目不斜视。

远去山巅之后,陈平安便有些伤感,昔年大骊书生,哪怕是已经能够进入山崖书院求学的士子俊彦,仍是一个个削尖了脑袋去往观湖书院,或是去大隋,去卢氏王朝,总归是大骊留不住人。按照崔东山的说法,那时候的大骊文坛,读书人吵架之前,或是提笔之前,不提几个别国硕儒的名字,不翻几本别国文豪的著作,不找几个别国文坛上的亲戚,都没脸皮开口,没底气下笔。

不知道如今的大骊士林,是怎样的光景。

事实上陈平安也不感兴趣。

临近黄昏,陈平安最后途经龙泉郡东边数座驿站,然后进入小镇。木栅栏大门已经不存在,小镇已经围出了一堵石头城墙,门口那边倒是没有门禁和武卒,任人出入。陈平安过了门,发现郑大风的茅屋倒是还孤零零矗立在路旁,相较于附近规划整齐的林立店铺,显得有些扎眼,估计是价钱没谈拢,郑大风就不乐意搬家了。寻常小镇门户,自然不敢这么跟北边那座龙泉郡府和镇上县衙较劲,郑大风有什么不敢的,肯定少一枚铜钱都不行。

陈平安本该一旬后才到小镇,只是后来赶路稍快,就提前了不少时间。

入关之初,通过边境驿站给落魄山寄信一封,跟他们说了自己的大致返乡日期。

陈平安没有先去泥瓶巷祖宅,而是牵马过石桥,去了趟爹娘坟上,依旧是拿出一只只装满各地土壤的棉布袋子,为坟头添土。清明过去没多久,坟头还有些微微褪色的红色挂纸,给扁平石头压着,看来装钱那丫头没忘记他的嘱咐。

这一路行来,多是陌生面孔。也不奇怪,小镇当地百姓,大多已经搬去西边大山靠北的那座龙泉新郡城,几乎人人都住进了崭新亮堂的高门大屋,家家户户门口都矗立有一对看门护院的大石狮子,最不济也有造价不菲的抱鼓石,半点不比当年的福禄街和桃叶巷差了,还留在小镇的,多是上了岁数不愿搬迁的老人,还守着那些日渐冷清的大小巷弄。然后多出许多买了宅子但是一年到头都见不着一面的新邻居,即便遇见了,也是鸡同鸭讲,各自听不懂对方的言语。

陈平安就这样回到小镇,走到了那条几乎半点没有变的泥瓶巷,只是这条小巷如今已经没人居住了,仅剩的几户人家,都搬去了新郡城,将祖宅卖给了外乡人,得了一大笔做梦都无法想象的银子,哪怕在郡城那边买了大宅子,依旧足够几辈子衣食无忧。顾璨家的祖宅没有售卖出去,但是他娘亲同样在郡城那边落脚,买了一栋郡城中面积数一数二的府邸,庭院深深,小桥流水,富贵气派。

陈平安从方寸物当中掏出一串钥匙,打开院门,给渠黄松了缰绳,让它在那座不大的院子里自己待着。

陈平安打开房门,屋里还是老样子,小小的,没添补任何大件。陈平安搬了条老旧长凳,在桌旁坐了一会儿,站起身,走出院子,重新看了一遍门神和春联,再跨入院子,看了那个春字。

暮色沉沉。

陈平安坐在桌旁,点燃一盏灯火。

本想着再坐一会儿,就去落魄山,给他们一个惊喜。

只是坐了一会儿又一会儿,陈平安还是没有起身,就是想要再坐一会儿。

所有的悲欢离合,都是从这里开始的。无论走出千万里,在外游历多少年,终究落在这里才能真正心安。

在爹娘走后,刘羡阳经常躺在这里的床板上,说着那些憧憬远方的胡话,小鼻涕虫也曾经常在这里埋怨那些大人的不讲理。

父母在,不远游,游必有方。父母已不在,更要游必有方。

距离龙泉郡不算近的红烛镇那边,裴钱带着青衣小童和粉裙女童,坐在一座高高的屋脊上,眼巴巴望着远方,三人打赌谁会最早看到那个身影。

落魄山上,崔姓光脚老人正在二楼闭目养神。

朱敛又开始反复欣赏那些竹楼上的符箓文字。

女鬼石柔百无聊赖地坐在屋檐下一张竹椅上,到了落魄山后,处处束手束脚,浑身不自在。

披云山之巅。

大骊北岳正神魏檗和那条黄庭国老蛟并肩而立,一个笑容闲适,一个神色肃穆。

俯瞰远处那座小镇。

一条小巷之中,一粒灯火依稀。

大放光明。

小镇并无夜禁,夜幕中,陈平安离开泥瓶巷,稍稍绕路,牵马去了趟杨家铺子。

敲门后,是位睡眼惺忪的少年开的门,应该是魏檗书信上说的杨老头新收弟子。

陈平安歉意道:"你师父睡了吗?"

少年打着哈欠,反问道:"你说呢?"

陈平安无言以对。

习惯了书简湖那边的尔虞我诈和咬文嚼字,一时半会儿,还有些不适应。

少年皱眉问道:"找我师父做啥?有病?"

陈平安哑然失笑,沉默片刻,点头道:"确实是看病来了。"

少年皱眉不已,有些纠结。

月色下,视线中的年轻男子,脸颊微微凹陷,形神憔悴,瞧着挺像是个短命鬼,口音倒是家乡这边的人,不过从来没见过。

只是自己师父不爱露面,估计今夜是断然不会做这笔主动送上门的买卖了。何况之前闹出那么大的动静,如今杨家铺子的名声和生意都不太好,跟一大堆街坊邻居结了仇,如今都喜欢往月饼巷那边的一座药铺抓药看病,他跟师姐每天都闲得发慌。师父他老人家也是个跟银子有仇的怪人,从来不在乎杨家铺子门可罗雀,他家里人都犯嘀咕,去年就想着让他改换门庭,干脆去窑务督造署那边当差好了,舅舅都疏通好了门路,只是他自己不太乐意,觉得跟那帮官老爷打交道,每天见了人就低头哈腰,没劲。

既然杨老头没有现身的意思,陈平安就想着下次再来铺子,刚要告辞,里边走出一位亭亭玉立的年轻女子,肌肤微黑,比较纤瘦,但应该是位美人坯子。陈平安也知道这位女子,是杨老头的弟子之一,是眼前桃叶巷少年的师姐,骑龙巷的窑工出身。烧窑有很多讲究,比如窑火一起,女子都不能靠近那些形若卧龙的龙窑,陈平安不太清楚,她当年是如何当成的窑工,不过估计是做些粗活累活,毕竟祖祖辈辈的规矩就搁在那边,几乎人人恪守,比起外边山上约束修士的祖师堂戒律,似乎更管用。

女子嗓音竟然如刀磨石,极为沙哑粗砺,缓缓道:"师父说了,帮不上忙,从今往后,叙旧可以,买卖不成。"

陈平安点点头,微笑道:"与你师父说一声,我回头再来拜访。"

女子犹豫了一下,瞥了眼陈平安背后的长剑,问道:"客人是位纯粹武夫?"

陈平安问道:"你也是?"

女子默不作声。

陈平安问道:"郑大风如今住在哪里?"

女子这才继续开口说话:"他喜欢去郡城那边晃荡,不常来铺子。"

陈平安看了她一眼,还有那个睡眼蒙眬的桃叶巷少年,笑着牵马离开。

土生土长的两人,如今大概还不清楚,自己的师父到底是谁,这座杨家铺子曾经接待过多少位三教圣人,跟杨老头认了师徒身份,又意味着什么。

不知道当年,是不是有人也曾这样看待自己?

少年关上店铺门板的时候,对站在原地一动不动的师姐埋怨道:"我不喜欢这个病恹恹的家伙,看人的眼神,凉飕飕的。"

年幼时太过贫苦饥寒,少女时又做了太多苦力活,导致女子如今的身材才刚刚与寻常市井少女般杨柳抽条,她不善言辞,也不苟言笑,就没有说话,只是瞧着那个牵马背剑远去的身影。

她是少年的师姐,性格稳重,所以更早接触到一些师父的厉害。不到三年,她如今就已是一位第四境的纯粹武夫,但是为了破开那个最为艰辛的三境瓶颈,她宁肯活活疼死,也不愿咽下那只瓷瓶里的药膏,这才熬过了那道关隘。当时师父浑然不上心,只是坐在那边吞云吐雾,连冷眼旁观都不算,因为老人根本就没看她,只顾着自己神游万里。

在她浑身浴血地挣扎着坐起身后,双手掩面,喜极而泣。大难不死必有后福,老话不会骗人的。

老人斜瞥了眼劫后余生的弟子,在台阶上磕着烟杆,终于说了一句话:"你的心性、韧性,大概只有某个人的一半,很值得高兴? 那个人,比你大不了几岁,当年也是龙窑学徒出身,比你还不如,更早无依无靠,万事靠自己。三年破三境,很了不起吗? 就这点出息,也想去抢东宝瓶洲所剩不多的山巅境? 不过我倒是有个建议,下次他再次打散武运馈赠的时候,你就端着碗,跪在地上,去接住他不要的东西好了。连他都比不过,还敢问郑大风那个曹慈是谁? 年纪不大,脸皮不薄,我倒是收了个好弟子。要不要我去你那个娘娘腔叔叔的坟头,敬个酒,道声谢?"

师父要么不说话,每次一开口,言语都能让人心肝疼。

她是如此,师弟石灵山也好不到哪里去。唯一的不同,在于师弟私底下敢抱怨,她不敢。

陈平安牵马走到了小镇边缘,李槐家的宅子就在那边。他驻足片刻,走出巷子尽头,翻身上马,先去了最近的那座小山包——当年只用一枚金精铜钱买下的真珠山——驱马上丘顶,眺望小镇。深夜时分,也就四处灯火稍亮,福禄街,桃叶巷,县衙,窑务督造署。若是转头往西北望去,位于群山之北的新郡城那边,万家灯火齐聚,以至于夜空微微晕黄光亮,由此可见那边的热闹,想必置身其中,一定是灯火如昼的繁华景象。

真珠山,是西边大山中最小的一座山头,小到不能再小,当初陈平安之所以买下它,理由很简单,便宜,除此之外,再无半点复杂心思。

那会儿还想着要在真珠山打造一座茅屋,如此一来,去小镇也方便些,反正就几步路。在真珠山和泥瓶巷之间往返一趟,哪怕是徒步行走,也花费不了多少工夫。

陈平安坐在马背上,视线从夜幕中的小镇轮廓不断往回收,看到一条出镇入山的路线。年幼时候,自己就曾背着一个大箩筐,入山采药,蹒跚而行,酷暑时分,双肩给绳子勒得火辣辣疼,当时感觉就像背负着一座泥瓶巷祖宅。那是陈平安人生第一次想要放弃,用一个很正当的理由劝说自己:你年纪小,力气太小,采药的事情,明天再说。大不了明儿早些起床,在清晨时分入山,不要再在大太阳底下赶路了,一路上也没见着有哪个青壮男子下地干活……

陈平安轻轻呼出一口气,拨转马头,下了真珠山。

如今入山,大道平坦宽阔,勾连座座山头,再无当年的崎岖难行。

大山绵延,即便通了道路,落魄山位于群山之南,从最东边的真珠山一路行去,依旧需要耗费不少光阴,加上陈平安似乎是想要多看看途经的每座山头风光,经常停歇,不然就是牵马而行,所以等陈平安赶到落魄山地界,已是一天两夜之后,这还是在渠黄脚力远胜寻常马匹的前提之下。

陈平安骑马的时候,偶尔会轻夹马腹,渠黄便会心有灵犀地加快步伐,在道路上踩出一串马蹄痕迹。

这些年,经常会如此,找些无聊事情做,既是苦中作乐,也是忙里偷闲。

大多时候不言不语的账房先生,落在曾掖、马笃宜还有顾璨眼中,经常会有这些古怪的小事情。会蹲在地上用石子画出棋盘,或是翻来覆去研究那几个围棋定式,或是自己与自己下一局五子棋。

一人一骑,入山渐渐深远。

应该是第一个洞悉陈平安行踪的魏檗,始终没有露面。

要知道如今不单单是龙泉郡,龙须河、铁符江所辖流域,乃至于绣花江和悬挂秀水高风匾额的嫁衣女鬼府邸一带,都隶属于北岳地界,魏檗高居披云山,俯瞰众生,洞若观火。

不过魏檗没有早早出现,是意料之外,却在情理之中。

早年两人关系不深，最早是靠着一个阿良维系着，后来逐渐变成朋友，有那么点"君子之交"的意思，魏檗可以只凭个人喜好，带着陈平安四处"巡狩"北岳辖境，帮着在陈平安身上贴上一张北岳山神庙的护身符。可是如今两人牵连甚深，趋向于盟友关系，就要讲一讲避嫌了，哪怕是表面功夫，也得做，不然估计大骊朝廷会心里不痛快，你魏檗好歹是我们朝廷尊奉的第一位五岳神祇，就这么与人合起伙来做生意，然后对着大骊宋氏往死里砍价？魏檗就算全然不顾及大骊宋氏的脸面，仗着一个已经落袋为安的北岳正神身份，骄纵跋扈，为自己为他人大肆攫取实在利益，陈平安也不敢答应——一夜暴富的买卖，细水长流的友谊，显然后者更加稳妥。

　　何况魏檗一向深思远虑，谋而后动，值得信赖，不然陈平安这些年也不会寄那么多封书信去披云山。

　　在一个拂晓时分，陈平安终于来到了落魄山山脚。

　　山门建造了牌坊楼，只不过还没有悬挂匾额。其实照理说落魄山之巅有座山神庙，是应该挂一块山神匾额的，只不过那位前窑务督造官出身的山神宋煜章，时运不济，在陈平安作为家业根基所在的落魄山"寄人篱下"不说，还与魏檗关系闹得很僵，加上竹楼那边还住着一位高深莫测的武学大宗师崔姓老人，再有一条黑色巨蟒经常在落魄山游弋逛荡，当年李希圣在竹楼墙壁上，以那支小雪锥书写文字符箓，更是害得整座落魄山下坠几分，山神庙受到的影响最大，一来二去，落魄山的山神祠庙是龙泉郡三座山神庙中香火最惨淡，致使这位死后塑金身的山神老爷宋煜章，可谓处处不讨喜。

　　魏檗缓缓走下山，身后远远跟着石柔。

　　陈平安翻身下马，笑问道："裴钱他们几个呢？"

　　魏檗幸灾乐祸道："我故意没告诉他们你的行踪，三个小家伙还以为你这位师父和先生，要从红烛镇那边返回龙泉郡，如今肯定还眼巴巴等着呢。至于朱敛，最近几天在郡城那边转悠，说是无意中相中了一位练武的好苗子，高了不敢说，金身境是有希望的，就想要当作送给自家少爷返乡回家后的一个开门彩。"

　　陈平安与魏檗并肩而行，石柔依旧远远跟着，只是跟陈平安相互点了点头，就算是打过了招呼。

　　陈平安歉意道："买山一事，一拖再拖，实在抱歉。"

　　一身白衣的魏檗行走山路，如湖上神人凌波微步，耳边一侧悬挂一枚金色耳环，真是神祇中的神祇，他微笑道："其实永嘉十一年末的时候，这场生意差点就要谈崩了，大骊朝廷以牛角山仙家渡口不宜卖给修士，应该纳入大骊军方作为理由，已经清晰表明有反悔的迹象了，最多就是卖给你我一两座靠边的山头，大而无用的那种，算是面子上的一点补偿，我也不好再坚持，但是年关一来，大骊礼部就暂时搁置了此事，正月又过，等到大骊礼部的老爷们忙完事，过完节，吃饱喝足，再次返回龙泉郡，突然又变了口风，说可以再等等,我就估摸着你应该是在书简湖顺利收官了。"

陈平安苦笑道:"半点不顺利。"

魏檗转头看了眼如今的陈平安相貌,哈哈笑道:"瞧得出来,惨不忍睹,只比俗子转入神道时必经的'形销骨立'略好一筹。裴钱几个看见了你,多半要认不出来。"

陈平安挠挠头,叹息一声,道:"即便谈妥了买山一事,书简湖那边我还有一屁股债。"

魏檗微笑道:"终究只是'钱财'二字上伤脑筋,总比最初的心境起伏不定、万般我皆错好太多了吧?"

陈平安展颜而笑,点头道:"是这个理。"

魏檗突然说道:"我可没钱借你,就一个北岳正神的空架子,不过你要是能以此拐骗来神仙钱,你只管拿去,挣着了钱,算你有本事。"

陈平安轻轻搓手,笑呵呵道:"这哪里好意思。"

魏檗一愣,听口气,不像当年的那个陈平安啊,像是只要自己一个不小心,这家伙就要顺坡下驴,真要扯着北岳正神的虎皮大旗去挣钱似的。魏檗赶紧一拍陈平安肩膀,笑眯眯道:"不好意思就算了,我哪里好意思让你不好意思,朋友嘛,相互体谅……"

石柔远远跟在两人身后,说实话,先前在落魄山山门口,见着了陈平安的第一面,她真吓了一跳。

几年不见,变化也太大了点。

难道是先后没了隋右边、卢白象、魏羡和朱敛在身边,只能单枪匹马闯荡那座书简湖,然后就给野修无数的书简湖,打出了原形,混得十分凄惨?能够活着离开那块名动东宝瓶洲的是非之地,就已经很心满意足?石柔倒也不会因此就小看了陈平安,毕竟书简湖的无法无天,这几年通过朱敛和北岳正神魏檗的闲聊,她多少清楚一些内幕,明白一个陈平安,即便身边有朱敛,也注定没办法在书简湖那边靠着拳头杀出一条血路,毕竟一个截江真君刘志茂就够所有外乡人喝上一壶了,更别提后边又有个刘老成重返书简湖,那可是东宝瓶洲唯一一位上五境野修。

陈平安说道:"跟裴钱他们说一声,别让他们傻乎乎在红烛镇干等了。"

魏檗会心一笑,点点头,吹了一声口哨,然后说道:"赶紧回了吧,陈平安已经在落魄山了。"

如有一叶浮萍,在湍急水流中打了个旋儿,一闪而逝,然后在红烛镇一座屋脊翘檐附近,有魏檗的熟悉嗓音,在裴钱三个小家伙身边响起。

正托着腮帮的裴钱瞪大眼睛,问道:"真的假的?"

躺在屋顶晒太阳的青衣小童揉了揉下巴,不屑道:"我觉得魏檗是在唬人,吃饱了撑的,逗咱们玩呢。"

坐在裴钱身边的粉裙女童轻声道:"魏先生应该不会在这种事情上骗人吧?"

裴钱猛然站起身，双手握拳，轻轻一撞，大声道："我师父真是神出鬼没啊，不声不响就打了咱们仨一个措手不及，你们说厉害不厉害！"

粉裙女童掩嘴而笑。

青衣小童没好气道："厉害个屁，害咱们在这里白等了这么多天，看我不一见面就跟他讨要红包，少一个我都跟陈平安急眼。"

裴钱转头望向青衣小童，一只小手同时按住腰间刀剑错的刀柄剑柄，语重心长道："朋友归朋友，可是天大地大，师父最大，你再这么不讲规矩，一天到晚想着占我师父的小便宜，我可就要取你狗头了。"

话说得很老气横秋，是裴钱一贯的风格。

大概是年纪不大的关系，又喜欢说些大话怪话，所以很难让人分清楚裴钱到底哪句是真心话，哪些是可以当作耳旁风的无心之语。

青衣小童白眼道："就凭你那三脚猫功夫？"

裴钱摇摇头，道："我跟老厨子熟啊，请他出手打死你，我再取你狗头，又没说错。"

粉裙女童有些紧张，生怕这两个家伙一言不合就大打出手。

他们俩虽然经常拌嘴，可是真正动手，还真没有过，两个人倒是经常喜欢"文斗"，动嘴皮子，说一些搬山倒海的神仙术法，比拼高下。

青衣小童掂量了一下远游境武夫的分量，以及那个老厨子与裴钱的关系，再就是魏檗那个势利眼，好像对裴钱也很刮目相看，他心中愁苦万分，只得满脸谄媚道："裴女侠，咋这么开不起玩笑呢？陈平安是你师父，也是我家老爷啊，一家人和气生财，说什么狗头不狗头的，再说了，我也不是狗啊，我可是道家三掌教都拍过数次肩膀的一条大蛟龙，就凭我这份英雄气概，你就该多敬重我几分，以后莫要再说这种伤和气的气话了，幼稚，不好。"

裴钱一本正经道："我可没跟你开玩笑，我们江湖人士，一口唾沫一颗钉！"

青衣小童嬉皮笑脸道："知道啦知道啦。"

粉裙女童松了口气。还好他们两个没翻脸，不然她真不知道该怎么当和事佬。

三人在红烛镇一座座屋脊上边蜻蜓点水，很快离开小镇，进入山中。一条盘踞在无人处的黑色大蛇游弋而出，腹部碾压出一条深沉痕迹，声势惊人，裴钱率先跃上落魄山黑蛇的头颅，盘腿而坐，将竹刀竹剑叠放在膝盖上。

粉裙女童坐在黑蛇背脊中央。

青衣小童站在黑蛇的尾巴上，一晃一晃，只是当他望向裴钱的纤细背影，他心头有些阴霾，先前那一瞬间，自己又感受到了裴钱恍若天生的压迫感。

这种让人不太舒服的感觉，让他很不适应。

第一次察觉到裴钱身上的异样，是在群山之中，他们一起围追堵截那条成了精的乱窜土狗。当时裴钱浑身草木碎屑,脸上还有被树木枝条钩破的几条小血槽,她对于身上那点不痛不痒的伤势,浑然不觉,眼中只有那条夺路而逃的野狗。终于好不容易堵住了那条"野狗"的去路,她猫着腰,死死盯住那条野狗,双眼神采奕奕,拇指按住刀柄,缓缓推刀出鞘,竹刀出鞘一寸,眼神便炙热一分。

从那个时候开始,青衣小童就没再将裴钱当作一个不谙世事的小丫头看待。

他甚至还有些疑惑不解,挺正人君子的陈平安,怎么就找了这么个小怪胎当弟子,还是开山大弟子?

棋墩山出身的黑蛇,无比熟稔返乡山路。

裴钱和青衣小童、粉裙女童,三个各怀心思。

裴钱用刀鞘底部轻轻敲击黑蛇头颅,皱眉道:"别偷懒,快一些赶路,不然哪天我学成了疯魔剑法,就拿你来练手。"

"座下"黑蛇只得加快速度。

落魄山那边。

陈平安重返竹楼,百感交集。

一路上,魏檗与陈平安该聊的已经聊完,以缩地成寸的一方山水神祇本命神通,先行返回披云山。

石柔看着陈平安登上二楼的背影,犹豫了一下,搬了条竹椅,坐在檐下,很好奇陈平安与那个崔姓老人,到底是什么关系。

老人不像是纯粹武夫,更像是个退隐山林的老儒士,魏檗和朱敛,好像很默契,都没有在她面前多说什么,就当老人不存在。

老人一开始是想要栽培裴钱的,只是随手轻轻一捏筋骨,裴钱就满地打滚,一把鼻涕一把泪,可怜兮兮地望着老人。老人当时一脸自己主动踩了一脚狗屎的别扭表情。裴钱趁着老人怔怔出神,蹑手蹑脚地跑路,之后好几天都没凑近竹楼,在群山之中瞎逛,后来干脆直接离开西边大山,去了骑龙巷的糕点铺子,当起了小掌柜,反正就是死活不愿意再见到那个老人。从此,崔姓老人就对裴钱死了心,偶尔站在二楼眺望风景,斜眼瞥见裴钱像一只雏凤幼鸾成天待在鸡窝里还特别开心的样子,老人就有些无奈。

陈平安敲门进入。

崔姓老人盘腿而坐,睁开眼睛,打量着陈平安。

陈平安坐在老人对面,背着那把剑仙,腰间悬挂着养剑葫。

老人觉得那把剑有些碍眼,至于那个养剑葫,还稍微好一些,江湖儿郎,喝点酒,不算什么。老人问道:"就靠着这些身外物,才得以活着离开那处污秽之地?"

陈平安说道:"不能说'就',不过没有这把剑,我还真活不下来。在书简湖青峡岛,差点被一位上五境野修打死。"

老人讥笑道:"人家若是真要杀你,有无这把剑,根本不重要。"

陈平安说道:"在可杀可不杀之间,没有这把剑,可杀的可能性就会很大了。"

老人皱眉不悦。

陈平安缓缓道:"武学路上,当然是要追求'纯粹'二字,可是如果刻意为了尽善尽美的'纯粹',一次次故意将自己置身于生死险境当中,一次涉险而过,哪怕再有两次三次,可是总有一天,会遇到过不去的坎,到时候死了也就是死了。我觉得练拳的纯粹,要先在修心一事上比山上修道之人更加纯粹,先做到心境无垢,出拳之时夹杂着诸多身外物,事后才有机会剥除,这是武道纯粹的根本,不然武学道路,本就道阻且长,坎坷难行,更有断头路在前方等着,如果仍是喜欢告诉自己死则死矣,还怎么走得远?"

老人双拳撑在膝盖上,身体微微前倾,冷笑道:"怎么,出门在外浪荡几年,觉得自己本事大了,已经有资格与我说些大话屁话了?"

老人不过是身体向前倾几分,竹楼二层的屋内,瞬间便是拳意丰沛如洪水,汹涌扑向陈平安,就连竹楼外的石柔,都察觉到这股洪涝即将决堤的惊人气势。

陈平安坐在原地,岿然不动,身形如此,心境如此,身心皆是。

室内如有迅猛罡风吹拂。陈平安不断向后倒滑出去,只是依旧腰杆挺直,哪怕背靠墙壁,依旧丝毫不改坐姿。

老人叹息一声,眼中似有怜悯神色,问道:"陈平安,走完了一趟书简湖,就已经这么怕死了吗?你难道就不好奇,为何自己迟迟无法水到渠成破开五境瓶颈?你以为是自己压制使然,还是你自己不敢去深究?"

陈平安默然无声。

老人看着这个背靠墙壁的枯槁年轻人,道:"怕死就是怕死,你不敢承认罢了。当然,你自有怕死的万般理由,我不会因此而笑话你半句。不过呢,世事值得玩味处,就在于此,习武也好,修道也罢,可不管你的想法是不是合乎情理,所以你的道理是对的,但是很可惜,你无法用一个于你正确的道理,来说服自己的本心。你如今想要练剑,这个执念越来越深刻。我猜测你在书简湖这几年,经常会有这样的念头,一个是武夫好像不够强,一个是剑仙实在太潇洒。这些念头在不经意间起起伏伏,浮光掠影,你却不自知。这是人之常情,你从未见过我真正出手,但是你却走过了一趟剑气长城,相信亲眼所见的剑仙,不止一两位。"

陈平安欲言又止,似乎想要反驳。

老人笑道:"我当年喂拳,出拳太多,拳拳有分寸,是将你的三境武道之路,打得无比平整,所以你虽然遭受太多痛楚折磨,但是路途很……平缓,这自然是我的厉害之处,不伤你体魄本元半点,更不坏你本心丝毫。但是你所见的剑仙风姿,可不会管你一个小武夫的心境,剑意纵横千百里,气冲斗牛开云海,随随便便一巴掌,就会在你心路上拍出一个大窟窿,你又是喜欢自省的半吊子读书人,喜欢有事没事就回头,看看自己走岔了没有,不承想每次回头,就要下意识看一看那个窟窿,如凝深渊,如观深井,深坠其中,不可自拔。"

陈平安点头道:"在老龙城,我就意识到这一点,剑修左右在蛟龙沟的出剑,对我影响很大,加上先前魏晋破开天幕一剑,还有老龙城范峻茂飞往桂花岛的云海一剑……"

说到这里,陈平安神色凝重,道:"可是进入书简湖后,我并非如前辈所说,毫无察觉,事实上恰恰相反,我已经有意识去一点点消弭这种影响。"

老人大笑道:"往水井里丢石子,每次还要小心翼翼,尽量不要在井底溅起水花,你填得满吗?"

陈平安恍然大悟,伸手擦了擦额头汗水,问道:"敢问前辈,那我应该如何做?"

老人冷嘲热讽道:"看来一趟书简湖之行,让你形神憔悴不说,连一颗原本还凑合的脑袋瓜子也生锈了。"

陈平安只是凝视着老人。

老人沉默片刻,道:"好在有些东西还没丢干净,不然就真没救了。"

老人抬起一只拳头,道:"习武。"

老人抬起另外一只手,双指并拢,又道:"练剑。"

然后老人收起双手,站起身,居高临下,俯瞰陈平安,道:"即便可以兼得,那么主次怎么分?分出主次,当下又怎么分先后?什么都没想明白,一团糨糊,成天浑浑噩噩,活该你在城门大开的关隘外边绕圈子,还洋洋自得,告诉自己不是打不破瓶颈,只是不愿意而已。话说回来,你跻身六境,确实简单,不过就跟一个人满裤裆屎一样,从屋外进门,误以为进了屋子就能换上一身干净衣衫,其实,那些屎也给带进了屋子,不在身上,还在屋内。你好在误打误撞,总算没有破境,不然就这样从五境跻身的六境,也好意思一身屎尿登上二楼,来见我?"

老人轻轻一跺脚。

陈平安的后背,被扑面而来的剧烈罡风,吹拂得死死贴住墙壁,不得不用手肘抵住竹楼墙壁,再竭力不让后脑勺靠住墙壁。

体内一股纯粹真气若火龙游走窍穴。

老人眯眼望去,骤然间抬起一脚朝陈平安额头那个方向踹出。砰然一声,陈平安的后脑勺狠狠撞在墙壁上,体内那股纯粹真气也随之停滞不前,如背负一座山岳,压得那条火龙只能匍匐在地。

老人啧啧道:"陈平安,你真没想过自己为何三年不练拳,还能吊着一口气?要知道,拳意可以在不练拳时,依旧自我砥砺,可是身子骨,撑得住?你真当以为自己是金身境武夫了,就从来不曾扪心自问?"

陈平安呼吸困难,脸庞扭曲。

他早知道这次返回竹楼,会有大苦头要吃,只是没想到来得这么直截了当。

但是老人的那个问题,让陈平安的心意骤然停歇,如同"悬崖勒马",暂时摒弃老人的拳罡带来的压制,静心聚气,聚精会神,去思考这个之前依稀想过却一笔带过的问题。

老人抬起脚,一脚尖踹向墙壁处陈平安的腹部,一缕拳意罡气,刚好击中那条极其细微的火龙真气。

陈平安隐约间察觉到那条火龙的首尾和四爪,在自己心扉门外,蓦然间绽放出三串如爆竹、似春雷的声响。

老人说道:"显然是有修行之人,以极高明的独到手法,悄悄温养你的这一口纯粹真气。如果我没有看错,肯定是位道家高人,在真气火龙的头颅,植入了三粒火苗种子,作为一处道家的'天宫内院',以火炼之法,助你一寸寸打通这条火龙的脊柱关节,使得你有望骨体容华焕发,先行一步,跳过六境,提前打熬金身境底子,效果就如修道之人追求的金玉形骸。手笔不算太大,但是巧而妙,火候极好。说吧,是谁?"

陈平安一脸茫然。

老人既然已经看出根脚,也就不再为难陈平安,收敛气势。

陈平安靠墙而坐,汗流浃背。

最后陈平安灵机一动,苦笑道:"我曾经见过一位朋友的师父,是位道袍绣有火龙的道人,道号火龙真人,现在想起来,当时离别之时,他确实伸出手指,虚点了我几下。"

光脚老人皱了皱眉头,问道:"为何这位老神仙要白白送你一桩机缘?"

修行路上,福祸相依,不可不察。

陈平安抹了把汗水,笑道:"因为我送了那朋友一枚龙虎山大天师亲手篆刻的小印章而已。"

老人点点头,道:"山巅修士,不愿亏欠,怕沾因果,你这一送,他这一还,就说得通了。"

然后老人突然问道:"而已?"

不等陈平安说什么,老人一脚踹出,陈平安的脑门处如遭重锤,撞在墙壁上,直接晕厥过去,连腹诽骂娘的机会都没有。

老人嗤笑道:"小小年纪,暮气沉沉,真是欠揍。"又是一脚,踹得陈平安身体撞向墙壁,坠地后弹了一下,刚因为疼痛而清醒几分,就又因为疼痛而晕厥过去。

从头到尾,老人没有刻意隐藏气机和言语。

一头依附仙人遗蜕的女鬼算个屁。

竹楼檐下,女鬼石柔坐在翠绿小竹椅上,局促不安,她咽了口唾沫,突然觉得比起一登楼就被往死里打的陈平安,自己在落魄山这几年,真是过着神仙日子了。

石柔猛然站起身,仰头望去,二楼那边,光脚老人手里拎着陈平安的脖子,轻轻一提,高过栏杆,随手丢下,石柔慌慌忙忙接住。

老人说道:"这家伙想得太多,睡得太少。让他先睡个饱,这段时间,谁都别去吵他。"

石柔赶紧将陈平安放到一楼床铺上,悄然退出,关上门,乖乖坐在门口竹椅上当门神。

老人走下竹楼,来到崖畔。今日云雾浓重,遮蔽视野,画卷壮丽,犹如天风震撼大海潮,身处落魄山高处,如同置身于泽国,稍稍左边,有一座毗邻落魄山的山峰,独独高出云海,如仙人踩高跷。老人随手一挥袖,轻易打散整座云海,如开门见山河。

这一幕,看得石柔眼皮子微颤,赶紧低敛视线。

这要是一袖子打在她那副仙人遗蜕上,真不知道自己的魂魄会不会彻底烟消云散。

先前她最害怕的那个崔东山拜访过落魄山,就在二楼。石柔从未见过如此失魂落魄的崔东山,老人坐在屋内,并未走出,崔东山就坐在门外廊道中,也未走入,但是称呼老人为爷爷。

从那一刻起,石柔就知道该如何跟老人打交道了,很简单,尽量别出现在崔姓老者的视线中。

老人驻足远望。

一条腹有金线、生有四爪的巨大黑蛇,从山门那边,沿着宽阔山道,迅猛登山,临近竹楼后,死活不敢靠近。裴钱知道它守规矩,也不为难它,飘落在地,躬身前奔。粉裙女童尾随其后,如粉蝶纷飞,极其可爱。青衣小童显得比较无精打采,滑下了黑蛇尾巴,慢悠悠吊在两个家伙的身后,就要见着陈平安了,青衣小童不知为何,还是有些心虚。

裴钱到了竹楼,石柔赶紧将老人言语重复了一遍。裴钱既有失望也有担忧,轻轻走到竹楼门口,试图从绿竹缝隙当中瞧见屋子里边的光景,当然一无所获,她犹不死心,绕着竹楼走了整整一圈,最后一屁股坐在石柔的那条竹椅上,双臂环胸,生着闷气。师父回乡后,竟然不是第一个瞧见她,她这个肩挑重担的开山大弟子,当得不行啊,太不讲究了。

裴钱偷偷丢了个眼神给粉裙女童。

粉裙女童立即心领神会,跑到光脚老人那边,轻声问道:"崔爷爷,我家老爷还好吧?"

老人点头道:"有些麻烦,但是还不至于没办法解决,等他睡饱了之后,再喂喂拳,就扳得回来。"

粉裙女童脸色惨白。

喂拳？

她当然知道当年老爷的境遇，真真是怎一个"惨"字了得。

一直竖起耳朵偷听对话的青衣小童，也神色戚戚然。可怜的老爷，才回家就跳进一座大火坑。难怪这趟出门远游，要晃荡五年才舍得回来，换成自己，五十年都未必敢回来。

陈平安足足睡了两天一夜才醒来，睁眼后，一个鲤鱼打挺坐起身，走出屋子，发现裴钱和朱敛在门外守夜，一人一条小竹椅。裴钱歪靠着椅背，伸着双腿，已经在酣睡，还流着口水，对于这个黑炭丫头而言，这大概就是心有余而力不足，人生无奈。陈平安放轻脚步，蹲下身，看着裴钱，片刻之后，她抬起手臂，胡乱抹了把口水，继续睡觉，小声梦呓，含糊不清。

陈平安站起身，示意朱敛跟上他，两人一起来到崖畔，那边打造了一张刻有棋盘的石桌，还有四只篆刻云纹的古朴石凳。

朱敛压低嗓音，轻声笑道："若是裴钱瞧见少爷这副模样，可要心疼坏了。"

陈平安叹了口气，道："已经很好了，当初做了最坏的打算，以为七八年内都无法从书简湖脱身。"

朱敛点点头，道："虽然不知具体缘由，一些书信往来，老奴不敢在纸上询问，可是能够让少爷这般度日如年，想来是天大的难事了。"

陈平安取出两壶书简湖乌啼酒，跟朱敛一人一壶，轻轻磕碰。陈平安斜靠着石桌，一条胳膊搁在上边，喝了一口酒，感慨道："一言难尽。"

"何谓风骨，无非是能受天磨。"

朱敛转头凝视着陈平安的侧脸，喝了一小口酒，轻声劝说道："少爷如今模样，虽然憔悴不堪，可老奴是那情场过来人，晓得如今的少爷，却是最惹妇人的怜惜了。以后下山去往小镇或是郡城，少爷最好戴顶斗笠，遮掩一二，不然小心重蹈紫阳府的覆辙，不过是给街上妇人多瞧了几眼，就凭空招惹几笔风流账、脂粉债。"

久违的溜须拍马。

陈平安伸出手揉着脸颊，笑道："你是当我傻，还是当那些女子眼瞎啊？"

朱敛唏嘘道："不听老人言吃亏在眼前，少爷你就等着吧，到了山外，迟早要被妇人……"

陈平安连忙摆手，呵斥道："打住打住，喝你的酒。"

朱敛痛心疾首，道："忠言逆耳！"

陈平安微笑不言，借着洒落人间的素洁月色，眯眼望向远方。

虽然当下是望向南方，可是接下来陈平安的新家业，却在落魄山以北。

除了原先包袱斋"安营扎寨"的牛角山，先前见机不妙，打算跳下大骊这条"沉船"，其他的仙家势力，包括清风城许氏在内选中的朱砂山，其余还有鳌鱼背、拜剑台、蔚霞峰和灰蒙山等，除了拜剑台位于最西边，形单影只，并且山头不大，其余多是西边群山中靠南位置，恰好与落魄山相距不远。尤其是灰蒙山，占地广袤，先前的那个仙家势力，已经砸下重金，加上大批卢氏遗民的任劳任怨，已经打造出连绵成片的神仙府邸，宛如人间仙境，最后等于是半卖半送，还给了大骊朝廷，不知如今做何感想，想来应该悔青了肠子。

大骊宋氏在老龙城赊欠下的那些金精铜钱，由魏檗牵线搭桥，被陈平安用来买山，然后就此一笔勾销，也算清爽了。

尤其是那座建造出一座仙家渡口的牛角山，即将被陈平安收入囊中，但是必须暂时挂名在魏檗那边，不然名不正言不顺，这股源头活水，里边流着的可是一枚枚神仙钱，利益太过巨大，会被大骊权贵眼红嫉妒。私底下，陈平安与魏檗对半分红。

当年帮着顾璨家与人在田间抢水无数次，陈平安不承想如今自己也能守着这么一块收成惊人的"良田"。

陈平安收回思绪，问道："朱敛，你没有跟崔老前辈经常切磋？"

朱敛微笑摇头，道："老前辈拳头极硬，早已走到我们武夫梦寐以求的武道尽头，谁不仰慕？只不过我不愿打搅前辈清修。"

朱敛身体后仰，转头望向竹楼那边，问道："我这么说，老前辈不会介意吧？"

寂静无声，没有回应。

朱敛笑道："老前辈除了偶尔手持行山杖，游历群山，与那披云山林鹿书院的几位老夫子切磋学问，一般不太愿意露面，闲云野鹤，不过如此。"

朱敛记起一事，说道："我在郡城那边，无意间找到了一棵好苗子，是位从大骊京畿搬迁到龙泉的富家千金，年纪不大，十三岁，跟咱们那位赔钱货，差不多岁数，虽然现在才开始学武，起步有些晚，可是勉强还来得及，我已经跟她的长辈讲清楚，现在只等少爷点头，我就将她领上落魄山。如今落魄山新建了几栋府邸，除了我们自住，用来待人接物，绰绰有余，而且是大骊出的银子，不用我们掏一枚铜钱。"

陈平安点点头。如今落魄山人多了，确实应该建有这些栖身之所，不过等到与大骊礼部正式签订契约，买下那些山头后，即便刨去租借给阮邛的几座山头，好像一人独占一座山头，同样没问题，真是财大气粗腰杆硬，到时候陈平安会成为仅次于阮邛的龙泉郡大地主，占据西边大山的三成地界，除去小巧玲珑的真珠山不说，其余任何一座山头，灵气沛然，都足够一位金丹地仙修行。

陈平安好奇问道："你要是愿意领着她登山，当然可以，不过是以什么名分留在落魄山？你的入室弟子？"

若是朱敛在浩然天下收取的首位弟子，陈平安还真有些期待她的武学攀登之路。

藕花福地的画卷四人，朱敛如今境界最高，实打实的远游境武夫，虽说走了捷径，看似急功近利，但是陈平安内心深处，觉得朱敛的选择，实则才是最对的。

朱敛摇头道："老奴可没兴致给人当师父，让她先当个落魄山的记名弟子吧，以后谁相中了她的根骨资质，只管拿走。老奴所作所为，不过是肥水不流外人田，想着给少爷的落魄山添分人气，不然尽是神怪鬼妖，不太像话，总觉得不利于风水。话说回来，这要是在藕花福地，少女那般天赋的弟子，就像是我去书肆买书的时候，路边捡来的，可是在家乡那边，估摸着能让一箩筐的江湖宗师，争抢得你打我我杀你，脑浆四溅，很江湖了。"

朱敛跷着二郎腿，双指捏住仙家酿酒的酒壶，轻轻摇晃，唏嘘道："不愧是浩然天下，英才辈出，绝不是藕花福地可以媲美。"

陈平安笑问道："怎么说服的少女家人？穷学文富学武，可不是开玩笑的。"

朱敛呵呵笑道："事情不复杂，那户人家，之所以搬迁到龙泉郡，就是因为在京畿混不下去了，红颜祸水嘛，少女性子倔，爹娘长辈也硬气，不愿低头，便惹到了不该惹的地方势力，老奴就帮着摆平了那拨追过来的过江龙。少女是个念家重情的，家里本就有两位读书种子，不需要她来撑门面，如今又连累兄长和弟弟，她已经十分愧疚，想到能够在龙泉郡傍上仙家势力，二话不说就答应下来，其实学武到底是怎么回事，要吃多少苦头，如今半点不知。也是个憨傻丫头，不过既然能被我看中，自然不缺灵气，少爷到时候一见便知，与隋右边相似，又不太一样。"

陈平安"嗯"了一声。朱敛做事情，还是牢靠的。

朱敛突然转头一声吼："赔钱货，你师父又要出远门了，还睡？"

裴钱连人带竹椅一起摔倒，迷迷糊糊之间，瞧见了那个熟悉身影，跳起身飞奔而至，结果一看到陈平安那副模样，立即泪如雨水珠子叭叭落，皱着一张黑炭似的脸庞，嘴角下压，说不出话来。师父怎么就变成这样了？这么黑黑瘦瘦的，学她做什么啊？

陈平安坐直身体，微笑道："怎么在落魄山待了三年，也不见你长个子？怎么，吃不饱饭？光顾着玩了？有没有忘记抄书？"

裴钱一把抱住陈平安，那叫一个嗷嗷哭，伤心极了。

当年就该死皮赖脸跟着师父一起去的，有她照顾师父的饮食起居，哪怕再笨手笨脚，好歹在书简湖那边，还会有个能陪师父说说话、解解闷的人。

陈平安瞪了眼在一旁幸灾乐祸的朱敛。

朱敛提起酒壶，自己喝了一大口罚酒，然后趁着陈平安轻声安慰裴钱的工夫，拎着还剩下半壶乌啼酒的小壶，起身离去。好似要将月色与光阴，都留与那对久别重逢的师徒。

裴钱好不容易才哭着鼻子，坐在一旁石凳上。

个头稍稍长高，但是很不明显，寻常十三四岁的少女，这会儿身段也该如杨柳抽条，脸庞也会长开了，可裴钱就好像还是那个在红烛镇分别之际的黑炭丫头。

她叽叽喳喳，与师父说了这些年她在龙泉郡的"丰功伟绩"：每隔一段时日就要下山，去给师父打理泥瓶巷祖宅；每年正月和清明节都会去上坟，照看着骑龙巷的两间铺子；每天抄书之余，还要手持行山杖，骑着那条黑蛇，兢兢业业巡视落魄山地界，防止有蟊贼潜入竹楼；更要每天练习师父传授的六步走桩、剑气十八停，女冠姐姐教她的白猿背剑术和拖刀法，更别提还要完善那套只差一点点就可以登峰造极的疯魔剑法……总之，她很忙碌，一点都没有瞎胡闹，没有不务正业，天地良心！

至于撵狗、斗鹅、踢毽子这些小事情，她觉得就不用与师父唠叨了，作为师父的开山大弟子，这些个荡气回肠的事迹、壮举，是她的分内事，无须拿出来显摆。

陈平安耐心听完裴钱添油加醋的言语，笑问道："崔老前辈没教你什么？"

裴钱眼珠子滴溜溜转动，使劲摇头，可怜兮兮道："老爷子眼界高，瞧不上我哩。师父你是不知道，老爷子很高人风范的，作为江湖前辈，比山上修士还要仙风道骨，真是让我佩服。唉，可惜我没能入了老爷子的法眼，无法让老爷子对我的疯魔剑法指点一二，在落魄山，也就这件事，让我唯一觉得对不住师父了。"

大概是害怕陈平安不相信，一番言语已经两边讨好的裴钱，以拳击掌，响声清脆，十分恼火道："是我给师父丢脸了！"

陈平安弯腰前倾，一弹指砸在裴钱额头，疼得裴钱捂住脑袋，倒抽一口冷气。

陈平安笑道："吃不住苦就老实说，什么眼界高，你唬谁呢？"

裴钱揉了揉微微发红的额头，瞪大眼睛，一脸错愕道："师父你这趟出门，莫不是学会了神仙的观心术吗？师父你咋回事哩，怎么不管到哪里都能学会厉害的本事！我这辈子哪里还能赶上师父，只能在师父屁股后头吃灰尘了……"

陈平安一把拧住这个马屁精的耳朵，笑骂道："哟，继续编，我看你能编到什么时候。"

裴钱咧嘴笑了起来，只是一看到师父那张脸庞，便又泫然欲泣，连与师父开玩笑的心思都没了，低下头。

陈平安叹了口气，拍了拍那颗小脑袋，笑道："告诉你一个好消息，很快灰蒙山、朱砂山和鳌鱼背这些山头，都是你师父的了，还有牛角山那座仙家渡口，师父占一半，以后你就可以跟来来往往的各色人物，理直气壮地收取过路钱了。"

裴钱兴致不高，"哦"了一声。

陈平安双手笼袖，继续远望落魄山以南的夜景，听说天气晴朗的时候，只要眼力够好，都能够瞧见红烛镇和绣花江的轮廓。

裴钱趴在石桌上，手指沿着棋盘刻线轻轻抹过，目不转睛，看着师父。

两两无言。

得了朱敛的消息，青衣小童和粉裙女童从新建府邸那边联袂赶来，陈平安转过头去，笑着招手，让他们落座，加上裴钱，刚好凑一桌。

粉裙女童飞快跑来，向陈平安作揖行礼，毕恭毕敬道："老爷。"

青衣小童也有模有样，鞠了一躬，抬起头后，笑脸灿烂，道："老爷，您老人家总算舍得回来了，也不见身边带几个如花似玉的小师娘来着？"

粉裙女童怒目相向，骂道："不许胡说八道！"

青衣小童挖着鼻孔，一屁股坐在陈平安对面石凳上，学裴钱趴在桌上，一脸疑惑道："老爷，你是不是戴了张人皮面具行走江湖啊？大晚上的，我胆儿小，瞧着老瘆人了，赶紧摘下来吧。"

陈平安笑道："这是不想要红包的意思？"

青衣小童抬起脑袋，左看右看，认真道："不承想细看之后，老爷愈发有男人味道了。"

陈平安挠挠头，落魄山？改名为马屁山得了。

陈平安随后从咫尺物当中取出三件东西，千墊国渡口那位老修士赠送的九宫格宝匣，老龙城符家赔偿的一块老龙布雨玉佩，仅剩一张留在身边的狐皮美人符纸，分别送给裴钱、青衣小童和粉裙女童。

裴钱一打开看到琳琅满目的小物件，玲珑别致，关键是数量多啊，高兴得手舞足蹈。

青衣小童犹豫了一下，还是接过了那件价值连城的老龙布雨玉佩。

粉裙女童捻着那张狐皮美人符纸，爱不释手。

陈平安对粉裙女童笑着解释道："以后打扫屋舍，不用你一个人忙活了，灌注灵气后，可以让一位符箓傀儡帮忙，灵智与寻常少女无异，还能与你聊聊天。"

粉裙女童又起身给陈平安鞠躬致谢，一丝不苟。

陈平安也拦不住。

青衣小童突然说道："是不是贵重了些？"

陈平安打趣道："太阳打西边出来了？"

青衣小童哀叹一声，想了想，道："不能收，我凑巧听说过这种老龙城玉佩的珍稀，又不是涉及大道的蛇胆石，不然给我再多，我也来者不拒……"

青衣小童将那块玉佩放在桌上。

陈平安见他眼神坚定，没有执意要他收下这份礼物，也没有将其收回袖中，只是拿起乌啼酒，喝了口酒，问道："听说你那位御江水神兄弟来过咱们龙泉郡了？"

青衣小童耷拉着脑袋，答道："可不是。"

陈平安说道:"也别觉得自己傻,是你那个水神兄弟不够聪明。以后他如果再来,该如何就如何,不想见,就随便说个地方闭关,让裴钱帮你拦下,如果还愿意见他,就继续好酒招待着便是,没钱买酒,钱也好,酒也罢,都可以跟我借。"

青衣小童脸色有些古怪,疑惑道:"我还以为你会劝我不见他来着。"

陈平安微笑道:"几百年的江湖朋友,说散就散,有些可惜吧。不过有些忙,你帮不了,就直接跟人家说,真是朋友,会体谅你的。"

青衣小童嘀咕道:"混江湖,与兄弟说自个儿不行,那多不豪气。"

青衣小童一说完这些,就更心虚了。

陈平安笑道:"行吧,只要是跟钱有关,你就算是还想着在水神兄弟那边打肿脸充胖子,不行也硬要说行,没关系,到时候一样可以来我这边借钱,保管你还是当年那个阔绰豪气的御江二把交椅。"

青衣小童彻底蒙了,顾不得称呼老爷,直呼其名道:"陈平安,你这趟游历,是不是脑瓜子给人敲坏了?"

陈平安安安静静坐在那边,双手笼袖,清风拂面,道:"哪天等你自己想明白了,兄弟不再是兄弟,即便朋友都做不得了,你至少可以问心无愧,自认从无对不起兄弟的地方。在落魄山,咱们又不是吃不着饭了,既然如此,江湖人身在江湖,只要还有酒喝,钱算什么?你没有,我有。你不多,我很多。"

青衣小童一把抓起那块老龙布雨玉佩,抹了把脸,什么也没说,跑了。

裴钱和粉裙女童面面相觑。

陈平安其实还有些话,没有对青衣小童说出口。

不管如何,陈平安都不希望青衣小童对他心心念念的那座江湖,太过失望。

魏檗突然出现在崖畔,轻轻咳嗽一声,道:"陈平安啊,有个消息要告诉你一声。"

陈平安站起身,问道:"怎么说?"

魏檗指了指山门那边,道:"有位好姑娘,夜访落魄山。"

第十章
水火之争让个道

陈平安试探性问道:"阮姑娘?"

魏檗微笑点头。

陈平安问道:"这也需要你来提醒?以阮姑娘的脾气,只要登山了,肯定要来竹楼这边。"

魏檗一脸好心被当成驴肝肺的受伤表情。

陈平安气笑道:"我不过是与阮姑娘见一面,虽是夜晚,可众目睽睽之下,你们又没有什么热闹可看,你这位北岳正神,已经空闲到这个分上了吗?"

魏檗一身正气凛然,指了指山门,再点了点陈平安,道:"如今我北岳辖境,分出了内院外院,内院里边最大的两个地主碰头,我能不上点心?"

陈平安不再理会魏檗,起身去迎接阮秀。

既然知道了她登山拜访,身为落魄山的山主,还是要拿出些待客的礼数。

魏檗没有随行,留在原地,自言自语道:"真没有点什么?这家伙瞧着很光风霁月啊。"

一听说是那位对自己特别和气温婉的青衣姐姐造访,裴钱比谁都开心,蹦跳起来,脚底抹油,飞奔而走,结果一头撞入一道涟漪阵阵的山雾水帘当中,一个踉跄,发现自己又站在了石桌旁边。裴钱左看右看,发现四周泛起一些微妙的涟漪,倏忽变化不定,此起彼伏,她恼火道:"魏先生,你一个山岳神灵,用鬼打墙这种卑劣的小把戏,不害臊吗?"

魏檗无奈道:"你掺和什么?打个比方,你师父困了,想要睡觉,你提个大灯笼在屋子里边逛荡,合适吗?"

裴钱双臂环胸,伸出两根手指揉着下巴,陷入沉思,片刻后,认真问道:"还没有明媒正娶,八抬大轿,就睡觉,不太合适吧?我可听说了,阮师傅如今年纪大了,眼神不太好使,所以不太喜欢我师父跟阮姐姐在一起。不然魏先生你陪着我去逛一逛龙泉剑宗,拉着阮师傅唠唠嗑?明儿天一亮,生米煮成熟饭,不是二师娘也是二师娘了。嘿嘿嘿,师娘与钱,真是越多越好……"

这些当然是裴钱的玩笑话,反正师父不在,魏檗又不是爱告刁状的那种无聊家伙,所以裴钱言行无忌,随心所欲。

不过裴钱在龙泉郡,最喜欢阮秀,发自肺腑地亲近阮秀,不单单是因为看过了崔东山那幅光阴长河画卷而已。裴钱到了落魄山后,第一眼见到那位扎长马尾的青衣姐姐,就像看到一幅无比"温暖"的画卷,不是崔东山那种让人骨头冒寒气的场景,而是煮海烹湖,天地沸腾,火浆漫天,鲜红一片。

那个面容模糊的阮秀姐姐,高坐王座,单手托腮,俯瞰大地,另外一只手中,握着一轮好似被她从天幕穹顶摘下的圆日,被她轻轻拧转,仿佛已是世间最浓稠的火源精华,绽放出无数条光线,照耀四方。

裴钱看着阮秀,就心生欢喜。

只是这个秘密,裴钱连粉裙女童都没有告诉,只愿意以后与师父单独相处的时候,跟他讲一讲。

魏檗头疼。

好在崔姓老人已经走出竹楼,裴钱立即坐回石凳,转头问粉裙女童有没有瓜子,后者赶紧掏出一把,递给自家先生的开山大弟子。她们俩关系好着呢。

裴钱低头嗑着瓜子,对那个光脚老爷子,她还是有些怕,尤其是听过粉裙女童提及当年师父的练拳经历,裴钱差点没做噩梦,所以她宁肯成天在外边晃荡,就怕老爷子一眼看穿她是那千年难遇的练武奇才。

老人对裴钱和粉裙女童说道:"还不回去睡觉?"

裴钱只得拉着粉裙女童一起离开。竹楼不远处,建造了几座不大的府邸,裴钱跟粉裙女童住在一个院子里头,当邻居。

老人望向山门那边,冷笑道:"敢背着一把剑来见我,说明心性还没有变太多。"

魏檗笑问道:"若是陈平安不敢背剑登楼,畏畏缩缩,崔先生是不是就要糟心了?"

老人哈哈大笑,道:"糟心?不过是多喂几次拳的事情,就能变回当年那个小崽子。天底下哪有拳头讲不通的道理?道理只分两种,一种是我一拳就能讲明白的,另一种是两拳才能让人开窍的。"

魏檗苦笑道:"崔先生可是世族出身。"

"曾是崔氏家主又如何？我读书读成书院圣人了吗？自己读书不济事，还能教出圣人子孙吗？"老人自嘲道，"所以我既清楚读书人的处世不易，更知道读书人的劣根。"

魏檗不再言语。

这位东宝瓶洲当下最引人瞩目的山岳神祇，站在崖畔，玉树临风，白衣大袖，飘飘乎出尘，宛如一株玉白灵芝高崖生。

老人问道："阮邛为何临时改变主意，不收下牛角山包袱斋遗留下来的那座仙家渡口？为何将这等天大便宜转手让给你和陈平安？"

魏檗说道："还以为崔先生不会在意这些红尘俗事。"

老人扯了扯嘴角，道："朱敛这泼皮无赖，跟那几个孩子在这里下五子棋的时候，故意碎碎念叨，也不嫌烦，我好几次差点没忍住，将他一拳打落山崖。"

对于朱敛，魏檗与之相谈甚欢，相见恨晚。

朱敛厉害到了什么程度？厉害到了让魏檗都要由衷地认为早认识朱敛几年，他魏檗就可以早几年解开心结，就不会最后一次在棋墩山的小道上，与那个她擦肩而过，连多看她一眼都不敢。而是应该早早离开棋墩山，去找到她，即便命里注定，双方生生世世无法在一起，可既然他作为山水神祇，长寿如仙人长生，也该每一生一世，更近一些，看着她的悲欢离合，喜怒哀乐，而不是躲在棋墩山长吁短叹，年复一年。

至于朱敛为何不愿与崔老先生学拳，魏檗从不过问。

当下魏檗解释道："关于买山一事，我私底下与阮圣人有过两场开诚布公的谈话。一方面阮圣人租借了陈平安那几座山头数百年，当时自然是互利互惠，陈平安只留下落魄山和真珠山，便不会风头太盛，免去许多来自大骊京城和别处修士的眼红视线，阮圣人也能壮大山门版图，可是后来陈平安迅猛崛起，已经自保无忧，阮圣人便有些过意不去，觉得当年那桩原本出于好心的契约，是陈平安吃亏了，所以才愿意收了渡口又转手，如此一来，加上我从中斡旋，大骊朝廷、牛角山包袱斋、陈平安，三方都有台阶下。"

魏檗笑道："毕竟大骊朝廷，还是比较乐意见到我与阮圣人关系融洽些。"

老人笑容玩味，道："至于另一个方面，是阮邛不希望跟陈平安有太多人情往来的牵扯，买卖做得越公道，陈平安就越没脸皮拐骗他闺女了。"

魏檗对此不予置评。这都快成阮邛的心病了。

魏檗和老人一起望向山脚一处，相视一笑。

坐镇一方的圣人，沦落至此，也不多见。

魏檗说道："我去为阮圣人宽宽心。"

老人点点头，道："若说市井人家，为人父母，如此劳心，也就罢了，这个风雪庙打铁匠，倒是让我刮目相看。"

魏檗一闪而逝。

在大骊北岳地界，魏檗就是山水之主，甚至比起圣人阮邛还要更加名正言顺。

即便将来其余大骊四岳确定，魏檗仍是整座东宝瓶洲五岳神祇中坐拥疆土最广袤的一位。由于东宝瓶洲地理形势是南北长、东西窄，这就意味着东岳西岳相较于北岳南岳会有先天劣势，而大骊根本还在北方，因为如今的京城是宋氏龙兴之地，祖宗家业都在北部，这就使得北岳又要稍稍高出南岳一头，因此哪怕一洲大局已定，大骊宋氏未来迁都南移，多半不会一口气迁徙到中部彩衣国、梳水国以南，因为那儿还有一座观湖书院，大骊宋氏不至于自断一气，割裂南北。

故而当大骊铁骑的马蹄，踩踏在老龙城的南海之滨，唯一可以与魏檗掰腕子的山岳神祇，就只有中岳了。

落魄山的半山腰。

陈平安与阮秀相逢。

阮秀看着那个停步招手的年轻人，她眨了眨眼睛，快步向前，然后两人并肩登山。

没有什么朋友间久而未见后的些许生疏。

陈平安笑道："你那晚在书简湖芙蓉山的出手，我其实在青峡岛远远瞧见了，气势很足。"

阮秀微微羞赧，轻声道："下山历练，跟一帮大骊粘杆郎同行南下，后来见着了一个自称是你学生的崔东山，又一起跑了趟梅釉国。"

陈平安点头道："后来我和朋友一起游历梅釉国，我还见过你们追杀朱荧剑修的战场，就在春花江那边。"

阮秀没有说话。什么春花江，全然没印象。

她从来不去记这些，哪怕这趟南下，离开仙家渡船后，乘坐马车穿过那座石毫国，算是见过不少的人和事，她一样没记住什么。在芙蓉山她擅作主张，驾驭火龙，宰掉了那个武运鼎盛的少年，作为补偿，她在北归途中，先后为大骊粘杆郎重新找出的三位候选，不也与他们关系挺好？到头来却连那三个孩子的名字都没记住，倒是记住了绿桐城的好些特色美食小吃。

阮秀突然说道："北边不远处，我爹刚买下一座金穰山，离落魄山和灰蒙山不远，我爹打算在那边打造一座新剑炉，山头上连夜赶工，我今夜就去那边逛了逛，然后看到了你们这边云海给人打散的异象，有些担心裴钱，就来看看。"

陈平安忍着笑，却也没说什么。

别人不知道崔姓老人的武道深浅，神祇魏檗和圣人阮邛，肯定是除了药铺杨老头之外最知根知底的。

阮邛知道了，往往就意味着阮秀也会知道。

阮秀自己也笑了起来，说谎话，确实不是她所擅长，别别扭扭，爹就从来没有被骗过,喜欢次次当面揭穿,可身边这个人,就不会说破。

陈平安没有去往竹楼那边,而是带着阮秀一路登顶。

说来奇怪,陈平安作为落魄山的主人,竟然还从未去过山巅的那座山神庙。

两人言语,都是些闲聊,鸡毛蒜皮。

例如神仙坟那边的修缮成果,骑龙巷两间铺子的生意,当年陈平安要她照看的一窝鸡,还有那条土狗。

临近山神庙。

陈平安刚要说话,阮秀停下脚步,转身望向远处,微笑道:"我知道你想说什么。"

两人坐在台阶上,在月辉映照下,道路两旁又有古松古柏相依,石阶之上,月色如溪涧流水斜坡而泻,水中又有藻荇交横,松柏影也,这一幕景象,置身其中,如梦如幻。

陈平安坦然道:"好像怎么说都是错,可不说更错,最好是我自作多情了。男人被女子喜欢,没有谁会不高兴,这是人之常情,即便很多男人有了喜欢的姑娘,也故意与其他的好姑娘牵扯不清,我也不好说这些男人就是错了,我相信有很多男人都以此为乐,甚至觉得是件很了不起的事情,可这不是我陈平安的人之常情,真那么做了,对不起宁姚,也对不起阮姑娘你。不过如果是我误会了阮姑娘,是我多心了,那是最好。可是哪怕惹阮姑娘你生气,以后我们连朋友都做不成,我今天还是要把话说清楚。阮姑娘你这些年帮了我很多忙,我都放在心头,哪怕是当着宁姚的面,我还是会告诉她,阮姑娘的那些善意,要感恩,做人不能忘本,再过十年百年,只要是不该忘的,就不能忘记,能还就要还。我当然喜欢阮姑娘,可那不是男女情爱,若是当年我的某些言行举止,害得阮姑娘误会了,错不在你,在我陈平安,如果这样,怎么办呢……"

这番言语,如那溪涧中的石子,没有半点锋芒,可到底是一块生硬的石子,不是那交错漂荡的藻荇,更不是水中嬉戏的游鱼。

阮秀看着那个有些伤心也有些愧疚的年轻男人,她也有些伤心。

怎么好不容易回到了家乡,又要伤心呢?何况还是因为她。

至于什么喜欢情爱之类的,阮秀其实没有他想象中那么纠结,至于对错什么,更是想也不想。

我喜欢你,老天爷也管不着拦不住;我不喜欢你,你是老天爷也没用。

多简单的事情。这个很懒的姑娘,甚至觉得自己如果真的喜不喜欢谁,跟那个人都关系不大。

但是阮秀没有将这些心里话告诉陈平安。

大道不争于朝夕。

阮秀安安静静坐在那里,问道:"如果你当年是先见到我,而不是宁姑娘,会怎么样啊?"

陈平安摇摇头,没有任何犹豫,道:"阮姑娘可以这么问,我却不可以作此想,所以不会有答案的。"

阮秀双手托着腮帮,眺望远方,喃喃道:"在这种事情上,你跟我爹一样。我爹犟得很,一直不去寻找我娘亲的转世投胎,说即便辛苦寻见了,也已经不是我真正的娘亲了,何况也不是谁都可以恢复前世记忆的,所以见不如不见,不然对不住始终活在他心里的她,也耽误了身边的女子。"

涉及阮师傅,陈平安就不说话了。

阮秀转头笑道:"这次返回家乡,没有带礼物吗?"

陈平安尴尬道:"哪敢带礼物啊,如果没有把话说清楚,不是会更误会吗?"

陈平安随即释然笑道:"不过以后就可以给阮姑娘你带礼物了。"

阮秀歪着脑袋,笑眯起一双水润眸子,问道:"怎么就把话说清楚啦?"

陈平安一脸呆滞,赶紧从头到尾重新梳理一遍。

照理说,阮姑娘不喜欢自己的话,以及万一真有一点点喜欢自己,他都算是把话说明白了的。

阮秀笑道:"行了,不就是你不是那种喜欢我,又怕我是那种喜欢你,然后你觉得挺不好意思的,怕说直白了,让我难为情,雪上加霜,以后连朋友都做不成,对吧?放心吧,我没事,这个不骗你。我的喜欢,也不是你以为的那种喜欢,以后你就会明白了,或者问问你那弟子崔东山,总之,不耽误我们还是朋友。"

陈平安点点头,阮姑娘说得有点绕,但好像比他说的是要更加透彻些。

阮秀问道:"宁姑娘也喜欢你吗?"

陈平安笑道:"喜欢的。"

阮秀"嗯"了一声,问道:"陈平安,为什么要想那么多呢?为什么不多为自己想想呢?"

陈平安不知如何作答。

阮秀拍了拍膝盖,站起身,说道:"行吧,就这样。突然觉得有点饿了,回家吃夜宵去。"

陈平安跟着起身,问道:"不然去我竹楼那边,我有做夜宵的所有家当,咫尺物里边搁放着不少食材,鱼干笋干,火腿咸肉,都有,还有许多野菜,都是现成的,炖一锅,滋味应该不错,花不了多少工夫。"

阮秀微笑道:"我爹还在山脚等着呢,我怕他忍不住把你炖了当夜宵。"

陈平安抹了把额头上的汗水。

阮秀走下台阶,转头笑道:"别送了啊。"

陈平安说道:"也要下山,就送到岔路口那边好了。"

两人一起缓缓下山。

阮秀神色自若,如神人夜游林野。

然后两人分道而行,阮秀继续步行下山,陈平安走在去往竹楼的道路上。

陈平安突然想起一句刻在竹简上的美好言语。

星月皎洁,明河在天,四无人声,声在树间。

落魄山外。

阮邛坐在一块巨石上,魏檗站在阮邛身边。

魏檗笑道:"阮先生,真不要看看落魄山那边?若是我在场,不合适,我可以离开的,保证山上山外,我都不见不闻。"

阮邛喝着酒,摇头道:"我还没有那么下作,信不过陈平安,难道信不过自己闺女?"

魏檗无言以对。你阮邛真要信得过,还偷偷摸摸跑这趟作甚?

阮邛喝着酒,魏檗就站在一旁陪着。

阮邛问道:"魏檗,你觉得大骊以后谁来当皇帝?"

魏檗不怕有人旁听,在北岳地界,谁敢这么做,那就是嫌命长。

至于杨家药铺那位老前辈,是不会在意这种事情的。

魏檗想了想,说道:"暂时看来,宋和与宋集薪都有可能,当然宋和可能性更大,朝野上下,根基深厚,更能服众,至于宋集薪,也就礼部有些狗急跳墙了,偷偷往他身上押了点注。但是不管如何,这些都不重要,说来说去,也就只看那两个的决定,那位娘娘说话都没用。我觉得宋长镜和崔瀺,最后都会有出人意料的选择。"

阮邛说道:"大骊皇帝走得有点巧了。"

魏檗微笑不语。

阮邛是大骊头等供奉,还是谁都要讨好的东宝瓶洲第一铸剑师,好友遍及一洲,"娘家"又是风雪庙,双方关系可一直没断,藕断丝连,欲语还休的,没有谁觉得阮邛就与风雪庙关系破裂了,不然那块斩龙台石崖,就不会有风雪庙剑仙的身影,而只会是他阮邛干脆舍弃了风雪庙,直接与真武山对半分。

而他魏檗却是大骊宋氏敕封的山水正神,所以有些大逆不道的僭越言语,还是少说为妙。

说一说两位皇子,无所谓,聊一聊藩王和国师,也还好,可魏檗这个北岳正神之位,是大骊先帝当年亲手钤印,魏檗要念这份情,所以关于宋正醇的生死一事,无论是阮邛提及,还是那条黄庭国老蛟聊起,魏檗一直缄默。

远处,出现一位青衣女子的身影,看似走得不快,身影却如青烟飘荡而至。

阮秀见着了阮邛和魏檗,先对魏檗点头致意,然后望向她爹,问道:"爹,这么巧,也出来散步啊?"

阮邛点点头,随手丢了那只空荡荡的酒壶。

魏檗识趣告辞。

阮邛嘴唇微动,到头来只是又从咫尺物当中拎出一壶酒,揭了泥封,开始喝起来。

阮秀笑道:"方才在落魄山上,我碰到了陈平安。"

阮邛板着脸,道:"这么巧。"

不愧是父女。

阮秀便挑挑拣拣,将两人的对话给她爹说了一遍。大致意思不变,只是一些个措辞,阮秀稍作更改。

阮邛灌了一大口酒,抹了把嘴,沉声道:"陈平安是个睁眼瞎?我闺女哪里不好了,不喜欢?谁借给他的狗胆,敢不喜欢?"

阮秀笑眯起眼。

阮邛愤懑异常,又大口喝酒,沉默片刻,道:"不过这小子,还算是个厚道人,不像很多男人,吃着嘴里的,总惦记着锅里的,这一点,挑不出陈平安半点毛病。"

阮邛突然狐疑道:"秀秀,该不会是这小子走了五年江湖,越来越老奸巨猾了,故意以退为进,好让我不提防着他?"

阮秀眼神有些嫌弃,看着她爹,不说话。

阮邛悻悻然道:"那小子应该不至于这么缺德。"

阮邛奇怪道:"秀秀,你就没半点不开心?秀秀,跟爹说老实话,你到底喜不喜欢陈平安,爹就问你这一次,以后都不问了,所以不许说谎话。"

阮秀笑着抬起双手,使劲摇晃,否认道:"没有啊。"

阮邛将信将疑,又问:"如果爹跟陈平安打架,你帮谁?"

阮秀信誓旦旦道:"当然帮爹啊。"

阮邛有些欣慰。

他猛然转头,阮秀一脸真诚,毫无破绽。

"早点回家。"阮邛这才稍稍放心,拔地而起,化虹而去。

阮秀依旧优哉游哉,一个人行走山林间,最后来到一条溪涧旁边,蹲在那儿,掬起一捧水,水中有明月,碎碎圆圆。

落魄山竹楼那边,陈平安刚想要去石桌那儿独坐片刻,就被崔姓老人伸手一抓,扯入二楼屋内。然后被老人一脚踹在腹部,整个人撞在墙壁上。陈平安单手撑地,身形翻转,刚要落地站定,又被老人一道拳罡砸中额头,竹楼随之一晃,轰然作响,可见这一拳的力道之大。

莫名其妙就挨了一顿狠揍的陈平安,用手背抹去嘴角血迹,狠狠骂一句娘,然后怒道:"有本事以五境对五境!"

老人嗤笑道："行啊，就以五境的神人擂鼓式互换？"

陈平安以六步走桩向前冲出。

老人纹丝不动，甚至一手负后，一手随便伸掌向前，示意陈平安只管先出拳。

陈平安第六步重重踏地，气势如虹。

突然一个毫无征兆的转折，陈平安冲出尚未关闭的二楼竹门，轻喝一声，剑仙飞掠出鞘，他踩在剑上，直冲云霄，呼啸远遁。

喂拳，陈平安可以接受，可是今夜老家伙明摆着是吃错药了，好像将他当作了出气筒，这个不行。

光脚老人没有立即出拳将其打落，啧啧道："挺滑不溜秋一人，咋的遇上了男女情爱，就这么榆木疙瘩了？小小年纪，就过尽千帆皆不是了？不像话！"

老人心中默默推衍片刻，一步来到屋外栏杆上，一拳递出，正是那云蒸大泽式。

本以为逃过一劫的陈平安，原本打算今夜就在天上赏一宿月了，不然这日子没法过，不承想连人带剑，一并被老人一拳打落人间，又被老人随手一巴掌轻轻下按，如有罡风雄劲如瀑布，从天幕倾泻而下，正好将想要继续踩剑御风的陈平安拍入山林中。

陈平安摔入一条溪涧，溅起巨大水花。

溪水不深，陈平安摇摇晃晃从水中站起身，驾驭剑仙返回背后鞘中。

结果看到蹲在溪边的阮秀，正痴痴望向自己。

陈平安弯着腰，大口喘气，然后抹了把脸，无奈道："这么巧啊，又见面了。"

阮秀点点头。

陈平安正要说什么的时候，又被莫名其妙一拳打得摔入树林当中，一个熟悉的嗓音怒吼道："好小子，就知道你贼心不死，有完没完？惦念我闺女上瘾了是吧？连苦肉计都用上了？"

一拳又至。

整条溪水，被那道"过路"的拳罡拦腰斩断。

陈平安只得继续驾驭剑仙出鞘，心意相通，御剑逃遁，堪堪逃过那一拳，此后险象环生。

陈平安连方寸符都用上了，一边仓皇逃命，一边嘀咕道："再加上个魏檗，又能凑一桌。"

眼角余光处，一棵参天古木之上，一袭白衣飘然而立，微笑道："这多不好意思。"

魏檗嗓音不大，陈平安却听得真切。

陈平安一头撞入涟漪中，下一刻，已经站在了仙气弥漫的披云山之巅，如释重负，一屁股坐在地上。

还好魏檗没落井下石。

溪涧那边,阮邛轻轻按住阮秀肩头,一闪而逝。

返回龙泉剑宗后,阮邛亲自做了桌夜宵,父女二人,相对而坐。

阮秀笑逐颜开。阮邛心中叹息。

今日伤心,总好过将来死心。

披云山那边。

魏檗笑着弯腰伸手,将精疲力竭的陈平安搀扶起身。

陈平安苦笑道:"今夜就跟做梦似的。"

魏檗笑了笑,伸出手掌,倏忽之间,有夜游于披云山之巅云海的青色鸟雀,坠于这位神人之手。魏檗一手托着青雀,另外那只手轻轻挥袖,有一张白云蒲团,在陈平安身后浮现而出。

陈平安在蒲团上,盘腿而坐。

魏檗微微抬起手掌,鸟雀远飞,重返云海。

魏檗轻声道:"陈平安,根据你那几封寄往披云山的书信内容,加上崔东山上次在披云山的闲聊,我从中发现了一点蛛丝马迹,一件可能你自己都没有察觉到的怪事。"

陈平安问道:"怎么个奇怪?"

自从与崔东山学了围棋之后,尤其是到了书简湖,复盘一事,是陈平安这个账房先生的日常功课之一。

魏檗举目远眺,云海根本无法遮掩一位山岳神祇的视线,龙须河、铁符江衔接在一起,更远处,是红烛镇那边的绣花江、玉液江。魏檗缓缓道:"阮秀在骊珠洞天得到的机缘,是如镯子盘踞腕上的那条火龙,对吧?"

陈平安点头,这是显而易见的真相。

魏檗又说道:"自从齐先生赠送你山水印后,于蛟龙沟一役,山字印崩毁,仅剩一枚水字印。先是在绣花江畔的那座秀水高风府邸,遇上了一位嫁衣女鬼;之后在桐叶洲,你与那位埋河水神娘娘有缘;青鸾国境内,去往狮子园之前,据说你在一座水神庙内墙上题字;黄庭国紫阳府那边,遇到过居心叵测的白鹄江水神。无论善缘孽缘,依旧是缘。反观山水神祇中的山岳神灵,除了我之外,屈指可数,至少在你心目中,即便路过,都印象不深,对不对?尤其是这几年的书简湖,你在临水而居,多久了?时日不短吧?"

陈平安认真思量一番,点点头。

"难道你忘了,那条小泥鳅当年最早选中了谁?是你陈平安,而不是顾璨!"

魏檗惨然一笑,问道:"那你有没有想过,你如此'亲水',而阮秀呢?水火之争,难道有比这更天经地义的大道之争吗?"

陈平安愣了愣。

魏檗哀叹一声。

陈平安突然笑了起来，伸手指了指背后剑仙，道："放心，真要有一场水火之争，我给阮姑娘让道便是。理由很简单，我是一名剑客，我陈平安的大道，是在武学之路上，仗剑远游，与讲理之人饮酒，对不平事出拳递剑，出最硬的拳，递最快的剑。"

差点就是"形销骨立"的年轻人，数年以来，从未如此神采飞扬。

"我希望有一天，当我陈平安站在某处，道理就在某处！"

魏檗仰头望向天幕，圆月当空。

当初是成为神水国的山岳神祇后，才得知原来在另外一座天下，有三月争辉的奇景，至今魏檗都无法想象，那座天下的天地运转，会因为多出的两轮月亮，生出多少与浩然天下截然不同的大道规矩。

陈平安摘下养剑葫，喝着酒，想着要将珍藏在方寸物和咫尺物里边的好些酒，在落魄山寻一处相对山根深厚、水运浓郁的地方，埋入地下。细算之下，酒水种类真不算少。

老龙城桂夫人亲手酿造的桂花酿，蜂尾渡的水井仙人酿，书简湖的乌啼酒，紫阳府吴懿赠送的老蛟垂涎酒。埋河水神娘娘赠送的碧游府水花酒，还剩下大半坛，不过如今应该是碧游水神宫了。青峡岛红酥家乡出产的黄藤酒，又名加餐酒，陈平安喝过，醇软，极易入口。还有，当年想到家乡还有裴钱和粉裙女童，逢年过节的时候，她们可以稍稍喝两杯，就在游历途中专程购买了一批老窖藏，反正是市井酒水，并不昂贵。

行走江湖，书箱与剑，酒马相伴，不会寂寞。

已经延后三年的北俱芦洲之行，不能再拖了，争取今年年底时分，先去过了彩衣国和梳水国，见过一些故人朋友，就乘坐一艘跨洲渡船，去往那座剑修如云、以拳讲理的著名大洲。

魏檗收回视线，越过落魄山，棋墩山，一直望向南边的那座红烛镇。作为山岳神祇，观看辖境版图，这点路程，清晰可见，只要他愿意，红烛镇的水神庙，甚至是街上每位行人，皆可纤毫毕现。如今随着龙泉郡的兴盛，作为绣花江、玉液江和冲澹江的三江汇流之地，本就是一处水运枢纽的红烛镇愈发繁荣。

小时不识月，呼作白玉盘。

仙人垂两足，桂树何团团。

这曾是古蜀国流传下来的诗歌残篇，后来成为红烛镇那边的乡谣，无论老幼，所有船家女都爱吟唱这首歌谣。

虽然他如今已经是大骊北岳正神，可是红烛镇敷水湾那边所有船户的"贱籍"，依旧无法更改，除了那位已经身在长春宫修行的女子。

魏檗看护着敷水湾五大姓氏那么多年，可是飞黄腾达之后，甚至从来没有跟大骊开口求情的意思。世世代代，这么多年了，当年神水国那五姓的后裔，始终无法摆脱贱籍，被"不可上岸"的铁律，钉死在敷水湾内。

魏檗成为大骊山岳正神之后，做了不少大事情，但是像更换敷水湾船户版籍，且不说最终成与不成，不过是与大骊户部和京城教坊司两处衙门打声招呼的小事情，结果好坏，无非是看礼部尚书和国师崔瀺点不点头，可是魏檗偏偏没有开这个口。

魏檗沉默许久，笑道："陈平安，说过了豪言壮语，咱们是不是该聊点庶务了？"

先前魏檗去落魄山的山门迎接陈平安，两人登山时的闲聊，是名副其实的闲聊，因为落魄山有一座山神庙坐镇，明摆着是一颗大骊朝廷的钉子，而且大骊宋氏也根本没有任何遮掩，这就是一种无言的姿态，若是魏檗隔绝出一座小天地，难免会有此地无银三百两的嫌疑，以山巅那位宋山神生是忠臣、死为英灵的刚直秉性，必然会将此记录在册，传讯礼部。

多一事不如少一事。

对此陈平安早有腹稿，问道："若是与大骊朝廷签订地契顺利的话，以哪座山头作为祖师堂祖山更好？落魄山底子最好，可毕竟太偏，位于最南边。而且我对于地理堪舆一事，十分外行。我如今有两套阵法，品秩……应该算是很高，一座是剑阵，适合攻伐退敌，一座守山阵，适合防御，一旦在山上扎根，极难搬动迁移，是一开始就将两座护山阵放在同一山头，还是南北呼应，分开来安置打造？不过还有个问题，两座大阵，我如今有阵图，神仙钱也够，但是还欠缺两大中枢之物，所以即便近期能够搭建起来，也会是个空架子。"

魏檗不与陈平安见外，毫无顾忌，直截了当问道："品秩是怎么个高法？有说法？"

陈平安笑道："除了郑大风给我的那块玉牌咫尺物之外，其实我还有一片得自桐叶宗的梧桐叶，也是咫尺物，只是收到此物的时候，被提醒过，所以这些年从未打开，里边除了桐叶宗掏出来的大把谷雨钱，最关键的是搁放着两套护山大阵的珍贵阵图，一套仿造桐叶洲太平山的攻伐剑阵，一套仿制扶乩宗的守山大阵，谷雨钱足够打造出两座阵法的开销，还能够维持两阵运转百年。"

陈平安苦笑道："只是支撑两座大阵运转的中枢物件——九把上乘剑器和五尊金身傀儡，都需要我自己去凭机缘寻觅，不然就是靠神仙钱购买。我估摸着就算侥幸碰到有人兜售，也是天价，梧桐叶里边的谷雨钱，说不定也就空了，即便打造出两座完整的护山大阵，也无力运转，说不定还要靠我自己砸锅卖铁，拆东墙补西墙，才不至于让大阵闲置。一想到这个就心疼，真是逼得我去那些破碎的洞天福地寻觅机缘，或是学那山泽野修涉险探幽。"

陈平安言语之后，看了眼魏檗。

魏檗点头道："不会有任何窥探。"

陈平安这才取出那片泛黄的梧桐叶，看似寻常，若是修士就可以发现一片小小梧桐叶,实则玄机重重,气象万千。

陈平安递给魏檗,轻声道:"之所以不敢打开,是因为里边还藏着两个杜懋飞升失败后,崩碎坠入桐叶宗的琉璃金身碎块,一块小如拇指,一块大如稚子拳头,相较于杜懋坠入桐叶、东宝瓶两洲版图的其他琉璃金身,都算小的。一打开,就等于泄露了天机,说不定就会引来上五境修士的觊觎。"

魏檗双指拈住那片梧桐叶,高高举起,眯眼望去,感慨道:"幸好你没有打开,飞升境修士的琉璃金身碎块,实在太过价值连城,莫说是别人,就连我,都垂涎不已。气息浓郁,你瞧瞧,就连这片梧桐叶的脉络,浸染几年,就已经由内而外,渗出金玉色泽,要是打开了,还了得?你要知道很多阴阳家修士,就是靠推衍出来的天机,卖与大修士,赚取谷雨钱,所以你忍着诱惑不看,免去了无数意想不到的麻烦。"

魏檗欣赏了梧桐叶片刻,递还给陈平安,解释道:"这片梧桐叶,极有可能是桐叶洲那棵根本之物上的落叶。都说树大招风,但是那棵谁都不知道身在何处的远古梧桐树,几乎从不落叶,万年长青,聚拢一洲气运,所以每一片落叶,每一截断枝,都无比珍贵。对于一洲修士而言,枝叶的每一次落地,都是一场大机缘,冥冥之中,能够获得桐叶洲的庇护,世人所谓福缘阴德,莫过于此。当年在棋墩山,我精心培植的那块小竹园,你还记得吧?"

陈平安点点头,笑了笑。

当然记得,如今陈平安还惦念着再跟魏檗讨要一竿竹子呢,给自己和裴钱都打造一把竹刀,师徒二人,一大一小。如果竹子够大,还可以再给裴钱打造一把竹剑。

与魏檗,陈平安可没什么不好意思的。

魏檗的那片棋墩山竹林,其实只是竹海洞天那享誉九洲的十德竹,十棵仙竹之一奋勇竹的祖宗竹之子嗣而已。

当初给阿良一刀砍去无数,除了被陈平安打造成竹箱和雕刻为竹简,真正的大头,还是落魄山那座竹楼,不过竹楼的出现,是魏檗自己的意愿。奋勇竹,无比契合兵家圣人的一句谶语,"兵威已振,譬如破竹,数节之后,迎刃而解",以此竹建楼,对于纯粹武夫和兵家修士,裨益最大。后来李希圣又在竹楼外写满了符箓,光脚老人几乎常年待在竹楼二楼,打坐修行,也就不奇怪了。

回头再看,魏檗算是做了一笔一本万利的好买卖,挣来了个大骊北岳正神。

陈平安是走过书简湖后,才知道原来能够将买卖做得真诚且自然,没有半点市侩和铜臭气息,将生意做成了君子之交,就是为人处世的真正功力和火候。

魏檗可不清楚自己又要割肉,大概这就叫家贼难防。

这位大骊正神,还在那儿给陈平安讲述那片梧桐叶为何珍稀呢。

"一定要收好,打个比方,你行走大骊,中五境修士,有无一块太平无事牌,天壤之别,你将来重返桐叶洲,游历四方,有无这片梧桐叶在身,一样是云泥之差。如果不是知道你心意已决,桐叶洲那边又有生死大敌,我都要劝你绕过桐叶宗,直接去桐叶洲南部碰碰运气。"

"桐叶洲,我暂时是不会去了。至于缘由,不仅仅是杜懋和桐叶宗。"

陈平安犹豫了一下,还是将隋右边去往玉圭宗,将会从纯粹武夫转为剑修以及李芙蕖尾随两事的详细经过,原原本本说给了魏檗听。

桐叶洲的玉圭宗下宗,选址在东宝瓶洲的书简湖,如今已是世人皆知的事实。

但这还是陈平安第一次将与荀姓老人、姜尚真的关系道破,毕竟之前来往于披云山和青峡岛的飞剑传讯,陈平安并不放心。

魏檗听完之后,愣了一下,思量片刻,皱眉道:"玉圭宗应该是借此机会,在向中土文庙示好,但是又不愿与文圣一脉撕破脸皮,所以就让从桐叶宗转投玉圭宗门下的那位大修士,当了探路的过河卒,而不是让姜尚真这个自家人,立即赶赴书简湖,杀了你。杀了你,自有替死鬼;不杀你,有了这番动作,也算对亚圣一脉的陪祀圣人有了交代,不枉费人家支持玉圭宗创立下宗。而那位桐叶宗祖师堂大修士也不蠢,不愿被借刀杀人,又鬼鬼祟祟推出了元婴修士李芙蕖。李芙蕖虽然境界不如前者,却也不笨,尾随了你一路,才决定现身,与你在梅釉国那边演了一场戏。"

魏檗又将上宗下宗之间的诸多内幕规矩,给陈平安说了一遍。

陈平安终于恍然,为何玉圭宗会反复无常,从出现在老龙城的那个荀姓老人,再到姜尚真,最后到宫柳岛,都不念半点"香火情",原来涉及宗门的千秋大业。

陈平安晃了晃养剑葫,唯有叹息,没了喝酒的兴致。

不知道荀姓老人和姜尚真在这场谋划中,各自的角色又是什么。

如今最了解龙泉郡西边群山底细的,肯定就是魏檗,转移山水气运,都不是难事,但是回到陈平安最初的问题,两座护山大阵建在何处,何时破土动工,魏檗神色并不轻松,缓缓道:"两座大阵,品秩极高,耗费更是惊人,既然你当下还缺了关键之物,如果不是很着急的话,我建议你晚一些再做决定。护山大阵一事,是所有修士开创门派的重中之重,等到真正万无一失了,再一鼓作气搭建好阵法,最好不要断断续续。"

魏檗笑道:"反正如今龙泉郡有我在,你那些山头,就暂时都不用担心。实在不行,再加上一个阮圣人嘛。"

陈平安一阵头大。

开过了玩笑,魏檗继续说正事:"精通阵法和机关术的墨家高人,东宝瓶洲别的地方不好找,我们大骊刚好有不少。这件事,倒是可以早些准备,省得到时候手忙脚乱。这两座大阵,寻常墨家修士还真不敢接手,必须早点敲定人选,再来凑时间,而不是先定日子再找人。所以你最近就可以找个机会,联系一下那位豪侠,许弱,此人在大骊幕后,分量极重,我都看不出他的深浅。这件事,你不用管,我出面帮你打声招呼,不然你未必找得着许弱。"

魏檗大概是担心陈平安操之过急,一定要赶在去往北俱芦洲之前,建好大阵才放心远游,便耐心提醒道:"修行路上,大道漫漫,许多机会,要争,有些好事,则是靠等。切不可因为书简湖之行,无比煎熬,度日如年,就觉得世间光阴都是如此……缓慢。"

陈平安点点头,道:"这个道理,我懂。"

魏檗微笑道:"还好,我还以为要多磨磨嘴皮子,才能说服你。"

陈平安无奈道:"说实话,我确实很想要有个像样的山头,阔绰,气派,我在不在山头上,身在千万里之外,都能安心,那是一件……想一想就很开心的事情。只不过你都这么说了,也就只能憋着,慢慢来吧。"

陈平安突然笑了起来,别好养剑葫在腰间,问道:"魏大山神,不晓得还有没有多余的奋勇竹?一竿就成。"

魏檗笑眯眯问道:"这算不算敲竹杠啊?"

陈平安悻悻然道:"该多少神仙钱就多少,按市价欠着披云山便是。我这不是想着才回来没多久,很快就要离开龙泉郡,有些对不住裴钱,您给她做两把竹刀竹剑,作为临别礼物,省得她哭鼻子。"

魏檗伸出一根大拇指,道:"帮你联系许弱,是第一件事。"

伸出一根食指,再道:"厚脸皮讨要一竿奋勇竹,是第二件事。"

魏檗最后伸出中指,又道:"说吧,凑个大三元。"

"还真有。"陈平安呵呵笑道,"我如今只剩下一袋子金精铜钱,必须给画卷四人留着。我那件法袍金醴,只要丢入金精铜钱,就可以提升品秩,有人说过,最好是一口气吃出个半仙兵品秩,肯定不会亏本,哪怕我将来跻身了金身境武夫,穿不了了,大不了转手一卖,就是天价。可是按照现在大骊的说法,是所有金精铜钱的赊欠,在将那些山头卖给我后,就会一笔勾销,我就想着魏大山神能者多劳,再周旋一二,好歹给我挤几袋子金精铜钱出来,实在不行,就当我欠着大骊朝廷的债嘛。"

魏檗笑容灿烂,问道:"敢问这位陈少侠,是不是不小心将脸皮丢在江湖哪个角落了?忘了捡起来带回龙泉郡?"

陈平安一脸正气道:"瞧你这话说的,伤了感情倒是其次,关键是一点都不神仙风范了,这可要不得。"

魏檗伸手揉着眉心,问道:"陈平安,你其实是朱先生和裴钱的马屁师傅吧?"

陈平安静等下文。

魏檗想了想,说道:"一竿竹子还好说,送你就送你了,就当是我送给那个小丫头的见面礼。可是跟大骊多要几袋子金精铜钱的事情,事情本身不算大,但临时开价,到底是坏了生意规矩的,所以我得好好想想如何开口。"

陈平安抱拳而笑。

魏檗正色道:"陈平安,别嫌我小题大做,无论是山水神祇,还是山上修士,有些规矩,瞧着越小,越在底层的,看似肆意践踏都没有任何后果,但其实你越应该尊重。"

陈平安点点头,道:"在书简湖当账房先生的时候,也曾想过此事。后来游历各处,关于此事,有些心得。"

魏檗这才恢复正常神色,苦兮兮道:"好一个能者多劳。"

魏檗望向落魄山那边,笑道:"落魄山又有访客来了。"

陈平安这是一朝被蛇咬十年怕井绳,心中一紧,害怕是阮邛犹然气不过,直接打上山头了。

魏檗一把按住陈平安肩头,笑道:"一见便知。"

陈平安突然说道:"等会儿。"

魏檗停下动作,一脸悲愤道:"还有事情?陈平安,这就过分了啊。"

陈平安打趣道:"请神容易送神难嘛。"

魏檗双手揉着脸颊,哀叹道:"来吧,大四喜。"

陈平安重新取出那片梧桐叶,然后从方寸物当中取出那块陪祀圣人的玉牌,上书"吾善养浩然气"。

魏檗瞥了眼玉牌,啧啧道:"这玩意,不是一般烫手。"

陈平安先递过去玉牌,笑道:"借给你的,一百年,就当是我跟你购买那竿奋勇竹的价钱。"

魏檗毫不犹豫就拿过玉牌,哈哈笑道:"这敢情好。从你回到龙泉郡后,我就开始等你这句话了。有了这块玉牌,我这大骊北岳正神的宝座,就算彻底坐稳了,便是给我半座东宝瓶洲,在我辖境内,也能保证山水稳固,绝对撑不坏我魏檗的肚子了。"

陈平安再将梧桐叶放在魏檗手上,道:"里边那块大一点的琉璃金身碎块,送你了。梧桐叶我不放心带在身上,就留在披云山好了。反正如今不着急打造两座大阵。"

这下子是真正让魏檗出乎意外了:一块大如稚子拳头的琉璃金身碎块,送给自己?

这可是能够让上五境修士都不惜打生打死的世间至宝。对于山水神祇而言,最是神益,犹胜修士。

这是魏檗想都不敢去想的事情。

魏檗憋了半天,问道:"好事成双,不如将剩余那颗小碎块一并送与我?"

陈平安竖起一根食指,左右晃了晃。

魏檗如释重负,道:"看来是深思熟虑之后的结果,不会后悔了。"

魏檗小心翼翼收起梧桐叶,赞了一句陈平安真乃善财童子。

陈平安得意扬扬道："这叫要想马儿跑，就得给吃草。"

魏檗斜眼看着陈平安，问："真不后悔？"

陈平安摇摇头，有些神色恍惚，眺望远方，双手笼袖，尽显疲惫。

"书简湖之行，单枪匹马，伸个胳膊走步路，都要战战兢兢。我不希望将来哪天，在自己家乡，也要时时刻刻万事靠自己，我也想要偷个懒。"

魏檗沉默片刻，笑问道："那个琉璃小碎块，原本是想要送给落魄山山神的吧？毕竟远亲不如近邻，拢好关系，不是坏事。"

陈平安"嗯"了一声，道："现在看来可以省下来了。"

魏檗说道："这就很不善财童子了。"

陈平安没好气道："我本来就不是！"

魏檗一笑置之。

陈平安想起一事，问道："对了，如今牛角山有无渡船，可以去往彩衣国一带？"

魏檗点头道："北岳正神这点面子，还是有的。"

陈平安笑道："下次我要从披云山山脚开始登山，好好走一遍披云山。"

魏檗说道："可以顺便逛逛林鹿书院，你还有个朋友在那边求学。"

正是大隋皇子高煊。

陈平安对此人观感不坏。

魏檗感慨道："积土成山，风雨兴焉。陈平安，你确实可以期待一下未来。山头之内，落魄山、灰蒙山、拜剑台等等，诸多地盘，会有崔老先生、崔东山、裴钱、朱敛等等，诸多修士。大骊之内，我魏檗、许弱、郑大风、高煊，诸多盟友。"

陈平安会心一笑。

人生重重磨难过后，往往柳暗花明又一村。

魏檗再次按住陈平安肩头，叮嘱道："别让客人久等了。"

轻轻一推，陈平安已经从披云山消失。

魏檗独自留在山巅。披云山极高，云海滔滔，仿佛与天等高，与月持平。

举目望去，风景壮丽。

月下飞天镜，云生结海楼。

陈平安一个踉跄，一步跨出，如同置身于一片琉璃色彩的仙境，出现些许晕眩，定睛一看，已经来到落魄山山脚。

陈平安对此早已习以为常，当年在藕花福地，这是常有的事。

是"蹚水"之一，水是光阴长河。

地仙修士或是山水神祇的缩地神通，这种与光阴长河的较劲，是最细微的一种。

而当世的缩地神通，据说相距远古时代仙人、神人的那种移山跨海，已经逊色太多。有上古遗篇,曾言"缩地黄泉出,升天朝天阙",是何等逍遥。这些都是崔东山早年的无心之言,至于崔瀺所谓移山的三山,跨海的四海,陈平安当时没有深思,后来购买了那本倒悬山的神仙书后,才发现浩然天下根本没有三山四海之说,再后来与崔东山重逢于东宝瓶洲东南,两人下棋的时候,陈平安随口问及此事,崔东山嘿嘿而笑,只说都是老皇历了,没有聊下去。

此时,陈平安见着了一个身形佝偻的汉子,叼着一根狗尾巴草。

那家伙也看到了陈平安,啧啧道:"可以啊,移山缩地。怎么,是嫌弃那个金脑袋碍眼,干脆自己来当落魄山的山神老爷啦?"

陈平安无奈道:"是魏檗的神通,我可没这本事。"

陈平安双手笼袖,问:"走走?"

郑大风瞥了眼陈平安,几年没见,瘦了估计得有十几二十斤,个子应该又长了些,不过当下垮着脊梁、双肩,便不显得个子高。

郑大风惊叹道:"看来离开老龙城后,隋右边功力见长。"

陈平安一头雾水,问道:"此话怎讲?"

郑大风语重心长道:"年轻人就是不知节制,某处伤了元气,必然气血不济,髓气枯竭,腰痛不能俯仰。我敢肯定,你最近有心无力,练不得拳了吧?回头到了老头子药铺那边,好好抓几服药,补补身子。实在不行,跟魏檗讨要一门合气之术,以后再与隋大剑仙找回场子,不丢人。男子初出茅庐,往往都不是女子的对手。"

陈平安总算听明白了郑大风的言下之意。就郑大风那脾气,这类调侃,越计较,他越来劲,要是隋右边在这里,郑大风估计要挨上一剑了。

陈平安没来由想起一句道教正经上的圣人言语,微笑道:"大道清虚,岂有斯事。"

郑大风对此嗤之以鼻。

陈平安问道:"你师父又收了两个弟子,我见过面了。那女子与你和李二一样,都是纯粹武夫,但是为何那个桃叶巷少年,看上去似乎不是走武道一途?"

郑大风摇头道:"老头子咋想的,没谁知道。我连李二之外,到底还有多少散落各地的师兄师姐,一个都不清楚,你敢信?老头子从来不爱聊这个。"

陈平安问道:"现在是怎么个打算?"

郑大风一脸天经地义道:"这不是废话嘛,瞪大眼睛找媳妇啊,我如今是恨不得大晚上提个灯笼,在大街上捡个娘们回家。你以为打光棍好玩啊?长夜漫漫,除了鸡鸣犬吠,就只有放个屁的声响了,还得捂在被窝里,舍不得放跑了。换成你,不觉得自个儿可怜?"

陈平安抹了把脸,不说话。

郑大风笑问道:"跟你商量个事。"

陈平安好奇道："你说。"

郑大风指了指身后落魄山山脚那边，问道："我打算重操旧业，看门，在你这儿蹭吃蹭喝，如何？"

陈平安停下脚步，问道："不是开玩笑？"

郑大风怒了，大声道："老子赶了一晚上夜路，就为了跑来落魄山跟你开玩笑？"

陈平安笑道："行啊，回头我让朱敛在山门那边建造一栋宅子。"

郑大风白眼道："山上也得有一栋，不然传出去，惹人笑话，害我找不到媳妇。"

陈平安环顾四周后，凑近郑大风，与他窃窃私语。

郑大风听完之后，赶紧抹了把口水，贼眉鼠眼笑嘻嘻，道："这不太好吧？传出去名声不太好。我还是没有媳妇的人呢。再说了，你都送给了粉裙小丫头，再问一个小姑娘家家的要回来，这多不合适。"

陈平安说道："这可是你说的，以后别眼馋，放着山头不管，成天待在山上逛荡。"

郑大风一把拉住陈平安胳膊，忙道："别啊，还不许我腼腆几句啊？我这人脸皮子薄，你又不是不知道。咋就逛了这么久的江湖，眼力见儿还是半点没有的。"

陈平安揉了揉下巴，道："算了，粉裙女童那边的狐皮美人符纸，还是不去讨要了，回头我找人，帮你在清风城那边再买一张。"

郑大风使劲点头，突然琢磨出一点意味来，试探性问道："等会儿，啥意思？买符纸的钱，你不出？"

陈平安笑道："出还是我出，就当垫付了你看守山门的银子。"

郑大风急眼了。

陈平安收敛玩笑神色，正经道："你真想要一个清净的落脚地，落魄山之外其实还有不少山头，灰蒙山，鳌鱼背，拜剑台，随便你挑。"

郑大风摇摇头："看大门，没什么丢人的，如果我真是觉得自己这辈子算是栽了，要躲起来不敢见人，哪里去不得？还跑来龙泉郡做什么？"

郑大风拍了拍陈平安肩膀，缓缓而行，抬头望向落魄山山顶，道："这里，有人味，我喜欢。当年的小镇，其实也有，只是从一座小洞天降为福地后，没了禁制，千里山河，落地生根，人来人往，鱼龙混杂，就是瞧着热闹而已，反而没了人气。"

陈平安这趟返回龙泉郡，经过小镇，确实有这种感受，只是心中所想，不如郑大风说得这般直接。

郑大风说道："如果哪天我觉得落魄山也是这么个鸟样了，我会搬走的，到时候别怪我不跟你打招呼。"

陈平安想了想，问："不然还是跟我打声招呼再搬？"

郑大风不置可否，突然伸手，拍了拍陈平安后背，笑道："别故意弯着了，累不累。

我郑大风便是个驼背,又如何?我长得英俊啊。"

陈平安挤了挤,仍是笑不出来。

郑大风当晚就住在了朱敛那栋院子里,这两位同道中人,只要给他们两壶酒,几碟子佐酒菜,估计能聊一宿。

一想到有个朱敛,对于郑大风主动要求在落魄山看门,陈平安就心安几分。

估计朱敛到时候不会少往山脚跑,两个人一旦开始小酌侃大山,估计郑大风都能侃出老子是天庭四门神将的风采吧?

陈平安返回竹楼那边,崔姓老人站在二楼,扯了扯嘴角,转身走入屋子。

陈平安头皮发麻,仍是登上二楼。

老人在屋内盘腿而坐,调侃道:"不谢我送你一程,让你白白看到了一幅月下美人的旖旎风景?"

陈平安与他相对而坐,板着脸道:"昧良心的话,实在说不出口。"

老人点点头,道:"可以理解,几年没敲打,皮痒胆肥了。"

陈平安心知不妙。

老人讥笑道:"还跑?就不怕我一拳将你直接打到神秀山,再让阮邛一铁锤把你砸回落魄山?"

陈平安额头渗出汗水。

老人从袖中掏出一封信,抛给陈平安,道:"你学生留给你的。"

陈平安伸手接住信封,老人随手一拳已至,哪怕陈平安其实心生感应,仍是措手不及,砰然一声,倒飞出去,撞在墙壁上。

老人冷笑道:"奇了怪哉,一个五境巅峰的武夫,还不如当年三境武夫来得机敏?难怪只能跟在别人屁股后头吃灰。"

陈平安将那封信收入咫尺物,摘了背后剑仙,脱了靴子,身形佝偻,看似拳架松垮,拳意内敛,实则筋骨骤然舒展,关节如爆竹响动,以至于身上青衫随之一震,四周灰尘砰然散乱起来。

如果朱敛在这里,一定要大吃一惊,然后开始溜须拍马,说一句青出于蓝而胜于蓝。因为陈平安这些年"不练也练"的唯一拳桩,就是朱敛独创的"猿形",精髓所在,只在"天门一开,春雷炸响"。陈平安如今虽未大成圆满,却也已经极其神似打熬数十年的朱敛。

然后陈平安以一身猿形拳意,摆出一个学自藕花福地国师种秋的校大龙拳架,出拳之姿,却是铁骑凿阵式。他招呼老人道:"来!有本事只用五境打死我!"

光脚老人缓缓起身。

竹楼一震,四周浓郁灵气竟然被震散不少,一抹青衫身影骤然而至,一记膝撞砸向还在抬头直腰的老人的脑袋。

老人轻描淡写伸出一手，按住陈平安膝盖，随手一推，将陈平安甩出去。老人依旧是缓缓起身，在这个过程当中，速度不增一分，不减一毫，就那么站直，气定神闲。

陈平安被摔出去后，却不显狼狈，反而双脚脚尖在那堵竹楼墙壁之上，轻轻一点，飘然落地，皱眉道："六境？"

老人显然是不屑回答这个幼稚问题。

只见老人略作思量，便与陈平安如出一辙，以猿形拳意支撑神气，再以校大龙拳架撑开身形，最后以铁骑凿阵式开路，微笑道："不知天高地厚，我来教教你。"

陈平安双膝微蹲，一脚后撤，双手画弧如行云流水，最终由掌变拳，摆出一个老人从未见识过的古怪姿势，道："只要是五境，我怕你？"

老人"哦"了一声。

一拳递出。

陈平安竟是当场晕厥过去，骂娘的言语，只能出口半句。

因为老人这一拳，分明不是五境境界，别说六境，说不定七境都有了。

老人一手负后，微笑道："不好意思，没收住拳。"

并非是老人故意戏弄陈平安，而是天大的实话。

这几年老人在这栋写满符箓的竹楼，以文火温养一身原本至刚至猛的拳意，今夜又被这小兔崽子的拳意稍稍牵引，那一拳，有那么点不吐不快的意思，哪怕是在极力克制之下，仍是只能压制在七境上。

老人心中叹息一声，走到屋外廊道。

虽然重归十境三重境中的最后一重，是早晚的事情，但是曾经视为志在必得的武夫十一境，是真不用奢望了。

当初是他自己面对掌教陆沉，放弃了跻身十一境的那一线机会，以此换来两个年轻人的安稳，虽然不后悔，可岂会没有半点遗憾？

老人转头瞥了眼屋内的年轻人，收回视线后，想了想，又过去踹了陈平安一脚，将其打得清醒过来，不等陈平安说什么，老人又是一脚踢中他额头，可怜陈平安又晕死过去。老人嘀咕道："以后要是没本事跻身十一境，看我不打死你。"

老人再次回到廊道，觉得神清气爽了，仿佛又回到了当年将孙子关在书楼小阁楼后搬走梯子的那段岁月，每当那个孙子学有所成，老人便老怀欣慰，只是却不会说出口半个字。有些最真心的言语，例如失望至极，或是开怀至极，尤其是后者，身为长辈，往往都不会与那个寄予厚望的晚辈说出口，如一坛摆放在棺材里的老酒，老人一走，那坛酒也再无机会重见天日。

老人对陈平安如何？

裴钱未必清楚,青衣小童和粉裙女童也未必真正明白,唯独朱敛知道。

所以朱敛才不会有向老人请教拳法的念头。

珠玉在前。

群山之巅,有一老一少,教拳与学拳,就足够了。

图书在版编目(CIP)数据

剑来 13：陇上花又开 / 烽火戏诸侯著 . —杭州：浙江文艺出版社，2020.9（2025.1重印）
ISBN 978-7-5339-6178-7

Ⅰ.①剑… Ⅱ.①烽… Ⅲ.①长篇小说－中国－当代 Ⅳ.①I247.5

中国版本图书馆 CIP 数据核字（2020）第 134882 号

选题策划	柳明晔
责任编辑	张　可
营销编辑	俞姝辰　徐轶暄
封面绘图	里　夏
责任印制	吴春娟

剑来 13：陇上花又开
烽火戏诸侯　著

出版	浙江文艺出版社
地址	杭州市环城北路 177 号
邮编	310003
网址	www.zjwycbs.cn
经销	浙江省新华书店集团有限公司
印刷	杭州杭新印务有限公司
开本	710 毫米×1000 毫米　1/16
字数	333 千字
印张	17
插页	2
版次	2020 年 9 月第 1 版
印次	2025 年 1 月第 16 次印刷
书号	ISBN 978-7-5339-6178-7
定价	43.00 元

版权所有　违者必究
（如有印、装质量问题，请寄承印单位调换）